ESTHER VERHOEF & BERRY ESCOBER

Verschleppt

Buch

Nach seiner Trennung von Susan will Sil Maier sich auf seine Wurzeln besinnen und kehrt in seine Geburtsstadt München zurück. Mit dieser Stadt verbindet ihn die Erinnerung an seine schwere Kindheit: Seinen Vater hat er nie kennengelernt, und seine Mutter hat als Prostituierte gearbeitet und im Alkohol schließlich den Tod gefunden. Umso größer ist Sils Verwunderung, als er bei einem Besuch auf dem Friedhof feststellt, dass ihr Grab tadellos gepflegt ist. Sil findet heraus, dass ein gewisser Flint für die Grabpflege bezahlt hat, der in einem kleinen Dorf in der Provence lebt. Neugierig geworden macht sich Sil auf nach Frankreich. Während er in Frankreich unterwegs ist, checkt Sil seine E-Mails nicht – mit verheerenden Folgen für seine Exfreundin Susan …

Autoren

Esther Verhoef ist eine der erfolgreichsten Autorinnen der Niederlande. Sie wurde vielfach ausgezeichnet, u. a. mit dem niederländischen Thrillerpreis, den sie als erste Holländerin nach Autoren wie Nicci French, Dan Brown und Henning Mankell gewann, sowie dem niederländischen Krimipreis.
Die Autorin ist mit Berry Verhoef alias Berry Escober verheiratet, und gemeinsam haben sie sich auf das Schreiben von Thrillern verlegt. Ihre Trilogie um Sil Maier wurde für zahlreiche Auszeichnungen nominiert, und der zweite Band »Verstoßen« wurde mit dem »Diamanten Kogel« geehrt, dem Preis für den besten flämischen Thriller. Das Autorenpaar lebt mit seinen drei Kindern in der Nähe von Amsterdam.

Außerdem bei Goldmann lieferbar:

Verraten. Thriller (47162)
Verstoßen. Thriller (47160)

Esther Verhoef & Berry Escober

Verschleppt

Thriller

Deutsch
von Ilja Braun

GOLDMANN

Die Originalausgabe erschien 2008 unter dem Titel
»Ongenade« bei Ambo/Anthos Uitgevers, Amsterdam

Verlagsgruppe Random House FSC-DEU-0100
Das FSC®-zertifizierte Papier *München Super* für dieses Buch
liefert Arctic Paper Mochenwangen GmbH.

1. Auflage
Deutsche Erstveröffentlichung Februar 2012
Copyright © der Originalausgabe 2008
by Esther & Berry Verhoef
Originally published by Ambo/Anthos Uitgevers, Amsterdam
Copyright © der deutschsprachigen Ausgabe 2012
by Wilhelm Goldmann Verlag, München,
in der Verlagsgruppe Random House GmbH
Umschlaggestaltung: UNO Werbeagentur, München
Umschlagmotiv: © Getty Images/Stockbyte; FinePic
Redaktion: Mirjam Madlung
An · Herstellung: Str.
Satz: omnisatz GmbH, Berlin
Druck und Bindung: GGP Media GmbH, Pößneck
Made in Germany
ISBN 978-3-442-47161-4

www.goldmann-verlag.de

Everything zen?
I don't think so
Gavin Rossdale

Ein Jahr zuvor

»Ganz ruhig«, rief Wadim Juri zu. Unverwandt hielt er den Blick auf die Rückseite eines davonrasenden Land Cruisers gerichtet, der noch immer einige hundert Meter Vorsprung hatte. »Er kann nirgends hin. Es gibt keinen anderen Weg. Wir kriegen ihn auf jeden Fall.«

Juri reagierte nicht. Er saß vorgebeugt. Klammerte die Hände so fest um das Lenkrad des Peugeot 206, dass seine Knöchel ganz weiß waren.

Auf der gegenüberliegenden Seite des Tals zeichneten sich rote Felsen vor einem rosafarbenen Himmel ab. Wüssten sie's nicht besser, die beiden Brüder könnten denken, sie befänden sich auf dem Mars. In Wirklichkeit fuhren sie durch die Verdonschlucht, wo der Touristenstrom zu dieser Jahreszeit größtenteils versiegt war.

Vor einem Internetcafé in Saint Tropez hatten sie gestern ihre Zielperson ausgemacht und sie seither keine Sekunde aus den Augen gelassen. Sie hatten abwechselnd geschlafen, waren immer wachsam gewesen und hatten ausgiebig aus dem Schatz ihrer Kenntnisse und Erfahrungen geschöpft, um unsichtbar zu bleiben, fest entschlossen, diese Geschichte zu einem Abschluss zu bringen. Es war ihr Job, und sie machten ihn gut.

Vor noch nicht mal einer Stunde hatten sie es geschafft, ihn zu überwältigen. Er hatte mutterseelenallein in einer düsteren Kirche gesessen und vor sich hin gestarrt: Sil Maier, einen Meter fünfundachtzig groß, millimeterkurzes dunkles

Haar, noch unter vierzig und in außergewöhnlich guter körperlicher Verfassung. Beeindruckt waren sie davon nicht gewesen. Aber auf der Hut. Maier war ein harter Brocken. Unberechenbar und gerissen.

In der kühlen Kirche hatten sie ihm eine Pistole an den Hinterkopf gehalten und ihn nach draußen geführt. Von der Geschichte, die er ihnen nach einigem Drängen aufgetischt hatte, glaubten sie kein Wort: dass die einhundertzwanzigtausend Euro, die er der Organisation entwendet hatte – ein paar Leichen hatte er dabei auch hinterlassen –, angeblich in den Niederlanden in einem Tresor lagen.

Sie wollten ihn erst dort wegholen, lebend und unversehrt, fort von der Kirche und den vierhundert ausgetretenen Stufen, die zu ihr hinaufführten, fort von diesem touristischen Bergdorf am Stausee. Sie wollten ihn mitnehmen zu ihrem in den Bergen gelegenen Versteck, um dort in aller Ungestörtheit die Wahrheit aus ihm herauszupressen.

Es hatte ganz einfach ausgesehen. Aber es war anders gekommen. Trotz der Wunden, die sie ihm beigebracht hatten, war er entkommen. Später, als sie an einer verlassenen Straße in den Bergen auf seinen Wagen gestoßen waren – ihr Sender unter dem Fahrgestell noch unbeschädigt –, hatten sie geglaubt, ihre Fehleinschätzung ausbügeln zu können.

Auch darin hatten sie sich verkalkuliert.

Wadims Blicke schossen von der gewundenen Straße, die vor ihnen lag, zu der zerknitterten detaillierten Umgebungskarte. Zittrig strich sein Zeigefinger über das Papier. Der Motor kreischte. Als Juri eine Kurve nahm, verloren zwei der Räder kurz den Bodenkontakt.

»Verdammt, ganz ruhig, hab ich gesagt, ruhig!«

»Der Arsch wird uns nicht noch mal entwischen«, bemerkte Juri grimmig. Seine graugrünen Augen verengten sich, und an seinem Hals traten die Sehnen hervor.

»Bestimmt nicht. Er kann nirgends hin.«

Während sie im Affenzahn über die schmale Straße rasten, sah Wadim zum wiederholten Mal eine scharfe Kurve beängstigend nah herankommen. »Bremsen, bremsen, verdammt!«, schrie er seinem Bruder zu.

»Das tu ich! Tu ich doch!«

Mit unverminderter Fahrt schnellte der Wagen auf die Haarnadelkurve und die metallene Leitplanke zu.

Mit dem linken Fuß stampfte Juri das Bremspedal bis zum Anschlag in den Fahrzeugboden, immer wieder, als wollte er ein Loch hineintreten. »Kein Druck!«, schrie er und zog instinktiv an der Handbremse. »Jemand hat an den Bremsen gefummelt!«

Das Auto wurde herumgeschleudert, blockierte kurz die Straße, die Reifen schlitterten seitlich über den Asphalt, fanden dann wieder Halt. Der Peugeot machte einen Satz nach vorn, schrammte die Felswand, landete ruckelnd auf der gegenüberliegenden Straßenseite. Ein dumpfer Knall, dann stand der Wagen still.

Wadim war wohl kurz bewusstlos gewesen. Während er noch zu begreifen versuchte, was geschehen war und wo er sich befand, registrierte er eine geborstene und mit frischem Blut beschmierte Windschutzscheibe, den Gestank von Benzin und schwelendem Gummi sowie einen schwerverletzten Juri, der regungslos über dem Lenkrad hing.

Benommen zog er sein Bein unter dem verbogenen Armaturenbrett hervor und zerrte an den Schultern seines Zwillingsbruders, um ihn in eine aufrechte Sitzposition zu bringen.

Juris Kopf fiel zur Seite. Sein Gesicht wies eine widerliche Delle auf: Eine Augenhöhle war gebrochen und der Wangenknochen beim Aufprall eingedrückt worden. Die Nase geschwollen und mit dunkelrotem Blut verschmiert, die Unterlippe tief eingerissen. Unter der Wunde sah man die demolierten Zähne. Juri atmete flach und schwach.

Erst dann bemerkte Wadim die sanfte Schaukelbewegung des Autos. Das in dem beengten Wageninnern deutlich zu vernehmende Knarren und Knirschen. Er richtete den Blick nach draußen.

Nur ein ramponiertes Stück der Leitplanke hielt die Hinterräder des französischen Wagens noch über dem Abgrund. Sie bog sich gefährlich durch und protestierte mit heftigem Knarren gegen die Gewichtsbelastung. Es war eine Frage von Minuten, bis das Metall nachgeben würde.

Mechanisch drehte Wadim den Beifahrersitz ganz runter, drückte die hintere Tür auf und zerrte seinen Bruder mühsam an den Schultern nach draußen. Rückwärts humpelnd schleifte er ihn über die schmale Serpentine in den Schutz der Sträucher.

Er war unsicher auf den Beinen, und erst als er keuchend neben Juris Körper zu Boden sank, wurde ihm bewusst, dass auch er selbst nicht unverletzt war. Sein ganzer Körper bebte nach von der Erschütterung. Brustkorb, Bein und Nacken fingen an, fiese Schmerzsignale auszusenden, bis tief ins Rückenmark. Sein eines Bein blutete heftig, und durch die Risse in seiner Jeans sah er das Weiß eines Knochens hindurchschimmern. Sein Schienbein hatte eine tiefe Fleischwunde.

Er versuchte, den Schmerz zu verbeißen, und zog seinen Bruder noch ein Stück weiter in die Sträucher hinein, damit er von der Straße aus möglichst nicht zu sehen war.

Maier konnte wiederkommen. Darauf musste Wadim gefasst sein. Allerdings lag seine Waffe noch im Peugeot. Wadim wusste, dass er nicht mehr zum Auto zurückgehen konnte, um die Waffe sicherzustellen. Der barbarische Schmerz würde ihm möglicherweise erneut das Bewusstsein rauben, und das könnte seinen Tod bedeuten. Seinen Tod und auch den seines Bruders.

Wenn Maier zurückkehrte, kam Wadim hoffentlich nahe genug an ihn heran, um ihn auszuschalten. Das Messer, das er sich ums Bein gebunden hatte, war beim Unfall verrutscht und hatte ihm das Schienbein filetiert. Wadim krempelte das zerrissene Hosenbein hoch, zog das Messer aus dem Klettverschluss heraus und legte es neben sich auf den Boden. Wenn es sein musste, wenn es doch noch zum Kampf kam, konnte er Maier damit außer Gefecht setzen.

Er konzentrierte seine Aufmerksamkeit ganz auf Juri, der noch nicht wieder bei Bewusstsein war. Alles andere trat vorübergehend in den Hintergrund.

Sein Bruder war sein Ein und Alles. Sie waren vierzig Jahre alt und in all den Jahren keinen Tag voneinander getrennt gewesen. Juri durfte nicht sterben. Es durfte einfach nicht sein. Sie hatten zusammen so viele Schläge eingesteckt, erst bei der Armee, später dann bei der Speznas, der Spezialeinheit des russischen Nachrichtendienstes. Und erst recht in den letzten Jahren, in denen sie für die Organisation verschiedene düstere Angelegenheiten erledigt und dabei beträchtlich Kohle gemacht hatten. Sie hatten sich durchaus öfter Verwundungen zugezogen. Und sich immer davon erholt.

Immer.

Juri atmete schwach, und bei jedem Ausatmen quoll frisches Blut über das raue Fleisch, das einmal seine Lippen gewesen waren. Wadim hatte oft genug Männer sterben sehen, Auge in Auge, um zu wissen, dass auch Juri jetzt ein Sterbender war. Er wusste das nicht nur aus Erfahrung, vielmehr *spürte* er es ganz körperlich, bis in die Tiefen seiner Seele. Ein intensiver Schmerz, der seine eigenen Verletzungen überlagerte.

Es war, als müsste er selbst sterben.

Er zog Juri halb zu sich auf den Schoß, wiegte ihn in den Armen und streichelte ihm den blutigen Kopf, fuhr mit seinen wunden Fingerspitzen über die Kante der gebrochenen Augenhöhle und flüsterte ihm auf Russisch leise ein paar Worte zu, die nur Juri verstehen konnte. Unaufhörlich zitterten Wadim die Beine, schlugen seine Zähne aufeinander. Er biss sich so lange auf die Lippe, bis er Blut schmeckte. Sein Blick wurde trübe.

Das anschwellende Dröhnen eines schweren Dieselmotors nahm sein von Trauer und Schmerz betäubter Verstand zunächst kaum wahr. Von dem Versteck aus beobachtete er, wie der Land Cruiser zurückkehrte. Mechanisch griff er nach dem Messer und blieb regungslos sitzen.

Die Zielperson wendete den Geländewagen so, dass der Frontschutzbügel die Stoßstange des Peugeots berührte. Schob dann den Mietwagen Zentimeter für Zentimeter auf den Abgrund zu.

Das Arschloch ist zurückgekommen, um die Sache zu Ende zu bringen.

Das reißende Metall der Leitplanke gab ein bedrohliches Knarren von sich und wurde schließlich zur Seite gebogen. Der Peugeot stürzte in die Tiefe.

Langsam tickten die Sekunden dahin. Wadim hörte außer dem laufenden Motor des Land Cruisers nur sein eigenes Blut in den Adern rauschen – bis endlich der Wagen unten auf die Felsen schlug, Hunderte von Metern tiefer. Der Lärm von zersplitterndem Glas und durch die Gegend geschleuderten Plastikteilen hallte durch das rote Tal.

Zitternd vor Schmerz, Ohnmacht und Wut sah er zu, wie Maier unversehrt aus seinem Geländewagen ausstieg und über den Rand des Abgrunds in die Tiefe spähte. Dann verschwand er unter seinem Toyota, schnitt den Sender ab und schleuderte ihn in hohem Bogen in die Schlucht.

Bebend saß Wadim da, leicht benommen, den klebrigen Kopf seines Bruders in den Armen, gelähmt von dem Bewusstsein, dass er nichts für ihn tun konnte. Mit finsterem Blick sah er Maier in den Land Cruiser einsteigen und in aller Ruhe wegfahren. In diesem Augenblick wurde ihm klar, dass er noch nie jemanden so gehasst hatte wie diesen Mann.

Wadim klammerte sich an seinen Bruder, als könnte er ihn dadurch bei sich halten, sein Abgleiten in die ewige Dunkelheit verhindern. Er streichelte ihm die Wangen und das Haar, beugte sich dann ganz nah an das Gesicht des Sterbenden und gab im Flüsterton ein Versprechen ab.

1

Auf den ersten Blick sah alles aus wie immer.

In Susans beengter Innenstadtwohnung waren noch dieselben Kiefernholzdielen, vor dem vertrauten Zweisitzer lag derselbe blaue Teppich. Neben der Tür zu dem kleinen Flur hingen das Bild von ein paar Koikarpfen und die Vergrößerung einer Strandaufnahme aus dem ägyptischen Hurghada. Die Töpfe, die sie vor zwei Wochen schnell noch abgewaschen hatte, vor ihrer Abreise nach Illinois, standen unverräumt auf dem Abtropfständer.

Anscheinend hatte Reno den Zimmerpflanzen während ihrer Abwesenheit gelegentlich Wasser gegeben, jedenfalls schien im schwer geprüften Feigenbaum bei den Flügeltüren zur Dachterrasse noch ein Rest von Leben zu stecken. Unter den Stummeln von Renos Joints, die sich auf dem Wohnzimmertisch an einer Stelle auftürmten, befand sich wohl der Aschenbecher. Daneben lag ein Stapel mit Post und Reklamewurfsendungen. Den würde sie sich später vornehmen, im Lauf der Woche.

Sie leerte den Aschenbecher und machte die Türen zur Dachterrasse weit auf. Für Ende Oktober war es ein ziemlich warmer Tag, mit wolkenlosem Himmel. Leise drangen Stimmen von einem Café in der Hauptstraße an ihr Ohr. Die Atmosphäre war freundlich und sanft. Ein schärferer Kontrast zu ihrer eigenen Befindlichkeit war kaum denkbar. Sie schloss die Augen, holte tief Luft und schlang ihre Arme um sich.

Es hatten sich durchaus ein paar Dinge verändert. Wesentliche Dinge.

Zunächst einmal hatte sie keinen fröhlichen, leicht naiven Nachbarn mehr, der sie mit seinen Erzählungen zum Lachen brachte. Svens Wohnung stand leer und würde binnen Kurzem vermutlich zum Verkauf angeboten.

Es lagen auch keine Asics mehr im Flur herum. Keine Hanteln im Wohnzimmer. Der Rasierapparathalter unter dem Abstellbrett im Badezimmer war leer. Und unter dem Kleiderschrank lagen keine Reisetaschen mit Bargeld, Biwakmützen und Munition mehr.

Der Eigentümer dieser Gegenstände war vor gut zwei Wochen fortgegangen, kurz bevor er mit Susan und ihrer Mutter nach Springfield, Illinois, hätte fliegen sollen. Sie wusste nicht, wo er jetzt war. Was er tat. Ob er eine andere Freundin hatte. Sich einsam fühlte.

Ob er überhaupt noch lebte.

»Oh ... du bist ja schon wieder da.«

Erschrocken drehte sie sich um.

Reno stand schafsköpfig vor ihr und grinste. Er trug eine schlabberige Unterhose und ein T-Shirt mit Aufdruck. *I was not thinking*. Seine tief in die Stirn hängenden Strähnen waren kürzlich von einem nicht besonders akkuraten Friseur blondiert worden.

Er trat ein paar Schritte vor und küsste sie auf die Wange. Seine Bartstoppeln kratzten.

»Deine Haare sind ja gelb«, bemerkte sie.

Reno fuhr sich mit knochigen Fingern über den Schädel, zog Streifen in die fettigen Locken. Er grinste wieder. »Tja ... gelb ...«

»Hast du heute Nacht hier geschlafen?«

»Ja.« Er hustete und rieb sich über den Arm. »Ich, und äh ...«

In der Türöffnung des Schlafzimmers erschien ein Mädchen, das kaum älter sein konnte als siebzehn. Ihr wildes Zottelhaar war schwarz-violett gefärbt, und ihr junges Gesicht war mit schweren Piercings verunstaltet.

»… sie«, beendete Reno mit einer undeutlichen Armgeste seinen Satz. »Äh, Dingens.«

»Jolanda«, sagte das Mädchen leise. Sie hatte ihr schwarzes Sweatshirt verkehrtherum an. Ihre kurzen Fingernägel waren schwarz lackiert. Es war nicht zu übersehen, dass sie sich genierte.

»Jolanda«, wiederholte Reno schuldbewusst und holte tief Luft. »Und die also.«

»Na, ich geh dann mal wieder.« Das Mädchen wich Susans Blick aus, schaute noch einmal verstohlen auf Reno und schlich zur Tür hinaus.

»Hattest du einen Auftritt gestern?« Susan wusste nicht, ob sie laut loslachen oder böse auf ihn sein sollte.

Reno hatte eine ganze Reihe von Problemen. Das vordringlichste war ein hartnäckiger Mangel an Realitätssinn. Deshalb war er immer wieder obdachlos, das Prinzip »Miete bezahlen« war ihm unbekannt. Susan hatte nichts dagegen, dass er bei ihr übernachtete, nur dass er Unbekannte in die Wohnung ließ, gefiel ihr nicht. In Renos Menschenkenntnis hatte sie kein sonderlich großes Vertrauen.

»Auftritt?« Schlaftrunken rieb er sich die Augen. »Ja, im W2 … glaube ich. Sorry, ich zieh mir eben was über. Ich hatte noch gar nicht mit dir gerechnet. Wolltest du nicht erst am Nachmittag nach Hause kommen?«

»Es ist doch drei Uhr.«

»Ach«, sagte er und schaute sich verstört um. »War mir gar nicht klar.«

Schließlich trat doch ein verhaltenes Lächeln auf ihre Lippen. Auf dem langen Flug von den USA in die Niederlande hatte sie schon darüber nachgedacht, was es für ein Gefühl wäre, zu Hause eine leere Wohnung vorzufinden. Nun war sie alles andere als leer. Sie konnte Reno eigentlich nur dankbar sein.

Er zumindest war noch da.

Sie ging in das Zimmer, wo ihr Computer stand, und schaltete ihn ein. Das Bett, das in dem engen Raum an der linken Wand stand, sah einwandfrei und ordentlich aus. Hier schlief ihre Mutter. Die wenigen Besitztümer, die sie mitgebracht hatte, als sie bei Susan eingezogen war, hatte sie in Plastikbehältern auf kleinen Rollen verstaut und unters Bett geschoben.

Das Telefon klingelte. Sie stürzte zum Headset neben dem Computer. »Hallo, hier ist Susan?«

»Hier ist deine Mutter. Hattest du einen guten Flug?«

Die Frau hatte ein geradezu unheimliches Timing. »Ja, sogar einen ganz hervorragenden. Ich bin wirklich gerade erst zur Tür rein. Wie geht's Sabine?«

»Gut. Deine Schwester und ich waren noch schnell einkaufen, nachdem wir dich zum Flughafen gebracht hatten, aber sie kann nicht sehr lange laufen. Ich wünsche ihr bloß, dass es bald anfängt.«

»Das wünsche ich ihr auch.«

»Und wie fühlst du dich?«

»Geht schon.«

Kurz blieb es still am anderen Ende. Dann in zögerlichem Tonfall: »Hätte ich nicht doch besser mitkommen sollen?«

»Nein, Mam. Mach dir bitte keine Sorgen. Sabine braucht dich jetzt dringender als ich … Bei mir geht es so auf und ab, das legt sich schon mit der Zeit.«

»Du musst was unternehmen, das habe ich ja gestern schon gesagt. Damit du was zu tun hast. Wenn du immer nur alleine …«

»Mam, ist schon gut, wirklich. Und ich bin auch nicht allein, Reno ist hier. Mach dir keine Sorgen. Wir sehen uns dann in einem Monat.«

»Passt du auch gut auf dich auf?«

»Pass du mal besser auf dich auf«, sagte Susan, »statt mitten in der Nacht herumzutelefonieren.«

»Es ist schon Morgen. Und ich konnte sowieso nicht mehr schlafen ... Wenn irgendwas ist, meldest du dich. Abgemacht?«

»Na klar. Und du sagst mir Bescheid, wenn ich Tante geworden bin, ja? Sobald ich hier alles auf die Reihe gekriegt habe, steige ich wieder ins Flugzeug zurück nach Springfield.«

»Versprochen.«

Sie beendete das Gespräch und meldete sich auf ihrem Computer an. Morgen früh stand ein Fotoauftrag auf dem Programm, tags drauf noch einer. Seit Sil nicht mehr da war, musste sie sich, was die Arbeit anging, ein bisschen ranhalten, um ihre Miete bezahlen zu können.

Wie erwartet hatte die Redaktion der Zeitschrift ihr die Locations und Wegbeschreibungen gemailt. Sie druckte beides aus und legte die A4-Blätter neben die Tastatur. Die eine Mail, auf die sie wider besseres Wissen gehofft hatte, war nicht dabei. Sie loggte sich aus und ging in die Küche, um Kaffee aufzusetzen.

Reno kam aus dem Schlafzimmer wieder zum Vorschein. Er trug noch dasselbe T-Shirt, das ihm wie ein Bettlaken um den knochigen Leib hing, und eine fleckige Jeans.

»War das deine neue Freundin?«

»Vielleicht.« Reno zwängte sein Haar in einen unordentlichen Pferdeschwanz. »Sie kannte sämtliche Songs auswendig.«

Reno war Sänger und Gitarrist einer Rockband, die chronisch unbekannt blieb, was einen gewissen Frauentyp zumeist jüngeren Alters allerdings nicht davon abhielt, ihn zu vergöttern, als wäre er Chester Bennington persönlich. Lange hatte sich Renos Leben nur um seine Musik gedreht. Die zahllosen

Groupies hatte er eher als lästige Nebensache empfunden. Anscheinend hatten sich seine Prioritäten in letzter Zeit verschoben, was Susan für ein gutes Zeichen hielt, eine gesunde Entwicklung. Als sie ihn kennengelernt hatte, war er völlig in sich gekehrt gewesen.

»Großartig«, reagierte sie ohne sonderliche Begeisterung. »Ist sonst noch irgendwas passiert?«

»Wie meinst du?«

»Na, in den letzten zwei Wochen zum Beispiel.«

Er verdrehte die Augen nach oben, als müsste er angestrengt nachdenken. »Nicht dass ich wüsste. Keine Ahnung eigentlich.« Damit ließ er sich aufs Sofa fallen und fing an, sich einen Joint zu drehen. »Wie geht's denn deiner Schwester?«

»Gut. Sie ist glücklich, glaube ich. Aber so richtig enge Vertraute werden wir wahrscheinlich doch nicht mehr, fürchte ich.« Leise fügte sie hinzu: »Ich werde ihr nie verzeihen, dass sie mich früher mit meinem Vater in dem beschissenen Haus hat sitzen lassen. Und jetzt hat sie nur noch Babys im Kopf, Babykleidung, Babynamen ...«

Reno verzog das Gesicht. »Anstrengend.«

»Ziemlich, ja. Hier, Kaffee.« Sie gab ihm einen Becher schwarzen Kaffee und ließ sich ihm gegenüber in den Sessel sinken.

Reno inhalierte den Rauch, hielt ihn lange in den Lungen und blies ihn dann wieder langsam aus. Er legte den Kopf an die Rückenlehne und fing an, leise vor sich hin zu singen. »Jolanda ... Jo-lan-da, Jolanda ...«

»Genau darüber wollte ich gerade mit dir reden«, sagte sie in scharfem Tonfall. »Ich hab nichts dagegen, dass du hier übernachtest, aber dass du alle möglichen Leute mit herschleppst, finde ich eher nicht so prickelnd.« *Oder dass du mein Bett für deine Leibesübungen missbrauchst*, fügte sie in Gedanken hinzu.

»Sorry. Ich wusste nicht mal, dass ...« Er kratzte sich an der Schläfe. »Ich weiß nicht mal mehr genau, was ...«

»Egal«, unterbrach sie ihn, nun schon etwas weniger giftig. »Ich will mich auch nicht anstellen, aber ... naja, du weißt schon, was ich meine.«

Er trank ein paar große Schlucke von seinem Kaffee und schaute sie schuldbewusst an. »Okay, San. Sorry.«

Fast unmerklich schüttelte sie den Kopf. Morgen würde er das schon wieder vergessen haben.

Es war elf Uhr abends. Reno hatte sich einen Schlafplatz bei einem Bekannten aus der Szene organisiert.

Susan zog den Reißverschluss ihres Rucksacks auf und stopfte die Wäsche in die Maschine. Sie schloss die Klappe, goss etwas Waschmittel ins Fach und drehte am Knopf. Während die Maschine geräuschvoll Wasser einzuschlürfen begann, ließ Susan ihren Blick durch das kleine Badezimmer wandern.

In den letzten zwei Wochen in den Vereinigten Staaten war sie zur Genüge abgelenkt gewesen, um nicht daran denken zu müssen. Jetzt, wieder allein, konfrontiert mit der Leere in ihrer Wohnung, gab es kein Ausweichen mehr.

Ich vermisse ihn.

Er wolle mit sich selbst ins Reine kommen, hatte Sil gesagt. Sie bedeute ihm viel zu viel, als dass er es fertigbrächte, sie zu einem Leben zu verurteilen, wie er es führte. Er sei sich ganz sicher. Sie könne dagegen vorbringen, was sie wolle, er habe seine Entscheidung getroffen. Das alles hatte er ihr gesagt, während sie zusammen auf dem Stadtwall gesessen und die grasenden Kühe in der Polderlandschaft angestarrt hatten. Dabei hatte er ihre Hände in den seinen fast zerdrückt. Sie hatte in seine Augen geschaut, den gepeinigten Blick darin gesehen, und wie er mit widersprüchlichen Gefühlen rang.

Sie kannte ihn so gut. Sie brauchte keine Worte, um zu begreifen, was in ihm vorging.

Er selbst kannte sich weniger gut.

Die Unruhe, die in ihm wütete, der krankhafte Drang, sich Kicks zu verschaffen, sei stärker als er selbst, hatte er gesagt. Er wisse noch nicht genau, ob er daran etwas ändern könne, ja – ob er wirklich etwas daran ändern wolle.

Susan hatte das deutliche Gefühl gehabt, dass dieser Abschied ein endgültiger war. Dass diese Getriebenheit letztlich immer die Oberhand gewinnen würde. Über alles, auch über seine Zuneigung zu ihr, über ihre Liebe. Auch wenn die das Beste war, was ihnen beiden je zugestoßen war.

Sie ging ins Wohnzimmer, stellte das schmutzige Geschirr in die Spüle und zog die Vorhänge zu. Sie verriegelte die Wohnungstür und ging dann ins Bett.

Das Bettzeug stank nach Schweiß, Bier und billigem Parfüm, aber sie war zu schlapp, um das Bett frisch zu beziehen. Als sie ihr Gesicht ins Kissen grub, war ihr, als hätte sie in dem süßlichen Parfümdunst kurz einen Hauch von Sils Körpergeruch aufgefangen.

2

München. Hauptstadt von Bayern, Bierhauptstadt der Welt. Berühmt für seine Gastfreundlichkeit, die reichhaltige Küche und alten Traditionen, denen die Zeit offenbar nichts anhaben konnte. Außerdem war diese Stadt die Wiege des Nationalsozialismus. Diese bemerkenswerte Kombination zog das ganze Jahr über massenhaft Touristen aus aller Welt in Deutschlands tiefen Süden.

Sil Maier las all dies in einer englischsprachigen Faltbroschüre, die er am Morgen auf dem völlig überlaufenen Marienplatz, gegenüber vom Rathaus, von einem Fremdenführer in die Hand gedrückt bekommen hatte.

Es war ein komisches Gefühl, in der eigenen Geburtsstadt als Tourist betrachtet zu werden.

Er nahm einen kräftigen Schluck Bier und blätterte die Broschüre durch. In dem proppevollen »Weißen Bräuhaus« waren die Gäste an den anderen Tischen im Laufe des Abends immer lauter geworden. Die erregten Stimmen der mit Reisebussen angekarrten Briten und Italiener hallten laut nach in den großzügigen Räumlichkeiten mit weißer Stuckdecke und Holzmobiliar. Auch ein paar Einheimische hatten sich unter die Besucher gemischt, Männer in bayerischen Trachten, die in einem Wahnsinnstempo Halblitergläser Bier hinunterkippten.

Es wurde eine »Third-Reich-Tour« angeboten, las er. Und für alle, die von Dachau und der Architektur aus einem der schwärzesten Kapitel der Geschichte nicht genug bekommen konnten, gab es sogar eine »Extended Third-Reich-Tour« im Angebot. Großartig: zwei Tage Amüsement der zweifelhaften Art unter fachkundiger Leitung eines Fremdenführers, der so jung war, dass er sein Wissen auch bloß aus Geschichtsbüchern haben konnte.

Aber was wusste er selbst eigentlich von München? Verdammt wenig. Alles, was seine Geburtsstadt betraf, hatte er jahrzehntelang verdrängt und mit einem dicken, undurchdringlichen Schild aus Desinteresse und Zynismus von sich ferngehalten. Schöne Erinnerungen, auf die er hätte zurückschauen können, waren ihm nur wenige geblieben.

Maier war hier zur Welt gekommen und von seiner Mutter großgezogen worden. Sein Vater hatte sich gar nicht erst blicken lassen. Seine Jugend war einsam gewesen, aber das war ihm erst später bewusst geworden. Er erinnerte sich an ein kahles Zimmer mit einem Skai-Sofa und einem moosgrünen Teppichboden, auf dem er mit dem Dreirad im Kreis fuhr, während seine Mutter schlief. Sie schlief viel damals. Manchmal schloss sie sich tagelang mit geschlossenen Vorhängen in ihrem Schlafzimmer ein.

Eines Morgens wachte sie nicht wieder auf. Reagierte nicht, als er an ihren Schultern zog und aus purer Angst zu schreien und zu heulen anfing. Lag bloß da, mit offenem Mund und halb geschlossenen Augen, in diesem abgedunkelten Raum, ihr Gesicht sonderbar blass und leicht bläulich schimmernd. An den Geruch konnte er sich noch genau erinnern. Ein Geruch, der zu seiner Mutter gehörte. Der Geruch von hochprozentigem Alkohol.

Er war damals erst acht Jahre alt gewesen, und die Behörden wollten ihn in ein Waisenheim stecken. Doch dann hatte seine Großmutter mütterlicherseits sich gemeldet und ihn nach Utrecht mitgenommen, in die Niederlande.

Zu jener Zeit hatte er zum letzten Mal einen Fuß auf bayerischen Boden gesetzt. Später hatte er geschäftlich noch gelegentlich in Deutschland zu tun gehabt, aber in den Süden zu reisen, das wäre ihm doch zu weit gegangen. Oder vielmehr: zu nahe gegangen.

»Heimat«, murmelte er zynisch vor sich hin, den finsteren Blick auf eine kleine Gruppe von Münchnern am Nebentisch gerichtet. Sie brüllten vor Lachen und klopften sich gegenseitig auf die Schultern. Ein Menschenleben kann sonderbare Wege gehen, wurde ihm bewusst. Wäre seine Mutter am Leben geblieben, säße er jetzt womöglich mit dort am Tisch, im Janker oder mit einem Jägerhut aus Filz auf dem Kopf. Es war unwahrscheinlich, aber nicht ausgeschlossen.

Zumindest die Sprache beherrschte er fließend, auch den Dialekt konnte er noch immer mühelos verstehen. Das schon. Genau betrachtet war er aber ein Fremdling im eigenen Land.

Er war nirgends zu Hause.

Er kippte den letzten Schluck Bier hinunter. Sein viertes Glas, allmählich entfaltete der Alkohol seine betäubende Wirkung. Er stellte das leere Glas geräuschvoll auf den Tisch und winkte der in einem Dirndl steckenden Bedienung, dass sie die Rechnung bringen sollte. Er zahlte in bar.

Als er zwischen den Tischen hindurch zum Ausgang ging, spürte er, dass die zwei Liter Schneider Weiße durchaus nicht ohne Wirkung geblieben waren. Nur mit Mühe konnte er geradeaus gehen. Schlagartig traf es ihn, als er nach draußen trat, wo der Oktoberwind durch die dunklen, leeren Straßen pfiff und der Regen große Pfützen auf dem Pflaster bildete. Seit gestern Mittag war die Temperatur mindestens um zehn Grad gefallen. Er zitterte vor Kälte und zog den Reißverschluss seiner Jacke zu.

Gegenüber gab es einen Taxistand. Sieben cremefarbene Wagen standen dicht hintereinander. Im fahlen Licht der Armaturenbretter warteten die Fahrer auf Kundschaft. Manche lasen, andere telefonierten angeregt. Die Autos schienen hin und her zu schaukeln. Nach links, nach rechts, dann wurden sie unscharf.

Vielleicht ging er besser noch eine Runde um den Block, bevor er sich in sein Hotel zurückfahren ließ. In seinem jetzigen Zustand könnte er ohnehin nicht einschlafen.

Er spazierte in Richtung Rathaus. Das Gebäude aus dem 19. Jahrhundert, das düster aus den glitzernden Straßen aufragte, erinnerte an eine gotische Kirche. Über den Jackenkragen perlten Regentropfen seinen Rücken hinunter. Er spürte sie nicht.

Beide Flügel des meterhohen Tors standen offen. In dem langen gewölbten Durchgang, der auf den Innenhof führte, blieb er stehen, die Hände in den Taschen vergraben, um die zahllosen Inschriften und Gedenktafeln an den Wänden aus behauenem Naturstein zu betrachten. In dem Dämmerlicht waren sie kaum lesbar, die schwarzen Buchstaben verschwammen ihm vor den Augen.

> ÜBER ALLES DAS DEUTSCHE VATERLAND.
> DER STADT MÜNCHEN ZUR ERINNERUNG
> AN DEN 3. DEUTSCHEN REICHSKRIEGERTAG
> IM JAHRE 1929.

Finster blickte er auf den Innenhof, wo aus den Mäulern monsterhafter Wasserspeier in dünnen Strahlen das Regenwasser prasselte. Hier war er als Kind gewesen, an der sicheren Hand seiner Mutter. Fast hatte er es vergessen. Ihr ernstes, unbewegtes Gesicht, die Blässe darin, das dünne, nach hinten gekämmte Haar. Ihre Kleidung, ein karierter Rock und eine Art Filzjacke, in Grün. Es waren einzelne Erinnerungsfetzen, die ihm plötzlich wieder zu Bewusstsein kamen. Dieses Gebäude hatte einen unauslöschlichen Eindruck auf ihn als Kind gemacht, aber besonders oft war er hier anscheinend nicht gewesen. Er zog die Nase hoch und schloss die Augen, um sie sogleich erschrocken wieder zu öffnen, weil es ihm plötzlich so vorgekam, als würde er hintenüberfallen.

In den vergangenen Wochen war er ziellos umhergeirrt, teils in den Niederlanden, teils in Belgien, von einem Hotel zum nächsten und von einer Bar zur anderen. Über die Ardennen war er ins französische Elsass gelangt und dann, wie ein Jagdhund, der plötzlich auf die richtige Fährte gestoßen ist, schnurstracks über die A8 nach Bayern gefahren.

Gestern war er spätabends in München angekommen und hatte ein Hotel am Stadtrand gefunden. Eine alte Wassermühle, gelegen an einem Fluss mit starker Strömung, ausgestattet mit einer Handvoll Gästezimmern, davor ein kleiner Parkplatz. Geführt wurde das weiß gestrichene Hotel von einem etwa sechzigjährigen Mann mit grauem Bart. Anderen Gästen war er nicht begegnet, es gab auch keine Hotelbar und kein Restaurant. Bloß die Zimmer und einen Gemeinschaftsraum, der als Frühstückssaal diente.

In dem durchgelegenen Bett hatte er nachts zum ersten Mal seit Jahren wieder geträumt. Von seiner Mutter. Ganz genau hatte er ihr Gesicht vor sich gesehen. Ein trauriger Blick in den Augen, nervös zuckende Mundwinkel. Von ihrer stillen, dunklen Welt aus hatte sie ihn stumm, ja fast schon vorwurfsvoll angeschaut.

Wäre seine Mutter noch am Leben, sie hätte keinen Grund, auf ihren Sohn stolz zu sein. Keinen einzigen. Vor ein paar Jahren womöglich schon noch, aber inzwischen nicht mehr. Zu viel war seither geschehen.

Er trat aus dem Durchgang in den Hof. Der Wind wurde stärker, wirbelte die hohen Wände mit ihren schmalen, düsteren Bogenfenstern hinauf und verursachte ein tiefes Pfeifen. Dutzende scheußlicher Monster mit Fledermausflügeln schauten ihn aus ihren in Stein gemeißelten Gesichtern ausdruckslos an. Spindeldürre Hunde klammerten sich mit ängstlich hervortretenden Augen an die Fassaden, als könnten sie jeden Moment Prügel beziehen. Links befand sich ein Turm, bei dem die Wasserspeier, die das Gemäuer auf unterschiedlicher Höhe zierten, in Form von menschlichen Fratzen gestaltet waren: Mit wie zum Schrei aufgerissenen Mündern, aber toten und blinden Augen starrten sie bis in alle Ewigkeit vor sich hin.

Der Wind zerrte an seiner Jacke und schien ihm zu winken, schien ihn mitreißen zu wollen, weiter in die Mitte, wo er schwankend stehen blieb. Er schüttelte den Kopf und strich sich mit den Händen die Nässe vom kurz geschorenen Schädel. Schmeckte die Regentropfen auf den Lippen. Es lag wohl am Alkohol, aber es kam ihm doch eindeutig so vor, als wollten die Mauern ihm etwas mitteilen. Sie schienen sich über ihn zu beugen, ihn einzuschließen. Ein schweres, dumpfes Jammern stieg kläglich aus den aufgesperrten steinernen Mäulern.

Kurz spürte er wieder dieselbe Angst, die er als Kind gehabt hatte. Hier, auf diesem Platz. Zu Hause, bei seiner Mutter. Dann ebbte sie wieder ab.

Es sind Steine, Maier. Nichts als Steine. Wasserspeier, vor Generationen mit Hammer und Meißel geschaffene Figuren, die dazu dienten, das Regenwasser abzuleiten, das sich auf diesen kostbaren Gebäuden ansammelte. Und böse Geister abzuwehren.

Böse Geister.

Wüteten sie deshalb so sehr? Zog der Wind deshalb so hartnäckig an seiner Jacke, und fühlte er sich deshalb so unmittelbar von den Mauern angesprochen?

Regungslos blieb er stehen, fasziniert von den Geräuschen, die zwischen den hohen Wänden widerhallten. Es war, als ob die versteinerten Dämonen Kontakt zu ihm suchten, einen Seelenverwandten in ihm erkannt hätten und ihn einluden, sich zu ihnen zu gesellen. Oder heulten und schrien sie bloß so ohrenbetäubend, um ihn zu verjagen? Fort von diesem Ort, fort aus München?

Als er zum letzten Mal in den Spiegel geschaut hatte, hatte er weniger furchterregend ausgesehen als die Figuren, die ihn jetzt umringten, aber der Schein konnte trügen. Er wusste, wozu er fähig war, und sie wussten es auch.

Eine Zeit lang war er auf dem richtigen Weg gewesen. Hatte eine Firma aufgebaut, die gut gelaufen war. Hatte sich Respekt verschafft. Er hatte eine liebe, hübsche Frau und einen Bungalow in Zeist gehabt. War stolz auf sich gewesen.

Wissentlich und willentlich hatte er dies alles verworfen, alles. Aus allen Möglichkeiten, die er in seinem beträchtlichen Luxus gehabt hatte, hatte er die Schlitterbahn der Selbstzerstörung gewählt und bei seinem blindwütigen, von Adrenalin angetriebenen Weg andere mitgerissen, abwärts. Warum?

Aus dem pechschwarzen Himmel prasselte unablässig der Regen in den Hof. Maier erschauderte, drehte sich um und ließ noch einmal die Figuren und die dunklen, hohen Fenster auf sich wirken. Biss die Zähne zusammen. Zog die Nase hoch und wischte sich die Nässe aus dem Gesicht.

Er wollte herausfinden, was ihn getrieben hatte und warum, und irgendwie hatte sein Unbewusstes ihn nach München geführt. In seine Geburtsstadt. Jene Stadt, die er fast drei Jahrzehnte lang sorgfältig gemieden und als nichtexistenten Ort betrachtet hatte, mit dem er nicht in Verbindung gebracht werden wollte. Die Stadt war nichts gewesen als eine Verwaltungsangabe, ein Ortsname in seinem Pass.

Es musste einen Grund dafür geben, dass er jetzt hier war. Lang genug war er darüber hinweggegangen. Wenn er überhaupt noch etwas aus seinem Leben machen wollte, dann musste er zu den Fundamenten vordringen. Sonst hatte er nichts, worauf er bauen konnte.

Morgen. Morgen würde er sich der Herausforderung stellen.

3

Schlafen konnte sie nicht. Aufhören zu denken noch weniger. Die Gespräche, die sie mit ihrer Mutter und ihrer Schwester in Illinois geführt hatte, gingen ihr immer weiter im Kopf herum. Es tat weh, feststellen zu müssen, dass sie einander nicht viel zu sagen hatten. Jedenfalls nichts Wesentliches. Auch an Sven musste sie denken, ihren früheren Nachbarn, der nie wieder fragen würde, ob sie Lust hätte, rüberzukommen und mit ihm einen Film zu sehen. Der liebe, naive, humorvolle, chaotische Sven. Mit der Zeit war er so etwas wie ein Bruder für sie geworden. Sie vermisste ihn.

Am meisten jedoch und ständig war sie sich der Abwesenheit Sils bewusst. Mit ihm und seinen Sachen war zugleich so viel anderes verschwunden. Dinge, die nicht greifbar, aber unverzichtbar waren: Wärme, Freundschaft, Liebe.

Verdammt! Ärgerlich drehte sie sich um und zog sich die Decke über die Schultern. Starrte zum Fenster: ein graues Rechteck in einem ansonsten in Schwarz getauchten Zimmer. Lauschte den Geräuschen der Stadt, die zu dieser Stunde so still war. Fast friedlich.

So konnte sie sich doch eigentlich auch fühlen: friedlich. Sogar erleichtert. Es befanden sich keine Schusswaffen mehr in der Wohnung.

Keine Angst mehr, kein Stress. Auch ihre Alpträume hatten aufgehört.

Nachdem Sil gegangen war, war nur noch eine große Leere übriggeblieben.

Sie war fest entschlossen, diese mit Arbeit auszufüllen. Und zwar so fanatisch, dass sie gar nicht mehr dazu käme, dieser inneren Stimme, die sie unablässig drängte, sie anstachelte und quälte, Beachtung zu schenken. Es war eine gemeine, sadistische Stimme, die tief in ihrem Innern an ihrer Seele zerrte und ständig flüsterte, dass sie Sil Maier verloren hatte. Sie hatte gekämpft und eine Niederlage erlitten.

Du bist wieder allein.

Morgen würde sie fotografieren gehen, ihr erster Auftrag seit Langem. Sie war fest entschlossen, etwas Besonderes daraus zu machen und wieder ein bisschen Aufmerksamkeit auf sich zu ziehen. Allerlei große Reisereportagen, die sie in der vergangenen, irrsinnigen Zeit abgelehnt hatte, waren an Kollegen gegangen, an andere Freelancer. Der Kontakt mit den Auftraggebern konnte ihrer Erfahrung nach ziemlich schnell abreißen. Wenn man ein paar Mal Nein sagte, landete man rasch ganz unten auf der Liste. Aber noch wusste sie, wie man eine Kamera bediente, und noch kannten die Zeitschriften ihren Namen. Sie waren sogar bereit, ihr gut bezahlte Aufträge zu geben. Auch wenn es erst mal noch keine großen Reportagen waren, es war immerhin ein Anfang.

»Alles wird gut«, flüsterte sie im Dunkeln vor sich hin. Vierunddreißig Jahre ihres Lebens waren vorbei, aber der Rest lag ihr zu Füßen. Sie brauchte bloß den Faden wieder aufzunehmen und in Zukunft etwas vorsichtiger mit ihrem Leben umzuspringen als bisher.

Sie drehte sich noch einmal um und schob sich das Kissen unter den Kopf. Warf einen Blick auf den Wecker, der auf dem Nachtschränkchen stand. Halb drei. Der penetrante Parfümgeruch von Renos Freundin hatte sich immer noch nicht verzogen. Den Geruch von Sil nahm sie nicht mehr wahr. Vielleicht hatte sie ihn sich auch nur eingebildet.

Abrupt setzte sie sich auf, schlug die Decke zur Seite, stellte die Füße auf die Dielen und fing an, Kopfkissen und Decke abzuziehen. Trug das Bettzeug ins Bad und warf es vor der Waschmaschine auf den Boden.

Erschöpft rieb sie sich das Gesicht und ging in die Küche, um sich einen Tee zu machen. Earl Grey mit einem Schuss Milch und zwei Stück Würfelzucker. Während sie den Tee mit einem Löffel umrührte, ging sie zurück ins Wohnzimmer und setzte sich aufs Sofa. Das Licht ließ sie aus, sodass sie von grobkörnigen Schatten in allen möglichen Grauschattierungen umgeben war.

Sie musste jetzt wirklich so schnell wie möglich einschlafen, dachte sie, und das Räderwerk der Gedanken zum Stillstand bringen. Sie konnte es sich nicht erlauben, den morgigen Auftrag zu verpatzen, weil sie zu spät kam oder weil sie zu müde war.

Vielleicht hätte ich doch etwas von Sils Geld annehmen sollen, schoss es ihr durch den Kopf. Nur von dem, was er mit dem Verkauf seiner Softwarefirma verdient hat. Von dem anderen nicht. Von den Hunderttausenden, die in Reisetaschen unter ihrem Schrank und über das ganze Land verstreut in Banktresoren gelagert waren, hätte sie nichts haben wollen. Unzählige Geldscheine, an denen das Blut ihrer ehemaligen Besitzer klebte.

Wie hatte sie das je akzeptieren können? Wie hatte sie Sil Maier als Ganzen annehmen können, ja sogar mit Freuden, ihm Einlass in ihr Herz gewähren, obwohl sie doch gewusst hatte, dass dieses kraftvolle, stille Gesicht mit den tiefblauen Augen noch eine andere, verborgene Seite hatte, eine pechschwarze Seite? Wie war es möglich, dass von allen Männern, die sie je getroffen hatte, allein dieser bis in ihr Innerstes vorgedrungen war, sie wortlos verstanden hatte? Sie waren einander so tief verbunden gewesen, dass sie sich für ihn in die Schusslinie geworfen hätte – und er sich für sie.

Mit dem Becher in den Händen ging sie zu den vom Luftzug aufschlagenden Türen und lehnte sich mit der Schulter an den Pfosten. Sie ließ den Blick schweifen: über die Hintergärten, die alten Mauern, die Flachdächer mit Feuertreppen und noch darüber hinaus, über die Dächer und Kirchtürme in den dunkelblauen Himmel hinein, an dem der Halbmond stand und die Stadt mit seinem sanften, bläulichen Licht zudeckte. Sie liebte die nächtliche Stadt. Still war es um diese Zeit, aber nie vollkommen still. Immer waren noch Autos unterwegs, oder man hörte irgendwelche Leute lallend die Kneipe verlassen. Es gab immer Leben.

In dieser Nacht war es extrem ruhig. Zweige wiegten sich im Wind und warfen dunkle, launische Schatten auf die alten Stadtmauern. Es erinnerte sie an die zugleich mysteriösen und beruhigenden Schattenspiele mit Wayangpuppen. Sie trank einen Schluck Tee und presste die Stirn an die Scheibe. Die fühlte sich kalt und hart an.

Unten bewegte sich etwas. Ein Schatten, der ein kleines bisschen dunkler schien als die anderen. Nicht unregelmäßig und gefleckt aussah, sondern massiv. Ein schemenhafter Umriss von der Größe eines Menschen, reglos im Wind.

Sie konzentrierte sich auf die Stelle, wo sie den Schatten gesehen hatte.

Er war verschwunden. Urplötzlich.

War dort wirklich etwas gewesen?

Minutenlang schaute sie reglos hinunter. Rührte sich nicht vom Fleck, hielt die Luft an. Nichts. Gar nichts.

»Das also hast du aus mir gemacht, Sil Maier«, murmelte sie leise. »Ich bin schon genauso scheißparanoid geworden wie du.«

4

Hasenbergl, im Norden von München. Ein flaches Stück Land mit raschelnden Bäumen, Spielplätzen, plattgetretenem Gras und zahllosen in der Landschaft verstreuten Wohnbunkern aus Beton. Vier bis fünf Stockwerke hoch, teils weiß, teils grau, meistens aber grau, dazwischen ein paar Einkaufszentren, die schlecht in Schuss waren, und kleinere Märkte, wo Händler aus dem Kofferraum ihrer Wagen heraus Kleidung verkauften. In dem eilig hochgezogenen Viertel waren nach dem Zweiten Weltkrieg sämtliche Problemfälle angesiedelt worden, die zuvor in den städtisch verwalteten Baracken untergebracht waren: Zigeunerfamilien, Obdachlose, Familien mit nur einem Elternteil, ohne Geld und ohne Aussichten.
Home sweet home.
Siebenundzwanzig Jahre war es her, dass Sil Maier in diesem Stadtteil gelebt hatte, der mindestens acht Kilometer vom Zentrum entfernt lag. Was vermutlich gute Gründe hatte: möglichst weit weg von der anmutigen Innenstadt mit ihren unzähligen Restaurants und Kneipen, ihren unbeschadet aus den Bombardements hervorgegangenen historischen Gebäuden und den zahllosen mit sprichwörtlicher deutscher Präzision rekonstruierten Museen und Gebäudeteilen der Residenz. Hier draußen hingegen lebte der Ausschuss – von der ruhmreichen Geschichte Bayerns war hier nicht viel zu spüren. Dieser Stadtteil war Münchens eiternde Wunde, der Schandfleck auf dem makellos herausgeputzten Image.
Das ungewollte Kind.

Sein Auto erregte Aufmerksamkeit. Für ihn war der Carrera 4S schlicht ein Fortbewegungsmittel, das ihn von A nach B brachte, und zwar möglichst schnell. Hier aber drehten die Leute die Köpfe danach um, vor allem Jugendliche mit dunkler Haut und tief ins Gesicht gezogenen Kapuzen. Vielleicht lag es aber auch nur daran, dass sie ihn nicht kannten und er ein ausländisches Nummernschild hatte.

Die Häuser sahen alle gleich aus, ein Block wie der andere. Grau, weiß, grau, in der Mitte jeweils ein Eingang mit Drahtglastür und dahinter das Treppenhaus aus Beton. Fenster mit zugezogenen Gardinen und grauen Balkonen.

Bei einem Gebäude mit dunklen Stellen unter den Balkonen hielt er, stieg aus und zog sich seine Jacke über. Der Wind fegte die Herbstblätter über die Straße. Irgendwo lief sehr laut ein Radio.

Die Bäume waren damals noch nicht so groß gewesen wie heute. Den Spielplatz hingegen hatte er viel größer in Erinnerung. Groß wie einen Fußballplatz, wie eine Welt für sich.

Die Spielgeräte waren neu. Er ging auf ein Klettergerüst zu und strich mit den Händen über die Stangen.

Drei Kinder im Alter von etwa neun Jahren, die ein paar Meter weiter bei einer Schaukel herumhingen, sahen ihn schweigend an. Ein etwas Älterer schielte an ihm vorbei auf seinen Wagen. Er trug eine weiße Sweatjacke mit grellrotem Buchstabenaufdruck und spielte ziemlich auffällig mit einem Taschenmesser herum.

Maier blieb bei dem Gerüst stehen und schaute an der fensterlosen Fassade des vier Stockwerke hohen Gebäudes hinauf. Er steckte die Hände in die Taschen und ging durch die geöffneten Drahtglastüren ins Treppenhaus. Es war düster, und seine Schritte hallten von den Wänden wider.

Seiner Erinnerung nach hatte es früher nach Urin gerochen. Das tat es jetzt nicht mehr, stattdessen hing der Geruch von ermüdetem, feuchtem Beton und frischer Farbe in der Luft.

Er ging die Treppe hinauf, langsam, als hätte er an jedem Fuß zehn Kilo mitzuschleppen. Strich mit den Fingern an der Wand entlang. Die war gerade erst frisch gestrichen worden. Ein ordentliches, mattes Weiß.

Früher war es Hochglanzfarbe gewesen, die leicht bröckelte. Er wusste noch, wie er mit den Fingern die Farbblasen zerdrückte, sodass kleine Krater entstanden. Die abblätternden Schuppen fing er auf und legte sie draußen im Sand zu Mosaiken zusammen oder füllte sie in die flache Vertiefung beim Lenkrad seines Kettcars, gewissermaßen als Treibstoff. Wenn er oft und schnell genug scharfe Kurven nahm, fielen die Fitzel irgendwann heraus. Dann ging er zu Fuß zum Treppenhaus zurück, um zu »tanken«, wobei er den Kettcar hinter sich herzog, sonst wäre er ihn los gewesen.

So viele weitere Erinnerungen kamen ihm wieder zu Bewusstsein. Dutzende, Hunderte. Fetzen, die sich zu Szenen und zusammenhanglosen Filmausschnitten aneinanderfügten. Vieles, was er verdrängt hatte, stürmte nun mit aller Heftigkeit auf ihn ein.

Ein ziemlich windstiller Morgen, unklar, welche Jahreszeit. Es hingen keine Blätter mehr an den Bäumen, also war es wohl Herbst, Winter oder Anfang Frühling. Seine Oma stand hinter ihm, die Hände wie kalte Haken um seine Schultern geklemmt. Er war acht Jahre alt. Zu groß, als dass man ihn noch hochheben, wie ein Baby wiegen und trösten würde, dabei war ihm genau danach am meisten zumute.

Über dem länglichen Loch im Boden lagen zwei Metallbalken, darauf leicht schwankend ein einfacher Sarg aus Eichenfurnier. Daneben stand ein Pastor oder zumindest irgendein Geistlicher und gab mit gelangweiltem Blick unverständliches

Zeug von sich. Dann besprenkelte er den Sarg seiner Mutter mit einer Klobürste.

Der Mann sollte damit aufhören, aber niemand sagte etwas dergleichen.

Hinter seiner Oma, die er damals kaum kannte, standen Leute aus der Nachbarschaft. Die Nachbarsfrau Janny, die er Tante Janny nannte, mit unzähligen goldenen Ketten an den Armen und knallrot lackierten Nägeln. Zwischen den Fingern hielt sie eine erloschene Zigarette. Wie zusammengeknautschte Teebeutel hingen ihre mit Mascara und blauem Lidschatten beschmierten Tränensäcke unter den Augen. Janny hatte einen Schlüssel, und als er drinnen zu schreien angefangen hatte, war sie gekommen und hatte ihn geholt. Sich um ihn gekümmert, ihn auf den Schoß genommen und an ihre enormen Brüste gepresst. Sie war es auch, die die Polizei gerufen hatte.

Links, etwas weiter hinten, standen zwei Männer, die im selben Häuserblock wohnten. Einer von ihnen mit goldener Halskette und dunkelblondem Haar, das ihm bis über die Ohren reichte, der andere mit Bauchansatz und einer kleinen Glatze. Es waren zwei der zahlreichen Männer, die gelegentlich bei seiner Mutter zu Besuch gewesen und ihm als Onkel vorgestellt worden waren. Onkel Heinrich, Onkel Johann, Onkel Dieter. Manchmal waren sie mit in ihr Zimmer gegangen, und dann hatte er immer einen Marsriegel oder einen Plüschbären geschenkt bekommen und den Auftrag, hundert Runden mit dem Fahrrad zu fahren und dabei ein Lied zu singen. Bis hundert zählen, das konnte er. Auch bis zweihundert, wenn es sein musste. Er lernte schnell dazu. Erst später, aber noch vor seinem siebten Geburtstag, hatte er kapiert, dass die Männer gar keine Onkel waren. Seine Mutter hatte immer geweint, wenn sie wieder aus dem Haus waren. Trotzdem standen sie nun mit traurigen Augen an ihrem Grab.

Ansonsten waren noch ein paar Leute da, die er eher oberflächlich kannte. Mütter von Schulkameraden, nicht viele.

Die Zahl der Trauergäste war nicht groß. Später würde noch ein einfacher Grabstein aufgestellt. Bezahlt hatte das Ganze die Gemeinde, wie seine Oma ihm später erzählte. Die würde sich auch um alles Weitere kümmern.

Langsam versank der Sarg in der Erde. Die fest um seine Schultern geschlossenen Eisenhaken drückten seine Knochen noch fester zusammen, Tränen fielen ihm in den Nacken. Seine Oma weinte, wurde ihm bewusst.

Er selbst weinte auch. Jeder weinte.

Seine Mutter war tot. Tot und begraben.

Das Treppenhaus war schlecht beleuchtet. Die Wohnungstüren im zweiten Stock waren hellblau. Er konnte sich nicht erinnern, wie sie früher ausgesehen hatten. Blau jedenfalls nicht. Die Tür zu seiner früheren Wohnung hatte kein Namensschild. Es war aber jemand zu Hause, er hörte drinnen einen Fernseher.

Tatsächlich zu klingeln ging ihm zu weit. Es war zwar seine alte Wohnung, hier hatte er früher gelebt, aber das lag ewig zurück. Und wer würde schon einen eins fünfundachtzig großen Typen mit Kurzhaarfrisur, ausgeleierten Jeans und einer alten Fliegerjacke in seine Wohnung lassen, damit er sich dort ein bisschen umschauen und Jugenderinnerungen ausgraben konnte? Was immer er sagen und so freundlich er auch lächeln mochte – die Sicherheitskette würde eingehängt bleiben. Und zwar zu Recht.

Maier drehte sich zu einer der anderen Türen um. Hier hatte Tante Janny gewohnt. Vielleicht wohnte sie da noch immer.

Spontan drückte er auf den Klingelknopf.

5

Man stelle einem zufälligen Passanten die Frage, wo er vor genau dreihundertneunundsechzig Tagen gewesen ist. Was er getan und wie er sich gefühlt hat. Man nenne kein Datum, sondern lediglich die genaue Anzahl von dreihundertneunundsechzig Tagen. Der Angesprochene wird die Stirn runzeln, zu rechnen anfangen und die Antwort schließlich schuldig bleiben.

Nicht so Wadim.

Wadim hatte nichts vergessen.

Wadim wusste genau, wo er vor dreihundertneunundsechzig Tagen gewesen war. So lange lag der Tod seines Bruders zurück. Seitdem hatte er jeden einzelnen Tag gezählt.

Nachdem er von seinen körperlichen Verletzungen genesen war, hatte er sich in Aufträge der Organisation gestürzt. Für Liquidationen, die nur zu zweit durchgeführt werden konnten, wurden ihm kurzfristige Partner zur Verfügung gestellt, die er grundsätzlich erst eine Woche vorher kennenlernte und danach nie wiedersah. Ihm war aufgefallen, dass die meisten professionell geschult waren, genau wie er und Juri. Auffällig viele stammten aus der Speznas, einer russischen Elitetruppe, die sowohl in der Armee als auch bei der Polizei und beim Sicherheitsdienst eingesetzt wurde.

Derzeit lag kein Auftrag an. Er hatte Kopf und Hände frei.

Auf diesen Augenblick hatte er hingelebt, dreihundertneunundsechzig Tage lang. Er hatte trainiert bis zum Umfallen, war gerannt, geklettert, hatte seine Reflexe geschult und sein Magazin wieder und wieder leergeschossen, bis er Prellungen an der Schulter und Schwielen an den Händen bekommen hatte. Auf die schwarze Pappsilhouette eines menschlichen Körpers oder die verbeulten, mit Steinen beschwerten Blechdosen hatte er immer wieder dasselbe Bild projiziert, dieselbe Visage mit ihrem Scheißgrinsen, und bei jedem Treffer hatte er sich das Aufplatzen des Schädels vorgestellt: *Bamm bamm. Bamm bamm.*

Wadim war in absoluter Topform. Seine Wunden waren verheilt, seine Muskeln hart wie Mahagoniholz, seine Wangen eingefallen, so viel hatte er trainiert.

Aber innerlich war er kaputt. Zerrissen. Unvollständig. Tag und Nacht spürte er diesen unerträglichen Schmerz, permanent, als hätte eine riesige Hand ihm das Herz aus dem Leib gerissen, ihm alle Knochen im Leib zertrümmert. Als wäre ein Teil seiner Seele abgestorben.

Nur eines hatte ihn bisher davon abgehalten, sich ein 9-Millimeter-Geschoss in die Schläfe zu jagen und diesem unerträglichen Zustand ein Ende zu bereiten. *Ein* unbedingter Wille: Vergeltung.

Jeder Schritt, den er machte, jeder Atemzug, der seine Lungen füllte – was immer er seither tat, tat er für Juri. Er hatte eine Mission, die erst erfüllt wäre, wenn Sil Maier ihm zu Füßen läge, aufgeschlitzt, krepierend, sich in Krämpfen windend. Wenn er darum bettelte, am Leben zu bleiben, und Schonung für seine Nächsten erflehte.

Wadim würde die offenen Wunden Maiers bepissen, er würde ihm alle zweihundertundsechs Knochen und Knöchelchen in seinem Körper zertreten, einen nach dem anderen, ein um das andere Mal, und er würde tanzen in seinem Blut.

Für Juri.

Nachträglich.

6

Die Klingel funktionierte nicht. Maier drückte ein paar Mal nacheinander auf den schwergängigen Knopf aus Bakelit, aber von drinnen war keinerlei Laut zu vernehmen. Er klopfte an die Holztür, zwar vernehmlich, aber verhalten genug, um den Bewohner nicht abzuschrecken.

Die Tür wurde quasi sofort geöffnet, allerdings mit vorgezogener Sicherheitskette. Durch den Spalt konnte er in den Flur blicken. Braune Fußbodenleisten, eine unruhige, in beige und grau gehaltene Tapete. Am Ende dieses Flurs lag das quadratische Wohnzimmer, und er konnte sich auch noch an die beiden kleineren Räume erinnern. Und wo das Bad mit der Dusche lag. Der Balkon mit den Wäscheleinen. In dieser Wohnung hätte er sich blind zurechtgefunden.

Für die Bewohnerin – Lockenwickler aus Metall im grauen, feuchten Haar, argwöhnischer Blick – war er dennoch ein Fremder.

»Entschuldigung«, sagte er und nickte seinem Gegenüber möglichst freundlich zu. »Ich suche Frau – Janny.« An den Nachnamen der älteren Nachbarin konnte er sich nicht erinnern.

»Die wohnt hier nicht mehr.«

»Wissen Sie vielleicht, wo sie hingezogen ist?«

Ein älterer Mann kam dazu. Graue Hose, weißes Hemd. Einer der Zipfel hing ihm lose über dem apfelrunden Bauch. »Wer will das wissen?«, fragte er in scharfem Tonfall.

»Maier. Silvester Maier.« Er deutete mit dem Kopf auf seine frühere Wohnungstür. »Ich bin hier nebenan zur Welt gekommen.«

Durch den schmalen Türspalt starrten zwei Augenpaare ihn an. Ob sie ihm glaubten, war schwer zu sagen.

»Nordfriedhof«, sagte der Mann schließlich. »Da finden Sie sie.«

»Nordfriedhof?«

»Janny Wittelsbach ist tot«, erklärte der Mann. »Krebs.«

»Wann ist sie denn gestorben?«

»Vor sechs Jahren. Es kommt immer noch Post für sie an. Man kann bei diesen Firmen x-mal anrufen, wenn man in deren Adresskartei einmal drinsteckt, kommt man nicht mehr heraus.«

»Kannten Sie meine Mutter noch?«

»Ihre Mutter?«

»Maria Maier.« Herrgott. Wann hatte er diesen Namen zum letzten Mal laut ausgesprochen?

Der Mann stellte sich breitbeinig hin und verschränkte die Arme. Machte keine Anstalten, die Tür weiter zu öffnen. »Maier ... Maier ... Warten Sie. Maier mit ›i‹?«

Maier nickte.

»Die hat allein gewohnt, oder? Mit einem kleinen Sohn.«

»Genau. Kannten Sie sie?«

»Nur so vom Sehen«, reagierte der Mann. »Wir wohnten damals noch im Heinrich-Braun-Weg.«

»Drei Straßen weiter«, erklärte seine Frau. Sie legte den Kopf schief und blickte ihn forschend an. »Maria Maier ... ja, das ist ganz schön lange her. Die hat sich doch totgesoffen, oder?«

Maier reagierte nicht.

»So hieß es damals«, fuhr die Frau fort. Sie kniff die Augen zusammen. »Ende der siebziger Jahre, oder? Vielleicht ein paar Jahre früher ... Ich glaube, sie hat ein Kind hinterlassen.

Einen Jungen. Er hat sie gefunden, damals. Tragisch.« Es klang nicht so, als hätte es ihr besonders viel ausgemacht. Ohne ihr nunmehr gesteigertes Interesse – oder war es Sensationslust? – verbergen zu können, fügte sie hinzu: »Oh, wie dumm von mir. Das waren natürlich Sie, stimmt's? Dieses Kind.«

»Wissen Sie, wer jetzt nebenan wohnt?«

»Ein türkisches Ehepaar«, murmelte der Mann und setzte eine säuerliche Miene auf. »Junges Paar um die zwanzig. Sprechen kein Wort Deutsch. Früher gab's hier nur Zigeuner, jetzt sind hier auch noch Türken. Keine Ahnung, wo die alle herkommen.«

»Der Mann spricht sehr wohl Deutsch«, sagte die Frau schnell. »Aber sie nicht. Sie schaut einem auch nie ins Gesicht. Ein ängstliches kleines Vögelchen ist das. Wolltest du nebenan klingeln? Vergiss es. Sie macht nicht auf, grundsätzlich nicht. Nur, wenn ihr Mann zu Hause ist. Versuch's lieber heute Abend noch mal. Es ist hier nicht mehr so wie früher.«

Unvermittelt hatte sie angefangen, ihn zu duzen. Den Sohn einer alleinstehenden Alkoholikerin brauchte man nicht mit Respekt zu behandeln.

»Letzte Woche haben sie einen Toten gefunden«, sagte der Mann. »Zwei Häuserblocks weiter. Der Kerl wohnte alleine. Seine Nachbarn wussten nicht mal, wie er hieß, keiner hat ihn vermisst. Ich will nicht wissen, wie lange ...«

Maier hörte schon nicht mehr hin. Hier war anscheinend nichts mehr herauszubekommen. »Vielen Dank noch mal«, murmelte er, wandte sich ab und ging die Treppe hinunter. Kurz darauf fiel oben die Tür ins Schloss.

Es nieselte. Bei seinem Auto stand eine kleine Gruppe von Jugendlichen. Ein junger Typ drückte mit der Schuhspitze gegen einen der Vorderreifen und schaute erschrocken auf, als Maier mit der Fernbedienung die Zentralverriegelung deaktivierte und die Lampen kurz aufblinkten.

Er ging zielstrebig weiter, nahm die Jugendlichen gar nicht richtig wahr. Sie wichen auseinander, um ihm Platz zu machen. Maier stieg ein und ließ den Motor an.

Was hatte er hier finden wollen? Siebenundzwanzig Jahre waren eine lange Zeit.

Die hat sich totgesoffen, hatte die Frau gesagt. Warum? Leicht war das Leben doch für niemanden gewesen, nicht hier im Hasenbergl. Und seine Mutter hatte einen Sohn gehabt, einen Jungen, für den sie der Mittelpunkt der Welt gewesen war. Hatte ihr das so wenig bedeutet, ihr Leben so wenig bereichert? Oder war es genau umgekehrt, war er selbst der Grund dafür gewesen, dass sie nicht mehr hatte leben wollen? War ihr Sohn die Verkörperung ihres Scheiterns? War die Schande zu groß gewesen?

Seine Großmutter hatte es gewusst, doch nie darüber sprechen wollen. Auch nicht, als er älter war und seine Fragen nachdrücklicher, schärfer wurden.

»Manchmal ist die Vergangenheit nichts als Ballast«, hatte sie ein paar Monate vor ihrem Tod gesagt. »Denk lieber nicht darüber nach. Es ist nicht wichtig. Du bist jetzt hier, darauf kommt es an. Sieh zu, dass du es besser machst als ich und deine Mutter. Geh studieren, such dir eine ordentliche Arbeit.« Diesen Ratschlag hatte er sich zu Herzen genommen.

Doch der Weg der Selbstzerstörung war stets nur einen kleinen Schritt entfernt gewesen. Es zog ihn dorthin. Wie Raucher das Nikotin brauchen, Alkoholiker den Alkohol, so brauchte er Gefahren, Adrenalin. Dass er noch lebte, war eher Glück als Klugheit geschuldet.

War das erblich? War er mit den Selbstzerstörungsgenen seiner Mutter belastet? Und wie verhielt es sich dann mit der anderen Hälfte? Irgendwo auf der Welt musste sein Vater herumspazieren, falls er noch lebte. Wer war dieser Mann? Wer hatte seine Mutter geschwängert und sie dann sitzenlassen? Vielleicht einer seiner angeblichen *Onkel*? Hoffentlich nicht. Allein schon bei der Vorstellung, dass so jemand vielleicht sein Vater war, wurde ihm speiübel.

Manchmal ist die Vergangenheit nichts als Ballast ...

In Gedanken versunken fuhr er über eine Hauptverkehrsstraße aus dem Hasenbergl heraus. Wo er eigentlich hinwollte, wusste er nicht, und so folgte er schließlich den Schildern Richtung Nordfriedhof.

Wenn man nicht darüber nachdachte, dass hier überall Menschen unter der Erde lagen, dass Tausende, wenn nicht Hunderttausende auf diesem immens großen Friedhof ihre letzte Ruhestätte gefunden hatten, konnte man meinen, man befände sich in einem ganz normalen, gepflegten Park mit alten Bäumen, schönen Bauten und Statuen, an denen Rosen emporrankten. Hier und dort standen Sitzbänke. Eine fahle Sonne schien vom Himmel herab, die Grabsteine warfen lange, rechteckige Schatten auf die Kieswege. Bis auf das Gezwitscher der zahllosen Vögel, die pfeilschnell zwischen den Zweigen hindurchflatterten, und das Getucker kleiner Traktoren und sonstiger Gefährte mit Anhängern war es hier ganz still. Ein paar Gärtner kümmerten sich um Gräber und Bepflanzungen, in unregelmäßigen Abständen lagen Abfallhaufen herum: verwelkte Topfchrysanthemen, Veilchen, von weißem Wurzelwerk durchzogene Erdklumpen, Tonscherben.

Er konnte keine Logik in der Abfolge der Gräber erkennen. In langen Reihen lagen hier alle durcheinander: Männer, Frauen, Kinder. Viele Familiengräber. Den Inschriften zufolge aus dem neunzehnten Jahrhundert stammende Steine, von Flechten überzogen und mit bis zur Unkenntlichkeit verwitterter Schrift, standen neben ganz neuen aus glattem, glänzendem Granit, mit frischen Blumen geschmückt.

Er ging zu einem Übersichtsplan. Der Friedhof war in mehr

als zweihundert Abschnitte unterteilt. Wie viele Gräber das pro Abschnitt sein mochten? Jedenfalls viele. Sehr viele.

Was tat er hier eigentlich? Was für einen Sinn hatte es, nach Jannys Grab zu suchen? Mit ihr reden konnte er doch nicht mehr. Da hätte er früher kommen müssen.

Genauso sinnlos war es, nach dem Grab seiner Mutter zu suchen. Das wäre längst verschwunden. Seine Großmutter hatte das Grabrecht nicht mehr bezahlt, er selbst auch nicht. 1977 war seine Mutter gestorben. Nach einer gewissen Zeit wurden solche Gräber geräumt, nach zehn, zwanzig Jahren vielleicht.

Es schien sinnvoller, ins Zentrum zurückzufahren und zu erkunden, wo sich das Münchner Einwohnermeldeamt befand. Vielleicht war dort jemand bereit, seine Geburtsurkunde aus den Archiven hervorzukramen. Die Wahrscheinlichkeit, dass der Name seines Vaters dort vermerkt wäre, war zwar sehr gering, aber einen Versuch war es wert.

Neben dem Friedhof, der mindestens so groß war wie vier Fußballplätze, fiel ihm ein längliches gelbes Gebäude mit rotem Ziegeldach, hellen Arkaden, Säulen und in Pastelltönen gehaltenen Wandbildern auf. Maier kannte dieses Gebäude – wieder war eine Erinnerung hochgekommen. Irgendwo in diesem mediterran wirkenden Komplex hatte er neben seiner Oma gesessen, das Deckengewölbe angestarrt und den seiner Mutter gewidmeten Worten des Pastors gelauscht. Viel verstanden hatte er nicht. Von diesem Gebäude aus war der Sarg zum Grab getragen worden. Parfümduft – Eau de Cologne –, Gesichtspuder, Schluchzen.

Maier beschleunigte seine Schritte. Dieser Weg musste es gewesen sein. Eine Tanne, die reichlich Schatten spendete, dann nach links. Verdammt. Sein Herz geriet aus dem Takt, sein Gesicht erstarrte. Verdammt, verdammt. Da rechts. Ja, genau da. Eine Tumba mit einem enormen Adler. Dann wieder geradeaus. Vorbei an einem monströsen Grab mit trauernden Engeln, an ihren riesigen Flügeln. Irgendwo dahinter lag es. Unwillkürlich ging er schneller. Zog die Nase hoch, wischte sie ab, mit der Faust.

Noch einmal nach links. Oder nach rechts? Nein, links. Ein junger Mann, der eine mit Werbung bedruckte rote Latzhose anhatte, kniete vor einem der Gräber und zerrte Pflanzen aus dem Erdreich. Er würdigte Maier keines Blickes, als dieser vorüberging.

Immer schneller ging er, gehetzt.

Hier war es. Genau hier.

Er blieb stehen. Wie gelähmt, ungläubig, fassungslos. Kraftlos hingen seine Arme herab, er spürte, wie ihm das Blut durch den Kopf rauschte.

Vor der Grabplatte standen ordentlich gepflegte Rosensträucher. Die Inschrift in dem schlicht gehaltenen Stein war mühelos zu entziffern:

MARIA MAIER
1948–1977

7

Maier zwang sich, die Inschrift noch einmal zu lesen, diesmal richtig, Buchstabe für Buchstabe. Doch so langsam und konzentriert er auch lesen mochte: Die Lettern setzten sich immer wieder zum Namen seiner Mutter zusammen. Darunter ihr Geburtsjahr, ein Bindestrich und dann das Todesjahr.

Vielleicht hatte er sich getäuscht. Vielleicht dauerte es doch dreißig Jahre, bis die Gemeinde die Gräber räumte, nicht nur zehn oder zwanzig. Vielleicht waren in Deutschland, in diesem Bundesland oder eben auf diesem Friedhof dreißig Jahre normal – was wusste er schon davon?

Er drehte sich zu dem Kerl in der roten Latzhose um, der ein paar Meter weiter an einem rechteckigen Beet beschäftigt war. Er zerrte verwelkte Topfpflanzen aus der Erde und warf sie treffsicher in eine Schubkarre, die auf dem Kiesweg stand, ohne sich auch nur nach ihnen umzusehen.

»Entschuldigung?«, sagte Maier.

Unwillig blickte der Angesprochene auf, die Augen zum Schutz vor der Sonne leicht zusammengekniffen.

»Können Sie mir sagen, nach welchem Zeitraum die Gräber hier normalerweise geräumt werden?«

Der Mann musterte ihn kurz, zog einen seiner Handschuhe aus und wischte sich ein bisschen Schmutz unter dem Auge weg. »Wenn niemand mehr dafür bezahlt, meinen Sie?«

Maier nickte bestätigend.

»Nach zehn Jahren.«

»Sind Sie sicher? Immer nach zehn Jahren?«

»Hundert pro.«

Maier schaute noch einmal zum Grab seiner Mutter, das mysteriös und unangetastet vor ihm lag, der Grabstein zum Teil von Schatten bedeckt. »Also, wenn ein Grab älter als fünfundzwanzig Jahre ist …«

»Dann ist das Grabrecht bezahlt. Klarer Fall.« Der Gärtner kam von den Knien in die Hocke, stemmte die Hände in die Seiten und drückte den Rücken durch. Dabei verspürte er anscheinend einen Schmerz und verzog kurz das Gesicht. »Um welches Grab geht es denn? In dieser Ecke hier kenne ich fast alle.«

Maier deutete auf den grauen Grabstein. »Um dieses.«

»Verwandtschaft?«

Maier schwieg. »Meine Mutter«, sagte er schließlich leise.

Der Mann schaute zu dem Stein, las die Inschrift, ließ dann seinen Blick zwischen dem Grabstein und Maier hin und her wandern. Schließlich nickte er verständnisvoll. »Das muss schwer gewesen sein. Sie waren noch sehr jung.«

»Schwer ist es immer«, antwortete er, und seine Gedanken schweiften zu einem anderen Begräbnis ab, das längst nicht so lange zurücklag wie das von Maria Maier. Letztes Jahr hatte er Abschied nehmen müssen von Alice, die nach seiner Mutter und seiner Oma die dritte wichtige Frau in seinem Leben gewesen war. Den Trauergottesdienst hatte er nur überstanden, indem er sich klarmachte, dass in dem glänzenden weißen Sarg, unter den sündhaft teuren Rosen, kein Mensch mehr lag.

Auch hier auf dem Nordfriedhof lagen lediglich sterbliche Hüllen unter der Erde. Verbrauchte menschliche Verpackungen. Abgestorbenes Fleisch, seelenlos, wesenlos. Die Seele, der Geist oder was immer es war, das einen träumen und nachdenken, Schmerz, Mitleid und Liebe empfinden ließ, jenes ungreifbare und unbegreifliche Wesen, das sich vorübergehend einen Körper geliehen hatte, um darin zu wohnen und ihn zu leiten – wenn dieses Etwas nach dem Tode weiterexistierte, dann hielt es sich bestimmt nicht an einem Ort wie diesem auf.

»... Und dran gewöhnen tut man sich auch nicht«, fügte Maier hinzu. Er holte seine Zigaretten aus der Innentasche und hielt die halb geöffnete Packung dem Gärtner hin.

»Ich rauche nicht. Trotzdem danke.«

Maier drückte die Packung am oberen Rand zusammen und steckte sie weg.

»Sie wohnen nicht in München, oder?« Sein Gegenüber musterte ihn mit gesteigertem Interesse. »Sie sind von hier und nicht von hier. Dieser Akzent ... Ich kann's nicht genau sagen, aber ...«

»Wie kann ich herausbekommen, wer dieses Grab pflegt?«, unterbrach Maier ihn.

»Das ist nicht sonderlich schwer. Von ein paar Ausnahmen abgesehen, werden die Gräber hier alle von uns gepflegt. Das hat sich im Laufe der Jahre so ...«

»Aber wer bezahlt für die Pflege des Grabes meiner Mutter?«

Der Mann zuckte die Schultern. »Das müssen Sie meinen Chef fragen. Damit hab ich nichts zu tun.«

»Und wo finde ich Ihren Chef?«

Mit dem Kinn deutete der Mann auf einen roten Anhänger mit weißer Schrift auf der Seite, der am Anfang des Wegs im Schatten von ein paar Bäumen stand.

»Da stehen Adresse und Telefonnummer drauf. Fragen Sie am besten nach Herrn Rainer Hesselbach. Und wenn Sie da nicht weiterkommen, versuchen Sie es vielleicht am besten beim Kreisverwaltungsreferat.«

»Kreis... was?«

»Kreisverwaltungsreferat, in der Poccistraße.«

»Und was soll ich da?«

»Was Sie da sollen? Da sitzen die Friedhofsverwaltung und das Einwohnermeldeamt. Da müssen Sie zum Beispiel hin, wenn Sie das Grabrecht verlängern wollen. Ich schätze, dass Sie dort bessere Chancen haben als bei meinem Chef.« Er hielt den Kopf schräg. »Ich weiß nicht, ob er solche Informationen überhaupt herausgibt. Man weiß schließlich nie, was mit Adressen hinterher angestellt wird.«

8

Susan Staal wohnte in der Altstadt, im ersten Stock eines renovierten, jahrhundertealten Häuserblocks. Zu ihrer Wohnungstür gelangte man über eine zur Straße hin offene Steintreppe, ebenso zur Nachbarwohnung. Die verkehrsarme Straße vor dem Haus schmiegte sich an eine beeindruckende Kathedrale. Knotige, mit grünem Belag überzogene Wurzeln uralter Bäume drückten die Pflastersteine aus ihren Fugen.

Letzte Woche hatte Wadim hier einen großen, dürren Kerl ein- und ausgehen sehen. Einen Junkie mit langen, orangegelb gefärbten Haaren und hängenden Schultern. Ab und zu war eine Tussi dabei gewesen. Nicht Susan Staal.

Die schien umgezogen zu sein, genau wie Maier. Und das war nervig.

Die Adressen sowie ein paar Fotos von Maier und seiner Freundin hatte er vor gut einem Jahr bekommen, mit dem Auftrag, Maier aufzuspüren, das Geld sicherzustellen, das dieser der Organisation entwendet hatte, und ihn dann zu liquidieren. Weitere Informationen hatte er nicht bekommen.

Wadim hatte sich bereits auf eine mühsame, frustrierende Suche mit unsicherem Ergebnis eingestellt, doch dann stand gestern Abend auf dem für Susans Kennzeichen reservierten Parkplatz plötzlich ein Auto. Ein kleiner schwarzer Geländewagen.

Mit frischer Energie hatte Wadim wieder Posten bezogen, die ganze Nacht über, an der Rückseite des Häuserblocks.

Reglos. Unsichtbar. Genau wie er es gelernt und hundertfach praktiziert hatte.

Um Viertel vor drei war bei den Flügeltüren der Terrasse ein Schemen aufgetaucht. Wadim hatte den Infrarotscheinwerfer seines Nachtsichtgeräts eingeschaltet und prompt ein klares, scharfes Bild bekommen.

Die Frau, die dort im ersten Stock die Stirn an die Glasscheibe presste, war Susan Staal.

Am Morgen, als sie zu ihrem Auto ging, hatte er dann die Gelegenheit gehabt, sie bei Tageslicht in Augenschein zu nehmen. Halblanges braunes Haar, voll und glänzend. Dunkle, relativ große Augen. Vom Körperbau her etwas grob, insgesamt aber durchaus nicht unappetitlich in ihrer engen Jeans. Sie hatte allerlei Apparate und Stative in ihren Wagen geschleppt und war losgefahren. Besonders fröhlich hatte sie nicht ausgesehen.

Wadim rührte sich nicht vom Fleck. Ließ den Blick aus seinen kalten graugrünen Augen über die Fassaden der Häuser gleiten. Nur einige Fenster gingen auf diese Einbahnstraße hinaus, und tagsüber parkten hier nur wenige Wagen. Lauter Pendler, während der Büroarbeitszeit war die kleine Straße völlig ausgestorben.

Ganz leicht legte sich Wadims Gesicht in Falten. Der Anflug eines Lächelns trat auf seine Züge, um im nächsten Moment einer ausdruckslosen Maske zu weichen.

9

»Einen Augenblick, bitte. Warten Sie hier.« Die blonde Frau stand vom Schalter auf und verschwand durch eine Tür in der Holzwand.

Maier hakte die Daumen in die Taschen seiner Jeans. Das Interieur sah ungefähr so aus, wie er es erwartet hatte: glänzende Grabsteine, Kränze, Trauerbänder, Porzellantöpfe und Blumengestecke. Viele Rosen und Lilien. Trotz der mächtigen Panoramascheibe, die sich über die gesamte Länge des Verkaufsraums zog, war es drinnen finster. Die dunkle Decke und holzverkleideten Wände verstärkten die Grabesstimmung noch. Die Gärtnerei hatte wirklich alles dazu getan, auf keinen Fall auch nur den Hauch von Fröhlichkeit auszustrahlen.

Der Tod war eine ernste Angelegenheit.

Er sah auf die Uhr. Acht Minuten. Musste die Frau ihren Chef erst noch ausbuddeln?

Maier fing an, vor dem Schalter auf und ab zu gehen, und strich dabei mit der Hand über die glatten, kalten Natursteine. Obschon in dezentem Braun gehalten, wiesen sie unruhige Muster auf, die ihn an Wetterkarten voller aktiver Tiefdruckgebiete erinnerten. Draußen kamen unablässig Autos an oder fuhren wieder ab, durch die getönte Scheibe gelblich eingefärbt. Geräusche von der Straße drangen so gut wie gar nicht in den Verkaufsraum vor.

Neun Minuten.

Dass sie den Namen und die Adresse eines ihrer Kunden nicht ohne Weiteres herausgeben würden, konnte er sich vorstellen. Nüchtern betrachtet waren sie ihm natürlich nichts schuldig. Das hier war ein Geschäft, keine karitative Einrichtung.

Aber es ging immerhin um das Grab seiner Mutter.

Hesselbach begleitete seinen Auftritt mit einer Menge Husten und Schnaufen. Ein konservativ wirkender, schlanker Mann zwischen fünfzig und sechzig. Graue Haare, Jeans mit Bügelfalte, blaues Hemd. Als Blickfang fungierte ein Schlips in Zuckerstangenrosa.

Mit ausgestreckter Hand ging der Mann auf Maier zu, aber sein Gesichtsausdruck war alles andere als offenherzig. »Frau Wittenberg sagte, Sie seien auf der Suche nach einem unserer Vertragspartner.«

»So ungefähr, ja«, sagte Maier ruhig und drückte ihm die Hand. »Unter anderem.«

»Ich fürchte, da können wir Ihnen nicht helfen.«

»Pardon?«

»Wie Frau Wittenberg Ihnen zweifellos schon gesagt hat, dürfen wir Kundendaten nicht an Dritte weitergeben.«

Maier hob die Brauen. »Es geht um das Grab meiner Mutter. Andere Angehörige habe ich nicht. Und sie meines Wissens genauso wenig. Also ...«

Hesselbach hörte ihm kaum zu. »Sie müssen sich an die Behörden wenden. Tut mir leid.« Seine Augen glitzerten kalt. Es tat ihm überhaupt nicht leid.

Aber vielleicht wurde er ja etwas zutraulicher, überlegte Maier, wenn er ihm ein Würstchen vor die Nase hielt. »Bei allem Respekt vor Ihrem derzeitigen Vertragspartner und Ihrer Arbeit: Ich habe das Grab soeben zum ersten Mal besucht und festgestellt, dass es ziemlich schlicht wirkt. Ich würde gern in den laufenden Vertrag eintreten und ein paar Zusatzleistungen in Anspruch nehmen. Da bin ich hier doch an der richtigen Adresse, oder?«

»Wenn es um einen neuen Vertrag ginge, wären Sie das. Aber davon kann noch keine Rede sein. Ich muss ...«

»Jemand hat über fünfundzwanzig Jahre für das Grab meiner Mutter Sorge getragen«, fuhr Maier fort. »Das Grabrecht und die Grabpflege regelmäßig bezahlt. Bevor ich den Vertrag übernehme, würde ich mich gern bedanken und vielleicht das eine oder andere besprechen. Das ist doch nicht so ungewöhnlich, oder? Aber dafür muss ich natürlich Kontakt mit dem Betroffenen aufnehmen.« Absichtlich ließ Maier eine kurze Pause entstehen. »Es wäre doch ziemlich umständlich, wenn ich ihn nun über irgendwelche Umwege aufspüren müsste, während Sie die Daten hier in Ihrer Kundendatei haben.«

»Sparen Sie sich die Mühe. Gehen Sie zum Kreisverwaltungsreferat. Die können Ihnen weiterhelfen. Mehr kann ich derzeit nicht für Sie tun.«

»Sie meinen, mehr wollen Sie nicht tun.«

Hesselbach reagierte mit einem verärgerten Schulterzucken. »Verstehen Sie es, wie Sie möchten.«

Ein kräftiger Kinnhaken, dachte Maier, und dieses Ekelpaket kann vorläufig seinen eigenen Namen nicht mehr aussprechen – und anderen Leuten nicht mehr so patzig kommen. Allmählich fragte er sich, ob dieser Mann vielleicht erst vor Kurzem hier angefangen hatte, nach einer jahrelangen Laufbahn bei irgendeiner Behörde. Zumindest erweckte er stark diesen Eindruck. Der Beamte in Reinkultur. So ein Typ, der sich an der Hausordnung aufgeilte.

Maier ballte die Fäuste in den Jackentaschen und zählte stumm bis zehn. In gemessenem Tonfall sagte er: »Ich bin nur vorübergehend in München. Ich habe keine Zeit für dieses Getue. Verstanden?« Er sah Hesselbach mit festem Blick ins Gesicht, um keinen Zweifel daran aufkommen zu lassen, dass eine Grenze erreicht war und dass die Sache aus dem Ruder laufen würde, wenn er seine Haltung nicht änderte.

Hesselbach drückte den Rücken durch. »Auch wenn ich bereit wäre, eine Ausnahme zu machen – heute geht es einfach nicht.«

»Jetzt hören Sie mal zu, wenn ...«

»Sie lassen mich nicht ausreden. Sie haben einen schlechten Tag erwischt, unsere Computeranlage streikt.«

»Und es gibt keinen Ausdruck?«

Hinter Hesselbach erschien wieder die Blondine. Anscheinend hatte sie die ganze Zeit hinter der Holzwand gestanden und gelauscht. Nachdrücklich schüttelte sie den Kopf. »Wir warten auf jemanden, der das alles wieder in Gang bringt«, sagte sie leise.

Maiers Blick wanderte zwischen den beiden hin und her. Kurz zweifelte er, dann holte er tief Luft und sagte: »Okay. Und wann ...«

»Am Montag«, sagte Hesselbach erleichtert. »Montag kommt jemand. Wenn Sie am Nachmittag noch mal vorbeischauen könnten, dann sehe ich, was ich für Sie tun kann.«

10

Es war schon fast dunkel, als Susan den Vitara wieder auf dem Anwohnerparkplatz abstellte. Sie nahm ihre Tasche, hängte sie sich über die Schulter und ging, wegen des Regens leicht gebückt, zur Rückseite des Autos, um die Stative und Fototaschen herauszuhieven.

Den gesamten Rückweg über hatte sie im Stau gestanden: eine fünfzig Kilometer lange Pendlerhölle. Fast drei Stunden hatte es sie gekostet, während der Regen unablässig auf das Dach geprasselt war und die Scheibenwischer permanent nervtötende Quietschgeräusche von sich gegeben und das Radio mühelos übertönt hatten.

Der Tag hatte vielversprechend begonnen. Eine dünne Wolkenschicht, die mehr als genügend Licht durchgelassen hatte, Fotomodelle, die sich ganz natürlich gegeben und Apparate, die ihre Funktion erfüllt hatten. Nachdem sie etwas gegessen und geduscht hätte, würde sie die Fotos sofort hochladen. Von der Login-geschützten Seite aus könnte die Fotoredaktion sie dann gleich morgen früh abrufen. Sie würden zufrieden sein, da war Susan sich sicher.

Susan Staal war *back in business*.

Die Tragegurte der Koffer und Taschen schnitten ihr in die Schultern. Sie klemmte sich die unhandlichen Stative unter den Arm, drückte die Heckklappe zu und schloss den Wagen ab. Blickte in den Himmel hinauf. Noch immer grau. Es sah nicht so aus, als ob sich daran dieses Wochenende noch etwas ändern würde.

Während sie die Straße überquerte und nach dem Haustürschlüssel suchte, nahm sie sich vor, den erstbesten Auslandsauftrag, den sie ergattern konnte, anzunehmen. Afrika, Australien oder auch Nahost – alles prima. Es war ihr egal, Hauptsache weit weg. Sie musste dringend neue Leute treffen, neue Gegenden erkunden.

Aber fürs Erste wäre sie auch mit einer heißen Dusche, einer Pizza und einer Dose Bier zufrieden.

Sie ging die Treppe zu ihrer Wohnung hinauf, lehnte die Stative an die Wand und steckte den Schlüssel ins Schloss. Auf dem Absatz war es dunkel und still. Schade, dass Sven Nielsen nicht mehr nebenan wohnte.

Sie drückte die Tür auf und zog rasch die Stative mit in den Wohnungsflur, um sie dort an die weiße, mit Gips verputzte Wand zu lehnen, die von früheren Aktionen dieser Art schon jede Menge Kratzer und Spuren abbekommen hatte. Die Koffer und Taschen stellte sie auch erst mal neben- und übereinander bei der Tür ab. Später würde sie sie wegräumen und die Batterien aufladen. Jetzt erst etwas essen und dann unter die Dusche.

Im nächsten Augenblick schloss sich eine grobe Hand um ihre Nase und ihren Mund. Jemand drückte ihr einen Gegenstand aus Metall an die Schläfe.

11

»Herr Hesselbach ist heute nicht im Büro. Es tut mir leid.«
Unsicher flitzten die Blicke der Blondine über Maiers Gesicht.

Er war sich so gut wie sicher, dass sie log. Ihre Haltung, ihr Gesichtsausdruck, alles deutete darauf hin. Außerdem standen auf dem eingezäunten Parkplatz hinter der Firma genau dieselben Autos wie letzten Freitag. In einem davon, einem makellosen Passat mit verchromtem Ichthys-Symbol auf der Heckklappe, hatte Maier ein Versandhauspaket liegen sehen. Adressiert an R. Hesselbach.

Natürlich, das konnte Zufall sein. Vielleicht hatte Hesselbach ja einen Bruder, der auch hier arbeitete, während er selbst immer mit dem Fahrrad kam. Oder zu Fuß. Oder er hatte seinen Wagen der Blondine ausgeliehen. Oder jemand hatte das Paket für ihn abgeholt.

Die Frau war zögernd vor ihm stehen geblieben, ihre schlanken Finger ruhten auf der Natursteinplatte der Rezeption. Maier fiel auf, dass sie leicht zitterten.

»Holen Sie ihn.«

»Aber ...«

Maier beugte sich vor. »Sofort.«

Sie wurde blass. Hastig stieß sie die Tür in der Holzwand auf und verschwand.

Hesselbach war diesmal ein bisschen schneller als letztes Mal: Fast augenblicklich tauchte er im Türrahmen auf, mit verschränkten Armen. »Herr Maier«, setzte er in vorwurfsvollem Tonfall an, »was Sie ...«

»Ich will jetzt diese Adresse.« Maier stemmte die Hände links und rechts von sich auf die Marmorplatte und beugte sich leicht vor. »Und einen Namen. Mehr nicht. Dann bin ich wieder weg.«

»Das geht nicht. Das verstößt gegen die Regeln. Es wäre mir lieber, wenn Sie ...«

»Welche Regeln? Ihre eigenen vielleicht?«

Hinter ihm auf dem Flur nahm Maier eine Bewegung wahr. Die Blondine behielt Hesselbach und ihn aus sicherem Abstand im Blick, ein Mobiltelefon in der Hand. Offenbar war ihr gesagt worden, dass sie die Polizei rufen sollte, falls die Geschichte aus dem Ruder liefe.

»Das ist die Etikette unserer Firma, Herr Maier. Wir können nicht einfach mit Adressen um uns werfen. Sonst könnte ja jeder Hinz und ...«

Maier schlug mit der flachen Hand auf den Tresen. »Fängt dieses Theater jetzt wieder an? Am Freitag haben Sie mir noch erzählt, Sie hätten ein Computerproblem.«

Streitlustig hob Hesselbach das Kinn. »Das haben wir auch immer noch.«

Maier zählte in Gedanken bis zehn. Dann bis zwanzig. Bis dreißig. Vierzig. »Und wird das in absehbarer Zeit behoben sein?«

»Das wissen wir leider nicht.«

Er fixierte Hesselbach genau. Wahrscheinlich log der Mann. Aber falls er doch die Wahrheit sagte, war die Chance, dass Maier das System wieder zum Laufen brachte, ziemlich groß. Er hatte sich zwar bereits vor einer ganzen Weile aus der Computerbranche verabschiedet, und seither hatte sich unglaublich viel verändert. Aber an die nötigen Informationen würde er schon noch herankommen, davon war er überzeugt, so marode und korrupt das System auch sein mochte.

Das konnte er später noch in Angriff nehmen. Heute Nacht.

Die Idee geisterte ihm kurz durch den Kopf. Im nächsten Augenblick hatte er sie schon wieder verworfen.

Die vergangenen Nächte hatte er in Grübeleien versunken wach gelegen, an die Decke seines merkwürdigen Hotelzimmers gestarrt und sich gefragt, was er eigentlich bislang übersehen hatte. Viele Erinnerungen waren wieder hochgekommen, an Dinge, die er lange weggestopft hatte. Die Armut. Die Kälte. Die Männer, die seine Mutter besucht hatten. Die Blicke, die sie ihm zugeworfen hatten. Die Art und Weise, wie sie seine Mutter berührt hatten. Heute war Maier schon beim Aufstehen in einer besonders reizbaren Stimmung gewesen. Er wollte es wissen, jetzt. Nicht heute Abend, nicht morgen. Sondern jetzt. Er war es mehr als leid, sich von diesem Hanswurst schikanieren zu lassen.

Maier fixierte Hesselbachs vor Ärger straff angespannte Miene, und erst jetzt wurde ihm richtig bewusst, dass es nur eine einzige Sprache gab, die dieser Mann verstehen würde.

»Vielleicht habe ich mich nicht deutlich genug ausgedrückt.« Maier ergriff Hesselbachs Schlips, schlang ihn einmal um seine Faust und zog den Mann dann mit einem Ruck zu sich heran. Hesselbach hing nun halb über dem Marmortresen, mit verdrehtem Kopf. Mit der einen Hand versuchte er, seinen Schlips zu fassen zu bekommen, mit der anderen krallte er sich an der Steinplatte fest. Seine Füße zappelten in der Luft.

Aus dem halbdunklen Gang hinter Hesselbach waren Schritte zu hören, die sich hastig entfernten. Schätzungsweise blieben Maier sechs bis sieben Minuten, um die Adresse aufzutreiben, bevor er zusehen musste, dass er hier wegkam.

Er kletterte über den Tresen und packte den Kerl an den Haaren. Das Knacken des Nasenbeins wurde von dem lauten Rumms übertönt, mit dem Hesselbachs Gesicht auf dem Marmor landete. Und von dem Gebrüll aus seiner Kehle.

Maier riss ihm den Kopf in den Nacken. Es war noch mehr gebrochen als bloß das Nasenbein. Zum Beispiel fehlte auch einer der Schneidezähne. Aus Mund und Nase strömte sauerstoffreiches, hellrotes Blut. Es rann Hesselbach in schnellen Strömen übers Kinn und landete in Spritzern auf seinem Hemd, der Hose und dem Fußboden.

»Hoch jetzt, los!« Er hievte den Kerl auf die Füße.

»Marsch, nach hinten durch!«

Er hörte die Blondine am Telefon voller Panik die Ortsangabe durchsagen. Noch fünf Minuten, höchstens sechs, dann stünde hier ein Polizeiwagen vor der Tür. Eins war sicher: Eine offizielle Anfrage beim Kreisverwaltungsreferat konnte er jetzt vergessen.

Er drehte Hesselbach den rechten Arm auf den Rücken und zog ihn nach oben. Seine andere Hand krallte sich in den grauen Schopf. »Los jetzt!«

Prustend und schwankend, als ob er betrunken wäre, setzte der Mann sich in Bewegung.

»Schneller!«, brüllte Maier.

Fünf Minuten.

Der Flur entpuppte sich als kleiner Vorraum, und die Tür zum Büro stand offen. Dort sah es noch trauriger aus als vorne im Verkauf. Ein brauner Fliesenboden mit grauen Metalltischen, die je ein Viertel des Raums in Anspruch nahmen. Ansonsten war das Büro leer. Von der Blondine keine Spur.

Maier zählte vier PCs. Auf den Flachbildschirmen flimmerten unterschiedliche Screensaver. Aus den Gehäusen summte es leise vor sich hin, ein mechanisches Geräusch kleiner Ventilatoren, das sich völlig gesund anhörte. Vier einzelne Computer. Kein Netzwerk.

»Welcher ist es?«, brüllte Maier. »Verdammt, welcher Computer?«

»Nein, kein Computer. Mappe … Schrank.«

Maier drückte Hesselbach sein Handgelenk kräftig zwischen die Schulterblätter und verstärkte den Griff ins Haar.

»Wo?«

Hesselbach jammerte, stöhnte und spuckte Blut, in einem fort.

Vier Minuten.

»Da drüben ... am Fenster.«

Ein Archivschrank aus Metall. Drei Schubladen übereinander.

Maier gab Hesselbachs Arm und Kopf frei. Jetzt konnte der andere jederzeit auf ihn losgehen, aber irgendwie glaubte Maier nicht, dass er es tatsächlich tun würde.

Mit bebenden Händen zog der Mann die zweite Schublade auf. Sie enthielt eine lange Reihe von Hängeregistern mit kleinen Plastikschildchen.

»Hier«, sagte Hesselbach, »diese ist es.« Er holte eine Mappe heraus und legte sie auf einen der grauen Schreibtische. Klappte sie auf und fing an, hastig darin zu blättern. Frisches Blut tropfte auf die weißen Seiten.

Es waren Verträge.

»Da«, sagte Hesselbach und deutete mit bebendem Finger auf das Papier. »Hier, dieser. Maria Maier.«

Zwei Minuten.

Maier beugte sich vor. Ließ den Blick über den Text wandern und landete schließlich bei dem Namen, gefolgt von einer Unterschrift. Er las ihn ein zweites Mal.

S. H. Flint, Domaine Capitaine Danjou, 13114 Puyloubier, Frankreich.

Hesselbach stahl sich seitlich davon, wie eine scheue Krabbe, wobei er sich Mühe gab, möglichst wenig Geräusch zu machen.

Maier registrierte es, war aber durch den Vertrag zu sehr in Beschlag genommen, um darauf zu achten.

Kannte er jemanden namens Flint? Der in Frankreich lebte, und dann auch noch auf einem Landgut?

Seine Blicke flitzten über das Formular. Ansonsten stimmte alles. Der Name seiner Mutter ebenso wie die Ortsangabe des Grabs. Er wiederholte sich den Namen: Flint. Er konnte nichts damit anfangen. Weder mit dem Namen noch mit der Adresse.

Martinshörner. Er hörte sie jetzt ganz deutlich. In raschem Tempo kamen sie näher.

Zeit zu gehen.

Mit Mühe riss er seinen Blick von dem Formular los, rannte nach draußen, öffnete mit der Fernbedienung die Türen des Carrera und ließ sich in den ledergepolsterten Fahrersitz fallen.

Kaum hatte er den Wagen angelassen und war auf die Straße gefahren, bog ein Polizeiwagen um die Ecke. Im Rückspiegel sah er das weiß-grüne Fahrzeug schräg auf dem Bürgersteig anhalten, genau vor dem Laden. Die Autotüren flogen auf, und zwei Polizisten sprangen heraus; der eine legte demonstrativ die Hand an sein Waffenholster. Ein zweiter Wagen kam fast im selben Moment mit gellender Sirene vor dem Gebäude zum Stillstand.

Die Münchner Polizei nahm ihre Aufgabe ernst.

Es schien ihm angeraten, gleich zum Hotel weiterzufahren und seine Sachen zusammenzupacken.

12

Durst. Schrecklicher Durst.

Die Zunge klebte ihr am Gaumen wie ein dicker Wattebausch. Ein dröhnender Schmerz hinter den Augenhöhlen. Sie kniff die Augen zu und öffnete sie wieder, in der Hoffnung, den Schmerz dadurch ein wenig zu lindern oder vielleicht vorübergehend zu überwinden, aber es war sinnlos. Der flimmernde Kopfschmerz war nicht nur eine Folge des Flüssigkeitsmangels. Ihre geschwollenen Lider wollten sich kaum voneinander lösen. Der schwarze Stoff, den ihre Wimpern streiften, war so dicht, dass sie außer heller und dunkler nichts unterscheiden konnte.

Sie hatte geschrien. Geheult. Gezetert. Geschluchzt. Gerufen. Gefleht. Dann hatte sie noch mehr geheult, immer schwächer, bis ihre Schluchzer kaum noch vom Luftholen zu unterscheiden gewesen waren. Stunden waren auf diese Weise vergangen, vielleicht ein ganzer Tag. Oder zwei?

Als sie schließlich verstummt war, hatte die Angst sie erst recht überwältigt. Ihr war klar geworden, dass das Bisherige erst der Anfang gewesen war. Dieser Gedanke hatte sie gelähmt. In ihrem Bauch war ein Knoten, der immer enger zu werden schien, als würden ihr die Eingeweide ausgewrungen. Ihr wurde übel, sie würgte, aber ihr Magen war leer. Außer ein bisschen Galle, die ihr in der Kehle stecken blieb, kam nichts heraus.

Der Boden war kalt, hart und glatt. Vielleicht Beton oder ein Linoleum wie in Schulen und Krankenhäusern. Es war permanent hell, offenbar künstliches Licht, denn die Intensität blieb immer gleich, und über sich hörte sie ein leises Summen: Neonröhren.

Die beschränkte Akustik deutete darauf hin, dass es kein sonderlich großer Raum war, in dem sie sich befand, aber auch kein ganz kleiner, beengter. Vermutlich in etwa die Größe eines komfortablen Schlafzimmers. Kein Keller, vermutete sie. In Kellern war es feucht, und häufig roch es nach Schimmel. Hier hingegen roch es nach Zigaretten, Alkohol und Putzmitteln. Und nach Schweiß. Außerdem hörte sie hin und wieder Geräusche von unten.

Susan versuchte eine Körperhaltung zu finden, die sie den harten Boden und den Kopfschmerz am wenigsten spüren ließ. Vergebens. Sie konnte sich lediglich mit Hüfte und Schulter abwechselnd vom Boden hochdrücken und sich auf diese Weise ein Stückchen nach vorne schieben. Allerdings höchstens zehn Zentimeter, mehr nicht. Ihre Beine waren an Knien und Fußgelenken stramm aneinandergebunden, und die Füße waren zusätzlich auf dem Rücken an die Hände gefesselt. Nicht mit einem Strick oder Klebeband, sondern mit dünnen Plastikstreifen, die eigentlich für das Fixieren von Kabeln und Drähten gedacht waren. Kabelbinder – Sil hatte auch stets einen Beutel davon in seinem Rucksack gehabt. Jetzt waren sie an einem vertikalen Rohr befestigt, das an einer unverputzten Wand entlangführte. Wenn Susan die Hände so weit wie möglich ausstreckte, konnte sie die abgerundete Unterseite eines Heizkörpers ertasten. Sie hatte an dem Rohr zu ziehen versucht, um festzustellen, ob es nachgab, aber es bereitete ihr bloß Schmerzen. Bei jeder Bewegung schnitt das Plastik tiefer in ihr Fleisch.

Sie wusste mit Sicherheit, dass sie den Mann, der sie überfallen hatte, nie zuvor gesehen hatte. Er war unwesentlich größer als sie selbst und hatte eine schwer zu beschreibende Haarfarbe, zwischen aschblond und grau, sehr kurz geschnitten, sodass die Kopfhaut durchschimmerte. Ein paar nicht sehr ausgeprägte Falten in dem ansonsten markanten, straffen Gesicht erschwerten es, sein Alter richtig einzuschätzen. Er konnte dreißig Jahre alt sein, vielleicht aber auch fünfzig. Gesprochen hatte er bislang nicht viel, bloß ein paar Brocken Englisch und gebrochenes Niederländisch mit einem eher türkischen oder russischen Akzent. Die beiden Sprachen hatte sie noch nie richtig auseinanderhalten können.

Der Eindringling hatte sie gezwungen, die Wohnung wieder zu verlassen und sich hinter das Lenkrad eines Opel Astra zu setzen. Er selbst hatte auf dem Beifahrersitz Platz genommen. Sie waren aus der Stadt hinausgefahren, über die A2 nach Eindhoven und weiter in Richtung deutsche Grenze, dann sollte sie in ein Waldstück abbiegen.

Dort war es geschehen.

Sie hatte versucht wegzukriechen, ihn angefleht, sie gehen zu lassen, ihm zugebrüllt, dass sie ihn gar nicht kannte und was er eigentlich von ihr wollte – er hatte kein Wort gesagt. Mit ausdrucksloser Miene hatte er auf sie eingeprügelt, bis sie das Bewusstsein verloren hatte.

Zu sich gekommen war sie in kompletter Finsternis, umgeben von Ölgestank, Benzinschwaden und Auspuffgasen. Unregelmäßige Erschütterungen. Ein Kofferraum. Zu diesem Zeitpunkt hatte sie schon den Sack über dem Kopf gehabt, im Nacken zusammengeschnürt und mit Klebeband dort fixiert. So fühlte es sich zumindest an, wenn sie den Hals lang machte und den Unterkiefer so weit wie möglich vorschob: wie festgeklebt. Es konnte eigentlich nur Tape sein.

Wider besseres Wissen hoffte sie, dass irgendjemand kommen, sie von ihren Fesseln befreien und hier rausholen würde. Eine Polizeieinheit oder die Armee. Eine Reinemachefrau oder ein Fensterputzer. Das A-Team oder Superman. Schließlich war sie nicht zufällig hier. Es gab einen Grund.

Ihr Entführer hatte einen Plan. Zumindest machte er stark diesen Eindruck. Das war kein durchgeknallter Irrer, sondern jemand, der genau wusste, was er tat.

Das machte die Sache noch viel grausiger.

Susan war nicht alleine in diesem Gebäude. Sie hatte Schritte und gedämpfte Stimmen aus den Räumen nebenan vernommen. Sie hatte Männerstimmen unterscheiden können und auch ein paar Frauen reden gehört. Junge und alte Stimmen, hohe und tiefe, wütende und ängstliche sprachen durcheinander.

Ab und zu dröhnte unter ihr der Boden. Es war immer dieselbe CD, Britney Spears, und der Lärm kam von unten.

Ob die Leute, die sie miteinander sprechen hörte, von ihrer Anwesenheit wussten? Hatten sie sie schreien gehört? Wussten sie, dass bei ihnen im Haus eine Frau auf dem nackten Boden lag, an ein Heizungsrohr gefesselt? Oder hatte ihr Entführer sie in eine leerstehende Wohnung in einem dieser anonymen Stadtviertel gebracht, wo zahllose Familien wohnten, die gar nicht mitbekamen, dass sie hier war?

Nein.

Sie hatte laut genug geschrien.

Sie mussten es gehört haben.

Es interessierte sie nicht.

Sie spitzte die Ohren. Undeutliches Gemurmel, so weit entfernt, dass sie nicht verstand, worum es ging, ja nicht einmal, in welcher Sprache gesprochen wurde. Das Stimmengewirr wurde immer lauter, anscheinend Männerstimmen. Dann verstummten sie plötzlich, und es näherten sich Schritte. Mehr als eine Person. Zwei, drei?

Sie hörte, wie ein Schlüssel im Schloss herumgedreht und eine Tür geöffnet wurde. Vor Angst erstarrte sie. Der Knoten in ihrem Unterleib zog sich noch fester zusammen, ihre Nerven kreischten vor Anspannung.

Drei. Drei Personen. Sie hörte das Geräusch der Schuhe auf dem Boden, das Geraschel der Jacken, die Atemzüge. Die Fremden kamen auf sie zu und bildeten einen Halbkreis um sie.

Dann gab es nur noch ihre beklemmende, schweigende Anwesenheit im Raum.

13

Südlich von München schlängelte sich die Autobahn durch eine immer rauere Landschaft. Links und rechts vom Asphalt erhoben sich massive Bergrücken, deren Gipfel durch eine dichte Wolkenschicht den Blicken entzogen waren.

Ab und zu überholte Maier einen bergauf kriechenden Lastwagen, der auch zur österreichischen Grenze unterwegs war. Nur ganz selten wurde er selbst überholt, von einem BMW oder einem Mercedes.

Er fuhr konstant im ruhigen Tempo von 130 Stundenkilometern. Er hatte es nicht eilig. Was immer ihn am Ende dieser Fahrt erwartete, es wartete dort schon seit siebenundzwanzig Jahren. Auf ein paar Tage mehr oder weniger kam es jetzt auch nicht mehr an.

Myles Kennedy, der Frontmann von Alter Bridge, sang aus den Lautsprechern, er werde für den Rest seines Lebens Antworten finden, die schon immer da gewesen seien. Maier summte mit, genoss die Musik, die Aussicht und die Fahrt: In dem perfekt austarierten Wagen saß er wie in einem gut anliegenden Kleidungsstück. Die Maschine reagierte augenblicklich auf den kleinsten Impuls. Es war angenehm zu wissen, dass er immer noch in der Lage war, vor sich hin zu summen und einer Autofahrt etwas abzugewinnen.

Er vermisste Susan. Fragte sich, was sie gerade machte, ob sie wohl auch an ihn dachte, verdrängte den Gedanken aber sofort wieder. Dass er Susan an sich gebunden hatte, war egoistisch gewesen. Diesen Fehler hatte er korrigiert, indem er sie

verlassen hatte. Für sie wäre es wahrscheinlich gut, wenn sie so schnell wie möglich einen netten Kerl kennenlernte, der ihre vorbehaltlose Liebe wert war. Einen normalen, psychisch stabilen Menschen ohne tödlichen Ballast, so einen, der ihr das Frühstück ans Bett brachte. Das wäre für sie das Beste. Es wäre genau das Richtige.
Ein netter Kerl.
Susan und ein netter Kerl.
Zusammen.
Im Bett.
Sein Gesicht verzog sich zu einer gequälten Grimasse. Er drehte die Musikanlage lauter. Nahm eine Zigarette aus der Packung und steckte sie wieder zurück. Legte die Packung auf den Sitz neben sich.

Das Navigationssystem zeigte an, dass er noch fast tausend Kilometer vor sich hatte. Die Strecke führte quer durch Österreich, das nördliche Italien – Lombardei und Ligurien – und dann weiter nach Westen, ein ganzes Stück weit ins Landesinnere von Frankreich, parallel zum Mittelmeer.

Puyloubier lag nordöstlich von Marseille.

Der Ortsname selber sagte ihm nichts, obwohl er schon oft in der Provence gewesen war. In einem früheren Leben sogar fast jedes Jahr, weil Alice dort immer so gern Urlaub gemacht hatte. Er erinnerte sich an sanft ansteigende Hügel mit sehr gepflegten Olivenhainen und Weingärten sowie an große freistehende Häuser mit terrakottafarbenen Ziegeldächern in leichter Schräge. An Zufahrtsstraßen mit knirschendem Kies und an den gelben Staub, der hinter dem Wagen aufwirbelte, wenn man dort fuhr. An Palmen, Lavendelfelder und Oleandersträuche, so groß wie Pflaumenbäume. An das Meeresrauschen und das unablässige Zirpen der Grillen. An flimmernde Sommerabende.

Wer in dieser Gegend ein Landgut bewohnte, musste unerhört reich sein. Dass seine Mutter eine dermaßen wohlhabende Person gekannt haben sollte, konnte Maier sich gar nicht vorstellen. Und doch hatte ein gewisser S. H. Flint ihr Grabrecht bezahlt, immerhin in den vergangenen siebzehn Jahren. Folglich kam bei dieser Person anscheinend zweierlei zusammen: ein ausreichendes Finanzpolster und Liebe – oder wenigstens Zuneigung – zu Maiers Mutter.

Oder Schuldgefühl? Reue? Verantwortungsbewusstsein?

Allerlei Möglichkeiten gingen Maier durch den Kopf. War es einer der Typen, die bisweilen scherzhaft verlangt hatten, er solle »Papa« zu ihnen sagen, und die dann von seiner Mutter angeschnauzt worden waren? Oder hatte er einen bis dato unbekannten Erbonkel? Einen älteren Halbbruder oder eine Halbschwester? Nein. Dafür war seine Mutter noch zu jung gewesen, als er selbst auf die Welt gekommen war.

So rasch ihm diese Möglichkeiten in den Sinn kamen, so rasch verwarf er sie auch wieder. In den achtzehn Jahren, die er erst bei seiner Mutter und später bei seiner Oma gelebt hatte, war ihm nicht ein einziges Anzeichen dafür untergekommen, dass es außer diesen beiden Frauen noch weitere Familienmitglieder gegeben hätte. Er hatte keine Tanten gehabt, keine Onkel, keine Cousins oder Cousinen. Nachdem seine Großmutter gestorben war, war er alleine übrig geblieben. Das hatte er auch knallhart genau so empfunden. Verdammt einsam.

Vielleicht war er deshalb schon mit achtzehn Jahren bei Alice hängen geblieben. Und vielleicht hatte er deshalb eine Affäre mit Susan angefangen, obwohl die Beziehung zu Alice noch nicht beendet war. Aus Angst vor dem Alleinsein. Er hatte sich oft genug allein gefühlt. Aber er war es bis jetzt noch nie gewesen. Das erlebte er nun zum ersten Mal.

Notgedrungen.

S. H. Flint.

Es lag natürlich nah, einen Vater zu vermuten. Das spukte ihm schon von Anfang an durch den Kopf. Einen *Vater*. Er wünschte es sich so sehr, dass er die Möglichkeit lieber erst gar nicht ernsthaft in Betracht zog. Es konnte nur auf eine große Enttäuschung hinauslaufen. Denn wenn es seinem Vater tatsächlich gelungen war, das Grab seiner Mutter in München zu finden, dann wäre es nur noch ein kleiner Schritt gewesen, auch den eigenen Sohn aufzuspüren. Wenn es also tatsächlich sein Vater war, der auf diesem Landgut in der Provence lebte, dann hatte er an seinem Sohn anscheinend kein Interesse.

Maier hatte es jetzt plötzlich noch weniger eilig, in Frankreich anzukommen.

Spontan riss er das Lenkrad herum, um die Ausfahrt nach Oberaudorf zu nehmen. Das letzte deutsche Dorf vor der österreichischen Grenze.

Am Ende der Ausfahrt bog er links zum Dorf ab. Es wimmelte dort nur so von Reklametafeln für Hotels und Restaurants. Auf einer schwindelerregend hohen Bergflanke warteten im dunklen Grün der Nadelbäume senkrechte hellgrüne Schneisen für Skilifte auf die Wintersaison. Und wohin er auch schaute, entdeckte er große freistehende Häuser mit Balkonen, die von Holzschnitzereien und verschwenderisch mit roten Geranien gefüllten Blumenkübeln verziert waren. Alles, was einem in Reiseführern über Tirol weisgemacht wurde, schien tatsächlich zu stimmen.

Er fuhr in das Dorf hinein, parkte seinen Carrera vor dem ersten Etablissement, das ihm einladend erschien, und stieg aus.

Heute würde er nirgends mehr hinfahren.

14

Drei Männer. Der eine schaute lediglich zu, mit verschränkten Armen lehnte er neben der Tür an der Wand. Ein breitschultriger Mann zwischen dreißig und vierzig mit dickem schwarzem Haar und einem dünnen Bart. Er starrte sie an, als wäre sie ein krepierendes Insekt. Das unterkühlte Interesse eines Menschen, dessen Einfühlungsvermögen nicht besonders stark entwickelt war.

Ihr Entführer hatte ihr den Sack vom Kopf gezogen und stand nun über sie gebeugt, eine einfache Digitalkamera in den Händen.

Sie wandte ihr Gesicht von ihm ab und starrte glasig auf das Linoleum. Das altmodische Muster aus sechseckigen roten Pseudofliesen mit grauen Fugen glänzte im harten Neonlicht. Sie versuchte, sich weiter darauf zu konzentrieren: auf den Glanz, das Licht. Die Männer auszublenden. So zu tun, als wären sie nicht da.

So zu tun, als wäre sie selbst nicht da.

Es war sinnlos. Das Adrenalin schoss in Strömen durch ihren Körper, sie atmete flach, durch den Mund.

»*Look here.*« Eine leise, fast schon freundliche Aufforderung, doch zugleich drückte ihr der Mann ungeduldig die Seite seines Fußes in den ungeschützten Bauch.

Vor Schreck zuckte sie kurz hoch, das harte Plastik schnitt in die Handgelenke, und sie verzog vor Schmerz das Gesicht. Tränen traten ihr in die Augen.

Wieder stocherte er mit dem Fuß in ihrem Bauch, diesmal

mit mehr Druck. Sie hob den Kopf, schaute den Mann an, versuchte, möglichst gleichgültig zu wirken, unverletzbar, als würde ihr das alles nichts ausmachen. Aber sie wusste, dass die Kamera ein realistischeres Bild zeigen würde: das Bild einer Frau in Angst, festgebunden wie ein Tier, hungrig, durstig und todgeweiht, wenn keine Hilfe käme.

»So, ja.« Jetzt sprach er wieder Niederländisch oder Deutsch. Er machte ein Foto nach dem anderen, so schnell hintereinander, wie es mit dem eingebauten Blitz eben ging.

Der dritte Mann hatte sich abseits gehalten, schräg hinter ihrem Entführer. Genau wie der Typ bei der Tür war er ein Schrank von einem Mann, verbrachte vermutlich eine Menge Zeit im Fitnesscenter. Er hatte eine hohe Stirn und kleine, stechende Augen. Seine ganze Aufmerksamkeit galt seinem Mobiltelefon, das er mit halb ausgestrecktem Arm vor sich hielt. Es war nicht ganz klar, ob er eine SMS verschickte oder Fotos von ihr machte.

Der Entführer ging in die Hocke und schaute sie forschend an. Er hatte graugrüne Augen mit kurzen, flachsfarbenen Wimpern. Fahle Haut mit Spuren von Sommersprossen und kleinen, unauffälligen Narben im markanten Gesicht. »My name is Wadim.«

Sie wagte kaum, ihm in die Augen zu sehen. Wadim. Das hörte sich polnisch oder russisch an.

»Durst?«

Sie nickte.

Er gab dem dunkelhaarigen Kerl, der bei der Tür stand, ein Zeichen. Der stieß sich von der Wand ab, ging hinaus und machte die Tür hinter sich zu. Sein Platz wurde von dem Dritten eingenommen, der sich eine Zigarette ansteckte.

Der Entführer richtete sich auf, ließ die kleine Kamera in die Seitentasche seiner Hose gleiten und schaute auf sie herab. »So, Susan Staal ...«

Sie rührte sich nicht. Das Herz schlug ihr bis zum Hals.

»Dein Freund, Sil Maier. Wo steckt der?«

Sil. Das verdammte Arschloch.

»Ich …«, sie schluckte, ihre Kehle fühlte sich trocken an, ihre Stimme war heiser, »… habe keinen Freund. *No friend.*«

»Du bist mit Sil Maier zusammen.«

»Nicht mehr.«

Er blickte spöttisch auf sie herab, schwieg.

»Wirklich nicht. Wir haben uns getrennt«, sagte sie schnell. »Er ist weg. Er hat nicht gesagt …«, sie fing zu husten an, »… wohin.«

Ein paar Sekunden schaute Wadim schweigend auf sie herunter. Dann winkte er seinem Kumpel und ließ sich eine Zigarette geben. Statt den Rauch zu inhalieren, blies er ihn sofort wieder durch die Nase aus, wie ein schnaubender Stier.

»Ich habe alle Zeit der Welt, Susan. Und du?«

Sie schloss die Augen und versuchte zu schlucken, bekam aber den zähen Schleim in ihrer Kehle nicht hinunter. Sie hatte schon Durst gehabt, bevor sie zu Hause angekommen und überfallen worden war. Wann war das gewesen? Gestern vielleicht, vielleicht aber auch schon vorgestern. Sie hatte jedes Zeitgefühl verloren.

Wadim ging wieder in die Hocke. Ihr fiel auf, wie geschmeidig er sich bewegte. Er schaute sie nun nicht mehr an, sondern spielte bloß mit seiner Zigarette. Hinter ihm stand der Hüne mit der hohen Stirn. Er rauchte und war noch immer mit seinem Mobiltelefon beschäftigt. Sein blondes Haar war zu einem Pferdeschwanz zusammengebunden, wie sie jetzt bemerkte.

Wadim schwieg. Er starrte auf eine Stelle an der Wand und schien nachzudenken. Die Sekunden tickten vorbei, ohne dass jemand etwas sagte.

Auf dem Flur waren Schritte zu hören. Die Tür flog auf

und wurde sogleich wieder geschlossen. Der Dunkelhaarige war zurück.

Er warf Wadim eine Halbliterflasche Wasser zu. Der fing sie auf und stellte sie hinter sich auf den Boden.

Wie gelähmt starrte Susan die Flasche an. Diese Flasche, so wurde ihr klar, war für sie bestimmt. Sie war das Pfand in den Verhandlungen, die er mit ihr führen würde. Informationen gegen Wasser. Aber sie wusste nichts.

Wadim deutete eine Kopfbewegung an. Die beiden Männer verließen den Raum.

Sie hatten die Tür noch nicht hinter sich geschlossen, da zog er bereits eine Pistole aus dem Hosenbund, umklammerte ihren Kiefer und zwängte ihr Daumen und Zeigefinger so brutal zwischen die Zähne, dass sie gar nicht anders konnte, als den Mund zu öffnen. Prompt rammte er ihr den metallenen Lauf tief in den Rachen. »Wo ist er?«

Susan würgte. Wieder zog sich ihr Magen zusammen, diesmal noch heftiger. Die Galle kam ihr hoch. Sie bebte am ganzen Leib.

»Wo?«, wiederholte er völlig unbeteiligt.

Sie hörte ihn nicht mehr. Bekam einen Hustenanfall. Tränen schossen ihr in die Augen, Galle und Schleim liefen ihr aus den Mundwinkeln. Am kalten Stahl der Waffe zitterten ihre Lippen unkontrolliert.

Er krallte die Finger in ihre Haare und brachte sein Gesicht so nahe an ihres, dass seine Nase ihre Wange berührte. »Ich habe das schon öfter getan«, flüsterte er ihr ins Ohr. »Männer, Frauen, Kinder ... geht mir am Arsch vorbei. Willst du sterben? Jetzt?«

Sie versuchte den Kopf zu schütteln, doch er hielt sie noch immer an den Haaren fest, drückte sie auf den Boden.

»Du hast noch eine einzige Chance.« Er zog den Lauf aus ihrem Mund, riss ihren Kopf in den Nacken und presste ihr die Mündung auf den Wangenknochen, knapp unterhalb des rechten Auges. »Ich zähle bis drei. Eins ...«

»Ich weiß es nicht!«

»Zwei.«

Wadim drückte ihr die Pistole so kräftig ans Gesicht, dass die Mündung von ihrem Wangenknochen auf eine Hautfalte nahe der Augenhöhle abrutschte.

Schrill stieß sie hervor: »Glaub mir doch! Ich weiß nicht, wo das Arschloch ist! *Ich weiß es nicht, verdammt!*«

»Drei.«

15

Sie sah nicht schlecht aus, die hellblonde Frau, die in einer Nische des Restaurants eine Zeitschrift durchsah. Sie trug eine Bluse, die ausreichend deutliche Rückschlüsse auf ihren Inhalt zuließ. Das glänzende glatte Haar reichte ihr bis über die Schultern. Sie nippte an einem Glas Weißwein, das vor ihr auf der rot-weiß karierten Tischdecke stand.

Es war fast acht Uhr, und die Sonne war untergegangen. Die Leute in dem Hotelrestaurant waren entweder Stammgäste aus dem Dorf oder Hotelgäste, die genau wie er noch ein Gläschen trinken wollten, bevor sie auf ihr Zimmer gingen. Die Frau gehörte anscheinend zur zweiten Kategorie. Sie benahm sich nicht wie ein Stammgast, und über einen Mangel an verstohlenen Blicken konnte sie nicht klagen.

Er beobachtete sie schon eine ganze Weile, weil sie in diesem lärmigen, mit Kiefernholz und Karostoff ausstaffierten Raum schlichtweg die einzige hübsche Frau war. Eingehüllt in einen Kokon aus sanftem Lampenschein, hatte sie seinen Blick ein klein wenig länger erwidert, als eine Frau es aus bloßer Freundlichkeit getan hätte.

An ihren Augen war zweierlei abzulesen: dass sie alleine hier war und dass sie interessiert war.

Maier nahm einen Schluck von seinem Bier und warf pro forma einen Blick in die Lokalzeitung.

Die Frage war, ob *er* das überhaupt wollte. Ob er schon so weit war. Sich auf einen One-Night-Stand einzulassen, aus bloßer Geilheit und weil es sich gerade so anbot.

Erneut fing er ihren Blick auf. Diesmal lächelte sie ihn unverhohlen an, um kurz darauf verlegen die Augen niederzuschlagen. Sie hatte ein schönes Lächeln.

Er spürte, wie er auch körperlich auf ihre einladende Haltung reagierte. Er verzog den Mund zu einem schiefen Grinsen und beugte sich wieder über die Zeitung.

Die Nachrichten aus Südbayern vermochten ihn nicht zu fesseln. Er dachte nach. Im Grunde kam es nicht mehr darauf an, was er heute oder morgen Nacht, ja was er überhaupt in Zukunft tat. Derzeit spürte er Susan noch bis in die kleinste Faser seines Körpers hinein. Susan war eine Station in seinem Leben, er hatte sie hinter sich gelassen.

Jetzt musste er weiterziehen. So einfach war das. Er hatte keinen fest umrissenen Plan und war niemandem Rechenschaft schuldig. Er war frei und tat gut daran, sich an diese Freiheit zu gewöhnen.

Er blickte noch einmal auf. Die Frau hielt den Kopf leicht schräg, und ihre Lippen bildeten das Wort »Hallo«.

Er grinste, schob sich seitlich aus der Holzbank und schlenderte mit seinem Bierglas zu ihrem Tisch hinüber.

16

Maiers Handynummer stand nicht in ihrem Adressbuch. Wadim hatte die Liste in Susans Samsung zweimal durchgeschaut, aber keine Spur eines »Sil«, eines »Maier« oder seiner Initialen gefunden, auch keinen womöglich aus Vor- oder Nachnamen abgeleiteten Kosenamen. Er war sämtliche SMS sowie die gewählten Rufnummern und empfangenen Anrufe durchgegangen. Nichts deutete auf Kontakt zu Sil Maier hin.

Sicherheitshalber hatte er das Handy auch noch einmal von Robby kontrollieren lassen. Denn Wadim konnte zwar außer Russisch, Arabisch, Spanisch, Englisch und Deutsch auch ein bisschen Niederländisch sprechen und lesen, aber bei einer fremden Sprache und Kultur bestand immer die Gefahr, etwas zu übersehen. Robby war in Holland geboren und aufgewachsen. Aber auch er konnte nichts finden.

Wadim hatte den Akku aus dem Gerät herausgenommen, die SIM-Karte und den Memory-Chip entfernt und in seine Jackentasche gesteckt. Das Zeug würde er später noch entsorgen.

Lieber hätte er das Gerät unangetastet gelassen, für den Fall, dass Maier seine Freundin anzurufen versuchte. Aber den Luxus konnte er sich nicht erlauben. Sicherheitshalber musste das Ding am besten noch heute verschwinden.

Er musste damit rechnen, dass der schlaksige Typ, der in der letzten Zeit bei Susan ein- und ausgegangen war, sie vermissen und womöglich auf die Idee kommen würde, die Polizei zu benachrichtigen. Allerdings würde die davon auch nicht gleich in Alarmbereitschaft versetzt. Vielleicht machten sie eine Hausdurchsuchung und stellten fest, dass sie ihre Jacke bei sich hatte, dass die Fotoausrüstung bei ihr zu Hause stand und ihr Auto auf dem Anwohnerparkplatz abgestellt war. Einbruchsspuren würden sie keine finden. Dafür hatte er gesorgt. Auch keine Hinweise auf Gewaltanwendung.

Wadim konnte natürlich etwas übersehen haben – er hatte sich mit ihrer Alltagsroutine nicht gerade ausgiebig beschäftigt. Trotzdem war kaum anzunehmen, dass die Polizei innerhalb der kommenden zwei Wochen etwas unternehmen würde. Wenn doch, war es allerdings naheliegend, dass sie ihr Handy anzupeilen versuchten.

Und dann wollte er das Ding lieber nicht am Hals haben.

Big Brother war schon lange keine pechschwarze Zukunftsvision mehr. Die Zeit, in der Bürger von Behörden kontrolliert und ausgespitzelt wurden, war längst angebrochen, und es war so geräuschlos und tückisch vor sich gegangen, dass niemand dagegen protestiert hatte. In allen Städten und an den Autobahnen hingen Kameras, die alles und jeden registrierten, und wo man sich befand, konnte anhand des Handys gruselig genau festgestellt werden.

Genau deshalb arbeitete Wadim grundsätzlich mit gestohlenen Handys und anonymen Prepaid-Karten. Solche Techniken hatten sein Bruder und er bei ihrer Ausbildung nicht gelernt – Handys hatte es damals noch gar nicht gegeben –, aber in einer sich schnell verändernden Welt überlebte man in diesem Metier nur dadurch, dass man Veränderungen rasch genug mitvollzog, seine Denkgewohnheiten anpasste und die neuen Technologien auszutricksen verstand.

Niemals hatten Wadim und Juri diesen Aspekt unterschätzt. Deshalb waren sie auch dieses gnadenlos gute Team gewesen und so oft für schwierige Aufgaben eingesetzt worden.

Jetzt stand er alleine da.

Es verging kein Augenblick, da er sich dessen nicht bewusst war. Seine Ruhelosigkeit würde sich erst wieder legen, wenn Sil Maier ihm jammernd zu Füßen läge. Um das zu erreichen, war Wadim zu allem bereit.

Zu allem.

Susans Computer fuhr schön brav hoch. Das Passwort hatte er innerhalb von ein paar Minuten umschifft. Aus ihren Mails ging hervor, dass sie von Beruf Fotografin war – wie er bereits vermutet hatte. Mehrere Mails hatte sie in der letzten Zeit an eine gewisse Sabine in den USA geschickt, vermutlich ihre Schwester. Aus der Korrespondenz ließ sich schließen, dass Susan dort in den letzten Wochen zu Besuch gewesen war.

Er saß noch vor dem Bildschirm, als mit einem bescheidenen *plong* eine neue Mail ankam. Ein Kunde, der wissen wollte, ob die Fotos gelungen waren und Susan die Adresse eines Servers zum Heraufladen der Bilder mitteilte.

Wadim presste die Fingerspitzen aneinander und hob sie an die Lippen. Nein. Er wagte es nicht. Anhand von ein paar früheren Mails an ihren Auftraggeber hätte er zwar ein paar Sätze zusammenbasteln können, aber um glaubwürdig den Eindruck eines Muttersprachlers zu erwecken – dazu reichte sein Niederländisch nicht. Lieber keine Reaktion als eine verdächtige.

Auch in ihrem Mailadressbuch stand weder ein »Maier« noch ein »Sil«. Wadim ließ das Programm den Inhalt sämtlicher Nachrichten im Posteingang auf Vor- und Nachnamen durchsuchen. »Maier« ergab keine Treffer, »Sil« schon.

Er sortierte die gefundenen Nachrichten nach dem Datum und fing bei der neuesten zu lesen an. Gelegentlich schaute er auf die Uhr oder spitzte die Ohren, weil er irgendeinen Laut von draußen vernommen hatte. Wenn jemand hineinkam, würde es Komplikationen geben. Weil die Wohnung unbedingt sauber bleiben musste, würde er mit einem eventuellen Besucher dasselbe tun müssen wie mit Susan: ihm eine Waffe an die Schläfe halten, in geballter Form verbale Gewalt einsetzen, um ihn zu überwältigen, ihn dazu zwingen, mit dem Auto in eine einsame Gegend zu fahren. Und dem Betreffenden Hoffnungen machen, damit er nicht allzu sehr in Panik geriete.

Nur würde dieser Unglückliche die einsame Gegend nicht mehr verlassen.

Wadims Hand glitt zu seinem Knöchel, wo mit Klettband ein Revolver befestigt war. Er kratzte an der Haut unter dem Verschluss. Das Klettband hatte bei der über die gesamte Länge des Schienbeins verlaufenden Narbe zu einer Hautreizung geführt.

Schon bald gab er es auf, die einzelnen Nachrichten zu lesen, und scrollte immer gleich zum Namen des Absenders hinunter.

Endlich wurde er fündig: mehrere Mails, die alle von der gleichen Absenderadresse aus verschickt und konsequent mit Sil unterzeichnet waren. Nachdem er ein paar gelesen hatte, war Wadim überzeugt, dass die Mailadresse, die mit »sagittarius« anfing, Sil Maier gehörte. Um hundertprozentig sicherzugehen, kontrollierte er auch Susans Antworten in den »Gesendeten Objekten«.

Alles kam hin. Maier hatte diese Mailadresse offenbar schon eine ganze Weile, und da sie nicht zu einem bestimmten Provider gehörte, konnte es gut sein, dass er sie nach wie vor benutzte.

Wadim holte seinen USB-Stick aus der Tasche und steckte ihn in einen der Ports an der Vorderseite von Susans PC. Kurz darauf hatte er an eine neu erstellte Mail zwei Fotos angehängt. Von Susans Absenderadresse aus an Maier adressiert.

Susan, gefesselt und mit aufgerissenen Augen von unten hochblickend. Auf dem kalten Bildschirm sah es schlimmer aus, als es in Wirklichkeit war.

Wadim beließ es dabei und schickte die Nachricht ab. Ein Foto sagte mehr als tausend Worte.

Jetzt ging es los.

17

Was ihn noch am meisten erregte, war die Vorstellung, mit einer Frau im Bett zu liegen, die er nicht kannte, einen Körper zu berühren, der ihm fremd war. Die ganze Situation hatte etwas Heimliches an sich, als täte er etwas Verbotenes. Im Stillen hatte er sich selbst versichern müssen, dass es absolut gerechtfertigt war.

Sogar wünschenswert.

Sie war Schweizerin, einunddreißig Jahre alt und kaufmännische Leiterin einer Firma. So viel hatte er von der Konversation behalten. Genaueres über ihre Arbeit und warum sie gerade in Deutschland war und dann auch noch in diesem Hotel, hatte er nicht mehr mitbekommen, weil er zu sehr damit beschäftigt gewesen war, ihr in Gedanken die Kleider vom Leib zu reißen.

Er wollte sie, die Dringlichkeit war Sekunde um Sekunde stärker geworden. Er hatte sich sehr zusammenreißen müssen, damit es nicht allzu offensichtlich wurde.

Es hatte noch bis halb eins gedauert, bevor sie sich girrend auf sein Zimmer hatte begleiten lassen. Er war überrascht gewesen von ihrer Körpergröße oder besser gesagt von dem Gegenteil. Sie war allerhöchstens eins sechzig, sie reichte ihm bis an die Schultern.

Während sie ihn aufs Bett gezogen und ungeduldig den Reißverschluss seiner Jeans geöffnet hatte, hatte er ganz kurz an seine erste und zugleich auch letzte unbekannte Sexpartnerin zurückgedacht. Er war sechzehn gewesen und scheißnervös, und alles war schiefgegangen.

Jetzt, fast zwanzig Jahre später, konnte er mit Zufriedenheit feststellen, dass er Fortschritte gemacht hatte.

Sie drückte ihren warmen, vollen Körper an den seinen und schien keine Scham zu kennen. Er küsste ihren Mund, der nach einer unbekannten, herrlichen Welt schmeckte. Glitt mit seinen Fingern in ihr feuchtes Inneres, spielte mit ihren Brüsten, die groß und voll und weich waren, und begrub sein Gesicht zwischen ihnen.

Hieran könnte er sich wahrlich gewöhnen.

18

Joyce wusch sich die Hände, machte das Licht in den Toiletten aus und ging zu ihrem Arbeitsplatz zurück. Acht Uhr abends, die Abteilung war wie ausgestorben. Nur auf ihrem Schreibtisch flimmerte noch ein Bildschirm vor sich hin. Ruhelos schweifte das weiße Polizeilogo über den blauen Hintergrund.

In einer Ecke des Raums stand ein Automat, der auf Befehl Instantkaffee, dünnen Tee, Kakao und Fertigsuppe ausspuckte. Daneben hing ein grauer Behälter für Plastikbecher, aber aus Umweltschutzgründen wurde der schon eine Weile nicht mehr benutzt. Vor Kurzem hatte eine Untersuchung ergeben, dass Plastikbecher die Umwelt letzten Endes doch weniger belasteten als Becher oder Tassen. Zu ihrem Dienststellenleiter war das Ergebnis dieser Untersuchung allerdings noch nicht vorgedrungen: Hier in der Polizeidirektion hatte jeder eine eigene Tasse mit seinem Namen oder seinen Initialen. Sie nahm die nächstbeste zur Hand, prüfte, ob sie gespült war, stellte sie unter die Maschine und drückte auf »Kaffee«. Prustend und spritzend erwachte die Maschine zum Leben und füllte den Becher bis zum Rand mit einer dunkel schlierigen Flüssigkeit.

Noch mit dem Umrühren beschäftigt, setzte sie sich wieder an ihren Schreibtisch, der in dem grellen Neonlicht zu pulsieren schien. Sie nahm sich einen Stapel Vernehmungsprotokolle und Fotoabzüge vor. Das jüngste Elend des Tages.

Sie fing an, die Fotos zu sortieren, die hier in der Gegend von Informanten und Undercoveragenten gemacht worden waren. Kriminelle, die sich trafen. Zwielichtige Gestalten.

Gebäude, Straßen. Nummernschilder von Autos. Tatorte. Schusswaffen, abgelichtet vor einem Blatt Papier, auf dem die jeweilige Seriennummer notiert war.

Zu jedem einzelnen Foto gehörte ein Formular mit Codes, die angaben, was mit den zugehörigen Inhalten passieren sollte. Am schlimmsten waren die Doppelnull-Codierungen: Informationen, mit denen niemand etwas anfangen konnte, wollte oder durfte, aus diversen Gründen. Hintergrundinformationen, die womöglich besonders wertvoll waren, aber nicht verwertet werden durften. Die Frust-Files.

Joyce hatte seit zwei Monaten eine Verwaltungsstelle bei der CIE, der Criminele Inlichtingen Eenheid, einer Rechercheabteilung der Kriminalpolizei. Die Dienststellenleitung hatte sie hier aufs Abstellgleis geschoben.

Und das war dummerweise ihre eigene Schuld.

In Kürze würde eine Entscheidung über ihre Zukunft gefällt werden. Das war keine erfreuliche Perspektive. Es konnte gut sein, dass sie gar nicht mehr in den aktiven Einsatzdienst zurückdurfte. Dass sie bis ans Ende ihrer Tage irgendwelchen Scheiß-Verwaltungskram am Hals hätte.

In den letzten Monaten hatte ein Betriebspsychologe der Dienststelle sich in ihren Gedankengängen festgebissen und war zu dem Schluss gekommen, dass es sich um das reinste Labyrinth handelte. Enttäuschend schnell hatte er die Orientierung verloren.

Das hatte nicht nur an seinem begrenzten Einfühlungsvermögen gelegen. Brav hatte sie ihm von dem »Zwischenfall« erzählt, wie ihre Vorgesetzten das Geschehen konsequent nannten. Er hatte zum Beispiel wissen wollen, was sie an dem Tag vor dem Verhör getan hatte: was sie gegessen und getrunken, was sie sich im Fernsehen angesehen und wie sie sich gefühlt hatte. In welcher Weise sie sich zusammen mit ihrem Kollegen auf die Konfrontation vorbereitet hatte. Ob sie vielleicht auf irgendetwas oder irgendjemanden wütend gewesen war.

Auf all diese Fragen hatte sie klar und wahrheitsgemäß geantwortet.

Erst als er wissen wollte, wann genau sie ihre Entscheidung getroffen hatte, log sie knallhart. Denn je länger sie darüber nachdachte, desto sicherer wusste sie, dass es nicht eine Entscheidung gewesen war. Sie hatte nicht nachgedacht. Sie hatte reagiert. Mehr nicht.

Also erzählte sie ihm eine komplett andere Geschichte. Eine, die annehmbarer war, die alle verstehen und akzeptieren würden. Hoffte sie. Eine Erklärung, die darauf abzielte, dass sie ihre alte Stelle wiederbekam, damit sie wieder in freier Wildbahn auf die Jagd gehen und den Ganoven das Leben schwer machen konnte. Statt bloß ihre Akten abzuheften.

Übrigens war es nicht ihre einzige Lüge. Im Labyrinth in ihrem Kopf war noch so manches zu finden, was bei der Dienststellenleitung wohl kaum auf Verständnis gestoßen wäre. Dinge, für die sie sich auch wirklich schämte.

Wenn jemand von ihrer Dienststelle Wind davon bekam, womit sie sich in den letzten anderthalb Jahren beschäftigt hatte, wie sehr sie ihre Stellung für ihre eigenen Zwecke missbraucht hatte und welche Ideen sie schon eine ganze Weile beschäftigten, dann dürfte sie wohl für den Rest ihres Lebens auf die Straße, Strafzettel an Falschparker verteilen. Falls man sie nicht gleich der Fürsorge des Staates überließ, was noch wahrscheinlicher schien.

Ohne goldenen Händedruck.

Sie schaute auf die Uhr an der Wand. Zehn nach acht. Jim hatte sich ihren Subaru ausgeliehen. Gegen halb neun, wenn seine Schicht im Krankenhaus zu Ende war, würde er sie abholen kommen. Wenn sie den Stapel bis dahin abgearbeitet haben wollte, musste sie sich jetzt ranhalten.

Die grobkörnigen Frauenfotos, die zum Sortieren vor ihr lagen, hatten allesamt Doppelnull-Codierungen. Eines der Bilder zeigte eine junge Frau, die mit ängstlichem Blick ins Objektiv schaute. Ihr BH sollte wohl sexy wirken. Ein paar zerzauste Haarsträhnen klebten ihr an der Stirn, und ihr Gesicht war voller Flecken. Vielleicht waren es rote, die vom Stress herrührten, vielleicht aber auch blaue, von Schlägen. Wegen der schlechten Auflösung und weil es sich um Schwarzweiß-Aufnahmen handelte, war das schwer zu sagen. Eigentlich war es auch egal, dachte sie, während sie das Foto abheftete. Ob blau, rot oder violett – nach ein paar Tagen in den Händen dieser Bestien bliebe von ihr doch nur ein seinen Peinigern sklavisch ergebenes Wrack übrig, verängstigt und für den Rest des Lebens gezeichnet.

Die Frau war sehr jung. Das waren sie immer. Zu jung für das, was ihnen angetan wurde. Aber gab es überhaupt ein Alter, in dem es erträglich war, auf grausame Weise misshandelt zu werden, den eigenen Stolz zu verlieren, der eigenen Menschlichkeit und Ehre beraubt zu werden, alles Geliebte hergeben zu müssen und zur Handelsware degradiert zu werden?

Nicht selten wurden diese Mädchen in Russland oder Rumänien von der eigenen Familie verkauft, an Frauenhändler. Frauen wie diese mit dem Aktenzeichen KE03.4693 hatten kein Zuhause, keine Hoffnung und keine Zukunft. Sie waren die unsichtbaren Sklaven des einundzwanzigsten Jahrhunderts, deren Schicksal niemanden kümmerte. Die Todesangst hatten vor ihren Eigentümern. Und zu Recht.

NDR NF VLGT stand unter dem Bild – nadere info volgt, weitere Informationen folgen. Foto und Nachricht stammten von »Dennis«, einem der festen Informanten. Im Lauf der Woche würde er wahrscheinlich noch einen Bericht im Telegrammstil schicken, der weitere Details enthielte: Ankunftsdatum, Herkunftsland, Alter, vielleicht einen Namen.

Die konnte Joyce dann alle ordentlich mit dem Foto zusammen abheften.

Die Frau auf dem nächsten Bild war halb nackt, und ihr Blick war glasig. Joyce konnte diese Bilder noch so oft vor sich haben – niemals würde sie sich daran gewöhnen oder zynische, gemeine Witze darüber reißen wie ihre Kollegen. Eher im Gegenteil.

Je mehr Einblick sie in diese hinter verschlossenen Türen stattfindenden Schweinereien gewann, desto kämpferischer und wütender wurde sie, weil sie wusste, dass hinter jedem dieser Fotos mehr Leid und Schmerz steckte, als man sich vorstellen konnte. Und niemand war in der Lage, diesen Frauen zu helfen.

Warum gerade deren Schicksal ihr so nahe ging, wusste Joyce auch nicht genau. Sie selbst hatte eine schöne Jugend in einer glücklichen, harmonischen Familie durchlebt. Sie war nie misshandelt oder zu irgendetwas gezwungen worden, und ihre Eltern waren beide noch am Leben. Wahrscheinlich war es ihr biographischer Hintergrund, dachte sie. Ihre Vorfahren waren aus ihrer Heimat Surinam verschleppt und in der Fremde zur Sklaverei gezwungen worden, genau wie diese Mädchen. Obwohl zu Hause wenig davon die Rede gewesen war, trug Joyce dieses Bewusstsein in ihren Genen. Und in ihrem Nachnamen: Landveld. Als die Sklaven 1863 in die Freiheit entlassen wurden, bekamen sie ihre Familiennamen nämlich von den weißen Unterdrückern zugewiesen. Die dachten sie sich keineswegs selbst aus.

Sie jagte eine Heftklammer durch das Papier, rammte zwei Löcher in den Rand und heftete es in einer der Mappen ab.

Morgen hatten Jim und sie beide frei. Er hatte gesagt, er wollte gleich nach der Arbeit mit ihr in die Stadt, etwas trinken gehen und es richtig spät werden lassen. Jim hatte im Krankenhaus genauso unregelmäßige Dienste wie sie. Sie sahen einander viel zu selten. Außerdem gab es etwas Besonderes zu feiern: Ihre Beziehung dauerte jetzt schon sechs Monate. Zum ersten Mal hielt es ein Mann so lang bei ihr aus. Ohnehin konnte sich Jim durchaus rühmen, eine Engelsgeduld zu haben. Nur selten hatte sie ihn bisher richtig ausrasten sehen, obwohl sie es oft genug zu provozieren versuchte. Weiß Gott, ziemlich oft.

Aber nach diesen Fotos hatte sie keine Lust mehr auszugehen. Sie wollte bloß noch nach Hause, die Vorhänge zuziehen und so tun, als gäbe es keine Außenwelt.

Als gäbe es keine Opfer und keine Täter.

Von allen denkbaren Reaktionen, die ihr in den Sinn kamen, war dies noch die vernünftigste.

19

Er hatte sich in einem Hotelzimmer einquartiert. Ein ziemlich kleiner Raum mit violettem Fußboden, violett, lila und blau gestreiften Vorhängen und einem modernen Bett, dessen Überdecke in denselben Farben gehalten war. Direkt unter der Decke an der Wand hing ein Fernseher. Auf dem eingestellten niederländischen Sender lief gerade eine Art Quiz, die Teilnehmer mussten Wörter mit sechs Buchstaben bilden.

Wadim verfolgte die Sendung mit Interesse. Bei der Speznas hatte er unter anderem Deutsch gelernt. Niederländisch war zwar ziemlich ähnlich, hatte aber ganz eigene Laute und grammatische Regeln.

Er hockte sich auf den Boden, zog sich das T-Shirt über den Kopf und warf es beiseite. Dann streckte er die Beine aus, hakte die Zehen unter die metallene Bettkante und fing an zu trainieren.

Die Mail war nicht zurückgekommen, also würde Sil Maier, wenn er das nächste Mal seine Mails checkte, zwei ziemlich unangenehme Fotos seiner Freundin zu sehen bekommen. Wadim ging davon aus, dass Maier dann sofort reagierte.

Doch bis es so weit war, blieb ihm nichts übrig, als zu warten. Mittlerweile waren bereits drei Tage vergangen, seit er die Mail verschickt hatte.

K-U-R-Z-U-M, wurde im Fernsehen buchstabiert. »Kurzum«, wiederholte Wadim laut. Er rollte sich auf den Bauch, um ein paar Liegestütze zu machen. Übertreiben wollte er es heute Abend nicht. Muskelschmerzen waren in der Phase des Muskelaufbaus unvermeidlich, in diesem Stadium seiner Mission wären sie aber eher hinderlich gewesen. Er trainierte also gerade so viel, dass die Muskeln geschmeidig blieben und der Tonus nicht abnahm.

Dass er sich nicht langweilte.

Dass er die Unruhe, die ihn erfasst hatte, vorübergehend nicht spürte.

B-U-T-T-E-R, tönte es aus dem Fernseher. »Butter«, murmelte Wadim.

Warten stellte einen essenziellen Teil seines Lebens dar, wurde ihm bewusst. Angefangen hatte es in der desolaten Baracke, in der er mit Juri zusammen aufgewachsen war, auf einem Bauernhof im Norden Russlands. Ein weißer Fleck auf der Landkarte, fern aller modernen Einrichtungen. Jahrelang hatte der einzige Traktor auf dem Hof herumgestanden und war allmählich verrottet. Ihr Vater wartete auf eine Lieferung von Ersatzteilen. Wann immer eine Bewegung am Horizont darauf hindeutete, dass womöglich der Postbote oder ein Kurier zu ihnen unterwegs war, standen seine Eltern sehnsüchtig im Feld und hielten Ausschau, während sein Bruder und er dem Ankömmling entgegenrannten. Es war immer vergeblich gewesen.

Hoffnung machte verletzlich. Besser war es, keine Hoffnung zu haben. Das machte stark.

B-L-U-M-E-N. »Blumen.«

Nach dem Tod seiner Eltern war er mit Juri gen Süden gezogen. Sie waren damals fast siebzehn und durch nichts mehr an ihre frühere Heimat gebunden. Bei der Armee fanden sie ein Dach über dem Kopf und hatten ein Einkommen, bis die UdSSR in die Krise geriet und man ihnen ihren Sold nur noch sporadisch auszahlte. Als die Kameraden, um ihren Lebensunterhalt zu finanzieren, allesamt anfingen, entweder gestohlene Armeewaffen zu vertickern, oder sich für eine kriminelle

Karriere nach Westeuropa begaben, hatten auch Juri und er sich für Letzteres entschieden.

B-O-N-B-O-N.

Wadims Muskeln reagierten schnell und geschmeidig auf die Impulse, die er ihnen sendete, aber hinter seiner Stirn wütete ein Sturm. Er hatte keine Ahnung, wie lange er noch in diesem Land herumhängen müsste. Vielleicht ein paar Wochen, womöglich ein paar Monate. Es war nicht vorauszusagen. Es war jetzt an Maier, den Ball zurückzuspielen.

D-I-R-E-K-T.

Das Telefon klingelte. Wadim sprang auf, drückte sich kurz ein Handtuch an die Stirn und hängte es sich dann um den Hals. Er stellte den Fernseher leise und klappte sein Mobiltelefon auf.

»*Da?*«

»Wadim, bist du's?«

Er konnte es nicht ausstehen, am Telefon mit Namen angesprochen zu werden, also reagierte er mit einem verärgerten »Hm-hm.«

»*Zdraste*. Wie lange müssen wir diese *bl'ad* noch hier festhalten?«

Wadim zögerte kurz. »Das wird sich zeigen.«

»Äh … das wird ein bisschen schwierig. Wir brauchen den Raum. Und außerdem macht sie zu viel Lärm. Die Kunden fangen schon an, Fragen zu stellen. Ich glaube, es wäre besser, wenn …«

»Hör zu«, schnitt er dem anderen kurzerhand das Wort ab, »du machst gar nichts, verstanden? Ich komme morgen vorbei.« Er klappte sein Handy zu.

G-E-W-A-L-T, buchstabierte einer der Kandidaten auf der Mattscheibe.

Wadim grinste freudlos.

20

Susan hatte eine Campingmatratze bekommen, sodass ihr reichlich strapazierter Hüftknochen und die Schulter nicht mehr direkt auf dem harten Boden auflagen. Es gab noch weitere Verbesserungen: Nachdem sie das letzte Mal verhört worden war, hatte man ihr den Sack nicht wieder über den Kopf gezogen, und sie bekam nun auch täglich zu trinken und zu essen. Einen Schokoriegel, ein Omelett oder ein Sandwich.

Der Riesenkerl mit den stechenden Augen und der hohen Stirn war fürs Catering zuständig. Er warf ihr das Essen von der Tür aus zu, meistens so, dass es gerade noch in ihrer Reichweite landete. Dann schaute er zu, wie sie es mühsam zu sich heranzog, manchmal mit den Zähnen, manchmal mit der Zunge, und es vom Boden aß, wie eine Katze, die an einem großen Stück Fleisch frisst. Mit perversem Interesse verfolgte er den Fortgang; es machte ihm sichtlich Spaß zuzusehen, wie sie sich abmühte. Manchmal lag das Essen ein Stück zu weit entfernt, sodass sie es trotz minutenlanger Anstrengung nicht erreichen konnte. Dann kam er spöttisch auf sie zugeschlendert und schob es ihr mit dem Schuh etwas näher hin.

Anfangs hatte sie das ihr zugeworfene Essen noch ignoriert. Ihr Wächter hatte stets eine Weile stumm gewartet, aber regelmäßig auf die Uhr gesehen, als käme es dabei auf die Zeit an. Irgendwann hatte er das Sandwich wortlos weggenommen und ihr stattdessen eine kleine Flasche Wasser an die Lippen gedrückt. Gierig hatte sie so viel wie möglich davon getrunken. Ein Großteil war ihr übers Gesicht und auf die Matratze gelaufen.

Nach ein paar Tagen jedoch übertönte ihr nach Treibstoff lechzender Körper jeden Stolz und jede Scham. Es machte ihr nichts mehr aus, wenn es diesem Arschloch einen Kick verschaffte, ihrem ungeschickten Herumgestocher zuzusehen. Sollte es doch. Sie aß jetzt einfach, was er ihr gab, und zwar so viel sie in der Zeit, die man ihr dafür zugestand, herunterbekam, zweimal täglich. Und nicht nur das. Sie pinkelte auch unter seinem wachsamen Blick, Abend für Abend. Er löste ihre Fesseln um ihre Fuß- und Handgelenke und setzte sie wie ein zusammengeschnürtes Paket aufs Klo. Dann ging er vor ihr in die Hocke und beobachtete krankhaft interessiert jeden Tropfen, den sie in die Schüssel fallen ließ.

Susan hatte einmal etwas über ein Experiment mit Ratten gelesen. Wissenschaftler hatten Versuchstiere in ein Wasserbecken geworfen. Sie mussten um ihr Leben schwimmen. Nach einiger Zeit waren die armen Tiere erschöpft, aber die Ränder des Beckens waren steil und glatt, boten keinen Halt. Eines nach dem anderen gaben die Tiere auf, sanken zu Boden und ertranken. Einige wurden jedoch kurz vorher herausgefischt, sie überlebten das Experiment. Diese warf man später erneut in das Becken, zusammen mit anderen Ratten, für die es das erste Mal war. Es stellte sich heraus, dass jene geretteten Tiere es beim zweiten Mal länger durchhielten. Wenn Susan sich richtig erinnerte, war hiermit wissenschaftlich erwiesen, dass Hoffnung Leben retten konnte.

Genau so kam sie sich derzeit vor – wie eine Ratte in einem von sadistischen Wissenschaftlern betriebenen Labor. Alles in ihr wollte am Leben bleiben, möglicherweise traf ja von irgendwoher noch Hilfe ein. Ihre Hoffnung war das Einzige, woran sie sich klammern konnte, denn ansonsten sah die Lage alles andere als rosig aus.

Tagelang hatte sie das rhythmische Knarren von Betten gehört, zu allen möglichen Tageszeiten, tags wie nachts, und manchmal Schläge, die sogar durch die Wände zu hören waren, gefolgt von Schmerzensschreien. In der Hölle, die hinter diesen Mauern verborgen lag, wurden offenbar Frauen misshandelt, das war das Kerngeschäft, darüber konnte kein Zweifel bestehen.

Susan fragte sich, warum sie hingegen in Ruhe gelassen wurde. Was den Ekelprotz mit den übertriebenen Muskeln, der ihr zu essen und zu trinken brachte und sie auf die Toilette setzte, eigentlich daran hinderte, sich an ihr zu vergreifen. Denn dass er das gern täte, war nicht zu übersehen.

Er erinnerte sie an eine Hyäne, die ihre Beute umkreiste. Der fieberhafte Blick in seinen Augen jagte ihr Angst ein, eine Aura von Verdorbenheit und abgründiger Dunkelheit umgab den Kerl. Und doch hatte er keinen Finger nach ihr ausgestreckt. Jedenfalls noch nicht. Vielleicht war es nur eine Frage der Zeit.

Eines Morgens glaubte sie schon, nun wäre der unvermeidliche Augenblick gekommen. Zu zweit kamen sie zu ihr, ihr Wärter und ein blonder Typ von gedrungener Gestalt. Sie verklebten ihren Mund mit schwarzem Tape, kappten ihre Fesseln, rissen sie brutal von der Matratze hoch und dirigierten sie auf den Flur. Sie konnte sich kaum auf den Beinen halten, alle paar Schritte stolperte sie. Die Männer sprachen kein Wort, stießen sie bloß vor sich her. Sie wurde eine lange, schmale Treppe hinuntergeführt.

Es war das erste Mal, dass sie den Raum verließ und etwas von dem Haus zu sehen bekam, in dem sie sich befand. Sie prägte sich jedes Detail ein. Ein altes herrschaftliches Haus mit hohen Decken und schmalen Fluren, das vermutlich in den sechziger oder siebziger Jahren zum letzten Mal renoviert worden war. An den Decken hingen altmodische Lampen, die ein gelbliches Licht verbreiteten, und an den Wänden Tapeten in einem betagten Grün. Die Einrichtung des früheren Wohnzimmers im Erdgeschoss war ganz anders. Kitschige Ledermöbel in Lachsrosa sowie eine kleine Bar aus Spiegelglas und Hochglanz-MDF. Davor standen goldfarbene Barhocker mit Sitzpolstern aus rosa Samt.

Susan war noch nie in einem Bordell gewesen, aber dieses war eines. Unverkennbar.

Noch etwas entdeckte sie. Ihr persönlicher Gefängniswärter hieß Robby. So wurde er zumindest von dem gedrungenen Blonden angesprochen, der es anscheinend gewöhnt war, dass man ihm aufs Wort gehorchte. Ihn sah sie zum ersten Mal. Als ihr Entführer Fotos von ihr gemacht hatte, war er jedenfalls nicht dabei gewesen.

Es klingelte, woraufhin er sie mit Robby allein ließ und auf den Flur hinausging. Sie blieb mucksmäuschenstill auf dem Sofa sitzen, in banger Erwartung. Schon bald hörte sie Männerstimmen und Gelächter, gefolgt von Schritten auf der Treppe. Ihr wurde klar, dass der Besuch nicht ihr galt.

Susan hatte fleißig die Augen offen gehalten. Die Fenster waren sowohl zur Straße als auch zum Garten hin mit Holzverschlägen verrammelt, da kam sie nicht durch. Aber wenn sie es schaffte, in den Flur zu gelangen, waren es nur noch ein paar Meter bis zur Haustür.

Die Chance dafür war allerdings gleich null.

Robby hatte es sich in einem Sessel direkt neben der Tür bequem gemacht. Seine Füße lagen auf einem Rauchglastisch. Seine forschenden Hyänenaugen ließen keine Sekunde von ihr ab. In seinem Schoß lag eine Pistole.

21

Noch eine Doppelnull zum Abheften. Von einem Informanten mit Decknamen »Charlie«. Wie Charlie genau angeworben worden war, wusste sie nicht, wohl aber, dass er bisweilen ziemlich saftige Infos aus der Unterwelt auftischte. Zu bestimmten kriminellen Kreisen in der Stadt hatte er offenbar gute Connections, was ihn als Informanten wertvoll machte.

Und jetzt kam er mit diesem Foto an. Letzte Woche in privaten Räumlichkeiten in Eindhoven aufgenommen. Ein Gesicht, aus nächster Nähe fotografiert, sodass von der unmittelbaren Umgebung fast nichts zu erkennen war. Eine weiße Frau mit vollem, glattem braunem Haar. Normaler Körperbau, gerade Nase, volle Lippen. Mandelförmige braune Augen, die nicht in die Linse, sondern woanders hinschauten und eine alarmierende Mischung aus Angst, Wut, Erschöpfung und Verletzbarkeit verrieten. »Intern« hatte jemand danebengekritzelt, was sich auf den Status der abgebildeten Frau bezog.

Das eindeutig mit einem Handy aufgenommene Bild verschlug Joyce den Atem. Sie fing plötzlich an zu zittern, und ein stechendes Kältegefühl breitete sich über ihren ganzen Körper aus. Aus Angst, ihre Kollegen könnten ihre plötzliche Unruhe bemerken, schirmte sie ihr Gesicht mit den Händen ab, als würde sie sich auf ihre Arbeit konzentrieren. Ihre Ellbogen zitterten auf der Schreibtischplatte.

Hier war etwas ziemlich faul.

Sie konnte es kaum glauben.

Dieser Frau durfte sie nicht hier, im Rahmen ihrer Arbeit begegnen, in Form eines Frust-Files. Diese Frau hatte nicht von einem zwielichtigen Informanten in einem kriminellen Bordell fotografiert zu werden. Susan Staal gehörte in die unterste Schublade eines Schranks im Wohnzimmer, zu der Akte, die sie dort zu Hause verstaut hatte und die sie seit anderthalb Jahren mit allen Puzzelteilchen füllte, die irgendwie mit ihm zu tun hatten – alles, was sie auftreiben, was sie heimlich recherchieren konnte.

Susan Staal gehörte zu Silvester Maier.

Joyce starrte das Foto an. Private Umgebung oder nicht: Diese Frau war Susan Staal. Sie wusste es genau. Das konnte nur bedeuten, dass es Schwierigkeiten gab. Große Schwierigkeiten.

Langsam schob sie das Foto auf ihrem Schreibtisch hin und her. Täuschte sie sich vielleicht? War es nicht viel naheliegender, dass da jemand Susan Staal verdammt ähnlich sah? Oder dass das Foto nur versehentlich diesem Informanten zugeschrieben wurde und die Ortsangabe gar nicht stimmte? So was passierte. Es kamen öfter mal Fehler vor.

Das Foto an sich gedrückt, ging sie zum Fotokopierer, vorbei an ihren arbeitenden Kollegen, die sich von ihren Bildschirmen und komplizierten Telefonaten keine Sekunde lang ablenken ließen, und drückte auf »Farbkopie«. Faltete das Blatt zusammen und steckte es in die Gesäßtasche ihrer Jeans. Niemand achtete auf sie. Sie eilte zu ihrem Schreibtisch zurück, verstaute das Originalfoto in der Akte, klappte diese zu und legte sie auf einen der bunten Stapel, die im Laufe des Vormittags auf ihrem Schreibtisch entstanden waren.

Dann zog sie die Tastatur zu sich heran. Ihre Finger flogen über die Tasten, während ihre Augen unablässig über den Bildschirm flitzten.

Das Haus lag in der Altstadt von Eindhoven. Seit 2001 befand es sich im Besitz von Maxim Kalojew, der in Odessa zur Welt gekommen und aufgewachsen war. Es gab deutliche Anzeichen dafür, dass bei ihm Zwangsprostituierte arbeiteten; anscheinend unterhielt Kalojew auch Beziehungen zur russischen Unterwelt.

Auf Grund diverser Hinweise – teils von demselben Informanten, Charlie – hatte im Frühling eine Razzia dort stattgefunden. Maxim und zwei weitere Russen, die sie zu jenem Zeitpunkt in dem Gebäude angetroffen hatten, waren zum Verhör abgeführt worden, so wie sechs junge Frauen. Die Männer hatten keinen Ton gesagt und sich stattdessen mit einem ganzen Heer von teuren Anwälten umgeben, die der Dienststellenleitung mit einer Drohung nach der anderen gekommen waren. Ihre Schützlinge seien anständige, ordentliche, hart arbeitende Immigranten und ehrliche Steuerzahler.

Bei einigen der Frauen waren blaue Flecken festgestellt worden, bei zweien auch Brandwunden. Um mit ihnen zu kommunizieren, mussten ein russischer und ein rumänischer Dolmetscher dazugezogen werden. Die Frauen bagatellisierten ihre Verletzungen. Arbeiteten angeblich freiwillig in diesem Etablissement. Quasi durch die Bank weg widerriefen sie ihre Aussagen vom Vortag. Was am Ende dabei herauskam, war so verworren und widersprüchlich, dass die Ermittler sich die Haare rauften. Standgehalten hatte letztlich keine einzige der Geschichten.

Es gab zu wenige Beweise, und die Frauen dachten gar nicht daran, Anzeige zu erstatten. Ohne Anzeige gab es auch keine Gerichtssache. Akte geschlossen.

Joyce loggte sich aus und klickte sich zu einer anderen Informationsquelle durch. Loggte sich mit ihrem Passwort ein und kritzelte schnell eine Mobilfunknummer und eine Adresse auf einen Notizblock.

»Na, was machst du gerade?«

Um das Fenster auf dem Bildschirm zu schließen, war es zu spät. Unauffällig legte sie ihren Arm über den Block. »Äh ...«

»Du arbeitest so konzentriert vor dich hin ... viel zu tun?«

»Ziemlich, ja.«

»Wir gehen gleich ins De Stoep. Hast du Lust mitzukommen, oder bleibst du hier?«

»Ich weiß nicht, ich ...«

José warf einen neugierigen Blick auf ihren Bildschirm. »Suchst du Adressdaten von einem Informanten?«

»Äh, ja. Aber die laufen ja nicht weg.« Schnell fuhr sie den Computer herunter und nahm demonstrativ ihre Tasche vom Boden. »Ins De Stoep, meintest du?«

22

Wadim hatte sein Auto auf dem Bahnhofsgelände abgestellt und ging jetzt in ruhigem Tempo durch die Altstadt. Die Kapuze hatte er tief in die Stirn gezogen. Er versuchte, ruhig zu bleiben, denn wenn er seinen Emotionen freien Lauf ließe, bestand die Gefahr, dass er Fehler machte. Trotzdem knirschte er wütend mit den Zähnen und ballte die Hände in den Jackentaschen zu Fäusten.

Susan Staal würde er schon in den Griff bekommen. Die Tussi hatte Angst – selbst Angehörige geschulter Einsatztruppen hätten in ihrer Lage Angst. Und wer Angst hatte, unternahm grundsätzlich nichts, was ihn in noch größere Gefahr bringen konnte. Er sagte sich, dass es Maxim letzten Endes ums Geld ging, was immer er ihm auch weiszumachen versuchte. Geld und nichts anderes war überhaupt der einzige Grund, sich auf dieses Geschäft einzulassen, die Grenzen der eigenen Moral dermaßen auszudehnen und die eigene Seele dem Höchstbietenden zu überlassen.

Das kannte Wadim sehr gut, und damit hatten die Gemeinsamkeiten zwischen ihm und dem zweiundvierzigjährigen Ukrainer allerdings schon wieder ein Ende. Auch Leute, die sich berufsmäßig gegenseitig an den Kragen wollten, brachten bisweilen Respekt füreinander auf. Es war ein ehrenwerter Beruf, zumindest, wenn man ihn gut machte. Was allerdings Maxim Kalojew aushecke, hatte mit Ehre und Respekt wenig zu tun.

Rein strategische Erwägungen hatten Wadim motiviert,

ausgerechnet die Firma von Maxim für seine Sache in Betracht zu ziehen. Zunächst einmal wegen der Lage: Das alte herrschaftliche Haus lag relativ zentral, aber in einem vergessenen Winkel der Stadt. Keinerlei soziale Kontrolle. Viele Häuser standen leer, hatten verrammelte Fenster und Türen, wenn sie nicht als Lagerräume oder zur Zwischenmiete genutzt wurden. Ein anonymes Viertel mit anonymen Einwohnern.

Das Gebäude selbst war übersichtlich, es gab gute Fluchtwege, und es ließ sich hervorragend absichern. Außerdem war immer jemand vor Ort, Tag und Nacht, und es fand dort kein Drogenhandel statt. Erst vor Kurzem hatte es eine Razzia gegeben, wie Maxim ihm erzählt hatte, also rechnete er nicht damit, dass die Besucher in Uniform bald wieder auftauchen würden. Ein besserer Ort für seine Zwecke wäre kurzfristig nicht aufzutreiben gewesen.

Haus Nummer 83 befand sich ungefähr in der Mitte der schmalen Straße. Er klingelte und spähte gewohnheitsgemäß nach links und rechts. Nichts Auffälliges.

Hinter der blauen Haustür erklang gedämpftes Gepolter: Schritte auf einer Holztreppe. Dann ging die Tür auf. Pawel Radostin stand ihm gegenüber, ein junger Typ zwischen zwanzig und dreißig mit ungesund blasser Haut und einem auffälligen Schlangen-Tattoo auf dem Innenarm. Maxims Laufjunge.

Wadim behandelte ihn wie Luft und trat in den langen schmalen Flur. Auf dem Boden lag noch der ursprüngliche Terrazzo, an den Rändern hell, in der Mitte dunkel. Weiter hinten befand sich eine Küche, an die sich ein von gepflasterten Wegen durchzogener kleiner Garten auf der Rückseite des Hauses anschloss. Eine Tür in der Wand rechts von ihm führte in einen großen Raum, der früher in Vor- und Hinterzimmer unterteilt gewesen war, nun aber zugleich als Empfangsraum und Wohnzimmer diente. Die Schlafzimmer mit Separees lagen oben. Dort befand sich auch Susan Staal, an die Heizung gebunden, in dem einzigen Raum, der nicht mit dickem Teppichboden und Kingsize-Bett ausgestattet war.

Während hinter ihm die Tür geschlossen wurde, zog er sich die Kapuze vom Kopf, strich sich mit den Händen über den Stoppelhaarschnitt und ging ins Wohnzimmer.

Maxim stand vom Sofa auf und hielt ihm verlegen die Hand hin. Ein breites Grinsen stand ihm ins Gesicht geschrieben, er sah fast schon debil aus.

Wadim ließ die ausgestreckte Hand unbeachtet. Anfreunden würde er sich mit Leuten wie Maxim sowieso nicht. Sie kamen aus verschiedenen Welten, und was die Hierarchie innerhalb der Organisation anging, stand Maxim endlos weit unter ihm. Wadim hatte die schwerste und anspruchsvollste militärische Ausbildung genossen, die man sich vorstellen konnte, er hatte jahrelange praktische Erfahrung und nötigte mit seinem Ruf selbst der Führungsriege der Organisation Respekt ab. Maxim hingegen war bloß eine opportunistische Ratte. Er verfügte weder über Grundlagenwissen, noch zeichnete er sich durch irgendwelche Spezialkenntnisse aus. Er schlug sich irgendwie durch, aber die großartigen Leistungen, die er vorzuweisen hatte, waren im Grunde alle platt und ordinär.

Mit einer ausladenden Geste deutete Maxim auf das lachsfarbene Sofa an der Wand. »Mach's dir bequem. Oder willst du erst zu ihr?«

Wadim schüttelte kurz den Kopf. Er tat ein paar Schritte auf das Sofa zu, machte aber keine Anstalten, sich zu setzen. »Erzähl mir bitte mal«, sagte er, »wie es sein kann, dass so eine Tussi euch Schwierigkeiten macht. So große Schwierigkeiten, dass ich extra herkommen muss.«

»Na na na, schließlich sollen wir mit dem Mädel ja auch

nicht so umspringen, wie wir's gewohnt sind, oder?« Maxim hielt Wadim den erhobenen Mittelfinger vor, drehte sich um und ging nach hinten zur Bar durch.

Wadim spitzte die Lippen, reagierte aber nicht. Maxim erinnerte ihn an einen ungelernten polnischen Arbeiter. Blond, gedrungen, kurzer Hals und blasse Haut. Und vor allem plump.

»Das ist nämlich das Problem«, fuhr Maxim fort, noch immer mit dem Rücken zu Wadim. Über dem Kragen seines D&G kringelte sich ein schwarzes Tattoo, das offenbar den Schwanz irgendeines Tiers darstellen sollte. Das schuppige Ende reichte ihm bis hinters Ohr. »Sie ist widerspenstig, verstehst du? Immer noch. Mit den anderen Frauen können wir sie gar nicht zusammenbringen. – Wodka, Champagner?«

Wadim reagierte nicht.

Fragend blickte Maxim über die Schulter zu ihm hinüber, fing Wadims leeren Blick auf, zuckte mit den Schultern und schenkte ein Glas für sich selbst ein. »Okay, Wadim, raus mit der Sprache. Sie besetzt jetzt schon fast eine Woche dieses Zimmer. Wie lang hab ich das Weib noch am Hals?«

Wadim blickte ihn finster an. »Wie ich schon sagte: Das wird sich zeigen.«

»Du musst das doch zumindest ungefähr wissen! Geht es um eine Woche, um zwei?«

Wadim ging auf ihn zu. »Was soll der Scheiß, Maxim? Warum stehe ich hier? Was war das für ein Gequatsche von wegen die Kunden würden anfangen, Fragen zu stellen?«

Maxim schnaufte tief und nahm einen großen Schluck Wodka. »Gestern war ein Stammkunde hier, der immer in das kahle Zimmer will. Also musste ich sie rausholen. Sie hat dann hier unten gesessen, auf dem Sofa. Robby ist bei ihr geblieben. Das ist das Problem, man kann sie nicht allein lassen, sonst ist sie weg. Du hättest mal ihre Augen sehen sollen, die flitzten ständig hin und her, immer auf der Suche nach einem Ausweg. Wie bei einem wilden Tier, verstehst du?«

»Hat der Kunde sie zu Gesicht bekommen?«

»Quatsch«, sagte Maxim herablassend, »natürlich nicht.«

»Es war abgemacht, dass sie bleiben sollte, wo sie war. Keine Schiebereien.«

»Bei allem Respekt, aber da dachte ich, es ginge um eine kurzfristige Sache. Das geht immer, da mach ich kein Problem draus. Aber davon kann ja wohl keine Rede mehr sein, oder? Von ein paar Tagen? Die Wände sind hier nicht aus Gummi, ich kann nicht einfach ein zusätzliches Zimmer herbeizaubern, wenn ich es brauche. Sie ist ein Klotz am Bein, sie liegt uns auf der Tasche, und dann stellt sie auch noch ein Risiko dar. Weißt du, was die Alte brauchen könnte?« Er grinste, und seine Augen funkelten düster. »Die müsste mal ordentlich durchgevögelt werden. Davon werden sie treu wie Schoßhündchen, sag ich dir, weil sie dann kapieren, wer hier das Sagen hat. Außerdem haben die Jungs auch ein bisschen Abwechslung verdient.«

Unauffällig war Wadim immer näher gekommen. Er hörte nur zu, sagte kein Wort. Reagierte nicht einmal mit einem Nicken.

»Und wenn wir schon dabei sind«, fuhr Maxim zunehmend begeistert fort, »warum nicht aus der Not eine Tugend machen? Zugegeben, sie ist schon ein bisschen alt, wir haben hübschere und jüngere Exemplare im Angebot. Aber manchmal wird hier auch nach einer MILF gefragt, es gibt Leute, die da voll drauf abfahren. Weil sie Niederländerin ist, könnte ich sie ja exklusiv ausländischen Kunden anbieten, dann handeln wir uns keinen Ärger mit ihr ein. Du vierzig Prozent, ich sechzig. Okay?«

Wie aus heiterem Himmel war plötzlich die Pistole aufgetaucht. Fest drückte Wadim seinem Gegenüber die Mündung der 9-mm-Waffe in die Schamgegend. »Nein, mein Freund«, sagte er langsam. »Das ist nicht okay.«

Mit einem dumpfen Laut landete Maxims Glas auf dem Teppichboden. Seine Augen flitzten zwischen dem Schritt seiner Hose und Wadims Gesicht hin und her. »Was ist denn jetzt los, Mann?«

Wadim tat, als hätte er ihn nicht gehört.

»Steck das Ding weg, Mann, das ist nicht witzig.«

»Es ist auch nicht witzig gemeint.« Wadim beugte sich vor, sodass sein Gesicht das von Maxim beinahe berührte. »Was glaubst du eigentlich, wen du vor dir hast? Irgendeinen Wichser aus deinem Tuntenklub hier? So einen Loser, der sich für besonders tough hält, weil er die Tussis hier nach Lust und Laune durchficken kann, ohne zu fragen? Ja? Hältst du mich für so einen? Du solltest das eigentlich besser wissen, du Sackgesicht.«

»Ey, Wadim, sorry, Mann. Ganz ruhig, ich …«

»Weißt du, was ich ziemlich tough finde, Maxim?«

Maxim sagte nichts mehr. Stand nur da, die Arme leicht vom Körper abgespreizt, regungslos, wie ein lahmer Vogel. Von den Schläfen tropfte ihm der Schweiß, und in seinen Augen flackerte die reine Panik.

»Ich finde es ziemlich tough, dass du mein Vertrauen derartig missbraucht hast. Dass du sie aus diesem Zimmer herausgeholt hast. Dass du auch nur auf die Idee kommst, jemanden, der mir gehört, für dich arbeiten zu lassen. Und dass du mir das auch noch als Geschäft zu verkaufen und mich nebenbei übers Ohr zu hauen versuchst, ohne mit der Wimper zu zucken. Das find ich richtig tough. Da hab ich mich wohl in dir getäuscht, Maxim, du bist anscheinend viel mutiger, als ich dachte. Oder bist du bloß viel dümmer?« Mit dem Daumen verschob Wadim den Sicherheitsriegel der Waffe.

Maxim hörte es. An seinem Hals traten die Sehnen hervor, das Blut wich ihm aus den Wangen. »Nein, Wadim! Bitte, bitte, Alter!«

Wadim drückte ab. Es war nur ein trockenes Klicken zu hören, der Schuss blieb aus. Im selben Augenblick landete Wadim einen Treffer mit dem Knie.

Laut jammernd stürzte Maxim zu Boden und krümmte sich sofort wie ein Embryo zusammen, die Hände schützend vor den Geschlechtsteilen.

»Wo ist sie?«, fragte Wadim. Er steckte seine Pistole weg und schaute geringschätzig auf den Ukrainer herab.

»Oben«, jammerte Maxim. »Auf dem Zimmer.«

»Du bleibst hier.«

23

De Stoep war eine veredelte Snackbar, die sofort dichtmachen müsste, wenn irgendwann einmal die Polizeidirektion umziehen würde. Zumindest die Hälfte der Kunden bestand aus uniformierten Beamten oder unauffälligen Kripo-Ermittlern.

Joyce hatte ein Frikadellenbrötchen mit Cola und Kaffee heruntergespült. Sie hatte sich alle Mühe gegeben, ihren Kollegen gegenüber so normal wie möglich und nicht allzu geistesabwesend zu wirken.

Kaum hatten sie den Laden verlassen, war ihr allerdings das Mittagessen in Form eines beißenden Breis wieder hochgekommen und hatte sich als brauner Fleck auf dem Straßenpflaster ausgebreitet.

»Ich glaube, ich bin krank.« Betreten nahm sie die Serviette an, die eine Kollegin ihr hinhielt, und putzte sich die Nase. Tränen liefen ihr über die Wangen. »Verdammt.«

Niemand von den Kollegen lachte.

Nancy gab ihr eine weitere Serviette. »Demnächst kommt die Entscheidung, nicht wahr? Ob du zurückkannst oder nicht.«

Sie nickte.

»Vielleicht ist das ja eine nervöse Reaktion. Könnte ich mir gut vorstellen. Mich würde das auch total verrückt machen.«

Du ahnst nicht, wie verrückt ich wirklich bin. »Das ist eher eine Grippe, glaube ich.« Sie schnäuzte sich noch einmal die Nase.

»Willst du nicht lieber nach Hause gehen?«, fragte José. »Ein paar Tage unter die Bettdecke?«

»Ist vielleicht besser.«

Joyce legte die Mappe auf den Esszimmertisch und klappte sie auf. Strich die Farbkopie glatt und legte sie daneben. Sie verfügte über verschiedene Daten von Susan Staal: Adresse, Kontonummer, Bankverbindung, Autokennzeichen, Kreditkartennummern, Username und Passwort ihres Mailaccounts. Zusammengenommen eine stattliche Menge an relevanter Informationen, die teils im Internet, teils in Bank-, Versicherungs- und Regierungsdatenbanken zu finden gewesen waren.

Nur ein einziges Mal hatte sie Susan leibhaftig gesehen. Sie hatte der Versuchung schlichtweg nicht widerstehen können und wissen wollen, wer die Frau war, mit der Maier einen so intensiven Mailkontakt unterhalten und schließlich ein Verhältnis angefangen hatte. Eines Mittags hatte sie in einer Kneipe, nicht weit von Susans Wohnung entfernt, Beobachtungsposten bezogen. In den zwanzig Sekunden, die Susan zum Überqueren der Straße brauchte, speicherte Joyce eine Personenbeschreibung in ihrem Hinterkopf ab. Nur ein echtes Foto hatte ihrer Akte noch gefehlt. Bis heute.

Sie strich mit den Fingerspitzen über das glatte Papier der Fotokopie. Nach wie vor war ihr die Sache unbegreiflich. Was war da los? Was machte Susan in Eindhoven? Und dann auch noch in einem verdammten Bordell? Seit sie sich auf der Arbeit krank gemeldet hatte und nach Hause gegangen war, hatten diese Fragen sie keine Sekunde mehr losgelassen.

Ob Silvester – seinen Mails zufolge nannte er sich Sil – wusste, dass seine Freundin sich dort befand? Er war schon seit ein paar Tagen außer Landes. Das entnahm sie den Auszügen seiner Visa-Karte, die sie erst letzte Woche noch kontrolliert hatte. Es hatte Bezahlvorgänge in Belgien und in Nordfrankreich gegeben, und anscheinend war er allein unterwegs. Die Tatsache, dass er seine Kreditkarte überhaupt benutzte, deutete darauf hin, dass er weder etwas Illegales vorhatte noch davon ausging, jemand könnte ihm folgen oder ihn suchen.

Hatten die beiden sich getrennt? Sie stellte sich vor, wie daraufhin beide geflüchtet waren: er im wortwörtlichen Sinne, indem er in sein Auto gestiegen und weggefahren war; sie, indem sie angefangen hatte, in einem Bordell zu arbeiten, in einer fremden Stadt, vierzig Kilometer von ihrem Wohnort entfernt. In fünfzehn Jahren bei der Kripo hatte Joyce mitbekommen, dass Leute nach einer Trennung noch zu ganz anderen Dingen in der Lage waren. Mit weit schlimmeren Folgen.

Allerdings hatte gerade dieses Bordell einen gewissen Ruf. Erst kürzlich hatte dort eine Razzia stattgefunden. Aber die kriminelle Bande, die den Laden führte, war zu gerissen, um sich überführen zu lassen.

Joyce konzentrierte sich auf das Foto. *Diese Augen ... dieser Zug um die Mundwinkel.*

Angst. Das war schlichtweg Angst.

»Halluziniere ich jetzt vielleicht?«, fragte sie das Foto. »Bin ich jetzt tatsächlich verrückt geworden? Oder habe ich recht? Hast du Angst?«

Susan schaute unverwandt an der Linse vorbei.

Joyce schob die Mappe zur Seite, zog ihren Laptop zu sich heran und rief die Hotmailseite auf. Tippte Sils Mailadresse und sein Passwort ein. Ungefähr vor anderthalb Jahren hatte ein Hacker, der die Arbeit ihrer Einheit gelegentlich unterstützte, diese Daten für sie herausbekommen. Diesen Tag würde sie nie vergessen. Es war der erste Riss im Fundament ihrer Zuverlässigkeit als Beamtin im Staatsdienst. Solche Dinge durfte sie nicht tun. Maiers Privatleben ging sie nichts an.

Aber sie hatte unbedingt mehr über ihn erfahren wollen. Und ihn beeinträchtigte es schließlich nicht.

Drei neue Mails waren angekommen, die er anscheinend noch nicht gelesen hatte. Eine vom Dienstanbieter, ein Newsletter irgendeiner Rockband und schließlich eine Mail von Susan, die sie sofort öffnete. Die Nachricht war leer, hatte aber zwei Anhänge von etwa 1 MB. Sie klickte auf den ersten.

Mit einem lauten Knall fiel ihr Stuhl um. Sie krallte sich an der Tischplatte aus Teakholz fest. Klickte schnell auf das zweite Foto. Das sah genauso aus. Eine Variation desselben Themas.

Susan lag in einer unbequemen Haltung am Boden, gefesselt, die Arme hinter dem Rücken. Es war deutlich zu erkennen, dass ihre Hand- und Fußgelenke aneinandergebunden und mit Kabelbindern am Heizkörper festgezurrt waren. Susan Staal, an die Heizung gekettet. Wirre Haarsträhnen klebten ihr auf der Stirn, und ihre dunklen Augen schauten in Todesfurcht hoch. Neben ihrem Kopf ragten zwei braune Turnschuhe ins Bild: die Füße desjenigen, der das Foto machte.

Die Aufnahme wirkte so bedrohlich, dass es Joyce durch Mark und Bein fuhr.

»Scheiße«, brachte sie bloß heraus. Sie ging um den Tisch herum, als wäre der Laptop ein lebendes Wesen, das jeden Augenblick zum Angriff übergehen konnte. Schloss die Augen, um das Foto nicht anschauen zu müssen. »Du bist gemeint, Maier«, murmelte sie. »Verdammt, es geht um dich. Was zum Teufel hast du ihnen getan? Weißt du hiervon überhaupt?«

Sie schaute wieder auf das Foto. Vor vier Tagen war es verschickt worden. Aber wann mochte es entstanden sein?

Sie mussten bei Kalojew eine Razzia durchführen. Jetzt sofort, heute noch. Wenn sie Thieu klarmachen konnte, dass in dem Gebäude eine Frau als Geisel festgehalten und misshandelt wurde, konnte Susan schon in anderthalb Stunden frei sein. Schließlich befand sie sich dort nicht aus denselben Gründen wie die Mädchen aus dem früheren Ostblock, die von ihren Kollegen oft abfällig »Importhuren« genannt wurden. Der Grund, weshalb Susan dort festgehalten, womöglich sogar gefoltert wurde, war weit bedrohlicher. Die Mail an Maier zeigte deutlich, dass es um etwas Persönliches ging. Susan befand sich in Lebensgefahr.

Jetzt unverzüglich einzugreifen, würde für ihre Einheit noch einen anderen Vorteil bedeuten: So konnten sie den Patzer vom Frühling ausgleichen. Susan war nicht eine unsichere Russin oder Rumänin, sondern eine mündige Niederländerin, die in diesem Land zu Hause war. Da konnten Maxim und seine Freunde einpacken.

Sie griff zum Telefon. Dann aber erstarrten ihre Finger auf den Wähltasten. Brachte sie Sil damit nicht in Schwierigkeiten? Schließlich war die Mail an ihn adressiert. Bisher war er den Augen der Justiz stets verborgen geblieben.

Frustriert strich sie sich durchs Haar. Nicht nur Maier würde ins Visier der Fahnder geraten. Auch sie selbst. Thieu würde wissen wollen, wo sie ihre Informationen herhatte. Dann würde sie ihm erklären müssen, warum sie die Mailadresse und das Passwort von Silvester Maier kannte, warum sie von Zeit zu Zeit seine Mails las. Und warum sie überhaupt so viel wusste über ihn und seine Freundin, also über Personen, denen sie nie begegnet war und gegen die auch kein Verdacht vorlag.

Sie legte das Telefon wieder hin. Starrte auf den Bildschirm ihres Laptops.

Das Bild von Susan war verschwunden. Auf dem flachen Monitor war jetzt ein silberner Goldfisch erschienen – Elton, dem Handbuch zufolge –, der ziellos zwischen Wasserpflanzen schaukelte, die genauso digital und leblos waren wie er selbst. Trotzdem sah er ziemlich echt aus, sogar dermaßen echt, dass sie manchmal mit ihm redete. Elton war ein treuer Freund. Er tratschte nie etwas aus, darauf konnte sie sich verlassen.

Starr blickte sie auf den Schirm, schaute den ruhigen Bewegungen von Eltons durchsichtigen Flossen und den im virtuellen Wasser aufsteigenden Luftblasen zu.

Sie holte ihr Handy aus der Hosentasche und schrieb eine kurze SMS.

LIEBER JIM, ESSEN KLAPPT NICHT, ÜBERSTUNDEN.
GRUSS + KUSS!

»Du Lügnerin«, sagte sie laut zu sich selbst. Dann drückte sie auf »Senden«.

24

Es war nichts weiter geschehen, nachdem sie gestern aus dem Raum herausgeholt worden war. Robby hatte sie zurückgebracht, ihr das Tape vom Mund gerissen und sie mit roher Gewalt wieder an der Heizung festgebunden. Mit einer obszönen Geste hatte er sich verabschiedet.

Sie war nicht vergewaltigt, nicht zum Arbeiten gezwungen und auch nicht ermordet worden. Aus purer Erleichterung hatte sie kurz geweint, aber erst nachdem die Schritte auf der Treppe verhallt waren.

Lang währte die Erleichterung nicht. Während sie auf die abblätternde grüne Tapete in ihrer Zelle starrte, wurde ihr die Ausweglosigkeit ihrer Lage immer bewusster. Die Tatsache, dass keiner sich die Mühe machte, Maßnahmen zu ergreifen, um später nicht von ihr wiedererkannt zu werden, war vielsagend: Es deutete nämlich darauf hin, dass man nicht vorhatte, sie lebend wieder freizulassen.

Dass sie noch lebte, konnte also nur daran liegen, dass sie sie noch brauchten. Sie diente als Lockvogel für Sil, der ebenfalls ermordet werden sollte. Oder sie wurde als Druckmittel benutzt, um ihn dazu zu bewegen, irgendein schmutziges Geschäft sauber abzuhandeln. Vielleicht auch beides. Von ihrer klammen Matratze aus konnte sie lediglich darüber rätseln.

Ihre Chancen, gerettet zu werden, standen jedenfalls schlecht. Ganz vielleicht würde Reno sie vermissen, aber selbst wenn – er würde sich nicht weiter darum kümmern. Es war schließlich schon öfter vorgekommen, dass sie einen Eilauftrag bekommen hatte und dann plötzlich eine Woche von zu Hause fort gewesen war. Er würde gar nicht auf die Idee kommen, sich deshalb Sorgen zu machen, geschweige denn, irgendetwas zu unternehmen.

Ihre Mutter und Sabine wurden mittlerweile vielleicht ein bisschen unruhig oder fanden es zumindest sonderbar, dass sie nicht ans Telefon ging. Sabine wusste von nichts, aber Jeanny war über Sils Verbindungen im Bilde, und sie war nicht naiv. Jeanny war die Einzige, die möglicherweise begriff, dass Susan in ernsthaften Schwierigkeiten steckte.

Aber was nützte es? Und wenn die halbe Welt sich nach ihr auf die Suche machte – es wusste ja niemand, wo sie war. Sie wusste es selbst nicht einmal. In welcher Stadt, in welcher Straße. Sie kannte lediglich dieses Zimmer. Das allerdings hätte sie mit geschlossenen Augen aufmalen können.

Es war ein relativ kleiner Raum, höchstens vier mal fünf Meter, mit hoher Decke, an der zwei dreckige Neonröhren hingen. Sie tauchten die spartanische Einrichtung in ein hartes, industrielles Licht. Auf dem Boden lag Linoleum mit einem roten Fliesenmotiv, das anscheinend schon etliche Jahrzehnte auf dem Buckel hatte. An den Wänden hingen moosgrüne Tapeten.

Das Fenster, unter dem ihre Matratze lag, war schwarz gestrichen. Öffnen ließ es sich auch nicht, die Scharniere fehlten. Und an der Tür fehlte die Klinke. Der graue Anstrich war ziemlich ramponiert, vor allem auf Kniehöhe, als wäre mit Gewalt dagegengetreten worden. In der Ecke links neben der Tür stand eine Kloschüssel. Weiß, ohne Brille, mit einem tiefhängenden Wasserreservoir und Metallbügeln zu beiden Seiten, wie man sie von Behindertentoiletten kennt. Daneben hing ein Spiegel, der das kleine Doppelbett reflektierte. Dieses hatte Stäbe an Kopf- und Fußende und eine hubbelige, unbezogene Matratze. Das Bett war seitlich an die Wand geschoben.

Ein säuerlicher, verdorbener Geruch hing im Raum. Zigarettenrauch, Schweiß, Urin und Angst. Vor allem stank es nach Angst. Wenn sie hier sterben würde, würde niemand etwas davon mitbekommen. Nicht einmal sie selbst wüsste, wo sie ihre letzten Tage zugebracht hätte.

Der Einzige, der dergleichen herausfinden konnte, war Sil. Aber je länger sie darüber nachdachte, desto sicherer war sie, dass Sil noch gar keine Ahnung hatte.

Vielleicht wusste er bloß, dass sie ihn suchten, und war geflohen. Dann konnte er jetzt in Neapel sei. Am Südpol. In Chile. Oder in Finsterwalde. Wenn Sil nicht gefunden werden wollte, dann wurde er auch nicht gefunden.

Wie viel Zeit blieb ihr eigentlich noch? Dass sie eine Matratze bekommen hatte sowie zu essen und zu trinken, bedeutete womöglich, dass ihre Gefangenschaft länger dauern würde, als ihr Entführer ursprünglich geplant hatte. Was immer sie von Sil wollten, es lief anscheinend nicht nach Plan.

Sie war von ihren Gedanken so besetzt, dass sie die Schritte auf dem Flur kaum wahrnahm. Die Tür wurde aufgeschlossen, und Wadim kam herein.

Er sah erregt aus, reizbar. Instinktiv schlug sie die Augen nieder.

»Ich hab da was gehört über dich.« Er sprach Englisch, und seine Stimme klang aufgeregt. Mit ein paar Schritten stand er bei ihrer Matratze. »Falsche Dinge.«

Falsche Dinge? Sie konnte sich nicht mal auf die andere Seite rollen. Sie konnte sich verdammt noch mal kaum bewegen. Noch immer waren ihre Hand- und Fußgelenke auf dem Rücken aneinandergebunden.

Susan hätte vor Frust laut aufschreien mögen, tat es aber nicht, sondern schloss die Augen und versuchte zu schlucken. Vor lauter Angst fingen ihre Beine unkontrolliert zu zittern an.

Er ging in die Hocke und umklammerte ihren Kiefer. »Sieh mich an, wenn ich mit dir rede, du Schnepfe.«

Der Schlag kam unerwartet, noch während sie ihm den Blick zuwandte. Mit der flachen Hand traf er sie auf Jochbein und Wange. Sie stieß einen Schrei aus.

»Dein Freund«, setzte er an und holte mit dem Handrücken aus, eine achtlose Bewegung, die ihn keinerlei Mühe kostete, »hat immer noch nichts von sich hören lassen.«

Der dritte Schlag folgte quasi auf der Stelle. Ihr Kopf schlackerte zur Seite. Sie schmeckte Blut im Mund und schrie auf.

»Und dann kriege ich nichts als Klagen über dich zu hören, verdammt!«

Handfläche, Handrücken, Handfläche und so in einem fort. Der Schmerz zog bis in Nacken und Rückgrat hinein, die in ihrer durch die Fesselung bedingten unmöglichen Haltung sowieso quasi keinen Spielraum mehr hatten.

Das würde sie nicht lang durchhalten. Das machte ihr Körper nicht mit. Wenn er nicht bald aufhörte, brach er ihr das Genick. »Nein«, schrie sie, »ich kann …«

»Dumme Schnepfe!«

Er sprang auf.

Sie hörte ihn schnauben und schwer atmen. Aus dem Nichts heraus traf die Spitze seines braunen Adidas-Schuhs ihren Oberschenkel. Ein gemessener, gezielter Tritt, als schösse er einen Ball weg, mit Schwung aus dem ganzen Körper heraus. Dann holte er mit dem anderen Bein aus.

Ihre Muskeln schienen zu reißen, der Knochen darunter schien aufzubrechen. Der Schmerz schoss gellend durch ihren Leib. Das Zimmer wirbelte im Kreis um sie herum.

»Halt dein Maul!« Er brüllte, um ihr Schreien zu übertönen.

Nein, das konnte nicht sie sein, die da schrie. Das war überhaupt kein menschlicher Laut. Es klang wie ein Tier in Todesnot. Ein gequältes Jaulen, ein schrilles, lang gezogenes Kreischen. Es klang abscheulich.

»Halt dein ...«

Ein heftiger Tritt in den Bauch machte dem Ton ein Ende.

Er machte auch allen anderen Schmerzen ein Ende. Sie spürte nur noch den glühenden Feuerball in ihrem Bauch.

»... verdammtes Maul!«

Stille.

Nur noch Stille.

Es war eine seltsame Wahrnehmung. Ihr Körper war noch da, zuckte unter den Schlägen und Tritten zusammen, aber er war nicht mehr ihrer, stand nicht mehr mit ihr in Verbindung. Die Tritte trafen nicht sie, sondern nur einen Haufen Fleisch und Knochen, dort auf der Matratze. Sie schwebte über sich selbst, glitt durch den Türspalt, durch die Mauerritzen nach draußen, nach oben, immer höher, in den blauen Himmel hinein, zu den Vögeln und Wolken.

Fort.

Zwei Hände umklammerten unsanft ihr Gesicht und schüttelten ihren Kopf hin und her. »O nein, das könnte dir so passen. Du bleibst bitte schön wach, verstanden? *Stay with me!*«

Kein Anschluss unter dieser Nummer.

Nicht zu Hause.

Ich bin nicht da.

Eine Hand zwängte sich zwischen ihre Beine. Griff in den Schritt ihrer Jeans und fing an dem steifen Stoff zu zerren an. Er riss wie ein dünnes Leinentuch.

Blinde Panik durchlief ihren Körper. Sie sperrte die Augen auf. »Nein«, schrie sie heiser, »nein!«

Er legte ihr eine Hand über Mund und Nase, sodass sie fast keine Luft mehr bekam. Brachte sein Gesicht ganz nahe an ihres, sah sie forschend an. Seine Stimme klang nun ganz leise. »Wenn ich noch ein Mal zu hören bekomme, dass du hier abzuhauen versuchst, dann passiert was, was noch viel schlimmer ist als die paar Schläge.« Seine Hand glitt langsam über ihre Scham, dann kniff er hinein. »Kapiert?«

Sie zitterte am ganzen Leib, klapperte mit den Zähnen.

»Ich habe gefragt, ob du's kapiert hast.«

Sie versuchte zu nicken, fand sich aber in ihrem eigenen Körper nicht mehr zurecht. Sie hatte keine Ahnung, wo oben und unten war, wo sie selbst war, welche Signale sie an ihren Kopf senden musste.

Ein Schlag auf die Wange. »Du hältst dich von jetzt an gefälligst zurück. Klar?«

»Klar.« Das Wort mischte sich mit Spritzern von Speichel, Blut oder Erbrochenem.

»Klar was?«

»Ich hau nicht ab, wirklich nicht«, flüsterte sie. Das »w« hörte sich komisch an, eher wie ein »b«. Ihre Lippen waren geschwollen, und ihre schmerzhaft pochenden Wangen glühten. Sämtliche Nervenenden in ihrem Körper schienen gerissen zu sein und nun mit unsichtbaren Drähten an denen ihres Halses und Rückgrats zu ziehen. Der Feuerball in ihrem Bauch glühte nach.

Er stand auf und sah auf sie hinunter. Ausdruckslos. Weder mitleidig noch amüsiert. »Schön.«

Noch einige Minuten lang blieb er so stehen, schweigend, beobachtend. Dann ging er zur Tür. Kurz vor dem Hinausgehen drehte er sich noch einmal um. »Es gibt hier Leute, die der Meinung sind, dass du zu viel Platz beanspruchst. Dass du dir deinen Unterhalt auch mit Arbeit verdienen könntest, genau wie die anderen.«

Mit einem Knall fiel die Tür hinter ihm zu.

25

Über Oberaudorf riss krachend und knatternd der Himmel auf. Regen peitschte gegen die Fenster des Hotelzimmers, so heftig, als würden Kiesel dagegengeschleudert. Bei jedem Donnerschlag wurde das Hotel bis in seine Grundfesten erschüttert, und jedes Mal gingen kurz die Lichter aus, um kurz darauf wieder hell aufzuleuchten, bis zur nächsten Störung.

Maier zog den Vorhang zur Seite und schaute nach draußen. Bis auf den fast schon waagerecht über den Hotelinnenhof treibenden Regen und die spitzen Nadelbäume, deren Gipfel von den Naturgewalten hin und her geworfen wurden, war kaum etwas zu sehen. Es war nach Mitternacht, und die Straße war menschenleer. Der Sturm erreichte anscheinend gerade seinen Höhepunkt.

Von hinten glitten zwei Arme unter sein T-Shirt, Finger wanderten über seinen strammen Bauch und Brustkorb. Ein warmer Körper rieb sich verführerisch an seinem Rücken.

»Findest du Gewitter auch so faszinierend?«, fragte sie flüsternd, nah an seinem Schulterblatt.

Unwillkürlich ertasteten seine Hände unter dem T-Shirt die ihren, ergriffen sie und drückten sie beruhigend.

Sie hieß Martha und verhielt sich gerade fürchterlich falsch. Vierzehn Jahre verheiratet, zwei Kinder, ein Hund, eine erfolgreiche Karriere und ein hübsches, freistehendes Haus nahe am Genfer See. Sie hatte mehr, als die meisten Menschen je erreichen würden, und doch genügte es ihr nicht.

Das machte sie öfter, hatte sie ihm erzählt. Für ein paar

Tage, eine Woche, entwischen. Zu Hause erzählte sie, sie führe zu einem Seminar oder einem Symposium, das sie nicht verpassen dürfe. In Wirklichkeit fuhr sie nach Österreich, Deutschland, Frankreich oder Italien, um im Ausland anonym so zu tun, als hätte ihr Leben noch nicht seine feste Form angenommen, als gäbe es für sie nirgends einen Ort, den sie ihr Zuhause nennen durfte. Um nicht zu sagen: nennen *musste*.

Wenn sie diese Eskapaden nicht unternahm, hatte sie gesagt, wurde sie todunglücklich. Sie riss keine Männer bei der Arbeit auf, und sie knüpfte auch keine zwielichtigen Kontakte übers Internet. Das fand sie zu gefährlich. Lieber nistete sie sich in einem Dreisternehotel mit gut besuchter Bar und Restaurant ein und wartete. Sie brauchte nie lange zu warten.

Das glaubte er gern.

»Kommst du noch mal ins Bett?« Ihr Atem strich über seinen Hals, und ihre Hände verschwanden unter dem Gummibund seiner Boxershorts. »Dann lassen wir die Vorhänge offen.«

Er gab ein unverständliches Brummen von sich.

»Komm«, drängte sie ihn. Ergriff seine Hand und zog ihn mit unter die Decke.

Draußen fuhr der Blitz durchs Tal. Wie unter einem Stroboskop leuchtete das Hotelzimmer kurz auf und versank dann schlagartig wieder in der Dunkelheit.

Maier beantwortete ihren Kuss und streichelte mit den Fingerspitzen ihren Bauch. Ihre weiße Haut erbebte unter der Berührung.

Es war kaum zu fassen, dass er bereits vier Tage in ihrer Gesellschaft verbracht hatte. Dies war die letzte Nacht. Morgen früh würde sie in ihren Mercedes steigen und gut fünfhundert Kilometer zurückfahren, dorthin, von wo sie gekommen war. Dann würde sie wieder ihren Platz in ihrer Familie einnehmen. Aber bis es so weit war, spielte er in ihrem eskapistischen Traum den Komplizen.

Im Grunde war Martha, die Schweizerin, gar nicht so anders als er selbst, überlegte er. Die Ruhelosigkeit, die sie überkam, wenn sie eine Weile ihre Rolle als Mutter, Haus- und Geschäftsfrau gespielt hatte, begriff er wie kein anderer, und er verstand auch durchaus, dass sie diese kleinen Ausflüge brauchte, um sich im Gleichgewicht zu halten, um das Gefühl zu haben, dass es in ihrem ansonsten straff durchorganisierten und bis zum Todestag vorausgeplanten Leben noch so etwas wie ein Recht auf Selbstbestimmung gab.

Es stand ihm nicht zu, darüber zu urteilen. Dieselbe Art von Unsicherheit hatte ihn an den Rand des Abgrunds und schließlich zum Sprung getrieben. Genau diese innere Unruhe und nichts anderes hatte ihn dazu gebracht, hohe Risiken einzugehen, fremde Leben zu zerstören und damit sich selbst und andere, die ihm viel bedeuteten, in Lebensgefahr zu bringen.

Um die Unruhe im eigenen Kopf vorübergehend zu betäuben, hatte Martha einen effektiveren und weit weniger schädlichen Weg gefunden als er. Er hoffte nur, dass ihr Mann, falls er je dahinterkommen sollte, klug und versöhnlich wäre, denn im Großen und Ganzen war sie wirklich ein Prachtweib.

Wie auch immer, es tat nichts zur Sache. Noch eine einzige Nacht mit Martha, noch eine einzige vom Wahnsinn beherrschte Nacht. Morgen würde er dann Kurs auf Südfrankreich nehmen und herausfinden, wer S. H. Flint war.

26

Es war ein übersichtliches Stadtviertel mit gerade durchgezogenen Hauptstraßen und im rechten Winkel dazu angelegten verkehrsarmen Seitenstraßen. Vor allem Reihenhäuser aus den siebziger Jahren mit sonnendurchfluteten, länglichen Wohnzimmern und Vorgärten. Nutzlos gewordene Eisenbahngleise dienten als Trennmarkierung zwischen den Grundstücken. Es wohnten hier vor allem traditionelle Familien: Der Mann sorgte für das Familieneinkommen, die Kinder gingen zur Schule, Gebrauchtwagen standen vor der Tür und dazu passende Foxterrier liefen herum. Samstagnachmittags wuschen die Leute entweder ihre Autos, oder sie waren als Zuschauer beim Amateurfußball.

Auch in der Nummer 17 hätte man so eine ganz normale Familie erwartet. Stattdessen wohnte dort der Informant namens Charlie, der in Wirklichkeit Robby Faro hieß.

Seiner Akte zufolge war er siebenundzwanzig Jahre alt, weiß, in den Niederlanden zur Welt gekommen und aufgewachsen. Diverse Male verurteilt wegen Autodiebstahl, Einbruch, Misshandlung und tätlichen Übergriffen. Drei Mal war er in illegalen Hanfanbau verwickelt gewesen, wie er hier in der Region im großen Stil betrieben wurde. Er stand im Verdacht, Frauen vergewaltigt und Brände gelegt zu haben, doch beides war ihm nie nachgewiesen worden. Und doch hatte Justitia diesen Robby irgendwann bei den Eiern gepackt, und seitdem musste er regelmäßig Informationen liefern.

Joyce zog sich in eine enge Brandgasse zurück. Dort war

es stockdunkel, anders als auf der Straße, wo eine Reihe von Laternen ihr rosiges Licht verbreiteten. Von hier aus konnte sie das Haus prima sehen. Zugezogene Lamellen, ein Vorgarten mit unebenen Waschbetonplatten. Robby war noch nicht zu Hause.

Joyce sah auf die Uhr. Drei Uhr nachts. Was sie vorhatte, war riskant, aber sie hatte auf die Schnelle keine andere Möglichkeit gesehen, um die letzten Zweifel auszuräumen.

Robby hatte das Foto gemacht. Er war im Innern dieses Gebäudes gewesen und musste wissen, wer Susan dort hingebracht hatte, wer sie dort festhielt – und vielleicht auch, warum.

Gerade war sie noch bei seinem Stammcafé vorbeigefahren, um zu prüfen, ob sein Auto dort stand. In seiner Akte war vermerkt, dass er in dieser alten Eckkneipe, wo ziemlich viele kleine Dealer zusammentrafen, fast jeden Freitagabend zu finden war. Erst letzten Sommer hatte es dort eine Messerstecherei mit tödlichem Ausgang gegeben. Tatsächlich stand Robbys knallroter, zehn Jahre alter 3er-BMW ein kurzes Stück weiter am Straßenrand.

Es fing leicht zu regnen an. Sie unterdrückte ein Frösteln und vergrub die Hände in den Jackentaschen. Jetzt musste er jeden Augenblick kommen. Hoffentlich alleine.

Noch ein Problem würde sich ihr stellen: Robby war eine Kontaktperson von René de Weert, einem Kollegen. Wenn jetzt plötzlich jemand anders an ihn herantrat, fand Robby das bestimmt sonderbar. Es würde nicht leicht sein, ihn zum Reden zu bringen und zugleich dafür zu sorgen, dass er hinterher René gegenüber den Mund hielt. In Anbetracht der Tatsache, dass er sogar seine kriminellen Freunde zu verraten bereit war, würde das der schwierigste Teil werden. Sie würde gegen sämtliche Vorschriften, an die sie sich zu halten geschworen hatte, verstoßen. Das bereitete ihr noch am meisten

Kopfzerbrechen: dieser Mangel an Integrität gegenüber ihrer Einheit, die sie fast als Familie betrachtete.

Motorbrummen. Anscheinend ein Benziner, Vierzylinder. Das Geräusch wurde lauter, ebbte ab und war kurz darauf zwischen den Häuserblocks wieder deutlich zu vernehmen. Sie biss die Zähne zusammen und wartete regungslos ab.

Ein kantiger BMW kam in die Straße eingebogen, hielt bei der Nummer 17 und parkte vorwärts ein, zwischen einem Opel Corsa und einem Firmenkleintransporter. Die Scheinwerfer erloschen.

Joyce ballte eine Faust, presste die Nägel in den Handballen.

Robby Faro war allein.

Sie trat aus dem Schatten der Brandgasse und überquerte die Straße. Noch ehe er seine Haustür erreicht hatte, war sie an seiner Seite.

Falls er erschrak, so wusste er es hervorragend zu verbergen. Joyce musterte ihn kurz, um sicherzugehen, dass sie den Richtigen erwischt hatte. Viel hätte sie allerdings kaum falsch machen können. Imponierende Muskelmasse, dicker Hals, reine Haut. Zurückweichender Haaransatz mit Geheimratsecken, nach hinten gekämmte, dunkelblonde Strähnen, kleine Augen, stechender Blick und Lippen, die einen geraden Strich bildeten, wie bei einem Froschmaul. Deutliche Bierfahne.

»Robby Faro?«

»Wer zum Teufel bist du denn?«, flüsterte er leise, um die Nachbarn nicht zu alarmieren.

»Joyce Landveld, CIE. Ich habe ein paar Fragen an dich.«

»Hau ab. Ich geh jetzt ins Bett.«

Sie ließ sich nicht aus der Ruhe bringen. »Erst wenn du mir meine Fragen beantwortet hast.«

»Ich weiß nichts.«

»Quatsch nicht rum. Ich bin eine Kollegin von René.«

»Ach ja?«

»Wir sind an Maxim Kalojew dran. Es geht um Fotos, die du da gemacht hast.«

Er erstarrte kurz, schaute sich um und murmelte: »Ich hab keine Lust auf solches Gequatsche, hier vor meiner Hütte.«

»Kann ich verstehen. Vielleicht sollten wir …« Mit einem Nicken deutete sie auf seinen BMW.

Er atmete tief durch. »Ich hab keinen Bock auf diesen Scheiß, verdammt!« Leise fluchend stiefelte er zu seinem Wagen zurück. Als er mit der Fernbedienung die Zentralverriegelung öffnete, gab das Auto einen kurzen Pieplaut von sich und blinkte mit den Scheinwerfern.

Joyce stieg auf der Beifahrerseite ein. Das Wageninnere roch stark nach Kunststoff und Öl. Mechanisch kontrollierte sie das Seitenfach, tastete die Fläche unter dem Sitz ab und zog das Handschuhfach auf. Taschentücher, ein paar frische Putzlappen und ein paar Bonusmarken von Shell.

Sie hätte das Auto schon vorher untersuchen sollen, kam ihr plötzlich in den Sinn. Vielleicht lag ja unter dem Fahrersitz eine Waffe, oder es steckte eine in dem anderen Seitenfach. Möglicherweise trug Robby eine am Körper.

Sie konnte nur hoffen, dass ihre schlechte Vorbereitung sie nicht teuer zu stehen kam.

Er ließ den Motor an, setzte den Wagen zurück, riss das Lenkrad herum und drückte aufs Gas. »Na los, wünsch dir was!«

»Egal. Richtung Motel Eindhoven oder so.«

Er schaltete und bog nach links ab. »Also, was ist jetzt mit Maxim?«

»Wir brauchen ein paar Infos.«

»Warum kommt René nicht selbst?«

»Weil diesmal ich mit den Ermittlungen zu tun habe und nicht er. Ich brauche ein paar zusätzliche Angaben.«

»Bei Maxim war gerade erst eine Razzia. Wenn ihr da jetzt

schon wieder aufkreuzt, krieg ich unter Umständen eine ganze Menge Ärger, verstehst du? Ehrlich. Das fällt dann nämlich echt auf.« Er starrte vor sich auf die Straße und murmelte: »Verdammt, ey. Scheiße.«

Joyce wartete das Ende seiner Flucherei nicht ab. Sie wollte Antworten von ihm bekommen, und zwar bevor er anfing, über diese Vernehmung kritisch nachzudenken. »Da wird eine Niederländerin festgehalten«, sagte sie. »Warum hast du das nicht gemeldet? Dass die Frau Niederländerin ist?«

Robby zuckte mit den Schultern. »Wer behauptet, dass sie da festgehalten wird? Vielleicht will die Kleine das ja so.«

Joyce ignorierte den Unterton in seiner Stimme und dachte wieder daran, dass Robby unter anderem auch wegen sexueller Übergriffe verurteilt worden war. »Du hast die Fotos abgegeben, aber ›vergessen‹ dazuzusagen, dass es um eine Niederländerin geht? Das kann doch wohl kein Zufall sein.« Sie deutete mit der Hand auf eine Abzweigung. »Fahr doch auf die A67, dann machen wir eine kleine Runde um die Stadt.«

Ohne zu reagieren fuhr er an der Ausfahrt vorbei. Obwohl er sie genau verstanden hatte.

Sie öffnete den Reißverschluss ihrer Jacke und fühlte in der Innentasche nach. Sie war noch da. Die nicht registrierte Walther TPH, eine leichtgewichtige Pistole von nicht einmal 14 x 10 cm. 325 Gramm schwer und richtig pfiffig. Wenn man eine Waffe suchte, die unauffällig am Körper zu tragen sein sollte, war sie unübertroffen. Ein deutsches Fabrikat mit einer Magazinkapazität von sechs 22er-Geschossen. Ein kleines Kaliber, aber nicht weniger tödlich als ein .45er, ein .380er oder ein 9-mm. Manchmal sogar ganz im Gegenteil, denn solche Munition konnte im Körper stecken bleiben und dort beträchtlichen Schaden anrichten. Joyce hatte die TPH vor einem halben Jahr während einer Razzia, bei der sie auf ein Waffenlager gestoßen waren, unterschlagen. Was lohnsteuerfreie Zuwendungen anging, konnte sie über ihren Job wirklich nicht klagen.

»Was hast du da?«, hörte sie ihn fragen. Seine Stimme klang argwöhnisch.

Sie holte eine Packung Kaugummi aus der Tasche und hielt sie ihm hin. »Auch eins?«

»Nein.«

Die nächste Gelegenheit, auf die Autobahn zu fahren, kam in Sicht. Zu ihrer Erleichterung bog Robby diesmal doch ab und zog das Tempo an, um sich einzufädeln. Erst einen Augenblick später wurde ihr bewusst, dass sie jetzt nicht um die Stadt herumfuhren, sondern sich im Gegenteil von ihr entfernten.

Joyce biss die Zähne zusammen und versuchte, Ruhe zu bewahren.

»Warum kommst du alleine?«, fragte er. »Das macht ihr doch sonst nie.«

»Ich wollte dich nicht in Schwierigkeiten bringen. Wenn dich jemand mit einer Frau zusammen sieht, denkt er sich nichts dabei, verstehst du?«

Das schluckte er anscheinend. Zumindest hoffte sie das. Er brummte etwas Undeutliches vor sich hin, nahm eine Zigarette aus der Packung und steckte sie an. Der Rauch verteilte sich im Wagen und stieg Joyce beißend in Augen und Nase.

Sie hustete und machte das Fenster einen Spalt breit auf. Vor fünf Jahren hatte sie aufgehört zu rauchen. Dass sie früher mal eine ganze Schachtel am Tag weggepafft hatte, kam ihr mittlerweile ziemlich sonderbar vor.

Eine Weile sagte keiner von beiden ein Wort. Morgens um zehn vor halb vier waren hier nur wenige Pkw unterwegs. Die meisten anderen Fahrzeuge, die sie nach und nach überholten, waren Lastwagen mit Kennzeichen aus den früheren Ostblockländern.

Robby trommelte nervös auf dem Lenkrad herum. Joyce

behielt ihn im Auge, während sie für sich noch einmal die Fragen durchging, die sie ihm stellen wollte. Wahrscheinlich bekam sie keine zweite Gelegenheit, ihm die Infos aus der Nase zu ziehen, die sie so dringend brauchte.

Zugleich war ihr durchaus bewusst, dass sie sich immer weiter von der Stadt entfernten.

»Vielleicht solltest du demnächst lieber umkehren«, sagte sie so ruhig wie möglich. Und als keine Antwort kam, fügte sie hinzu: »Wo fahren wir eigentlich hin?«

»An einen Ort, wo wir uns in Ruhe unterhalten können. Das wolltest du doch, oder?«

»Das können wir aber auch jetzt schon tun.«

»Na, dann mal los. Was willst du wissen?«

»Was macht die Frau bei Maxim? Arbeitet sie dort?«

Robby nahm einen Zug von seiner Zigarette und schüttelte den Kopf. »Da spreche ich lieber nicht drüber, okay? Das ist 'ne ernste Sache.«

»Wenn du dazu nichts sagen willst, warum machst du dann dieses Foto? Dass die CIE sich da ein paar Fragen stellen würde, konntest du dir doch denken, oder?«

Erschrocken wandte er ihr den Kopf zu. Starrte dann wieder geradeaus. »Moment mal. Woher wisst ihr eigentlich, dass die Tussi Niederländerin ist?«

»Die Frau.«

»Die Tussi.«

»Wird sie gegen ihren Willen festgehalten?«

Robby gab ein verächtliches Schnauben von sich. »Was glaubst du wohl?«

»Von wem? Von Maxim?«

Er schüttelte den Kopf. »Nein. Nicht von Maxim, nein. Dem hängt das auch zum Hals raus. Der muss das nicht haben, das kannst du mir glauben. Ich auch nicht. Überhaupt niemand. Er hat keine Wahl, verstehst du.«

»Nein, versteh ich nicht.« Joyce blickte nervös um sich. Robby hatte die Autobahn verlassen, jetzt fuhren sie auf einer verlassenen Landstraße. Sie kannte die Gegend. Sie waren unterwegs in Richtung Valkenhorst, ein Naturschutzgebiet.

»Wie ist sie bei Maxim gelandet?«, fragte Joyce.

Das Getrommel auf dem Lenkrad wurde energischer. »Da ist plötzlich ein Typ gekommen und hat sie angeschleppt. Wir mussten sie die Treppe hochhieven. Die konnte sich kaum auf den Beinen halten. Halb tot. Wir haben sie an die Heizung gekettet, oben in dem kahlen Zimmer. Kennst du das? Das ist quasi ihre Zelle. Ich bringe ihr immer Essen und Trinken.« Er verzog das Gesicht. »Sie pisst auf die Matratze.«

Joyce wurde immer unruhiger, Sekunde für Sekunde. Das Ganze war noch schlimmer, als sie vermutet hatte. Sie musste es ihren Vorgesetzten melden. Sofort. Jetzt gleich dort anrufen und deutlich machen, dass es ernst war. Wie sie erklären sollte, dass sie überhaupt von der dort angeketteten Frau wusste, konnte sie sich später noch überlegen. Es war ganz einfach. Wenn sie jetzt anrief, war eine Stunde später ein Einsatzteam dort. Und Susan war frei.

»Was für ein Typ, Robby? Wer hat sie gebracht?«

»Er wird Wadim genannt. Wie er weiter heißt, weiß ich nicht. Jedenfalls ein Russe.«

»Und sie haben Angst vor ihm, oder wie?«

»Tierisch, das kannst du mir glauben. Der Typ ist 'ne harte Nuss. Angeblich hat er schon mehr als hundert Leute um die Ecke gebracht. Früher hatte er noch einen Bruder, einen Zwillingsbruder. Eineiig, meint Maxim. Sie haben immer zusammengearbeitet. Wenn's irgendwo brannte, waren immer die beiden dran. Bei einem Auftrag in Frankreich oder so hat der Bruder dann den Löffel abgegeben, und seitdem arbeitet der andere allein.«

»Wann war das?«

»Letztes Jahr, glaube ich.«

»Weißt du den Nachnamen? Von Wadim?«

»Nein.« Robby schaltete einen Gang herunter und bog in eine schmale, von Wald flankierte Asphaltstraße ein. Ein paar Laternen, keine einzige brannte. Außer am Wochenende war diese Gegend komplett verlassen.

»Und wie hieß der Bruder?«

Er schüttelte den Kopf. »Weiß ich auch nicht.«

Sie glaubte ihm. »Weißt du, ob Wadim mal festgenommen worden ist, ob es eine Akte über ihn gibt? Ist er vielleicht vorbestraft?«

»Keine Ahnung. Ich glaub's kaum. Solche Typen erscheinen gar nicht erst auf der Bildfläche, die lassen sich nicht kriegen. Bleiben unsichtbar. Soweit ich es verstanden habe, arbeitet er in ganz Europa. Wenn irgendwo die Kacke am Dampfen ist, ist der ganz schnell weg.«

Sie fuhren jetzt eine Sackgasse hinunter, links Wald, rechts Wasser. Laternen gab es gar keine. Die Straße vor ihnen wurde lediglich von den bläulichen Scheinwerfern erhellt.

»Wie sieht er aus?«

In groben Zügen beschrieb Robby Wadims Äußeres. Fuhr immer langsamer und hielt schließlich vor einer hölzernen Schranke an, die das Ende der Straße markierte. Dahinter lag eine Art mit Gras bewachsener Deich. In der Verlängerung der Straße verlief sich eine Wagenspur.

Robby brachte den Schaltknüppel in Parkposition. Im Leerlauf war der Motor fast unhörbar. Das Wageninnere wurde vom Licht des Armaturenbretts schwach erleuchtet. Draußen war es stockdunkel. Im Wasser spiegelte sich ein weißer Mond, und in der Ferne, weit hinter den pechschwarzen Baumkronen, deutete eine orangefarbene Glut auf die Stadt hin.

Robby sah sich zufrieden um und grinste über beide Ohren. »Okay, schön still hier.« Er beugte sich zu ihr hinüber. »Also, Püppchen, was meinst du, machen wir's uns hier ein bisschen gemütlich?«

Joyce blickte starr geradeaus. »Bringen sie sie um, Robby?«

Er zuckte mit den Schultern. »Woher soll ich das wissen?«

»Du bist lang genug dabei. Was meinst du? Wie groß ist die Wahrscheinlichkeit?«

Robby legte eine Hand auf ihren Oberschenkel und strich mit dem Daumen über ihre Jeans. »Lang genug, um Maxim und die anderen Typen da abschätzen zu können, aber Wadim kenne ich nicht. Was weiß ich, was er mit ihr vorhat, aber falls du nichts dagegen hast, verzichte ich lieber drauf, ihn zu fragen.«

Sie nahm seine Hand und legte sie auf seine Seite zurück. »Da hab ich durchaus was dagegen. Dafür bist du schließlich engagiert worden.«

»Von René, ja. Aber nicht von dir.« Er sah sie geringschätzig an und senkte die Stimme um eine Oktave. »Hier geht's doch um was anderes, oder?« Robby beugte sich bedrohlich zu ihr hinüber. Seine Augen funkelten in der Dunkelheit.

Joyce blieb regungslos sitzen. Schätzte ab, welche Chancen sie hatte. Wenn sie jetzt noch ihre Waffe zu ziehen versuchte, wäre er schneller. »Komm wieder runter, Robby«, sagte sie leise, aber mit einem Unterton, der hoffentlich bedrohlich genug war, um ihn zu entmutigen.

»Komm wieder runter, Robby«, äffte er sie nach. Hob die Brauen und schüttelte theatralisch den Kopf. »Verdammt. Und so was kreuzt mitten in der Nacht bei mir auf ... Dumme Schnepfe. René weiß von nichts, oder? Du bist auf eigene Faust hier, stimmt's?«

Sie schwieg.

Er legte den rechten Arm auf ihre Kopfstütze, während er die linke Hand am Lenkrad ließ. Brachte sein Gesicht ganz nahe an ihres. »Bist du geil auf Kriminelle, Joyce? Macht dich das feucht zwischen den Beinen? So ein kleines Verhör im Dunkeln, in einem Auto? Du bist nicht die erste Antillen-Hure, die ich in diesem Auto durchgefickt hab.«

»Ich komme aus Surinam«, sagte sie eiskalt. »Und an deiner Stelle würde ich …«

»Schwarz ist schwarz, und Fick ist Fick.«

Sie hob die Stimme. »Würdest du dir bitte mal vergegenwärtigen, mit wem du hier redest? Wenn ich es will, wanderst du morgen in den Knast.«

Er grinste. »Ah, verstehe. Und wenn ich es will, kannst du in den nächsten Wochen auf keinem Stuhl mehr sitzen …« Seine Finger fuhren ihr ins Haar, seine Stimme bekam einen pseudovertraulichen Tonfall. »Hältst du mich für minderbemittelt? Kein Schwein weiß, dass du hier bist, Püppchen. Wir sind ganz alleine. Spannend, oder?«

»Komm wieder runter, Robby. Du kannst nicht noch mehr Probleme gebrauchen, als du schon hast. Und die kriegst du, wenn du nicht sofort dein dreckiges Maul hältst.«

Er schnalzte mit der Zunge. Zog langsam den Arm von ihrer Kopfstütze zurück. »Weißt du, was ich glaube? Ich glaube, ich habe dir Angst gemacht.« Er grinste breit und stemmte die Hüften hoch, um ein Handy aus seiner Jeanstasche zu holen. »Naja. Zufällig habe ich hier eine Hotline zu René. Mal gucken, was der von dieser Sache weiß. Ob er dich überhaupt kennt.«

Der Schuss verursachte einen heftigen Knall, von dem es ihr in den Ohren sauste. Das .22er-Geschoss hatte sich durch seinen beeindruckenden Brustkorb tief in den Leib hineingebohrt. Sie sah, wie die Verachtung in Robbys Gesicht sich rasend schnell in pures Erstaunen verwandelte.

Joyce hob die Pistole, um noch einmal zu schießen, diesmal ein Stück höher, aber Robby holte kräftig seitwärts aus. Der harte Ellbogen streifte ihre Nase und knallte mit voller Wucht auf ihre Augenhöhle. Unwillkürlich stieß sie einen Schrei aus.

»Du gestörte Schlampe!« Schnaubend drehte er sich in der Dunkelheit ihr zu, die Augen ins Weiß verdreht, mit ausgestreckten Händen orientierungslos nach ihren Armen tastend, nach der Waffe.

Sie gab einen weiteren Schuss ab, diesmal mitten in seinen entblößten Bauch. Sie hörte es nicht einmal. Hörte nur ihren eigenen pumpenden Herzschlag, das Tosen ihres Bluts, spürte das Adrenalin durch ihre Adern brausen.

Robby krümmte sich, hielt sich mit beiden Händen den Bauch und fing zu würgen an. »Du Schlampe«, wiederholte er. Leise, verkrampft. Er blutete heftig aus dem Bauch, aber die Kugel hatte anscheinend keine lebenswichtigen Körperteile getroffen. »Aufhören«, jammerte er. »Ihr braucht mich noch, verdammt. Ah, verdammt …« Er stöhnte, das Sprechen fiel ihm merklich schwer. »Es war ein Witz, du dumme Hure. Nur ein Witz! Ich blute wie ein Rindvieh, verdammte Scheiße!«

Aufrecht hinter dem Lenkrad seines Wagens sitzend, hatte er ihr mit seiner Selbstsicherheit und seiner Muskelmasse noch einen gewissen Respekt abgenötigt. Jetzt, da er sich jammernd und fluchend krümmte und den Bauch hielt, war davon wenig übrig.

Sie hatte sich vorgenommen, diese Grenze nicht zu überschreiten. Es war ein heiliges Tabu gewesen, eine absolute No-go-Area. Trotzdem hatte sie eine illegale Waffe eingesteckt, niemandem von ihren Kollegen Bescheid gesagt, war zu diesem Kerl nach Hause gefahren und hatte stillschweigend zugelassen, dass er mit ihr zu diesem verlassenen Deich an einem Wald gefahren war.

Und jetzt war er verwundet und würde sie bei ihren Kollegen verraten. Sie konnte nicht mehr zurück.

Er jammerte in einem fort, aber was er von sich gab, verstand sie kaum. Ihre Ohren waren so gut wie taub. Sie hörte nur noch einen hohen Pfeifton. Das Wageninnere war vernebelt von Pulverdampf.

Sie fasste Robby beim Haar, zog seinen Kopf zurück und bohrte den Lauf der TPH in die kleine Kuhle zwischen seinen Brauen. Kam ihm ganz nah und schaute ihn direkt an.

Im Bruchteil einer Sekunde wurde ihr bewusst, dass sie schon öfter bis an diese Grenze vorgestoßen war, sie erkundet hatte, so wie man sich, bevor man ins Wasser geht, erst vorsichtig die Handgelenke befeuchtete.

Diesmal musste es geschehen.

Ende der Erkundungen. Ende der Zurückhaltung.

Sprung ins kalte Wasser.

Sie drückte die Mündung der TPH fester auf Robbys Haut. Roch seinen Atem, das warme Blut, das aus seinem Bauch und über seine Hände strömte. Hörte sein Murmeln, oder vielleicht schrie er sogar, sie wusste es nicht. Sie hatte es schon zu weit kommen lassen.

Viel zu weit.

Die Arbeit, ihre Kollegen, ihr Amtseid: Nichts konnte es aufwiegen.

Nicht mehr. Nicht jetzt. Nicht hier.

27

Der Sturm hatte sich gelegt. Im spärlichen Morgenlicht manövrierte Maier seinen Carrera durch die Pfützen im Kies auf die Straße. Das Navigationssystem hatte das eingegebene Ziel auf Anhieb gefunden und zeigte an, dass die Strecke neunhundertdreißig Kilometer lang war.

Er hatte wenig Lust auf Musik und schaltete die Anlage nicht ein. Später vielleicht. Vorläufig genügten ihm das Geräusch der Reifen auf dem Asphalt, das Singen des Motors und das Mahlen der Mühlräder in seinem Kopf.

Bei der Grenze hielt er an, um zu tanken und eine Autobahnvignette zu kaufen. Fuhr dann in ruhigem Tempo nach Österreich weiter, Richtung Innsbruck. Von der Grenze bis zur Hauptstadt Tirols würde er, selbst wenn er sich an die Tempolimits hielt, keine Dreiviertelstunde mehr brauchen.

Martha war ein paar Stunden vor ihm aufgebrochen. Zusammen gefrühstückt hatten sie nicht. Von seinem Hotelzimmer aus hatte er ihrem Mercedes nachgeschaut, bis dieser hinter einem Hügel verschwand.

Sie hatte ihm keine Telefonnummer gegeben, keine Mailadresse, nichts. Er kannte nicht einmal ihren Nachnamen. Das gehörte dazu, hatte sie ihm heute Nacht zugeflüstert, zu ihrem Traum. Im Traum wollte sie ihn wiedersehen, aber nur im Traum, nicht in der Wirklichkeit. Denn wenn sie einander öfter sähen, würden sie sich aneinander binden, und dann würde es auf ein großes Elend hinauslaufen. Dann würde ihr Traum sich in einen Alptraum verwandeln.

Maier seinerseits hatte es auch nicht auf eine langfristige Beziehung zu einer verheirateten Frau mit Kindern abgesehen. Er war nicht einmal auf einen One-Night-Stand aus gewesen. Trotzdem verspürte er eine gewisse Enttäuschung darüber, dass es sie keinerlei Mühe gekostet hatte, sich von ihm zu lösen.

Gekränktes Ego? Oder war es eher Eifersucht? Im Gegensatz zu Maier wusste Martha anscheinend genau, was sie mit ihrem Leben anstellen wollte. Als sie ins Auto gestiegen war, hatte sie ein Ziel am Ende ihrer Fahrt vor sich gehabt: ihren Mann, ihre Kinder, ihre Familie, ihre Freunde und ihre Arbeit. Einen klar durchstrukturierten Alltag, der ihre ganze Aufmerksamkeit in Anspruch nehmen würde.

Er selbst hatte seine Prioritäten noch immer nicht gesetzt. Aber in Kürze, so hoffte er, würde er das getan haben.

Eines wusste er genau: Susan war noch lange nicht passé. Er fragte sich ernsthaft, ob sie es jemals wäre.

Er tippte auf die Taste zum Einschalten des CD-Players und zappte verschiedene Titel durch, bis die Anfangstöne von *Science* aus den Boxen erklangen. Drehte die Lautstärke so weit auf, dass das Motorgeräusch kaum noch zu hören war. Rasch wurden seine Gedanken von den Gitarrenklängen und dem eindringlichen Gesang von System of a Down übertönt.

Im Zweifelsfall Gas geben.

Noch achthundertneunzig Kilometer lang.

28

Die Alarmsirene hörte gar nicht wieder auf. Sie stürzte die Treppe hinunter. Ihre Schritte hallten im Treppenhaus nach, immer schneller und schneller, bis sie in den Keller kam. Sie schaute sich um. Kein Ausgang. Alles dunkel. Ein Summen.

Hier war sie nie zuvor gewesen.

Der Raum sah alt aus, voll von Spinnweben, Staub und dicken, verrosteten Rohren, kreuz und quer an der Decke. Das Kellergeschoss hatte es schon immer gegeben, wurde ihr klar, und es hatte nur darauf gewartet, dass sie hinabsinken, zu Staub zerfallen und unter der schweren Last des Gebäudes allmählich in Vergessenheit geraten würde.

Aber jetzt war sie hier. Schaute gehetzt den langen, dunklen Flur mit geschlossenen Türen entlang. Links und rechts, überall Türen. So viele Möglichkeiten.

Wohin?

Wo kam eigentlich diese Scheißsirene her? Das musste aufhören, es machte sie verrückt.

Kerzengerade fuhr Joyce im Bett hoch. Schaute sich verwirrt um. Die Vorhänge waren zugezogen, aber draußen war es hell. Ein Krankenwagen war vorbeigefahren. Der Lärm der Sirene ebbte allmählich ab.

Sie betastete ihr geschwollenes linkes Auge, das zweifellos eine breite Skala an Violettschattierungen aufwies. Schlaftrunken drehte sie den Kopf zum Wecker und war plötzlich hellwach.

Halb sechs Uhr abends.

Sie hatte in voller Montur auf der Decke geschlafen: Jeans, T-Shirt und eine Weste, lauter saubere Klamotten, die sie heute Morgen frisch angezogen hatte, nachdem sie die blutigen in die Waschmaschine gesteckt und sich geduscht hatte. Eigentlich hatte sie sich nur eine Stunde aufs Ohr legen und ein kleines Nickerchen machen wollen, danach ein paar Telefonate führen. Sie konnte es kaum fassen, dass sie den ganzen Tag durchgeschlafen hatte, ohne zwischendurch auch nur kurz wach zu werden.

Vage erinnerte sie sich an die schneidende Alarmsirene aus ihrem Traum und hob ihr Handy vom Boden auf. Vier verpasste Anrufe und zwei Nachrichten, gerecht verteilt zwischen Henriette und Jim.

Während sie in die Küche ging, um Kaffee aufzusetzen, rief sie Henriette an. Henriette war die feste Kontaktperson der CIE bei Visa. Joyce hatte sie gestern schon angerufen, mit der Bitte, die letzten Zahlungsvorgänge von Sil Maier auszudrucken und sie dann sofort zurückzurufen, auf ihrem Handy.

»Henriette? Hier ist Joyce, CIE Eindhoven.«

»Ah, ich hab dir heute Nachmittag schon auf die Mailbox gesprochen.«

»Das habe ich gerade erst gesehen. Ich bin mit dem Fall beschäftigt und hab das Telefon die meiste Zeit nicht eingeschaltet.«

»Macht nichts, dachte ich mir schon. Ich sitze jetzt gerade im Auto, auf dem Weg nach Hause, aber ich habe den Ausdruck dabei.«

»Wunderbar, du bist ein Engel!«

»Ich komme gleich noch bei einer Post vorbei. Soll ich den Umschlag an eure Dienststelle schicken, als Eilsendung per Einschreiben? Dann hast du ihn morgen früh auf dem Tisch.«

Um ein Haar hätte sie laut »Nein!« gerufen. »Können wir

das auch jetzt gleich durchgehen, Henriette? Oder ist es dafür zu viel?«

»Kommt drauf an, was du suchst.«

»Wo ist er denn im Augenblick?«

»Der war anscheinend ziemlich viel unterwegs heute. Ich glaube, irgendwo in ... Nein, warte, so geht das nicht. Ich halte kurz an, dann kann ich schnell die Liste rausholen.«

Joyce drehte den Wasserhahn auf, ließ den Tank der Senseo volllaufen und setzte ihn wieder in die Halterung ein. Legte zwei Pads in die Mulde und stellte einen Becher auf das Gitter.

Während der Apparat geräuschvoll zum Leben erwachte, ging sie mit dem Telefon am Ohr ins Wohnzimmer.

»Okay, da bin ich wieder«, hörte sie Henriette sagen. »Hast du was zu schreiben?«

Joyce fischte einen Stift zwischen den verschrumpelten Äpfeln in der Obstschale heraus und griff nach einer Zeitschrift. Die Anzeige auf der Rückseite bestand zur Hälfte aus weißer Fläche. »Okay, schieß los.«

Henriette begann mit ihrer Aufzählung. Daten, Zeitpunkte, Geldbeträge, Ortsangaben und die Namen, zu deren Gunsten die Zahlungen erfolgt waren: Restaurants, Hotels, Tankstellen. Den Daten seiner Visa-Karte zufolge war Maier über Frankreich nach München gefahren, wo er vier Tage geblieben war, hatte dann vier Nächte in Oberaudorf verbracht, bevor er heute Morgen Deutschland verlassen hatte und anscheinend ohne Unterbrechung über Österreich nach Italien durchgefahren war. Noch heute Nachmittag hatte er bei einer Pizzeria in der Peschiera del Garda neunundzwanzig Euro abgerechnet.

»Ich wollte das Ding gerade herunterfahren, da kam noch was«, hörte sie Henriette sagen. »Auf der A8, eine *péage*, in Saint-Maximin-la-Sainte-Baume, also in Frankreich. Eine Tankstelle, zweiundachtzig Euro. Das macht vier Länder an einem Tag, und der ist noch nicht mal zu Ende ... Sag mal, Joyce, ich sterbe wirklich fast vor Neugier. Willst du mir nicht ausnahmsweise mal erzählen, was der Typ ausgefressen hat? Ich verspreche auch hoch und heilig, dass ich kein Sterbenswörtchen darüber verlieren werde.«

Joyce hörte sie nicht. Sie stand da wie gelähmt, während ihr langsam kalt wurde. Starrte ihre hastig auf die Rückseite der Zeitschrift gekritzelten Notizen an.

Vier Tage in München. Innerhalb eines Tages Frankreich durchquert. Getankt bei Saint-Maximin-la-Sainte-Baume.

Du weißt es. Du bist unterwegs.

»Henriette, wann war das Tanken?«

»Welches?«

»In Frankreich. Was du zuletzt gesagt hast.«

»Äh, kurz bevor ich weggegangen bin. Kurz vor fünf.«

Nein, du bist sogar schon dort.

»Joyce? Bist du noch dran?«

»Ja. Ich hab nachgedacht. Danke, Henriette. Ich hoffe, ich darf dich nächstes Mal wieder anrufen.«

»Klar, gerne. Was soll ich mit dem Ausdruck machen? Trotzdem noch schicken? Ist kein Problem.«

»Eigentlich brauche ich ihn nicht. Kannst du ihn durch den Schredder jagen?«

»Ja, natürlich.«

»Danke.« Sie beendete die Verbindung und stand kurz regungslos da, den Blick starr auf die Wand gerichtet. Dass Maier plötzlich in der Gegend von Puyloubier auftauchte, war kein Zufall. Es konnte kein Zufall sein.

Es war vorherbestimmt.

Sie würden einander begegnen.

29

Im Zimmer nebenan wurde jemand geschlagen. Susan hörte Möbelrücken, dann einen hohen, schrillen Schrei.

Es war nicht das erste Mal.

In den ersten in dieser zwanzig Quadratmeter großen Hölle verbrachten Tagen hatte sie sich vorzustellen versucht, was genau sich auf der anderen Seite der Mauer abspielte. Wie die Frau, die sie dort schreien hörte, wohl aussah, wie alt sie war, welche Nationalität sie hatte, wer derjenige war, der sie schlug – Robby? –, und warum.

Jetzt nicht mehr. Jetzt wollte sie sich nur noch die Ohren zuhalten und sich dagegen abschirmen. Ihr war alles klar geworden. Es gab Schlimmeres, als auf einer Matratze festgebunden zu sein, die von den eigenen Tränen, dem eigenen Schweiß und dem eigenen Urin durchtränkt war.

Sie wurde wenigstens in Ruhe gelassen. Bislang. Aber das konnte sich jeden Augenblick ändern. Daran hatte ihr Entführer keinen Zweifel gelassen. Seine Worte hallten in ihrem Kopf nach, zogen wie in einem Karussell immer wieder an ihr vorbei, wenn sie gerade kurz davor war einzuschlafen: *Es gibt hier Leute, die der Meinung sind, dass du zu viel Platz beanspruchst. Dass du dir deinen Unterhalt auch mit Arbeit verdienen könntest, genau wie die anderen.*

Anfangs hatte sie noch gehofft, dass die Sache gut ausgehen würde. Hatte auf eine Razzia der Polizei gehofft. Darauf, dass Sil kam und sie rettete. Dass ihr Entführer sie aus irgendwelchen Gründen wieder freilassen würde.

Jetzt war ihre Hoffnung dahin. Niemand wusste, dass sie hier war. Niemand würde kommen, um sie zu befreien.

Sie war auf sich allein gestellt.

Obwohl ihre Hand- und Fußgelenke seit gestern nicht mehr auf ihrem Rücken aneinandergebunden waren und sie jetzt flach auf dem Bauch liegen konnte, hatte der Schmerz nicht aufgehört. Die Plastikstreifen, die ihre Hände fesselten, waren dünn und hart, sie gaben keinen Zentimeter nach. Jeder Versuch, sie zu dehnen, führte zu stechenden Schmerzen, die ihren ganzen Körper durchzogen. Vor zwei Tagen, als sie nach unten gebracht worden war, hatte sie ihre Handgelenke zum ersten Mal wieder anschauen können. Sie war erschrocken über die tief eingedrückten violettblauen Striemen und die Blutergüsse, die makaber aussahen, wie breite Armringe.

Ihr Gesicht sah wahrscheinlich nicht viel besser aus. Das eine Auge war angeschwollen. Ihre Nase fühlte sich schwer an, wie ein Steinbrocken, sie konnte kaum dadurch atmen. Die Verletzungen in ihrem Mund waren nicht so schlimm. Die Zunge und die Innenseiten ihrer Wangen taten weh, aber die Zähne saßen alle noch fest im Kiefer verwurzelt. Keine Brüche.

Susan war klar, dass es noch viel schlimmer werden konnte, nein, *würde*. Dass die gestrige Abreibung nur eine Warnung gewesen war, ein fader Abklatsch dessen, was noch kommen würde.

Sie musste sich etwas überlegen.

Es bestand eine kleine Chance, dass man sie noch einmal aus diesem Raum herauslassen würde. Und ganz vielleicht – wenn sie weiterhin fügsam war – wurden sie vielleicht nachlässig und passten nicht mehr so gut auf sie auf, sodass sie entwischen konnte.

Aus purer Nervosität und Frustration heraus fing sie laut an zu lachen. Sie konnte sich kaum auf den Beinen halten:

Gestern hatte sie ohne Stütze nicht mal die Treppe hinuntergehen können. Jetzt kam auch noch der Schmerz dazu. Schmerzen im Bauch, in den Beinen. Kaum spannte sie ihre Muskeln an, traten ihr Tränen in die Augen. Jede Bewegung war eine Qual. Rennen zu können war reine Utopie.

Sie krümmte die Zehen, entspannte sie wieder, zog sie hoch und streckte sie so weit wie möglich aus. Sie kniff die Augen zu und stöhnte.

Durchhalten.

Use it or lose it.

Vielleicht bekam sie eine einzige Chance. Dann musste sie in der Lage sein, sie zu nutzen. Genug Kondition haben, um dieser Hölle zu entfliehen. Sie musste stark werden.

30

Es war Viertel vor sechs. Die Sonne büßte mehr und mehr von ihrer Kraft ein. Die über die Baumwipfel hinausragenden Felsen hoben sich in allerlei Grau-, Weiß-, Rosa- und Blautönen von einem purpurfarbenen Himmel ab.

Maier merkte, wie sein Magen rumorte. Von Oberaudorf bis hierher war er quasi nonstop durchgefahren, über Innsbruck an den norditalienischen Dolomiten entlang Richtung Trient. Auf Höhe des Gardasees war er von der Autobahn abgefahren, um eine Pizza und zwei doppelte Espressi zu sich zu nehmen. Danach hatte er nur noch zum Tanken angehalten. Da er nun keine Ablenkung mehr fand und keine Ausrede mehr vorschieben konnte, war er doch noch eilig geworden.

Direkt vor ihm zeichnete sich immer deutlicher Puyloubier ab: eine Ansammlung von hellen Sandsteingebäuden, eine kleine Kirche, Wohnhäuser mit Putzfassaden und Fensterläden mit Lamellen. Das idyllische französische Dorf schmiegte sich an einen das Tal teilweise überschattenden Berghang. Zu beiden Seiten der zweispurigen Zufahrtsstraße erstreckten sich Felder mit Weinstöcken, Olivenbäumen und Lavendel.

Die herbstliche Provence hätte jedem gewöhnlichen Reisenden imponiert. Nicht so Maier, dessen Augen keine Regung verrieten und unablässig auf die vor ihm liegende Straße gerichtet blieben. Je näher er seinem Ziel kam, desto fester umklammerte er das Lenkrad. Dem Navigationssystem zufolge hatte er noch vier Kilometer vor sich.

Als er das Dorf erreicht hatte, folgte er bei der ersten

T-Kreuzung den Schildern nach rechts. Allmählich wurde ihm klar, was es mit der »Domaine Capitaine Danjou« tatsächlich auf sich hatte. Dass es weder ein privates Anwesen noch ein Park noch ein verfallendes Landgut war.

Die Zufahrt zum Hauptgebäude befand sich kurz hinter dem ebenfalls zum Grundstück gehörenden Friedhof, eine lange Straße, die sich zwischen alten Weingärten hindurchschlängelte. Maier hatte das Radio ausgeschaltet und fuhr im Schritttempo. Links und rechts von ihm arbeiteten Männer in Tarnanzügen. Junge Kerle mit kahl rasierten Köpfen, Weiße und Dunkelhäutige, aber auch Greise mit zerfurchten Gesichtern und Körpern, die schon genauso verknöchert und verbogen waren wie die sie umgebenden Weinstöcke. Keiner von ihnen schaute auf, als Maier vorbeifuhr. Die Zufahrt mündete in einen staubigen Platz. Etwa fünf Autos waren hier geparkt, etwa die zwanzigfache Anzahl hätte wohl darauf Platz gehabt.

Maier stellte den Carrera unter einen großen Baum und stieg aus. Schob seine Ray-Ban-Brille auf die Stirn, kniff die Augen zusammen und ließ den Blick über die Weinfelder zu den im Blätterwerk der Reben arbeitenden Männern schweifen. Soldaten. Nicht nur die Klamotten deuteten darauf hin. Es war ihre ganze Haltung, ihre Ausstrahlung.

Er holte tief Luft und drehte sich zu den Gebäuden um. Mehrere Stockwerke hoch, aus beigefarbenem und grauem Sandstein, machten sie einen strengen und vornehmen Eindruck. Vor allem durch die massiven Ecksteine und Treppenpodeste wirkten sie, als wären sie bereits Jahrhunderte alt.

Zwischen den Gebäuden gab es ein schweres Eisentor, durch das man auf einen geräumigen Binnenplatz gelangte. Maier ging hindurch, tat ein paar Schritte vor und blieb stehen.

Kleine Fußwege führten von hier aus zu den anderen Teilen des Anwesens. Dazwischen lagen gepflegte Rasenflächen, Sträucher und Bäume. Wegweisern zufolge führten diese

Wege zu einer Bar, einer *boutique*, einem *musée* und einem *élevage*, also einem Zuchtbetrieb. Das hügelige Gelände, einzelne Gebäude und Baumgruppen entzogen all dies aber dem Blick.

Rechts vom Hauptgebäude sah Maier einen schwer auf einen Wanderstock gestützten Mann vor sich hin schlurfen. Seine faltige Gesichtshaut war wie gegerbtes Leder, die sandfarbene Kleidung ordentlich geplättet, sogar mit Bügelfalte in der Hose. Kurz schaute er aus dem Augenwinkel zu Maier herüber, dann verschwand er aus dessen Blickfeld. Die Sonne fing an, sich zu verkriechen, schon bald würde der Platz im Dunkeln liegen.

Maier konnte sich nicht daran erinnern, je zuvor an einem dermaßen surrealistischen Ort gewesen zu sein. Die ganze Situation verursachte ihm ein unangenehmes Gefühl. Jeden Augenblick rechnete er damit, am Kragen gepackt zu werden, als ein Eindringling, der hier nichts zu suchen hatte. Innerlich musste er dagegen ankämpfen, auf der Stelle wieder in sein Auto steigen und wegfahren zu wollen.

Anscheinend war dieses Anwesen öffentlich zugänglich. Das musste so sein. Niemand hatte aufgesehen, als er die Auffahrt entlanggefahren war, und auch jetzt wurde er nicht weggeschickt. Keine Schranke an der Straße, das Zugangstor sperrangelweit offen. Der ganze Komplex schien auf Besucher eingerichtet zu sein. Vielleicht sogar auf Touristen.

Zu seiner Linken befand sich ein gedrungenes Gebäude mit einer schwarzen Aufschrift: *Accueil*. Sollten sich Besucher vielleicht dort anmelden? Zögernd machte er einen Schritt darauf zu, hielt dann aber inne.

Er befand sich in Frankreich, und sein Französisch war erbärmlich. Er hatte keine Ahnung, wie er in einer Sprache, die er kaum beherrschte, den Grund seines Kommens hätte erklären sollte. Außerdem wusste er nicht genau, ob es vernünftig war, sich zu diesem Zeitpunkt schon zu erkennen zu geben. Die Funktion dieser Domaine Capitaine Danjou war ihm noch immer nicht ganz klar, obwohl sich die Puzzlestücke nach und nach zu einem Ganzen zusammenfügten.

Was hatte dieser bizarre Ort in der Provence mit dem Grab seiner Mutter in München zu tun? Wie würden sie hier auf den Namen Flint reagieren? Wer war Flint überhaupt? Ein Mann oder eine Frau? Eine Person, die hier lebte und arbeitete oder gearbeitet hatte? Vielleicht hatte ja auch jemand die falsche Adresse angegeben. Oder die richtige Adresse mit einem falschen Namen. Möglich war alles.

Es schien ihm vernünftiger, sich erst ein bisschen umzuschauen. Wenn er sich von diesem Landgut einen besseren Eindruck verschafft hatte, konnte er weitersehen.

Er wollte sich gerade auf den Weg machen, als er bei dem kleinen Gebäude eine Bewegung wahrnahm. Zwei Männer kamen direkt auf ihn zu. Der eine war auffällig klein und drahtig. Er hatte eine klassische Gangstervisage: spitzes Kinn, riesige Nase und tief liegende, hellblaue Augen. Der andere war von hohem Wuchs mit kerzengeradem Rücken. Beide mussten weit über siebzig sein, und doch nötigten ihre Haltung und Ausstrahlung Maier Respekt ab.

Der Größere blieb etwa einen Meter vor ihm stehen, die gestreckten Finger an einen Stehkragen oder eine Art Verband gelegt, den er am Hals trug, und blickte Maier forschend an. »*Vous êtes?*« Sein Französisch hörte sich an wie bei einem alten Roboter, ein elektronisches Krachen.

Maier verstand ihn nicht und schaute ihn begriffsstutzig an.

Der Mann drückte noch einmal auf seinen Kragen. »*Vous êtes?*«, wiederholte er.

»Entschuldigung«, sagte Maier auf Deutsch, »ich spreche kein Französisch.«

Daraufhin übernahm der Kleinere die Gesprächsführung. Ergriff Maiers Hand und schüttelte sie kräftig. »Guten Abend«, sagte er auf Deutsch. »Suchen Sie etwas oder jemanden? Wir schließen nämlich gleich.«

Maiers Blick wanderte vom einen zum anderen. »Ich wollte mich nur ein bisschen umsehen. Geht das?«

»Dafür ist es jetzt eigentlich ein bisschen spät.« Der Kleinere wich ein Stück zurück, um ihn zu mustern. »Woher kommen Sie?«

»Von überall und nirgends.«

Der Lange grinste. »Nirgends«, wiederholte er, die Finger an den Hals gedrückt.

Maier sah auf. »Sie sprechen auch Deutsch?«

»Französisch ist hier Pflicht. Aber seine Muttersprache vergisst man nicht einfach.«

»Sie sind Deutscher?«

»In der Tat.« Er sagte es nicht so, als wäre er besonders stolz darauf, eher im Ton einer Feststellung, mehr nicht.

»Und Sie leben hier?«, fragte Maier.

Der Lange reagierte nicht.

»Wir leben fast alle hier«, sagte der Kleine. »Ich bin in Wallonien zur Welt gekommen, aber das ist lange her. Danach habe ich überall eine Weile gelebt. Die Leute kommen aus allen Landstrichen Europas.« Er berührte seinen hochgewachsenen Gefährten am Arm. »Dieser große Mann hier ist mein Freund. Er kommt aus Düsseldorf.«

Maier lächelte höflich. »Was ist das hier genau?«, fragte er und ließ den Blick über die Gebäude wandern, die sie umringten. »Dieses Anwesen?«

Es entstand ein peinliches Schweigen. Der Lange hatte noch nicht ein einziges Mal gelacht. Je länger sein Blick auf Maier ruhte, desto unsicherer fühlte dieser sich werden. Wie eine Aura umgab diesen Mann seine Kampferfahrung. Er mochte alt und krebskrank sein, aber er war nicht gebrochen. Und noch immer wirkte er äußerst gefährlich.

»Sie kommen woher noch mal?«, erklang wieder die Elektrostimme.

»Aus den Niederlanden.«

Der Langwüchsige schloss kurz die Augen, was anscheinend eine Geste der Wertschätzung war.

Der Platz lag mittlerweile zur Gänze im Schatten der Gebäude. Hinter den Männern gingen ein paar Straßenlaternen an.

»Wir schließen gleich«, sagte der Größere. »Publikumseinlass ist wieder ab morgen früh um neun.« Er ließ eine kurze Pause entstehen, in der er sein Gegenüber musterte. »Es sei denn, Sie suchten jemand Bestimmten. Das wäre etwas anderes ...«

Maier schüttelte den Kopf und wich dem Blick des anderen aus. »Ich bin im Urlaub. Ich habe die Schilder an der Straße gesehen und war neugierig.«

»Natürlich«, sagte der Größere unterkühlt.

»Kommen Sie doch morgen früh wieder«, sagte der Kleine und drückte Maier die Hand.

»Das werde ich tun. Haben Sie vielen Dank.« Maier verzichtete darauf, sich auch von dem Langen zu verabschieden. Er wandte sich um und verließ den Platz.

Während er zu seinem Auto ging, spürte er die stechenden Blicke der gealterten Soldaten im Rücken.

31

Mit dem Rücken an der Wand seines Hotelzimmers rutschte Wadim langsam herunter, bis seine Oberschenkel sich in horizontaler Position befanden. Er verschränkte die Arme und lehnte den Kopf an die gestreifte Tapete. Es sah aus, als säße er aufrecht auf einem imaginären Stuhl. Eine hervorragende Übung.

Ein Fernseher lief leise gestellt. Wadim schielte aus dem Augenwinkel hinüber. Auf der Mattscheibe war ein englischer Armeekoch zu sehen, der gerade seine Rekruten zusammenbrüllte und antrieb. Die Kombination aus seinem Beinmuskeltraining und rauem Ton aus dem Fernseher erinnerte Wadim an seine Zeit als Soldat. An die Zeit, als Juri noch gelebt hatte.

Er presste die Zähne zusammen und schloss die Augen, konzentrierte sich auf den eigenen Atemrhythmus und auf die Muskeln in seinen Oberschenkeln, die leicht zitterten.

Der Hauptgrund, weshalb Maxim ihn hatte antanzen lassen, war also tatsächlich Geld gewesen. Eigentlich hatte er sich das beim Anruf des Ukrainers gleich gedacht.

Am liebsten hätte er Susan sofort woandershin gebracht, aber dann hätte er sie noch einmal in den Kofferraum verfrachten und das Risiko in Kauf nehmen müssen, dass die Sache bei einer blöden Verkehrskontrolle aufflog.

Also hatte er sie vorläufig doch bei Maxim gelassen. An sich war sie da in guten Händen.

Er ging davon aus, dass er Maxim zur Genüge abgeschreckt,

ihm deutlich eingeschärft hatte, dass er die Frau mit seinen dreckigen Wolfsklauen nicht anrühren sollte. Hundertprozentig sicher konnte er sich nicht sein, aber er hatte zumindest getan, was er konnte.

Arbeiten sollte Susan Staal jedenfalls nicht. Das war zu riskant. Dafür müssten sie sie zunächst von dieser Stinkematratze runterholen, wobei sich womöglich schon die erste Fluchtmöglichkeit ergäbe. Nach dem Einreiten hätte man sie wahrscheinlich mürbe gemacht – irgendwann würde bei ihr, wie bei jedem anderen Menschen auch, der letzte Widerstand brechen, und dann würde sie gehorsam alles tun, was man von ihr verlangte. Und doch bestand eine gewisse, wenn auch kleine Gefahr, dass ein Kunde sie erkannte. Oder dass sie die Sache einem Kunden gegenüber ausplauderte und der damit zur Polizei lief.

Nein. Kein Herumgeschiebe mit der Tussi. Dafür war sie zu wichtig. Sie war de facto das Einzige, was er in der Hand hatte, um Sil Maier zu sich zu locken.

Bislang hatte der sich allerdings noch nicht gemeldet.

Eine pessimistische Stimme in seinem Kopf flüsterte ihm zu, dass Maier womöglich seine Mails nicht einmal las. Dass alles umsonst gewesen war. Aber Wadim wollte dieser Stimme keinen Glauben schenken. Noch nicht. Es war erst eine Woche verstrichen. Drei Wochen würde er Maier noch geben. Dann erst würde er über einen Plan B nachdenken.

Langsam ließ er sich weiter absinken, bis er auf dem Boden saß. Massierte seine Oberschenkel.

Wahrscheinlich hatte Maxim recht. Wahrscheinlich gab es für Frauen wie Susan Staal, Frauen um die dreißig, einen Markt. Und er traute Maxim auch durchaus zu, dass er die entsprechende Kundschaft zu finden wüsste. Darum hatte er sie gestern absichtlich etwas härter rangenommen. Bordellbesucher mit einer Schwäche für blaue Flecken und Schwellungen waren eher selten. Jedenfalls, wenn selbige der Frau von einem Unbekannten beigebracht worden waren.

Die Tritte in den Bauch hatten ihr zugesetzt, aber er hatte genau gewusst, was er tat. Ein paar innere Prellungen und Blutungen, die nicht tödlich wären, aber dafür sorgen würden, dass sie einen Gang runterschaltete. Für den Fall, dass diese *pridurki* in Eindhoven nicht richtig auf sie aufpassten.

Was die nächsten drei bis vier Tage anging, brauchte Wadim sich keine Sorgen zu machen. Sie würde weder arbeiten noch entwischen. Sondern bleiben, wo sie war. Ramponierte Ware, die Maxim wohl kaum an den Mann zu bringen versuchen würde.

Wadim grinste. Er hatte alles unter Kontrolle.

32

»Ich dich auch ... Küsschen!«

Joyce beendete das Gespräch und steckte das Handy in die Hosentasche. Jim hatte für den morgigen Tag Pläne geschmiedet, aber sie hatte erklärt, dass sie an einem großen Fall arbeite und sich deshalb eine Woche abschotten werde, vielleicht auch etwas länger, ihn aber auf jeden Fall anriefe, wenn sie wieder etwas Zeit für sich hätte.

Das war noch nicht mal richtig gelogen. Sie arbeitete an einem Fall. Ihrem eigenen Fall.

Im Büro gingen sie davon aus, dass sie überarbeitet und bis auf Weiteres krankgeschrieben war. Auch das war nicht wirklich gelogen. Sie hatte sich wahrlich schon mal ausgeglichener gefühlt als derzeit.

Ihre Reisetasche stand auf dem Esstisch, vollgepackt mit sauberen Klamotten, Kulturbeutel, Pass, Portemonnaie, Fotoabzügen, verschiedenen Unterlagen und ihrem TomTom. Verlockend ragten die Tragegriffe auf, sie brauchte bloß danach zu greifen und wegzulaufen.

Im Prinzip war alles geregelt.

Sie schaute um sich, als sähe sie ihre Wohnung zum ersten Mal. Ein Laminatfußboden mit Holzmaserung, den der Voreigentümer ihr hinterlassen hatte. Ein Dreisitzer-Sofa aus schwarzem Leder an einer weißen Wand, neben einem Fenster mit Blick auf die Stadt Eindhoven und die Autobahn. Auf der anderen Seite des Raums fiel vor allem ein Flachbildfernseher auf einer Anrichte ins Auge. Dann gab es noch die Essecke, aus zweiter Hand, weißes Teakholz, Stühle mit Skai-Bezug. Das war alles. Früher hatte sie Pflanzen gehabt, aber sie hatte einfach kein Talent, Leben zu erhalten. Das konnten andere besser. Zum Beispiel Leute, die in Krankenhäusern arbeiteten, wie Jim.

Als sie ihn das erste Mal mit nach Hause genommen hatte, hatte er sich erstaunt umgesehen und gefragt, wo denn der Typ stecke, der anscheinend sonst in diesem Single-Haushalt wohnte. Er hatte etwas ganz anderes erwartet, etwas, was besser zu ihr als Person gepasst hätte. Etwas Weiblicheres, hatte er gesagt. Etwas Raffiniertes. Er hatte damals alles noch durch eine tiefrosa Brille betrachtet.

Die Inneneinrichtung spiegelte genau ihren Lebensstil wider. Sie war mit ihrer Arbeit verheiratet und so gut wie nie zu Hause. Lieber ging sie ins Fitnesscenter, zum Joggen oder in eine Kneipe. Wenn sie doch mal zu Hause war, entspannte sie sich, indem sie sich Filme ansah.

Häuslichkeit machte sie unruhig.

Sie kniete sich vor die Anrichte und zog die unterste Schublade auf. Vor ihr lag nun die Akte, in der sie alles aufhob, was sie über Maier finden konnte. Sie nahm sie mit ins Schlafzimmer, schob einen Stuhl vor den Schrank und versteckte sie oben hinter einer zusammengelegten Decke und ein paar flachen Kartons. Es war der ideale Platz dafür.

Wieder im Wohnzimmer nahm sie die Sporttasche und den Laptop vom Tisch und fischte ihre Schlüssel vom Haken. Schlüpfte in ihre Daunenjacke und zog die Tür hinter sich zu.

Inzwischen war es dunkel geworden. Sechs Stockwerke tiefer standen im Licht der Straßenlaternen glänzende Autos auf dem Parkplatz. Der Novemberregen prasselte auf das Metallgeländer des Laubengangs. Regen war gut, dachte Joyce. Es konnte gar nicht stark und lange genug regnen. Wasser hatte die Eigenschaft, gewisse Spuren zu verwischen.

Feuer übrigens auch, noch viel effizienter sogar.

Sie fuhr mit dem Fahrstuhl ins Erdgeschoss und sah auf die Uhr. Es war kurz nach sieben. Fünfzehn Stunden waren vergangen, seit sie den BMW mitsamt Eigentümer und allem Drum und Dran lichterloh in Flammen hatte aufgehen lassen. Die im Handschuhfach gefundenen Putztücher und das Benzin aus dem Tank hatten dafür genügt.

So leicht das für sie gewesen war, die Sache zu inszenieren, so schwer würde es nun für ihre Kollegen sein, den Mord zu rekonstruieren und verwertbare Spuren zu finden.

Sie öffnete ihren Subaru Impreza, stieg ein, stellte die Tasche neben sich, fuhr vom Parkplatz herunter und schlug den Weg in Richtung Eindhoven Flughafen ein. In anderthalb Stunden ginge von dort ein spottbilliger Ryanair-Flug nach Marseille. Falls der voll wäre, würde sie durchfahren, über Nacht. Im Prinzip konnte sie dann morgen früh gegen sieben in Puyloubier sein.

Während sie den blauen Subaru durch die verkehrsreichen Straßen manövrierte, fragte sie sich, ob das Team wohl schon an Ort und Stelle war. Ob sie den Tatort bereits abgesperrt hatten, mit der Spurensicherung beschäftigt waren und das gerichtsmedizinische Institut die verkohlten Überreste von Robby Faro bereits als solche identifiziert hatte. Das konnte innerhalb von ein paar Stunden geschehen sein, denn bei Robbys Hintergrund war die Chance, dass sich seine DNA in ihrer Datenbank befand, zehn zu eins. Wenn sie wussten, wer er war, würden sie als Erstes seine Wohnung durchkämmen. Dann würden sie anfangen, Leute zu vernehmen, die ihn womöglich zum letzten Mal gesehen hatten. Diese Spur würde zu seiner Stammkneipe in der Innenstadt führen, wo am Wochenende dermaßen viele kleine Gauner herumhingen, dass es für dreihundert Jahre Knast locker reichte. Da verfolgte jeder seine eigenen Interessen – ein Alptraum für jede Spezialeinheit. Damit wären sie erst mal eine Weile beschäftigt. Natürlich würden sie Robbys Familie benachrichtigen; seiner Akte zufolge hatte er zwei ältere Schwestern und eine Mutter. Sie würden seinen Kontobewegungen nachgehen. Einer ihrer Kollegen würde herauszufinden versuchen, ob Robby Schulden gehabt hatte, im wahrsten Sinne des Wortes unbeglichene Rechnungen, und ob irgendjemand von seinem Tod profitierte. Der Vollständigkeit halber standen sie demnächst bestimmt auch noch mal bei Maxim auf der Matte. Das hatte ihr zunächst Kopfzerbrechen bereitet. Aber nur kurz: Sie hatten sich dieses Jahr schon mal eine blutige Nase bei Maxim geholt, da würden sie die Bude jetzt nicht einfach stürmen, zumal sie eigentlich keinerlei Anlass hatten, dort zu suchen. Wenn sie es doch taten und dabei womöglich auf Susan stießen, umso besser.

Aber dazu würde es vermutlich gar nicht kommen.

Den Mörder von Robby Faro zu finden, stünde auf der Prioritätenliste nicht sonderlich weit oben. Ein vorbestrafter Denunziant, der sich mit zwielichtigen Russen, Jugos und Türken abgegeben hatte, zum letzten Mal in einem zwielichtigen Café gesehen und dann in seinem eigenen Auto beseitigt worden war, einige Kilometer von seinem Wohnort entfernt, am Waldrand? Der Wagen ausgebrannt, das Opfer verkohlt, die Spuren von den Flammen getilgt?

Für den Fall würden sie bestimmt keine dicke Akte anlegen.

33

Die Domaine Capitaine Danjou war ein Pflege- und Altersheim der französischen Fremdenlegion. Ein sicherer Hafen für behinderte und pensionierte Legionäre, die nach dem aktiven Dienst nicht mehr in ihr Heimatland, zu ihrer Familie und in ihr bürgerliches Leben zurückkehren wollten oder konnten. Sie wurden wirklich nicht aufs Abstellgleis geschoben. Auf dem zweihundertzwanzig Hektar großen Landgut in der Provence machten sie sich nützlich, indem sie Gänse und Schweine züchteten, Wein anbauten, ein Museum verwalteten und alte Bücher restaurierten. Auch die Wirtschaft und der kleine Laden, in dem Wein und allerlei Artikel mit dem Logo der Fremdenlegion verkauft wurden, befanden sich in der Obhut von Kriegsveteranen.

Den Websites war zu entnehmen, dass interessierte Besucher willkommen waren. Bestimmt kamen hier mehr Leute her als sich in normalen Altersheimen blicken ließen, dachte Maier. Ein Lebensabend unter der südfranzösischen Sonne, am Fuß des Sainte Victoire – alles in allem konnte er sich den Ruhestand erbärmlicher vorstellen.

Babel Fish lieferte eine holprige Übersetzung der überwiegend französischsprachigen Seiten. Wenn man wusste, was man suchte, war der aus dem Französischen herausdestillierte niederländische Text zumindest halbwegs verständlich.

Maier kippte den letzten Schluck 1664 hinunter und zerdrückte die leere Bierdose in der Hand. Warf sie dann von unten her in den Mülleimer neben dem Schreibtisch.

Die Fremdenlegion. Veteranen. Was bedeutete das? Was folgte daraus für seine Mutter? Für ihn?

Er nahm den Laptop vom Schoß und stellte ihn neben sich auf das Doppelbett. Er hatte das Ding beim Fnac in Aix-en-Provence gekauft, ein einfacher Acer mit Windows XP, ohne allen Schnickschnack, aber mit Netzwerkkarte. Beim Einchecken hatte er an der Hotelrezeption fünf Stunden Internetzeit gekauft. Dieses Guthaben war nun fast abgelaufen, stellte er fest. Ihm blieben noch knapp vier Minuten.

Schön. Er brauchte kein Internet mehr. Vom Surfen bekam er sowieso nur schlechte Laune. Die französischen Tastaturen waren die reinste Katastrophe. Wo das Komma sein sollte, befand sich das »m«, der Punkt saß auch an einer unlogischen Stelle, »w« und »z« waren vertauscht, und wenn er ohne nachzudenken »a« eintippte, erschien »q« auf dem Bildschirm. Es gab einfach zu viele Tasten mit ungewohnter Funktion.

Im Prinzip hatte er auf alle Fragen, die übers Internet zu lösen waren, eine Antwort gefunden. Über die anderen würde er sich morgen Gedanken machen, wenn er nach Puyloubier zurückfuhr. Jetzt ging er besser ins Bett, wenn er morgen einen klaren Kopf haben wollte. Es war schon drei Uhr nachts.

Er langte nach der Fernbedienung und stellte den Fernseher an. Zappte unaufmerksam die Programme durch. Sonderlich viel hatte das Dreisternehotel nicht zu bieten, und bis auf CNN war alles französischsprachig. Nichts, womit er sich richtig hätte ablenken können.

Seine Gedanken schweiften zu Susan ab. Innerlich war er nie ganz ohne sie, keine Sekunde lang. Selbst in Bayern, als er mit Martha im Bett gelegen hatte, war er in Gedanken vor allem bei Susan gewesen.

Sie hatte auf dem Stadtwall neben ihm gesessen. Er hatte ihre Hand gehalten, mit dem Daumen nervös ihre Finger gestreichelt und mit ihr zusammen über die Wiesen geschaut, zu den Joggern, die auf den verkehrsarmen Asphaltstraßen im Grünen ihre täglichen Runden gedreht hatten.

Von dem Moment an, da er sie von ihrer Mutter losgeeist und zum Stadtrand mitgenommen hatte, war ihre Haltung verändert. Sie ging langsamer, fast wie ein Kind, das nicht zur Schule wollte. Wirkte in sich gekehrt. Sie wusste es. Sie hatte es die ganze Zeit über kommen sehen.

Es hätte ihm also eigentlich leichter fallen müssen, damit herauszurücken. Trotzdem dauerte es noch eine halbe Stunde, bis er die Worte über die Lippen brachte. Nein, er würde nicht mitkommen zu ihrer Schwester nach Amerika. Er würde nirgendwohin mehr mitkommen.

Er verlasse sie.

Sie sah ihn an. Ließ den Blick aus ihren dunklen Augen über seine Züge gleiten. »Was hast du vor?«, fragte sie leise.

»Ich weiß es noch nicht. Ich glaube, ich werde zunächst eine Weile auf Reisen gehen. Dann sehe ich weiter.«

»Warum, Sil?«

Er senkte den Blick.

»Ich versuche bloß, es zu verstehen ... Du hattest doch genug von alldem, oder?«

Er starrte zur Autobahn in der Ferne. Die Autos waren bis hierher zu hören, ein konstantes Rauschen. »Ja. Im Augenblick schon. Im Augenblick ist mir am meisten danach zumute, ein ganz ruhiges Leben zu führen. Zusammen mit dir. Ein bisschen arbeiten, ein bisschen etwas von der Welt sehen, nach Südamerika reisen ... so was. Aber das dachte ich vor ein paar Monaten auch schon. Ich war überzeugt, es hinter mir zu haben.« Er sah sie eindringlich an. »Ich kann mir ja nicht mal selbst vertrauen, verdammt. Wie soll ich es da von dir verlangen?«

Der Blick aus ihren Augen war trauriger, als er ertragen konnte.

»Ich will nicht riskieren, dass du so was womöglich noch einmal mitmachen musst«, fuhr er fort. »Wenn man jemanden liebt, sollte man ihn nicht in Gefahr bringen. Aber genau das tue ich. Genau das habe ich getan, seit ich dich kenne.«

Sie presste die Lippen aufeinander, wie um einen Redeschwall einzudämmen. Holte tief Luft durch die Nase.

»Ich weiß, dass du das verstehst«, sagte er.

»Ich bin ja nicht zurückgeblieben.«

Er drückte ihre Hand. »Verzeih.«

Sie nickte und fixierte einen Punkt in der Ferne. »Ich hab's kommen sehen.« Ihre Hand strich über seinen Oberschenkel, wo er einen dicken Verband trug, der unter der Jeans deutlich zu spüren war. »Ein Rottweilerbiss, was?«

Er verzog den Mund zu einem freudlosen Grinsen und wandte beschämt den Blick ab. »Schusswunde.«

»Verstehe.« Sie legte ihre Hände in den Schoß. »Schusswunde.«

»Tut mir leid.«

»Es tut weh, Sil.«

»Vielleicht komme ich zurück«, sagte er, einer plötzlichen Gefühlsregung folgend.

»Ach ja?«

Er schwieg.

»Eine Sache noch, Maier. Wenn du jetzt gehst ... bin ich vielleicht nicht mehr da, wenn du zurückkommst. Denn dann gebe ich mir ab sofort größte Mühe, dich zu hassen. Und jeden auch nur halbwegs annehmbaren Typen, der mir über den Weg läuft, zerre ich sofort in mein Bett.«

Beunruhigt sah er sie an. »Du bist aber schon ein bisschen vorsichtig dabei, oder?«

Sie stand auf, zog den Reißverschluss ihrer Jacke hoch und schaute streitlustig auf ihn herunter. »Das ist ab sofort nicht mehr dein Problem, oder? Geh du auf Reisen, denk über dein

Leben nach, setz dich auf einen Berg und summ vor dich hin – es ist mir völlig egal. Geht mich nichts mehr an. Hau ruhig ab. Aber solltest du dich zurücktrauen, wenn ich hier grade alles wieder auf die Reihe gekriegt habe, dann kannst du Gift drauf nehmen, dass ich dir die Kniescheiben zu Matsch trete.«

Er schaltete den Fernseher aus, drehte sich auf die Seite und klickte sich zur Begrüßungsseite von Hotmail durch.

S-a-g-i-t-t-a-r-i-u-s-1-9-6-8 tippte er in das Eingabefeld. Dann begann er die Suche nach dem @-Zeichen. Unter Shift-2 befand es sich schon mal nicht. Wo hatten die Franzosen den verfluchten Klammeraffen versteckt? Schließlich fand er ihn auf der Null-Taste, als eine von drei Funktionen; um ihn auf den Bildschirm zu bekommen, musste er unter anderem noch AltGr drücken. Im selben Augenblick ging ein nerviges Pop-up von Orange auf und wies ihn darauf hin, dass sein Internetguthaben bald verbraucht wäre. Sogleich fing das Ding munter an, die verbleibende Zeit abzuzählen.

»Dann halt nicht«, murmelte er, klappte den Laptop zu, schob ihn zur Seite und knipste das Licht aus.

Susan würde ihm sowieso nicht mailen. Warum auch.

34

Wadim verstaute seine Geräte in einer Baumwolltasche und steckte sie in seinen Rucksack. Ließ das Lichtbündel seiner Maglite durch das große Zimmer flitzen. Richtete den Strahl auf ein gerahmtes Foto an der Wand. Eingeklappte Sonnenschirme und verlassene Strandliegen vor ruhiger See. »Hurghada« stand mit Bleistift auf dem Passepartout, daneben »S. Staal« und das Copyright-Zeichen. Keine Jahreszahl.

Er ging in Susans Arbeitszimmer und schaltete den Computer aus. Ihr Auftraggeber hatte ziemlich schnell aufgegeben. Zwei Mails hatte der Kunde geschickt: Erst hatte er ihr die Adresse des Servers mitgeteilt, auf den sie die Fotos hätte hochladen sollen; vier Tage später hatte er sie wissen lassen, dass sie sich die Mühe sparen konnte. Außerdem war eine Mail von ihrer Mutter gekommen, aus den Vereinigten Staaten. Eine lange Mail, lauter Geschwätz, das er nur halb gelesen hatte. Im Anhang ein paar Fotos von einem Säugling.

In einer Mappe hatte er Susans Login-Daten und Passwörter gefunden, sodass er ihre Mails nun auch von woanders aus lesen konnte. Das hätte er längst tun sollen, aber gelegentlich in diese Wohnung einzudringen, hatte ihm einfach zu gut gefallen. Als käme er Maier dadurch ein Stück näher. Als würde er den Typen nach und nach immer besser verstehen.

Und sonst hatte er doch nichts zu tun.

Wadim ging durch die Räume und kontrollierte ein weiteres Mal sämtliche Apparaturen, die er angebracht hatte. Er wollte sichergehen, dass er nicht irgendetwas hatte herumliegen lassen, dass nirgends irgendwelche Drähte herausragten und kein ungewöhnliches Glitzern die Aufmerksamkeit auf sich zöge. Es sah durchwegs professionell aus.

Er zog die Haustür hinter sich zu und ging in die Nacht hinaus. Er war zum vorläufig letzten Mal in Susans Wohnung gewesen. Gestern hatte er gerade noch rechtzeitig verschwinden können. Der lange Typ, der aussah wie ein Junkie, hatte mit irgendeiner Tussi vor der Tür gestanden und geklingelt. Wadim hatte erst gewartet, aber als er merkte, dass sie sich anschickten, von einem Schlüssel Gebrauch zu machen, flüchtete er auf die Dachterrasse. Er sah die beiden ins Wohnzimmer kommen und mit den Mündern nacheinander schnappen, als wären sie die ausschließliche Sauerstoffquelle füreinander. Dieser Typ machte sich über Susans Wohlergehen jedenfalls keine großen Sorgen. Der schien eher froh, dass sie sich verpisst hatte.

Eigentlich schien ihr Verschwinden überhaupt niemanden zu beunruhigen.

Auch Maier nicht.

Es herrschte eine ohrenbetäubende Stille an der Front. Maier hatte auf die Fotos nicht reagiert, obwohl die doch an Deutlichkeit nichts zu wünschen übrig ließen.

Nach dem Verschicken hatte Wadim ihm eigentlich einen Monat Zeit lassen wollen. Jetzt fragte er sich, ob ein Monat nicht doch zu lang war. Zehn Tage waren verstrichen. Obwohl seine Arbeit jetzt größtenteils aus Abwarten bestand, fiel sie ihm schwerer als sonst.

Vielleicht musste er ein bisschen dicker auftragen.

Indem er zum Beispiel in Susans Wohnung eine Leiche hinterließ.

Oder zwei.

35

Maier fand sich Punkt neun Uhr morgens beim *acceuil* des Anwesens ein. Es fiel ein leichter Regen. Der Gipfel des Mont Sainte Victoire lag hinter einem grauen Nebelschleier verborgen. Bei dem finsteren Wetter wirkte das Landgut ganz anders. Grau in grau, genau wie seine Bewohner. Daran änderten auch die vielen hellen Stimmen nichts, die zwischen den alten Gebäuden widerhallten. Hand in Hand liefen Kinder über das Gelände, eine Schulklasse, geführt von einer kleinen, dunkelhaarigen Frau, die ihre Schützlinge mit gestikulierenden Armen in schnellem Französisch zur Eile antrieb.

Er schaute der kleinen Gruppe hinterher, die den Weg zur *fermette*, zu dem kleinen Bauernhaus, einschlug.

Maier gefiel es gar nicht, dass dieselben beiden Veteranen wie gestern vor die Tür kamen, um sich seiner anzunehmen.

»Ah, da sind Sie ja wieder.« Der Kleine lächelte, nickte und streckte die Hand aus. Der andere musterte ihn lediglich, wortlos. »Der Urlaubsreisende.«

Maiers Blick wanderte vom einen zum anderen.

»Solche gibt's hier ja öfter«, ergänzte der Lange. Er triefte nur so von Zynismus.

Angesichts des listigen beziehungsweise kühlen Blicks des französischsprachigen Belgiers und des Deutschen, der keinen Kehlkopf mehr hatte – oder aus sonstigen Gründen nicht normal sprechen konnte –, wäre Maier eine weitere Lüge über das Motiv für seinen Besuch lächerlich vorgekommen. Sie hatten ihm gestern nicht geglaubt, und sie würden es heute genauso wenig tun.

»Nein«, sagte er auf Deutsch, »ich bin hier nicht im Urlaub.« Er spürte, wie sein Herzschlag sich beschleunigte. »Ich suche Flint … S. H. Flint.«

Die beiden Männer nickten, zum Zeichen, dass sie ihn verstanden hatten, wechselten einen vielsagenden Blick und reagierten ansonsten nicht.

»Möglich, dass er hier arbeitet«, fuhr Maier fort. »Oder hier wohnt … kennen Sie ihn?« Er sah die beiden eindringlich an. Sie zeigten sich nicht sonderlich beeindruckt.

»*Peut-être*«, sagte der Lange. Maier musste sich große Mühe geben, zwischen den elektronischen Lauten, die das Loch in seiner Kehle verließen, einzelne Worte zu erkennen. »Vielleicht.«

»Sie selbst kennen ihn nicht?«, fragte der Kleine. »Sie wissen gar nicht, wen Sie eigentlich suchen?«

Ihn. Jetzt war es offiziell. Keine Sandra oder Sonja. Flint war ein Mann.

Maier schüttelte den Kopf. »Ich kenne nur den Namen.«

»Warum suchen Sie ihn?«

Er holte tief Luft. Rieb sich übers Kinn, das sich anfühlte wie Schmirgelpapier. Seit zwei Tagen hatte er sich nicht rasiert. Dann sah er wieder die Männer an. Was ihm jetzt bevorstand, kostete ihn Mühe.

»Meine Mutter ist gestorben, als ich acht Jahre alt war. Sie liegt in München begraben. Letzte Woche habe ich zum ersten Mal ihr Grab besucht. Flint bezahlt das Grabrecht. Schon sehr lange. Ich möchte mit ihm reden, herausfinden, wer er ist.«

Der Belgier lächelte. Suchte den Blick des Deutschen, der Maier noch immer forschend ansah.

»Er ist heute im Krankenhaus«, sagte der Deutsche schließlich.

»Sie kennen ihn?«, fragte Maier hoffnungsvoll.

Der Mann nickte. »Und ob wir den kennen.«

»Wohnt er hier? Arbeitet er hier?«

»Jetzt wollen wir mal nicht übertreiben.«

Maier biss die Zähne zusammen. Er wusste nicht, wie er sich verhalten sollte. Diese Soldaten wirkten wie eine Art Zulassungskommission, die ihn taxierte und eine Einschätzung seiner Person vornahm, auf der Grundlage von ... ja, wovon eigentlich? Von Intuition? Vom ersten Eindruck?

»Ist Flint ehemaliger Soldat?«

Die Männer nickten, fast unmerklich. »*Légionnaire*«, korrigierten sie ihn beide gleichzeitig.

Allerlei Möglichkeiten schossen ihm durch den Kopf, sprangen wie Murmeln darin auf und ab, eine ungestümer als die andere.

»Ist er krank?«

Der Belgier nickte zustimmend, woraufhin er von seinem Freund fast unmerklich zurechtgewiesen wurde. Daraufhin wandte er den Kopf ab und grinste entschuldigend.

Kurz begegneten sich ihre Blicke. Der Belgier hätte ihm gern alles erzählt, las Maier in diesen Augen, bis ins letzte Detail, mit dem größten Vergnügen. Aber sein Freund, der Deutsche, hatte anders entschieden. Und der stand in der Hackordnung eindeutig höher.

»Wie heißen Sie?«, fragte der Deutsche. »Ihr offizieller Name?«

Dieses einseitige Verhör versetzte Maier allmählich in gereizte Stimmung, aber wütend zu werden hätte ihn jetzt auch nicht weitergebracht. Eher im Gegenteil. Er stand hier nicht im Ladengeschäft von Hesselbach & Co., wo er sich mit einer großen Klappe und plumper Gewalt hatte durchsetzen können. Diese Männer hier mochten zwar alt sein, doch strahlten sie eine natürliche Überlegenheit aus, die ihm Respekt abnötigte. Den Webseiten zufolge, die er heute Nacht angeschaut hatte, waren viele Fremdenlegionäre während ihrer aktiven Dienstzeit permanent im Krieg, wurden von einem Brandherd zum nächsten geschickt. Schwer zu sagen, was die beiden Männer, denen er jetzt gegenüberstand, schon alles mitgemacht hatten.

»Silvester Maier«, sagte er schließlich.

»Aus München?«

»Ja.«

»Gestern war noch die Rede von den Niederlanden«, erwiderte der Deutsche, indem er mit den Fingern auf seinen Kragen drückte.

»Mein Geburtsort ist München. Nach dem Tod meiner Mutter bin ich ...« Er schaute vom einen zum anderen. »Sagen Sie ... das ist ja alles schön und gut, aber wann könnte ich Flint sprechen? Ist er nur zur Kontrolle im Krankenhaus oder stationär? Ist es etwas Ernstes? Ich bin schließlich nicht die lange Strecke hierhergefahren, um dann irgendwelche Spielchen zu spielen.«

Der Belgier beugte sich vor und drückte zum Abschied kurz seinen Arm. Verschwand dann in Richtung des Empfangs. Ein stummer Tadel.

Der Deutsche blieb weiter bei ihm. Sah ihn eindringlich an. »Hier kommen öfter Leute her, die jemanden suchen«, sagte er langsam. »Aber manche von uns wollen gar nicht gefunden werden. Sie wollen keinen Kontakt zu ihrem alten Leben. Genau deshalb sind Sie hier. Wo logieren Sie?«

Maier nannte den Namen seines Hotels in Aix-en-Provence.

Der Deutsche schüttelte den Kopf und fischte ein Notizbuch aus der Tasche. Mit einem abgekauten Bleistift fing er an etwas aufzuschreiben. »Fahren Sie dorthin. Dort gibt es *chambres d'hôtes*; sie werden von der Frau eines unserer Betreuer geführt. Wenn Flint mit Ihnen in Kontakt treten möchte, dann werden Sie dort angerufen.«

Maier starrte auf den Zettel. Eine Adresse in Venelles. Den Ortsnamen hatte er hier in der Nähe bereits auf Straßenschildern gesehen.

»Und wenn er keinen Kontakt möchte?«

»Heute Abend werde ich mit ihm sprechen. Vielleicht auch schon heute Nachmittag.« Er nickte und wandte sich ab. »*Au revoir, monsieur Maieùr.*«

36

»*Zdraste*. Hier ist Maxim.«

»Ich wäre dir dankbar, wenn du mich nicht mehr anrufst.« Wadim setzte sich senkrecht im Bett auf und schaute nach der Zeit. Zwei Uhr nachmittags. Er war fast die ganze Nacht in der Wohnung von Susan Staal beschäftigt gewesen.

»Ich rufe über eine sichere Leitung an«, klang es am anderen Ende verärgert. »Ich bin schließlich kein Idiot.«

»Schön zu hören. Aber eine hundertprozentig sichere Leitung gibt es nicht. Das solltest du eigentlich wissen.«

»Glaub's mir jetzt halt«, schnauzte Maxim. »Und hör zu: Es tut mir leid, dass ich das sagen muss, aber ich habe ein Problem. Nein, *wir* haben ein Problem. Du kennst doch diesen jungen Typen, der ab und zu bei mir arbeitet, den Niederländer?«

»Robby, meinst du?«

»Ja, genau. Ich glaube, der ist um die Ecke gebracht worden.«

Wadim reckte sich und stopfte sich ein Kissen in den Rücken. »Und wie kommst du drauf?«

»Sie haben seinen Wagen in der Gegend von Valkenhorst gefunden, auf einer Straße mitten in der Walachei. Ausgebrannt. Eine verkohlte Leiche hinterm Lenkrad. Und unser Robby ist heute Morgen nicht aufgekreuzt, um sich um deinen Fang zu kümmern, verstehst du?«

»An dieser Stelle beenden wir das Gespräch, mein Freund«, sagte Wadim in eisigem Tonfall. Er schaute noch einmal auf die Uhr. »Wir sehen uns in einer halben Stunde im De Hemel.«

37

Innerhalb von einer Stunde hatte er seine Sachen im Hotel abgeholt und in einer der *gîtes* von Brigitte Duchamps eingecheckt. Duchamps war eine schlanke, blonde Frau, die sich auf Englisch einigermaßen verständigen konnte.

Maier hasste den erzwungenen Charakter dieses Umzugs. Die alten Männer tanzten ihm offensichtlich auf der Nase herum, und er ließ es sich gefallen.

Trotzdem musste er zugeben, dass es im Vergleich zu dem unpersönlichen Touristenhotel in der Stadt eine große Verbesserung darstellte. Duchamps' *chambres d'hôtes* waren schon ziemlich bemerkenswert. Seine Unterkunft war direkt in den Fels hineingehauen, hatte niedrige Decken sowie unregelmäßige Böden und Wände. An einigen Stellen ragten Kalksteinbrocken hervor. Eine große Schiebewand aus Glas, die den Eingang der »Höhle« darstellte, war zugleich das einzige Fenster. Es bot Aussicht auf eine kleine Privatterrasse und die Felswand gegenüber, auf der anderen Seite der schmalen Dorfstraße. Sein Doppelbett war weiß bezogen und stand auf einer felsblockartigen Erhöhung. Es gab eine kleine Küche und ein Bad mit Wanne, Waschbecken und Toilette. Auch dort dominierten Fels und Kalkstein. Kaum hatte er die Räume betreten, kam er sich vor wie bei Fred Feuerstein im Felsental.

Hinzu kam, dass der Inneneinrichter anscheinend ganz wild auf stimmungsvolles Licht gewesen war. Es wimmelte von erhellten Nischen, sogar das Bett konnte mit zahllosen per Dimmer regulierbaren Lichtquellen ausgeleuchtet werden.

Susan hätte sich schlapp gelacht.

Jetzt gab es nichts zu lachen.

Er schenkte sich einen Becher Kaffee ein und lehnte sich an die Spüle. Schaute durch die geöffnete Glasschiebetür auf die Felswand. Es war zwei Uhr nachmittags, und die Sonne war durchgebrochen. Das Wetter mild, die Luft klar und rein. Vor gar nicht so langer Zeit wäre er an einem solchen Tag joggen gegangen, aber seit er aus 's-Hertogenbosch weggezogen war und Susan dort düster und verbittert zurückgelassen hatte, war ihm schlichtweg die Lust vergangen.

Vielleicht würde es ihn ja irgendwann wieder drängen zu laufen. Vorläufig war ihm nicht danach zumute.

Er verfluchte sich selbst dafür, im Französischunterricht in der Schule nicht besser aufgepasst zu haben. In dem kleinen Büro von Brigitte Duchamps hatte er die Pages Jaunes liegen sehen, die hiesigen Gelben Seiten. Bestimmt waren darin auch die Krankenhäuser verzeichnet. Die hätte er durchtelefonieren können und sich systematisch nach Flint erkundigen. Allzu häufig gab es den Namen hier bestimmt nicht. Aber sein Französisch war dermaßen miserabel, dass er über die Rezeptionistin vermutlich nicht hinausgekommen wäre.

Er stellte den leeren Becher ins Becken und öffnete seine Reisetasche. Ein muffiger Geruch stieg daraus auf. Alle dreckigen Klamotten holte er heraus und warf sie neben der Badewanne auf einen Haufen. Ließ warmes Wasser einlaufen und goss aus einer kleinen Flasche vom Wannenrand ein wenig Shampoo hinein. Shampoo war ein hervorragendes Waschmittel, wie er von Susan gelernt hatte.

Die kleine *Flintstones*-Melodie hatte sich in seinem Kopf festgesetzt und ließ sich nicht vertreiben. Vielleicht weil er auf der Suche nach jemandem mit Namen Flint war. Die Synchronizität war auffällig, das Wort Flint nahm allmählich geradezu magische Dimensionen an. Während er die Melodie leise vor sich hin pfiff, ging er zu dem tragbaren Fernseher und schaltete ihn ein. Es gab ausschließlich französische Sender mit Talkshows. Lachen und Gerede erfüllten den Raum.

Er ging zurück ins Bad, warf die Kleidung in die Wanne und spülte sie aus. Eine knappe Viertelstunde später wrang er möglichst viel Wasser aus seinen Hosen und Hemden, bevor er sie zum Trocknen über die Terrassenstühle hängte. Dann ging er wieder hinein.

Schaute auf die Uhr. Halb drei.

Falls der misstrauische Deutsche gegen Ende des Nachmittags immer noch nicht angerufen hätte, würde er sich von Brigitte die Pages Jaunes leihen, eine Kopie der betreffenden Seite machen und sämtliche Krankenhäuser der Umgebung persönlich abklappern. Mit Händen und Füßen, Stift und Papier musste das sprachliche Handicap ja wohl zu überwinden sein.

Zumindest war es besser als auf einen Anruf zu warten – von dem man nicht mal wusste, *ob* er kam. Vielleicht war es ja die Gewohnheit der Legionäre, Leute wie ihn zu Brigitte zu schicken, damit die Familie Duchamps auch in der Spätsaison immer genügend Gäste hatte. Dann saßen die Männer jetzt womöglich in ihrer Kneipe, tranken ihren selbst angebauten Wein und lachten sich kaputt über den deutschen Holländer, den sie auf Abruf nach Bedrock geschickt hatten.

Arschlöcher. Fast meinte er, ihr Gelächter hören zu können.

Ein Ticken an der Glasscheibe. Erschrocken sah er auf. Brigitte stand mit einem Telefon in der Hand draußen und winkte.

Er zog die Glastür auf und nahm das Telefon entgegen. »Hallo?«

»*Monsieur Maieùr?*«

»Ja.«

»Gute Neuigkeiten: Monsieur Flint ist nach Hause gekommen. Er möchte Sie sprechen.«

38

Der Deutsche nahm ihn mit zu den Wohnräumen der Veteranen. Das lange, schmale Gebäude war eindeutig jüngeren Datums als die um den Innenhof gruppierten Bauten. Es befand sich auf einem etwas tiefer gelegenen Gelände, und Schilder wiesen darauf hin, dass Besucher hier nicht willkommen waren. Jeder hatte sein eigenes Zimmer, ließ Maier sich erklären, mit Fernseher und Bett. Es gab für niemanden Grund zu klagen. Alles war perfekt arrangiert von der Fremdenlegion.

Trotzdem machte der Deutsche keinen besonders glücklichen Eindruck.

»Niemand wohnt hier ganz aus freien Stücken«, sagte er auf Maiers Nachfragen hin nur und ging nicht weiter auf ihn ein.

An der vorletzten Tür auf dem Flur klopfte er zunächst an, dann öffnete er sie für Maier und machte sich lautlos davon.

Zögerlich trat Maier ein. Der Raum war etwa fünf Meter lang und ebenso breit; er bot ein Minimum an Komfort. Die Vorhänge waren aufgezogen. Durch die dünnen Gardinen fiel spärliches Licht ein. Hinter dem durchsichtigen Stoff eröffnete sich der Blick in das Tal. In weiten S-Kurven schlängelten sich Reihen von Weinstöcken auf das Mittelmeer zu.

Flint lag in einem hochbeinigen Metallbett. Das Kopfende war in einem Winkel von etwa fünfzig Grad aufgestellt. Der Kopf des Mannes ruhte auf einem Stapel flacher Kissen mit weißen Baumwollbezügen. Sein Körper war durch ein weißes Laken und eine olivgrüne Decke zum Teil den Blicken entzogen, aber die Konturen waren deutlich zu erkennen. Er war groß. Mindestens so groß wie Maier selbst, aber er sah zerbrechlich aus. Mager.

Flints Hände lagen gefaltet auf der Decke, und seine Augen waren geschlossen. Die Haut sah gegerbt aus, als hätte er sein Leben lang an der frischen Luft gearbeitet, stets der Sonne ausgesetzt.

»Da bin ich«, sagte Maier auf Deutsch. Seine Stimme zitterte leicht.

»Ich weiß.« Flint schlug die Augen auf und sah ihn forschend an. Blicke aus blauen Augen, die mit gezügeltem Eifer jeden Zentimeter von Maiers Körper abtasteten und schließlich auf seinem Gesicht ruhten.

Niemand brauchte Maier zu erklären, in welcher Beziehung er zu diesem Mann stand. Das erkannte er beim Blick in dessen Augen sofort. Dasselbe Blau. Flints Haar war grau und dünn, aber seine kantigen, dunklen Brauen hatten von ihrem Pigment noch fast nichts verloren: Sie waren beinahe schwarz, genau wie Maiers. Der Mann hatte auch dieselben harten Züge und markanten Wangenknochen. Eine gerade Nase. Dieselben breiten Gelenke und langen, knochigen Hände.

Maier kam keinen Schritt näher, sondern blieb wie angewurzelt stehen. Er begann auf den Innenseiten seiner Wangen herumzukauen, unfähig, auch nur ein einziges Wort hervorzubringen.

Er hätte auf diese Situation vorbereitet sein müssen. Das Zusammentreffen hatte sich schließlich bereits angekündigt, als er zum ersten Mal mit dem Namen Flint konfrontiert worden war. Er hatte es durchaus geahnt. Genau deshalb hatte er es ursprünglich so eilig gehabt, nach Puyloubier zu kommen, war dann aber in Oberaudorf hängen geblieben, mit Martha aus der Schweiz als Alibi und erfüllt von Angst, dass die Begegnung auf eine Enttäuschung hinauslaufen könnte.

Er hatte Zweifel gehabt. Ständig. Jetzt zweifelte er nicht mehr. Hier lag der Mann, dessen Abwesenheit ein Loch in sein Leben gerissen hatte. Der zur Hälfte für Maiers Gene verantwortlich war und offenbar für den Löwenanteil seiner äußeren Erscheinung.

Ein Fremdenlegionär. Ein Veteran.

Maier hatte vorher nicht einschätzen können, wie er wohl reagieren würde. Er hatte sich ausgemalt, wie die Situation sein und was er dabei empfinden würde. Hatte sich mögliche Gefühle vorgestellt. Gleichgültigkeit. Wut. Neugier.

Tatsächlich passierte jetzt überhaupt nichts. Doch ließ diese Begegnung ihn keineswegs kalt. Sein Herz raste im Brustkorb, und er versuchte zu erfassen, wer der alte Kerl in diesem Stahlbett war und was das für ihn bedeutete.

»Dein Kommen ist mir telefonisch angekündigt worden, von der Münchener Polizei«, hörte er Flint sagen. Er sprach fließend Deutsch, mit leichtem Akzent. »Du hast Eindruck hinterlassen ... ein unerträglicher Fatzke, dieser Hesselbach. Er hätte dir meinen Namen und die Adresse natürlich ruhig geben können.«

»Er ist mir auf die Nerven gefallen.«

»Mir auch.« Flint fixierte einen Punkt an der Wand.

Maier trat näher. »War er sehr schlimm zugerichtet?«

»Interessiert dich das?«

Maier zuckte mit den Schultern. »Nicht wirklich.«

»Geht so, glaube ich. Nichts, was nicht innerhalb eines Monats oder so verheilt. Aber die Polizei wird das eine oder andere von dir wissen wollen.«

»Die müssen dann wohl warten.« Am Fenster stand ein Sessel. Maier war unschlüssig. Sollte er sich dort hinsetzen? Oder auf die Bettkante? Er beschloss, stehen zu bleiben.

»Hauptsache, du bist jetzt hier.«

Maier entdeckte weitere Gemeinsamkeiten. Und minimale

Unterschiede. Flint hatte so gut wie keine Ohrläppchen. Seine Ohren gingen ohne deutliche Abgrenzung in die dicke, lederartige Haut des Kopfes über. »Ich hörte, du bist krank.«

»Darüber möchte ich jetzt nicht sprechen.«

Maier zog den Sessel zu sich heran und nahm Platz. »Warum nicht?«

Flint sah ihn eindringlich an. »Ich bin froh, dass du da bist, Junge.«

»Obwohl du dich nicht besonders darum bemüht hast, mich zu finden.« Das war ihm herausgerutscht, ohne dass er darüber nachgedacht hatte.

»Doch, das habe ich. Ich habe dir oft Briefe geschickt. Frag deine Großmutter.« Flint blickte auf. »Lebt sie eigentlich noch?«

»Nein.«

»Das tut mir leid. Vor Kurzem gestorben?«

Er schüttelte den Kopf. »Ist schon etwas länger her. Als ich achtzehn war.« Irgendwie fühlte er sich von der Situation dazu gedrängt hinzuzufügen: »Als ich bei der Armee war.«

Flint hob die Brauen. »Bei der Armee?«

»Wehrdienst, sechzehn Monate.«

»Als was?«

»Sergeant, Mörser.«

Kurz trat ein Lächeln auf das Gesicht des Alten. »Sergeant … gut.« Dann sah er Maier wieder mit festem Blick an. »Aber du bist nicht dabeigeblieben?«

»Nein.«

Er nickte kurz. »Sogar noch besser.«

»Du sagtest, du hättest geschrieben?«

»Ich habe dir Briefe geschickt. Sie kamen nicht zurück, also hoffte ich, dass du sie zu lesen bekämst. Hätte es wohl besser wissen müssen. Deine Großmutter hat mich gehasst.« Er sah Maier kurz an. »Dazu hatte sie auch allen Grund. Gebe ich zu. Ich war kein netter junger Mann damals. War ich nie. Sie wollte dich schützen, nehme ich an. Und da tat sie gut dran.«

Maier dachte wieder an seine angeblichen Onkel, diese furchtbaren, von Elend und Aussichtslosigkeit triefenden Typen, die er so gehasst hatte und die seine Mutter umschwirrt hatten wie lästige Fliegen. »War meine Mutter ein Flittchen für dich?«

Die Augen des Alten leuchteten auf. »Nein!«, rief er entrüstet. »Weit davon entfernt. Maria war ...« Er hob die Faust an den Mund und hustete laut.

Maier wandte den Blick ab. Flint war offenkundig dabei, an irgendeiner Scheißkrankheit zu krepieren. Krebs? Aids? Er fand keine Gelegenheit, danach zu fragen. Wollte es auch eigentlich gar nicht wissen. Noch nicht.

»Weißt du, ich habe in meinem Leben eine ganze Menge Dinge getan, die mir heute, da ich krank und verbraucht hier herumliege, leidtun. Und ganz oben auf dieser langen Liste steht der Name deiner Mutter. Dass ich sie habe sitzenlassen, war die größte Dummheit, die ich je begangen habe. Von jenem Augenblick an ist alles bergab gegangen. Ich habe lange niemanden mehr so lieben können. Auch mich selbst nicht. Die Liebe zu ihr, die saß wirklich tief. Und ich, ich dachte ...« Seine Stimme geriet ins Stocken. »Ich langweile dich.«

»Keineswegs.«

»Nimm dir was zu trinken. Der Kühlschrank steht ...«

»Ich möchte nichts.«

Flint starrte auf die Decke, fing an, daran herumzuzupfen. »Wenn du hier nur so herumliegst, tagein, tagaus, mit dem Wissen, dass dir nicht viel Zeit bleibt, und niemand kommt zu Besuch, dann fängst du an, die Dinge mit anderen Augen zu betrachten. Zumindest hast du mehr Zeit, als dir lieb ist, zum Nachdenken. Und in meinem Fall gibt es da vieles: Erinnerungen, Entscheidungen, die ich getroffen habe, vollkommen überzeugt, dass ich das Richtige tat, dass ich mich für mich selbst entschied, während ich in Wirklichkeit die größten Dummheiten beging ... ich hätte nicht fortgehen dürfen. Ich hätte bei ihr bleiben, für sie sorgen müssen.« Er hob den Blick zu Maier. »Und für dich.«

Maier schwieg und sah Flint nachdenklich an. Er hatte keine Ahnung, was er sagen sollte. Die ganze Situation überfiel ihn mit derartiger Heftigkeit, dass sie ihm fast unwirklich vorkam.

»Ich habe es damals nicht gesehen«, fuhr Flint fort. »Ich hätte es wissen können, spüren müssen, dass es vom Davonlaufen auch nicht besser würde.«

»Woran ist meine Mutter gestorben?«, fragte Maier, um wieder Boden unter die Füße, das Gespräch wieder in den Griff zu bekommen. »Das hat mir nie jemand erzählt.«

»Als Maria starb, war ich in Algerien.« Er blickte auf. »Ich bin erst dahintergekommen, als ich sie anrufen wollte und ihr Telefon abgeschaltet war. Über Umwege habe ich Kontakt zu deiner Großmutter in den Niederlanden aufgenommen. Zu dem Zeitpunkt war das Begräbnis und so weiter längst gewesen. Wir haben nur kurz gesprochen. Deine Großmutter war rasend vor Wut. Indem ich Maria verlassen hatte, meinte sie, hätte ich sie kaputtgemacht. Von dem Augenblick an sei sie keinen Tag mehr nüchtern gewesen. Damals war ich einfach nur wütend, ich dachte, sie wollte nur noch mal nachtreten ... Aber mittlerweile glaube ich, dass man an Kummer tatsächlich sterben kann.« Flints Augen waren glasig und feucht geworden. »Das glaube ich wirklich.«

»Ich habe es gut gehabt bei ihr«, log Maier. »Es hat mir an nichts gefehlt.« Er wusste selbst nicht genau, warum er das Bedürfnis hatte, Flint zu beruhigen. Vielleicht weil es ihm schwer fiel, den Mann so von Gefühlen überwältigt zu sehen, so voller Reue, geplagt von Gewissensbissen, Scham, Schuldbewusstsein. Die Worte und Gefühle und Bilder stürzten mit der Gewalt eines Tsunami über ihn herein, und er wusste nicht recht, wie er damit umgehen sollte.

Also erzählte Maier nicht, wie es in Wirklichkeit gewesen war, dass er als achtjähriger Junge seine Mutter tot im Bett gefunden hatte. Es war zu schwer, als dass er es mit diesem Mann hätte besprechen können. Und zu früh, um den Versuch zu wagen.

Es gelang ihm nicht mehr, sich auf das Gespräch zu konzentrieren. Die Erinnerung daran, wie er seine Mutter gefunden hatte, kalt, starr und blass – *leichenblass* –, drängte sich ihm auf. Er hatte geschrien. In einem fort, hysterisch, bis seine Kehle rau und seine Stimme heiser und brüchig gewesen war.

Nach dem Begräbnis hatte seine Oma, die er kaum gekannt hatte, ihn in ein fremdes Land mitgenommen, dessen Sprache er nicht beherrschte. Schon das Hasenbergl war nicht gerade Utopia gewesen, und das Utrecht der siebziger Jahre stellte demgegenüber keine große Verbesserung dar. Zumindest nicht für einen deutschsprachigen, zornigen kleinen Jungen, der in sich gekehrt war, niemandem vertraute und als einziges Kind bei einer alten Frau aufwuchs, der Witwe eines niederländischen Eisenbahnmaschinisten. Einer Frau mit mangelnden Niederländischkenntnissen, die von ihrer Umgebung geschnitten wurde, weil sie Deutsche war – in den Niederlanden jener Zeit nicht gerade die Eintrittskarte zu einem blühenden gesellschaftlichen Leben.

Es dauerte Jahre, bis er den Dreh raushatte. Er prügelte sich, um einen Platz im Viertel einzufordern, bediente sich während des Heranwachsens geschickt seiner scharfen Intelligenz und seiner gesellschaftlichen Antennen – und übertraf schließlich seine eigenen und aller anderen Erwartungen, als seine Softwarefirma sich als Volltreffer erwies und er sich mit achtundzwanzig Jahren Millionär nennen konnte.

Mission accomplished. Er war ganz oben angekommen, mit seiner hübschen Frau, seinen Maßanzügen, seinem teuren Fuhrpark und seinem in klaren Linien designten Bungalow. In seinem Gartenteich tummelten sich aus Japan eingeflogene Koikarpfen, von denen jeder einzelne dreitausend Euro wert war. Die Welt lag ihm zu Füßen.

Bis die Unruhe an ihm zu nagen anfing und er all diese mit viel Mühe erarbeiteten Umstände beiseitefegte, um sich mutwillig in lebensgefährliche Situationen zu begeben. Von einem Tag auf den anderen ließ er seine Freunde fallen. Betrog seine Frau. Fing an, Waffen zu horten. Nahm anderen Menschen das Leben. Und mit der Zeit machte ihm das immer weniger aus, weil es doch alles Arschlöcher waren, auf die irgendjemand früher oder später sowieso eine Kugel gemünzt hätte.

Er hatte sich selbst eingeredet, dass die pure Langeweile ihn dazu getrieben hatte. Dass er schlichtweg abgestumpft war und immer größere Herausforderungen brauchte, um sich das Gefühl zu verschaffen, wirklich am Leben zu sein.

Aber ständig war da diese spürbare, durchdringende innere Leere gewesen, die ihn im Stillen an das erinnerte, was er nicht hatte – und nie bekommen würde.

Es hätte nicht einmal ein echter Vater sein müssen. Ein Ersatzvater hätte auch gereicht. Jemand, den er sich zum Vorbild hätte nehmen, in dem er sich hätte spiegeln können. Der ihm Ratschläge gegeben und ihn zum Angeln mitgenommen hätte. Solche Sachen eben. Ein echter Vater wäre auch gut gewesen. Einer, der ihm zumindest einen Namen und eine Adresse hinterlassen hätte, sodass er ihm ab und zu hätte schreiben können.

Es war alles ganz anders gekommen.

Nämlich derart, dass er jetzt, mit fünfunddreißig Jahren, in einem bizarren Altersheim einen Mann anstarrte, der ihm bestürzend ähnlich sah und ihn auf sonderbare Weise in Verlegenheit brachte.

Einen Mann, der nun seinen Tränen freien Lauf ließ.

»Ich wollte mich nicht aufdrängen«, hörte er Flint sagen. »Marias Mutter war unglaublich wütend auf mich. Also wartete ich, bis ich wieder nach Bayern kam, und regelte dann vor Ort die Verlängerung des Grabrechts. Es war das Einzige, was ich noch für Maria tun konnte. Aber auch für dich. Als du auf meine Briefe nicht reagiertest, dachte ich, du kommst mich vielleicht später aufsuchen, wenn du selbst so weit bist. Wenn du eines Tages den Kontakt zu mir wolltest, dann solltest du mich über das Grab finden können. Das war meine Hoffnung. Ich habe immer auf diesen Tag gewartet.«

Maier stand auf. »Ich geh mal kurz nach draußen.«

39

»Das Auto dort ist seins«, ertönte der mechanische Klang. »Maiers.« Der Deutsche zeigte auf einen dunkelblauen Porsche, der unter einem Baum geparkt war. Sein Finger zitterte. Mit den Fingern der anderen Hand drückte er an seine von einem weißen Kragen bedeckte Kehle.

»Ich weiß.« Scheu blickte Joyce zu den tiefer gelegenen Gebäudeteilen hinunter. »Ist er schon lange hier?«

»Knappe Stunde.«

»Und er ist bei Flint drinnen?«

»Ja.« Er runzelte die Stirn und ließ eine kurze Pause entstehen. »Es steht nicht gut um ihn. Schlechter als letzten Monat. Er ist sehr müde und schläft viel. Aber dies wird ihm guttun.«

Joyce nickte unmerklich. »Hat er gesagt, wo er sich einquartiert hat?«

»Wir haben ihn zu Brigitte geschickt, nach Venelles.«

»Und er ist hingefahren?«

Der Mann nickte. »Er hat die ebenerdige *gîte* zur Straße hin. Hast du denn für heute Abend schon einen Schlafplatz?«

Sie schüttelte geistesabwesend den Kopf. Sie konnte derzeit nicht besonders klar denken. Gestern Abend war sie zu später Stunde mit Ryanair zum Aéroport Marseille Provence geflogen. Von der französischen Hafenstadt aus war sie dann jedoch nicht nach Puyloubier weitergereist – dort hätte sie doch mitten in der Nacht nirgends mehr ein Bett bekommen –, sondern hatte sich in einem billigen Hotel für Reisende mit Kreditkarte eingemietet. Erst gegen ein Uhr mittags war sie vom Reinigungspersonal unsanft geweckt worden. Den Wecker in ihrem Handy hatte sie komplett verschlafen.

Ihre innere Uhr war offenbar völlig durcheinander.

»Du übernachtest doch auch immer bei Brigitte, oder? Soll ich sie anrufen? Dann kann sie schon mal ein Zimmer herrichten.«

»Ach, nicht nötig.« Sie warf noch einen Blick auf die Wohnunterkünfte. Ob Maier nach dem Gespräch mit Flint direkt nach Venelles fahren würde? Es war riskant, das einfach vorauszusetzen. Hinter diesen Mauern dort begegnete er gerade zum ersten Mal seinem Vater, einem Vater, der im Sterben lag. Sie hatte keine Ahnung, wie er darauf reagieren würde.

»Soll ich ihm etwas ausrichten?«, fragte der Deutsche. »Oder kann ich sonst irgendetwas für dich tun?«

»Nein, danke.« Sie legte ihm die Hand auf den Unterarm. »Ich gehe jetzt. Ich warte im Auto auf ihn.« Mit einem Nicken deutete sie auf ihren Mietwagen, einen hellblauen Citroën C3, der auf dem Parkplatz schräg gegenüber von Maiers Carrera stand.

Der Mann ergriff ihre Hand. »Du kommst ja nicht besonders oft, aber immer wenn ich dich sehe, erinnerst du mich an eine Freundin, die ich einmal hatte, in Afrika.«

»War sie hübsch?«

»Sie war die schönste Frau, die ich je gesehen habe«, sagte er lächelnd.

Sie grinste und zwinkerte. »Männer wie du, ihr seid eine aussterbende Gattung.«

»Ich hoffe nicht.«

»Glaub's mir ruhig.«

40

Es war lange her, dass Maxim sich so beschissen gefühlt hatte. So ohnmächtig vor allen Dingen. Es war ein geradezu körperliches Empfinden – als würde Gift aus jeder Zelle seines eins achtzig langen Körpers triefen. Vor lauter Frustration kratzte er sich am Ellbogen, pulte geistesabwesend an der rauen Haut und riss die alten Schorfe auf, bis er blutete. Starrte seine blutverschmierten Fingerkuppen an und stiefelte in die Küche, um sich die Hände zu waschen.

Im Vorbeigehen wich er den Blicken Iljas aus, der ihn vom Sofa aus schon eine ganze Weile beobachtete. Im Hintergrund hing Pawel Radostin auf einem Barhocker. Der bekam das Ganze nicht mit. Er trank einen Whisky und rauchte eine Zigarette, während er irgendein Klatschblatt durchblätterte.

Maxim drehte den Wasserhahn auf und hielt die Hände darunter. Mittlerweile betrieb er diesen Laden seit drei Jahren. Er wohnte sogar hier, im dritten Stock. Dies war immer sein Territorium gewesen, wo nur er etwas zu sagen hatte. Und sonst niemand.

Bis zum Anruf von Anton. Zwei Tage später hatte der Exkommandant mit dieser niederländischen Tussi vor der Tür gestanden. Einem Mann, dem er noch zwei Riesen schuldete, hatte Maxim nicht einfach ins Gesicht nein sagen können. Anton etwas abschlagen, das ging nicht. Unmöglich.

Und jetzt hielt die Schlampe den Raum besetzt, der bei einem harten Kern von Stammkunden besonders beliebt war. Sie durfte nicht arbeiten, um zu ihrem Unterhalt beizutragen, und sie musste zu allem Überfluss auch noch gefüttert und gewaschen werden wie eine Preiskuh.

Anton und Wadim benutzten sein Haus als Abstellkammer und ihn als ihren Knecht. Sie schissen ihm auf den Kopf, und er sollte hinterher noch danke sagen.

Er drehte den Hahn zu und sah sich nach einem Handtuch um, fand aber keins. Verärgert schüttelte er die Hände in der Luft ab und ging ins Wohnzimmer zurück. Schenkte sich einen Whisky ein.

Anton war ein steinreicher Unternehmer aus Moskau, der Maxim für den Kauf dieses Hauses ein Darlehen gegeben hatte. Außerdem sorgte er dafür, dass immer genügend Frischfleisch nachgeliefert wurde. Manche der Flittchen kamen über Italien und Deutschland und brachten schon genügend Praxiserfahrung mit, hatten sich bisweilen sogar schon spezialisiert, wie Swetlana – aber die meisten waren Grünschnäbel, die erst noch eingeritten werden mussten. Die erste Runde übernahm er am liebsten selbst, zusammen mit Ilja, dann konnte er zumindest sicher sein, dass es richtig gemacht wurde. Robby war zu seinen Lebzeiten auch mit von der Partie gewesen. Im Ausnahmefall überließ Maxim die Sache auch einem gut zahlenden, diskreten Kunden. Es war ein hervorragender Handel, und zugegeben, ohne Anton wäre er jetzt nicht hier.

Maxim hatte als Mädchen für alles angefangen, aber jetzt, mit zweiunddreißig, konnte er die Früchte seines Einsatzes ernten. Er brauchte nur noch selten mit einer Pistole herumzufuchteln, denn mittlerweile wusste man, wer er war und wofür er stand. Außerdem hatte er für solche Sachen jetzt Ilja. Das machte vielleicht auch was aus.

Aber gegen Anton und Wadim kam er nicht an. Er hatte es versucht, und das war dumm gewesen. Übermütig. Wadim hatte ihn in seinem eigenen Revier gnadenlos heruntergeputzt.

Zum Glück hatte es niemand mitbekommen.

»Ich bin gleich mal kurz weg, übernimmst du den Empfang?« Maxim sah Ilja an, der sich auf dem Sofa ausgestreckt einen Film anschaute. Der blasse Pawel saß immer noch an der Bar und würdigte ihn keines Blickes.

Ilja richtete sich auf und schaltete den Fernseher aus. »Was Wichtiges?«

»Ich hab eine Verabredung mit diesem Wadim.« Maxim nahm einen Schluck aus seinem Glas. Die Flüssigkeit brannte ihm in der Speiseröhre. »Wegen dieser Tussi. Nachdem Robby jetzt tot ist, wird mir das zu bunt, verstehst du? Ich trau mich nicht mehr, sie hierzubehalten.«

»Warum bringst du sie nicht einfach um die Ecke?«

Maxim starrte ihn mit aufgerissenen Augen an. »Um die Ecke bringen? Bist du lebensmüde? Die Tussi gehört Wadim.«

Ilja zuckte mit den Schultern. »Wenn man ihm die Kehle durchschneidet, verblutet dieser Kommandant genauso wie jeder andere auch. Vielleicht bist du ein bisschen zu soft geworden.«

»Und was ist mit Anton? Der küsst diesem Arschloch doch quasi den Boden unter den Füßen.«

Ilja warf ihm einen prüfenden Blick zu. »Ein kleiner Unfall kann immer mal passieren.«

Maxim wusste, dass er meinte, was er sagte. Der junge Typ aus Südrussland arbeitete seit drei Jahren für ihn und trug den Spitznamen *sobaka*, Hund. Er hatte die Treue eines deutschen Schäferhundes, den *will to please* eines Retrievers und die Erscheinung eines Rottweilers. Seit Robby ausfiel, war Ilja der Einzige, den er noch losschicken konnte, um Schulden einzutreiben. Die anderen Jungs ließen sich schon mal bequatschen, sie sollten am nächsten Tag wiederkommen. Ilja nicht. Der schoss sein Gegenüber erst zum Krüppel, bevor er irgendwelche weiteren Fragen stellte.

Maxim schüttelte den Kopf. »Vielleicht. Aber jetzt noch nicht.« Er kippte den Whisky herunter und stellte das Glas geräuschvoll auf die Bar. »Gut, gib ein bisschen Acht hier, okay? Ich zisch mal ab. Mal sehen, ob ich was geregelt kriege mit diesem Armleuchter.«

41

»Du bist kein Deutscher«, sagte Maier.

Flint saß aufrecht im Bett, drei weiße Kissen im Rücken. In den Händen hielt er einen Becher mit heißem Tee, der gerade gebracht worden war. »Stimmt. Ich bin Amerikaner. Geboren in Phoenix, Arizona. Aber das kannst du sofort wieder vergessen. Da war ich zum letzten Mal ...«, er runzelte die Stirn und suchte mit trübem Blick die leere Wand neben Maier ab, »1966, meine Güte. Als ich den Militärdienst angetreten habe. Ich bekam eine Ausbildung als Wartungsmonteur.« Er blickte auf. »Hueys, kennst du die?«

»Die Helikopter, meinst du?«

»Die wurden im Vietnamkrieg eingesetzt. Ich sollte lernen, die Dinger instandzuhalten und zu reparieren. Das war für mich als Jungspund die Hauptbeschäftigung.«

»Wo denn?«

»In Oberschleißheim, im Norden von München. Kennst du das?«

Maier schüttelte den Kopf.

»Ein alter Flugplatz, stammt noch aus dem Ersten Weltkrieg. Heute ein Museum, glaube ich. Ich bin nie wieder dort gewesen. Hab da auch nichts mehr zu suchen.«

Maier hob die Brauen. »Wozu gab's überhaupt eine amerikanische Armeeeinheit in München?«

»Das war der Kalte Krieg. Die halbe amerikanische Armee saß irgendwo außerhalb von Amerika. Allein in München und Umgebung waren, glaube ich, sechs oder sieben amerikanische Kasernen. In Oberschleißheim gab es die einzige Fliegerschule der US-Armee außerhalb der Landesgrenzen. Zu meiner Zeit wurden da junge Soldaten für Vietnam getrimmt. Am laufenden Band, kann ich dir sagen.«

Maier richtete sich im Sitzen auf. »Warst du auch in Vietnam?«

»Nein. Als sie in Oberschleißheim den Laden dichtgemacht haben, war meine Zeit abgelaufen. Ich hatte die Wahl, mich entweder freiwillig zu verpflichten – dann wäre ich nach Vietnam geschickt worden –, oder nach Hause zu gehen.« Flint nahm einen Schluck von seinem Tee und schaute nach draußen. »Vietnam fand ich damals gar keine so schlechte Alternative, naiv und unerfahren, wie ich war. Man bekam ziemliche Horrorstorys von dort unten zu hören. Je blutiger und schrecklicher die wurden, desto begeisterter war ich. Ich wollte mir das gern mal mit eigenen Augen anschauen. Aber na ja, es ist dann anders gekommen.«

»Wann war das?«

»Dass ich entlassen wurde? Im Sommer '68. Sie waren damals schon vollauf mit dem Bau des Olympiastadions beschäftigt, für die Spiele von '72, direkt neben der Kaserne. Aber '72 war ich schon nicht mehr in München. Da war ich nicht mal mehr in Deutschland.«

Maier begann unruhig auf seiner Wange zu kauen. Im Dezember 1968 war er zur Welt gekommen. Im Sommer desselben Jahres war sein Vater entlassen worden. Da musste seine Mutter bereits schwanger gewesen sein.

Flint schien zu ahnen, was er dachte. »Ich habe deine Mutter in der Kaserne kennengelernt«, sagte er leise, den Blick noch immer auf die Hügel gerichtet. »Sie arbeitete bei uns in der Küche, wie viele andere Mädchen aus der Gegend auch. Sie war mir schon früher aufgefallen. Und da war ich nicht der Einzige. Kennst du die *West Side Story*, diesen Film? Für dich ist das ein alter Schinken, nehme ich an. Dieses Stück, das der junge Typ irgendwann singt, ich glaube, er hieß Tony, kennst du das? ›Maria‹?«

Maier nickte.

»Diese Melodie haben die Jungs immer gepfiffen, wenn deine Mutter vorbeiging. Dann wurde sie rot, darum taten wir es ja. Sie hatte so ein schönes Lächeln. Wie auch immer, eines Tages sind wir mit ein paar Leuten in München ausgegangen. Sie und zwei Freundinnen waren auch dabei. So kam das.«

»So kam was?«

»Wir haben ein bisschen herumgeknutscht. Und uns verliebt.« Flints Stimme wurde brüchig. »Gleich am ersten Abend, bamm! Ganz heftig verliebt. Es ging nicht wieder vorbei. Ich war wie krank. Wenn ich sie einen Tag lang nicht sehen konnte, bekam ich keinen Bissen mehr herunter. Und sie genauso wenig. So was hatte ich noch nie erlebt.« Er trank noch einen kleinen Schluck. Es sah krampfhaft aus, als würde es ihn anstrengen, er zitterte vor Anspannung. Maier wurde klar, dass nicht die Handlung an sich ihm schwerfiel, sondern dass eher das Ausgraben der Erinnerungen schmerzhaft war.

»Maria wurde schwanger. Das war nicht geplant, damit wurde alles plötzlich ganz ernst. Ich wollte nicht zurück nach Hause, da hatte ich nichts zu suchen, und Vietnam kam für jemanden, der im Begriff war, Vater zu werden, nicht in Frage. Also blieb ich in München. Zog bei Maria und ihrer Freundin Gerda ein. Die beiden hatten zusammen eine kleine Wohnung im Hasenbergl, im zweiten Stock, zwischen zwei Zigeunerfamilien. Wohnung ist übrigens fast schon zu viel gesagt. Loch passt besser. Aber ich war fest überzeugt, dass es bloß eine vorübergehende Lösung wäre. Ich hatte fest vor, für sie zu sorgen. Für sie und das Baby. Ob nun geplant oder nicht, wir liebten uns.«

»Und doch habt ihr nie geheiratet. Soweit ich weiß, jedenfalls.«

»Dafür hatten wir kein Geld. Wenn man sich zwischen goldenen Ringen oder Kinderkleidung entscheiden muss, fällt die Wahl nicht besonders schwer. Heiraten wollten wir später.«

Schweigend musterte Maier seinen Vater. Schließlich sagte er: »Und euch eine neue Wohnung zu suchen, dazu seid ihr wohl auch nicht gekommen, was?«

Flint rieb mit dem Daumen über seinen Becher. »Wir hatten den guten Willen, aber wir waren noch sehr jung, und es war alles nicht einfach. Ich sprach zwar ein paar Brocken Deutsch, aber bei Weitem nicht flüssig. Und ich war versessen auf Technik, wie auch heute noch, aber ich hatte ja nur die Ausbildung bei der Armee. Und woanders war der Bedarf an Wartungsmonteuren für Hueys nicht besonders groß, verstehst du? Es gab sowieso keine besonders große Nachfrage nach amerikanischen Arbeitskräften in Deutschland ... Umschulen, denkst du jetzt vielleicht. Aber dafür war schlichtweg weder Geld noch Zeit da.« Er grinste hilflos. »Naja, so war das. Ich hab irgendwelche Scheißjobs angenommen, die sonst keiner wollte. Gerade bastelst du noch an einem Huey herum, mit dem kurz drauf jemand vertrauensvoll losfliegt, und dann darfst du plötzlich nicht mal mehr ein ganz normales, ziviles Auto umparken. Sondern es bloß noch waschen.« Er zog die Nase hoch und rieb sich mit der Hand darüber. »Im Oktober '68 haben sie bei der Kaserne die Schotten dichtgemacht. Maria war damals hochschwanger, die hätte sich sowieso keinen anderen Job suchen können.« Er schniefte noch einmal und sah Maier ins Gesicht. »Es lief alles nicht gerade gut. Und ich hatte Hummeln im Hintern.«

Maier blieb regungslos sitzen. Sagte kein Wort.

Flint wandte den Kopf ab und richtete den Blick auf die Hügel. Das spärliche Licht, das durch die Gardinen fiel, legte einen Grauschleier auf sein Gesicht. »Ich war so jung. Was wusste ich schon? Ich habe es probiert, aber ich konnte es nicht ... alles schien sich gegen uns verschworen zu haben. Also habe ich mich aus dem Staub gemacht. Ich feiger Hund.«

»Vielleicht eine komische Frage, aber konnten deine Eltern euch nicht unter die Arme greifen? Oder Marias Mutter?«

Ungläubig hob Flint die Brauen. Kurz meinte Maier einen Abglanz dessen zu erhaschen, was dieser Mann einst gewesen war, bevor die Krankheit ihn niedergestreckt hatte. Ein Mann von grimmiger, reizbarer Natur. Jetzt lag er in diesem Bett und sah zwanzig Jahre älter aus als er sein konnte, aber in besseren Zeiten war er bestimmt eine beeindruckende Erscheinung gewesen. Da war kein Zweifel möglich.

»Meine Eltern?« Er gab sich keinerlei Mühe, seine Geringschätzung zu verbergen. »Die waren froh, dass ich zur Armee gegangen bin, da hatten sie ihre Ruhe. Es hatte schon seine Gründe, dass ich nie zurückgekehrt bin. Und Marias Mutter ... bei allem Respekt vor dem, was sie später wohl für dich getan hat: Maria und mich hat sie im Stich gelassen.« Flint ließ eine kurze Pause entstehen. Leise fügte er dann hinzu: »Eine Nachbarin von uns hatte Telefon. Einmal im Monat ging Maria zu ihr und rief ihre Mutter in den Niederlanden an. Fünf Minuten, nicht länger, das war zu teuer. Und viel länger ging es auch nicht, ohne dass die beiden anfingen, einander alle möglichen Vorwürfe zu machen. Maria war wirklich nicht der Typ dafür, jemanden um Hilfe zu bitten, das lag ihr einfach nicht. Mir übrigens auch nicht. Außerdem mochte Maria diesen Holländer nicht, mit dem ihre Mutter dann neu verheiratet war.«

»Ein Holländer?«

»So nannte Maria ihn: der Holländer. Sie hasste ihn. Ihre Mutter hatte ihn anscheinend ziemlich bald nach dem Tod ihres Manns kennengelernt. Und ihn geheiratet, noch ehe Maria so richtig mitbekommen hatte, dass es ihn gab. Kurz nach dem ganzen Brimborium um die Hochzeit ist sie mit ihm in die Niederlande gezogen.«

»Wann war das ungefähr?«

»Maria war vielleicht neunzehn, glaube ich – etwa ein Jahr, bevor wir uns kennengelernt haben.«

Im Stillen rechnete Maier zurück. »Dann hat Oma nicht viel von dem Typen gehabt. Als sie mich zu sich nahm, war sie bereits Witwe. Komisch eigentlich, dass sie in den Niederlanden wohnen blieb, obwohl sie eine Tochter in München hatte.«

»Wird wohl eine Geldfrage gewesen sein. Wegen der Rente oder so. Und es war schon zu viel kaputt zwischen den beiden. Maria fühlte sich von ihr im Stich gelassen. Und das ist noch harmlos ausgedrückt.«

»Was ist eigentlich mit meinem Großvater passiert? Woran ist er gestorben?«

»Der erste Mann deiner Großmutter, meinst du? Offiziell war es was mit dem Herzen, aber da darf man wohl ein bisschen skeptisch sein. Maria meinte, es war der Alkohol. Anscheinend hat er gesoffen. Ich habe ihn nie kennengelernt, den Alten, aber Maria liebte ihn heiß und innig. Sie meinte selbst, sie sei ihm sehr ähnlich.« Flint stellte den Becher neben sich auf den Nachtschrank.

»Was hatte er denn für einen Beruf?«

»Er war Architekt.« Flint sah Maier ins Gesicht. »Vielleicht kriegst du jetzt insgesamt einen schlechten Eindruck, aber die Familie Maier war kein so übles Nest. Durchaus nicht. Zumindest nicht, als der Alte noch lebte. Danach ging allerdings alles den Bach runter. Sie hatten keine Versicherung, also mussten sie in eine Sozialwohnung umziehen. Und nachdem sie emigriert war, sind die Dinge zwischen Maria und ihrer Mutter nie wieder ins Lot gekommen.«

Maier bildete mit den Händen ein umgedrehtes V über seiner Nase. »Gut«, murmelte er, »verstehe ich das richtig? Meine Mutter hat ihren Vater verloren, und kurz darauf ist ihre Mutter mit einem neuen Mann in die Niederlande gezogen. Sie blieb allein zurück, wohnte bei einer Freundin, ärmliche Verhältnisse, sie begegnete dir und verliebte sich, sie verlor ihren Job, und daraufhin hast du dich aus dem Staub gemacht, obwohl sie gerade hochschwanger von dir war?« Er sah Flint eindringlich an. »Stimmt die Geschichte so?«

Flint schüttelte dezidiert den Kopf. »Nein. Verdammt noch mal, nein. Ich stand draußen auf dem Flur, als du zur Welt kamst. Wegen der Hebamme, ich durfte nicht dabei sein. Aber als ich ein Baby weinen hörte, bin ich reingestürmt, ich konnte mein Glück nicht fassen. Ein Junge. Mollig und gesund, ein Siebenpfünder, schwarzes Haar. Absolut großartig.« Seine Augen trübten sich. »Es tut mir leid, Junge. Es tut mir wirklich leid, dass ich nicht für dich da war. Ich hätte mich dahinterklemmen müssen, aber als du ein paar Monate alt warst, bin ich fortgegangen.«

»Wohin denn?«

Mit wegwerfender Geste sagte Flint: »Einfach fort.«

Maiers Blick fiel auf eine weiße Morgenjacke, die an einem Haken in der Ecke hing. Innen, oben am Kragen, befand sich ein eingenähtes Etikett. Maier stand auf und ging hin.

Klappte den einen Kragen zur Seite, um die Schrift zu lesen. SILVESTER H. FLINT, in Schwarz eingestickt. Er strich mit den Fingerspitzen darüber. »Wofür steht das ›H‹?«

»Harold. Mein Großvater mütterlicherseits hieß so.«

»Und wer hieß Silvester?«

»Mein Vater.« Er wandte den Blick ab. »Und du und ich.«

Maier ließ sich wieder in den Sessel sinken. Draußen hörte er jemanden rufen. Eine andere Stimme reagierte mit einem kurzen »*Oui!*«. Er ließ den Kopf an die Rückenlehne sinken und starrte zur Decke. Die war grau, genau wie die Wände. Der Raum erinnerte ihn noch am ehesten an ein Krankenhauszimmer. Lediglich die länglichen Wandfluter und die Blumen fehlten – nicht zu vergessen, die fröhlichen Karten am Kopfende des Bettes. Ob Flint jemals Karten geschickt bekam?

»Bist du nach Amerika zurückgegangen?«

»Wie gesagt, nein. Ich hatte da nichts mehr zu suchen. Ich kannte ein paar Jungs aus der Warner-Kaserne. Dort gab es ein Kino, deshalb sind wir regelmäßig hingefahren. Dort wurde auch viel mit Haschisch gehandelt – schnell verdientes Geld. Zu denen habe ich Kontakt aufgenommen, nachdem ich bei deiner Mutter meine Siebensachen gepackt hatte.«

»Du hast angefangen, mit Drogen zu handeln?«

»Mehr oder weniger. Es war vielleicht kein ehrenwertes Geschäft, aber ich kam gut über die Runden.« Flint hielt die Hände still und suchte Maiers Blick. »Ich musste oft an dich denken. Und an deine Mutter. Ich habe euch regelmäßig Geld geschickt, aber Maria hat es konsequent zurücküberwiesen. Sie wollte ums Verrecken keinen Cent von mir annehmen.« Er machte eine hilflose Geste.

»Immer wenn ich jemanden traf, der ganz okay war und nach München musste, habe ich ihm ein bisschen Geld mitgegeben, damit er es persönlich bei euch vorbeibrachte. Maria hat den Leuten die Tür vor der Nase zugeknallt. Ihr verdammter Stolz. Irgendwann hab ich damit aufgehört. Die Sache war für mich erledigt. Ich hatte mein Möglichstes getan, fand ich. War natürlich Blödsinn.«

»Dabei hatten wir nie Geld.«

»Nein, natürlich nicht. Das war mir auch klar. Gerda ist später umgezogen, hab ich gehört, aber Maria ist mit dir da wohnen geblieben.« Zögernd schaute er auf. »Ich wusste nicht, dass es so ernst war. Wenn ich das gewusst hätte ...«

»Dann?«

Flint schüttelte widerstrebend den Kopf und verzog das Gesicht, als hätte er Schmerzen. »Wenn, wenn, wenn. Sinnloses Geschwätz. Es ist gekommen, wie es gekommen ist, und fertig.« Kurz sagte er nichts, dann blickte er wieder zu Maier auf. »Hast du noch Zeit? Oder musst du noch irgendwohin heute?«

»Zeit wozu?«

Flint wandte den Blick zum Fenster. »Ich würde gern ein bisschen frische Luft schnappen. Spazieren gehen.«

Maier deutete mit einem Nicken auf den Rollator, der neben dem Bett stand. »Mit dem Ding da?«

»Wenn es dir nichts ausmacht, mich zu schieben: Auf dem Flur steht ein Rollstuhl.«

42

Maxim saß Wadim im De Hemel gegenüber, einem Grand Café mit hohen Decken, unweit vom Bahnhof. Die Scheiben waren teilweise gesandstrahlt, sodass die Gäste, die drinnen an dunklen Holztischen saßen, von der Straße aus nur verschwommen zu erkennen waren.

Am Sonntagnachmittag waren wie üblich ziemlich viele Jugendliche auf den Beinen. Eine Gruppe lärmiger, übermütiger Studenten hing an der Bar ab. Die Musik war laut aufgedreht. Niemand achtete auf die beiden Männer, die an einem runden Tisch in der Ecke am Fenster saßen.

Maxim nahm einen Schluck von seinem Wodka und sah Wadim aufgebracht an. Er hatte rote Flecken am Hals, wie Wadim auffiel, die ihn nicht gerade zierten. Er erinnerte dadurch noch mehr an einen polnischen Arbeiter.

»Es war Robbys BMW, da war Pawel ganz sicher«, erklärte Maxim bestimmt. Er schaute sich nervös um. »Und heute Morgen hat Robby sich hier nicht blicken lassen. Ich habe ihn ein paar Mal anzurufen versucht, aber sein Handy ist ausgestellt.«

»Das muss doch noch nicht heißen, dass ...«

»Er hat noch keinen Tag ausfallen lassen.« Maxim winkte frustriert ab. »Keinen einzigen. Seit du diese Tussi vorbeigebracht hast, war er jeden Tag da. Er ist ganz besessen von ihr. Oder war es zumindest. Ist ja auch egal. Jedenfalls kann es nur so sein: Diese Leiche, das ist Robby. Jemand hat ihn um die Ecke gebracht, ich sag's dir. Ich wüsste nicht, was sonst los sein sollte.«

Wadim lehnte sich zurück. »Jetzt mal langsam. Angenommen, Robby hat selbst jemanden abgemurkst, in seinem eigenen Auto. Die Sache ist eskaliert, das Auto ausgebrannt, Robby abgehauen. Dann kommt er am nächsten Tag auch nicht bei dir vorbei. Und dann lässt er auch das Handy aus.«

»Robby? Jemanden abgemurkst? Nein. Ist nicht sein Ding.«

»Eine Frau vielleicht?«

Maxim schüttelte dezidiert den Kopf. »Er ist ein bisschen sonderbar drauf, aber Mord? Ausgeschlossen.«

»Und andersherum?«

»Wie jetzt?«

»Vielleicht hatte eine seiner Freundinnen die Nase voll von ihm.« Bei dem Wort Freundinnen kraulte Wadim die Luft und grinste freudlos dazu.

»Wir vermissen niemanden.«

Wadim nahm einen Schluck von seinem Kaffee und schaute finster zu Boden. Holzdielen, der Lack größtenteils abgetreten. »Okay, gut«, sagte er schließlich. »Wenn du also davon ausgehst, dass es sich bei der Leiche um Robby handelt, hast du denn auch eine Ahnung, wer es gewesen sein könnte?«

»Wenn ich das wüsste.«

Wadim stützte die Ellbogen auf den Tisch. »Warum hast du mich angerufen?«

»Kapierst du das nicht? Eine verkohlte Leiche in einem ausgebrannten Auto … das ist nicht gerade prickelnd, Mann. Die Leute wissen doch, dass Robby ständig bei uns ein und aus gegangen ist. Alle wissen das. Da kommen demnächst die Bullen und stellen alle möglichen Fragen. Das Theater kann ich wirklich nicht gebrauchen. Meine *suki* haben ihre Anweisungen, die passen schon auf. Aber diese Tussi von dir, Wadim? Würdest du deine Hand für sie ins Feuer legen? Ich nicht. Kapierst du?«

»Immer mit der Ruhe. Wann ist er gefunden worden?«

»Heute Morgen.«

»Und wann hast du ihn zum letzten Mal gesehen?«

Maxim atmete hörbar tief durch. Es hatte etwas von einem Stöhnen. Er hatte richtig Angst. »Gestern Abend um halb zehn.«

»Und danach ist er nach Hause gegangen?«

Maxim schüttelte den Kopf. »Freitags geht er immer noch einen trinken. Feste Angewohnheit.«

»Gestern auch?«

»Anscheinend schon, Pawel hat ihn gesehen. Weißt du ... ich habe kein gutes Gefühl bei der Sache. Ganz und gar nicht. Wer soll denn von Robby was gewollt haben? Niemand hatte was gegen den Kerl.«

Es lag Wadim auf der Zunge zurückzufragen: *Bis auf ein paar Dutzend Frauen, von denen er was gewollt hat?* »Das kannst du nicht wissen«, sagte er. »Das weiß man nie.«

Maxim kniff verärgert die Augen zusammen. »Wie meinst du das? Weißt du vielleicht mehr?«

Wadim schwieg. Dieser Ukrainer hatte es raus, ihn bis aufs Blut zu reizen. Und das Traurige war, dass er es nicht mal mit Absicht tat. Es war das Niveau, auf dem Maxim operierte.

»Hör auf mit dem Gefasel. Dein Personal interessiert mich nicht.«

»Wadim, Mann, hör mir mal zu.«

»Tu ich doch die ganze Zeit.«

Maxim beugte sich über den Tisch zu ihm hinüber. »Die Bullen wollen mir ans Leder. Sie haben dieses Jahr schon mal eine Razzia gemacht, habe ich dir ja erzählt. Damals hatten sie nichts in der Hand, sie konnten nichts beweisen. Aber sie sind stinkig. Wenn sie irgendwas finden, womit sie mich kaputt machen können, werden sie das ausnutzen. Die Sache wird zu brenzlig. Du musst deine Tussi wieder mitnehmen.«

»Jetzt mach mal halblang, Mann. Zum letzten Mal wurde

Robby ja wohl in der Kneipe gesehen, also werden sie zunächst da ihre Fragen stellen. Hatte er Familie?«

»Seine Mutter und zwei Schwestern.«

»Na, damit sind sie dann auch erst mal beschäftigt. Mach dir keine Sorgen. Die Typen haben vorläufig alle Hände voll zu tun. Wenn sie trotzdem demnächst bei dir vor der Tür stehen, dann höchstens, um dir ein paar Fragen zu stellen. Selbst bei Mordverdacht führen die so schnell keine Hausdurchsuchung durch. Dazu haben sie keinen Anlass. Entspann dich.«

»Fällt mir schwer.« Maxim legte einen vertraulichen Tonfall in seine Stimme. »Wadim. Du weißt, dass ich dich nicht einfach so anrufen würde. Nicht mehr, seit ... naja, seit letztem Mal. Aber ich habe einfach kein gutes Gefühl dabei. Ich bin ...« Er ballte die Hände zu Fäusten. »Verdammt, mir geht das total gegen den Strich.«

»Okay. Verstanden. Gib mir ein bisschen Zeit, was Neues zu regeln.« Im Aufstehen schob Wadim seinen Stuhl zurück. Legte die Hände flach auf den Tisch. »Aber was du auch immer bis dahin machst, mein Freund: Du behältst sie gefälligst bei dir. Wenn die weg ist, dann hast du nämlich ein echtes Problem.«

43

Maier schob den Rollstuhl über die holprige Straße. Es ging nicht so flott, wie er es sich gewünscht hätte. Wenn man in einem komfortablen Auto saß, wirkte der Weg ins Dorf ziemlich eben. In Wirklichkeit aber fielen die Seitenränder steil ab, und große Brocken Asphalt vermischten sich mit dem roten Lehm und den kleinen Steinen der Böschung. In der Mitte der Straße zu gehen, war unmöglich. Die entgegenkommenden Autos drosselten kaum ihr Tempo, sodass man in deren Windschatten immer ein wenig zur Seite gedrückt wurde. Flints Wollschal flatterte ihm um die knochigen Schultern.

Sie waren knapp eine halbe Stunde unterwegs. Maier fühlte sich etwas planlos mit dem Spaziergang. Schließlich hatte er Flint gerade erst kennengelernt. Jetzt die sprichwörtlichen Runden im Park zu drehen, als wäre er wöchentlich bei dem alten Mann zu Besuch, kam ihm unangebracht vor. Und so alt war der Mann nicht einmal. Krank, das schon, krank und ausgezehrt. Aber in diesem einst starken und muskulösen, nun erschöpften und frühzeitig verschlissenen Körper, der anderen Respekt eingeflößt hatte, steckte ein scharfsinniger und wacher Geist.

Leberkrebs, hatte Flint ihm soeben erzählt. Mit zahllosen Metastasen. Nichts mehr zu machen. Er hatte sich damit versöhnt, und mehr wollte er dazu nicht sagen. Worte daran zu verschwenden, empfand er als Vergeudung der knappen Zeit, die ihm noch blieb.

Zunächst eine Pflichtübung, hatte sich die Wanderung am

Fuße des Mont Sainte Victoire erstaunlich schnell in etwas anderes verwandelt: Er *durfte* den Rollstuhl seines Vaters schieben, seines einzigen Angehörigen, und dieser war über seine Gesellschaft und den Spaziergang an der frischen Luft sichtlich erfreut. Die großen Hände gefaltet im Schoß. Das Kinn gehoben. Augen, die noch alles sahen.

»Wann und wie bist du eigentlich hier gelandet?«, fragte Maier.

»In Puyloubier?«

»Nein, das kann ich mir schon denken. Ich meine, in der Fremdenlegion.«

»Als ich alles dermaßen versaut hatte, dass ich keinen Ausweg mehr sah, hab ich mich gemeldet. Fünf Jahre durfte ich dabei sein. Danach konnte ich neu entscheiden, und ich habe mich wieder für volle fünf Jahre verpflichten lassen.«

»Und warum?«

»Du bekommst eine Struktur vorgegeben. Du kriegst etwas zu tun, sodass du keine Dummheiten aushecken kannst. Genau das brauchte ich. Man strebt immer nach Freiheit, Freiheit wird als das höchste Gut gesehen, aber letztlich ist Freiheit kein Glück, sondern eine Last. So war es jedenfalls für mich. Ich habe mich selbst verrückt gemacht.«

»Inwiefern?«

Flint schüttelte den Kopf. Schwieg.

»Womit denn?«, drängte Maier.

»Diese Rastlosigkeit.«

Maiers Augen verengten sich. »Rastlosigkeit«, wiederholte er leise. Anscheinend hatte er mit dem Mann weit mehr gemein als bloß ein paar typische Merkmale wie blaue Augen und dunkle Haare.

»Ich weiß nicht, wie ich es sonst umschreiben soll«, fuhr Flint fort. Er hob die Stimme, um besser verstanden zu werden. »Bindungsangst. Nicht zu lange an ein und demselben

Ort bleiben wollen. Sich schnell langweilen. Immer wenn es aussah, als wäre ich gerade ein bisschen angekommen, stellte ich alles wieder auf den Kopf. Ich ging immer bis an die Grenzen, im wörtlichen wie im übertragenen Sinn. Nur war es mir damals nicht bewusst. Erst in der letzten Zeit ist mir klar geworden, wie viel ich falsch gemacht habe.« Er drehte seinen Rollstuhl ein Stück zur Seite und schaute Maier kurz und eindringlich an. »Ich habe Menschen wehgetan, Silvester. Ihnen das Leben vergällt, ihnen und auch mir selbst. Das ist nichts, worauf man besonders stolz sein kann.« Er umfasste die Lehnen seines Stuhls und blickte wieder geradeaus. »Eigentlich ist alles ganz einfach. Du verliebst dich, heiratest, bekommst Kinder. Die Grundlagen bekommst du, wenn du etwas Glück hast, in den Schoß geworfen. Ein klar umrissenes, sicheres, deutlich erkennbares Ganzes, in dem du einen Platz einnimmst. Eine Funktion hast. Wenn man so etwas Schönes zugeworfen bekommt, muss man doch verdammt noch mal sein Leben danach ausrichten. Wenn man sich dem entzieht, sich losreißt und umherzustreifen beginnt, wird man mit der Freiheit und all diesen Entscheidungen, Richtungen, Möglichkeiten konfrontiert. Da dreht man durch. Dafür sind Menschen nicht gemacht. Beschränkung ist gesund. Und Struktur braucht man. Die Struktur einer Familie.«

»Oder einer Armee.«

Flint nickte. »Wenn man den Rest versaut hat, ja. Als Ersatz. Nicht dass du dich täuschst: Wir haben es hier unglaublich gut. Wir sind mehr als hundert Mann und haben es unglaublich gut. Für den Rest unseres Lebens täglich ein Frühstück und zwei warme Mahlzeiten, schönes Klima und gute medizinische Versorgung. Aber was hat man davon, wenn man immer nur an verdammte Trümmerhaufen zurückdenken kann? An Dinge, die man kaputt gemacht hat?«

»An Morde?«, stellte Maier in den Raum.

»Man wird hier nicht zur Kindergärtnerin ausgebildet«, sagte Flint in einem Ton, der nicht gerade zum Nachfragen einlud. »Und das Drogengeschäft ist auch alles andere als ein Wohltätigkeitsverein. Willst du Zahlen wissen? Ich hab den Überblick verloren.«

Ich auch!, wollte Maier schreien. Der Drang, alles herauszubrüllen, wurde Sekunde für Sekunde stärker. Diesem Mann – seinem Vater – zu erzählen, was er selbst alles ausgefressen hatte und warum. Er würde es begreifen, vielleicht als Einziger *wirklich* begreifen.

»Und du? Hast du Grund, stolz zu sein?«, fragte Flint.

»Worauf?«

»Auf dich selbst, auf Dinge, die du erreicht hast.«

»Vielleicht schon«, log Maier. Er würde es nicht erzählen. Ihn selbst würde es vorübergehend erleichtern, seinen Vater aber unnötig belasten. »Ich hatte eine große Softwarefirma. An Geld kein Mangel.«

»Schön. Den dicken Sportschlitten hast du also mit ehrlich verdientem Geld gekauft?«

»Ja.«

»Und spielt die Liebe eine Rolle?«

»Nicht mehr.«

»Nein?«

Maier schwieg.

»Weißt du, was ich mir gedacht habe, Junge?«, fuhr Flint fort. »Dass du gerade noch rechtzeitig gekommen bist. Das ist nicht jedem gegeben, rechtzeitig zu kommen. Meistens kommen die Leute zu spät. Das liegt ihnen mehr. Dinge hinauszuzögern, sie zu vermeiden. Reue und Schuldgefühle kommen häufiger vor als Stolz und Dankbarkeit. Das ist schlimm. Ich habe mein kurzes Leben vergeudet, weil ich dachte, ich bräuchte meine Freiheit. Das war Bullshit.« Der alte Mann drehte sich Maier zu, wobei der Rollstuhl leicht nach rechts kippte. Maier musste ihn zurechtstellen. »Vielleicht ist es für dich anders. Es wäre schön, wenn es bei dir anders läuft. Wenn du dich besser durchschlägst als ich. Wenn das Gedankenkarussell im Kopf auch positive Erinnerungen mit sich bringt, bevor du einschläfst und bevor alles definitiv zu Ende geht. Fröhliche Bilder.«

Ohne es zu merken, waren sie bei dem Friedhof herausgekommen, der zwischen dem Anwesen der Fremdenlegion und dem Dorf lag. Seit seiner Ankunft war Maier schon mehrmals daran vorbeigefahren, ohne ihm Beachtung zu schenken.

Flint deutete mit dem Arm nach links. »Komm, hier entlang.«

Die Einfahrt zu dem Friedhof war leicht abschüssig. Maier griff den Rollstuhl etwas fester. Die Gräber waren von einer hohen Hecke umsäumt, die den letzten Ruheplatz der Fremdenlegionäre von dem sandigen Parkplatz davor abtrennte. Alte Nadelbäume mit schweren, tiefhängenden Zweigen warfen fleckige Schatten über das Grundstück.

Sie kamen zu einem Zaun. In der Mitte befand sich ein Eingang, ein hohes Tor, verriegelt mit einem auffällig großen Kettenschloss.

Schweigend schob Maier den Rollstuhl direkt davor, stellte eine der Bremsen fest und trat neben seinen Vater. Der soundsovielste Friedhof, schoss es ihm durch den Kopf. Er zog die Nase hoch und versuchte, sich zusammenzureißen. Sah Flint an, der vor sich hin starrte, auf einen Punkt irgendwo oberhalb des Aschepfads und der zahllosen, ordentlich nebeneinander aufgereihten Grabplatten.

»Das ist die Sicherheit, die wir hier haben«, hörte Maier ihn sagen. »Dass wir alle früher oder später an diesem Ort liegen werden. Für mich wird es nicht mehr lang dauern.« Flint ergriff Maiers Hand und zog ihn kraftvoll zu sich. Er hob den

Kopf. Der Blick des Kranken bohrte sich in Maiers Seele. Seine Stimme zitterte leicht, als er sagte: »Weißt du, was ich immer gehofft habe, Junge? Nicht als Soldat begraben zu werden, sondern als Mensch. Als Vater.«

44

Es war bereits dunkel, als er auf den Parkplatz kam und in seiner Jacke nach dem Schlüssel suchte. Vom Schein des Halbmonds und ein paar Laternen am Rand wurde der Platz spärlich erleuchtet.

Ganz in Gedanken versunken, bemerkte er zunächst nicht, dass er nicht allein war. Er hatte die Hand schon auf den Türgriff seines Carreras gelegt, als er aus dem Augenwinkel eine Bewegung wahrnahm.

Eine Frau kam auf ihn zugeeilt. Ziemlich schlank, dunkelhäutig, hohe Wangenknochen. Tiefschwarzes Haar schaute unter einem roten Baumwollbandana hervor. Jeans, Turnschuhe, kein Schmuck. Ehe er etwas sagen konnte, hielt sie ihm die Hand hin.

»Herr Maier? Joyce Landveld, Kripo Brabant Zuid-Oost.« Sie zeigte ihm ihren Ausweis, eine Plastikkarte mit Passfoto. »Ich muss Sie dringend sprechen.«

Sil war sofort auf der Hut. Eine Kripo-Ermittlerin aus den Niederlanden, die ihn hier, im tiefen Süden Frankreichs, auf einem Parkplatz ansprach?

Niemand wusste, wo er war. Niemand *konnte* es wissen.

Er drückte ihr die Hand. Die fühlte sich warm und trocken an. Ihre Augen hatten einen prächtigen Braunton, mit kleinen goldenen Einsprengseln. Es war unmöglich, das zu übersehen. Das eine Auge war leicht geschwollen, als hätte sie eine handgreifliche Auseinandersetzung hinter sich.

»Ich fürchte, ich verstehe nicht so recht«, sagte er, kaum in der Lage, seinen Argwohn zu verbergen. Die Gespräche mit seinem Vater hatten seiner Wachsamkeit zugesetzt. In seinem Kopf drehte sich alles, so viele Informationen hatte er aufgenommen.

»Das kann ich mir vorstellen. Ich überfalle Sie natürlich ein bisschen damit.« Sie hatte eine angenehme Stimme. Ein warmer, etwas heiserer Tonfall mit leicht surinamischem Akzent.

Er suchte mit den Blicken den Parkplatz ab, doch es war sonst keine Menschenseele zu sehen. War sie wirklich allein? Ein Stück weiter stand ein Citroën C3, vielleicht war es ihrer. Französisches Kennzeichen – gemietet? Das würde bedeuten, dass sie per Flugzeug gekommen war. Was konnte so wichtig sein, dass dafür extra eine Ermittlerin aus den Niederlanden nach Frankreich flog? Hatte die Polizei in München ihre Kollegen in den Niederlanden alarmiert? Nein. Lächerlich. Wegen Misshandlung stellten sie nun wirklich keine Flugtickets aus.

»Worum geht es?«

»Darf ich Sil sagen? So heißt du mit Vornamen, nicht wahr?«

»Worum geht es?«, wiederholte er und blickte sich misstrauisch um.

»Ich bin alleine hier. Sollen wir woanders hinfahren? Irgendwohin, wo wir in Ruhe reden können?«

»Nämlich?«

»Ein Legionär hat mir erzählt, dass du in Venelles wohnst. Das kann nicht weit sein. Ich fahre dir einfach hinterher.«

45

Wadim hatte die Sache schneller klären können als gedacht. Ein Bekannter von Anton würde Susan in Deutschland aufnehmen. Ab morgen konnte er sie da abliefern. Diesmal war es kein Bordell, sondern eine normale Mietwohnung in einem unauffälligen Viertel, die nur gelegentlich tage- oder stundenweise von Huren genutzt wurde. Die Wahrscheinlichkeit einer Razzia war minimal, und Susan wäre vorläufig dort gut untergebracht.

Trotzdem war es alles andere als ideal. Er musste nicht nur wöchentlich Miete bezahlen, sondern auch noch einen stattlichen Betrag für Verpflegung und Bewachung obendrauflegen. Außerdem lag Düsseldorf zwei Stunden Fahrt von Susans Wohnung entfernt, fast anderthalb Stunden weiter als Eindhoven.

Aber es war immerhin besser, als Susan in Eindhoven zu lassen. Wadim hatte kein Vertrauen mehr zu Maxim. Er war geradezu erschrocken über die Angst, die er bei dem Ukrainer gespürt hatte. Wenn Maxim so leicht aus der Fassung zu bringen war – durch eine verkohlte Leiche und ein vorläufig rein hypothetisches Polizeiverhör –, dann war es nicht zu verantworten, sie noch länger in seiner Obhut zu lassen.

Wadim musste zusehen, dass er Susan Staal so schnell wie möglich nach Düsseldorf verfrachtete.

46

Er stand mit dem Rücken zu ihr und machte Kaffee. Das war immerhin etwas, vielleicht sogar ein gutes Zeichen, dass er ihr den Rücken zuzukehren wagte. Bis vor wenigen Minuten hatte er sie noch unablässig beobachtet, fast feindselig. Sie hatte all ihren Charme eingesetzt, um ihn etwas zutraulicher zu stimmen. Erfolglos. Er biss nicht an. Sil Maier ließ sich nicht ablenken, sondern schaute anscheinend einfach durch ihre Pose hindurch. Wie tief und was genau er sah, wusste sie nicht. Kurz hatte es sie beunruhigt. Aber nun stand er da und setzte Kaffee auf, womit das ärgste Misstrauen überwunden schien.

Erst jetzt kam sie dazu, ihn in aller Ruhe zu betrachten. Jeans, Wanderschuhe und ein beigefarbenes Baumwollhemd ohne Aufdruck, die Ärmel ein wenig aufgekrempelt. Breite Schultern, gerader Rücken. Er war gut gebaut. Sehr gut sogar.

Sie riss den Blick von Maiers Rücken los und sah auf die Uhr. Zehn nach acht. In einer knappen Stunde wollte sie im Auto sitzen und in die Niederlande zurückfahren – und zwar mit Maier. Über Land würde es zwar länger dauern, aber mit ihm zusammen ein Flugzeug zu besteigen, wäre zu unvernünftig. Sie musste damit rechnen, dass die Sache eskalierte, und in dem Fall wären die Daten von Flugpassagieren ohne Weiteres nachzuvollziehen. Am praktischsten war es, sich von ihm im Auto mitnehmen zu lassen. Dann brauchte sie selbst so wenig wie möglich auf der Bildfläche zu erscheinen und konnte ihn während der zehn bis elf Stunden dauernden Tour näher kennenlernen. Den Schlüssel ihres C3 konnte sie bestimmt irgendwo hier hinterlegen. Zur Not konnte auch Brigitte den Wagen zu Hertz zurückbringen.

Allerdings musste Maier mitspielen. Noch verlief das Gespräch alles andere als flüssig. Er war ständig auf der Hut und sehr schwer einzuschätzen. Sie konnte sich gut vorstellen, dass auch alte Kripo-Hasen sich die Zähne an ihm ausbissen.

Aber darauf war sie vorbereitet.

Mit zwei Bechern in den Händen drehte er sich zu ihr um. Er stellte sie auf dem Holztisch ab, nahm ein paar Zuckertütchen von der Anrichte und warf sie dazu. Setzte sich ihr gegenüber. Stützte die Ellbogen auf den Tisch und sah sie eindringlich an. »Also. Raus mit der Sprache.«

Joyce bückte sich, öffnete das eine Seitenfach ihrer Sporttasche und holte einen braunen Pappumschlag im A5-Format heraus. Darin befanden sich einige Fotos, die sie ihm über den Tisch hinschob. »Sieh dir die mal an.«

Maier zog die Fotos zu sich heran. Das oberste war schwarzweiß, ein grobkörniger Abzug auf Glanzpapier. Es sah aus wie mit einer Infrarotkamera aufgenommen, die Kontraste wirkten wie nachbearbeitet. Das Objekt selbst war allerdings deutlich zu erkennen: ein Mann mit Biwakmütze neben einem Allrad-Motorrad, der Helm lag auf dem Sitz. In der Hand hielt er eine Pistole mit aufmontierter, breiter Verlängerung: ein Schalldämpfer. Das Kennzeichen des Motorrads war deutlich zu erkennen. Auf dem nächsten Foto war derselbe Mann mit demselben Motorrad zu sehen, nur trug er diesmal einen vollen Rucksack. Auf dem dritten hockte er auf den Fersen auf einer Fensterbank, wiederum maskiert, die Pistole im Anschlag.

Maier blickte kurz auf. Sein Gesicht verriet keinerlei Regung.

»Wir haben das auf Film«, erklärte Joyce. »Das hier sind ein paar *stills* daraus.«

Er reagierte nicht.

»Venlo, Club 44«, fuhr Joyce fort. »Letztes Jahr im Oktober. Die Daten stehen hintendrauf.«

Maier nahm das nächste Foto vom Stapel. Ein Zimmer mit umgeworfenen Möbeln. Auf dem Boden ein korpulenter Mann im Anzug, seine Augen zur Decke starrend. In seinem Wangenknochen klaffte ein rundes Loch, ebenso auf Herzhöhe. Um Kopf und Rumpf eine Blutlache, im Kunstlicht sanft glänzend, wie eine pechschwarze Aura.

»Der Mann müsste dir bekannt vorkommen, oder?«, fragte Joyce.

Keine Reaktion. Maier zwinkerte nicht einmal mit den Augen. Flüchtig schaute er auch die restlichen Fotos durch, legte sie dann wie ein Kartenspiel zu einem Stapel zusammen und schob sie wieder zu Joyce hinüber.

Nahm seinen Becher vom Tisch und trank einen Schluck.

Sagte kein Wort.

Er schien die Ruhe selbst. Einfach nur ein Mann, der am Küchentisch seinen Kaffee trinkt und in Gedanken die Ereignisse des Tages Revue passieren lässt.

Seine Unerschütterlichkeit beunruhigte sie. Im Rahmen ihrer Arbeit und auch außerhalb davon hatte sie oft genug mit Menschen zu tun gehabt – vor allem mit Männern –, die aus irgendwelchen Gründen unfähig schienen, Reue zu empfinden oder Gefühle zu zeigen. Die Fähigkeit zur Empathie war nicht jedem gegeben. Wo man auch hinkam, es wimmelte nur so von Psychopathen. Die meisten lebten sich unauffällig und weitgehend unschuldig in der Wirtschaft aus. Rücksichtslose Ratten in Führungsfunktionen, mit Krawatte und schnellem Zungenschlag.

Es gab auch Psychopathen mit anderen Interessen. Ihr Wirken war schädlicher, düsterer. Manchen ging es nicht primär um Geld oder Status, sondern um andere Kicks: um die ultimative Machtausübung. Ein krankhafter und unaufhaltsamer Drang, über Leben und Tod zu herrschen. Und so entstand eine lebensgefährliche, beängstigende Situation, die immer brenzliger wurde, je höher der Intelligenzquotient des Täters war.

Der pure Selbsterhaltungstrieb hatte Joyce bislang davon abgehalten, sich Maier zu erkennen zu geben. Denn so viel sie auch über ihn zu wissen meinte – im Ernstfall wusste sie gar nichts. Was ihr an Informationen zur Verfügung stand, waren Daten, Fotos, Filme, sein Aktionsradius, seine Kontobewegungen und seine Einkäufe per Kreditkarte. Weil sie seine Mails las, wusste sie auch, dass er ein fehlerfreies Niederländisch schrieb und seine Nachrichten – außer an Susan – sachlich und kurz hielt. Und dass er genau wie sie selbst wenig Talent dafür besaß, etwas am Leben zu erhalten. Die Menschen in seinem Umkreis gingen genauso schnell drauf wie die Zimmerpflanzen bei ihr zu Hause. Trotzdem war niemand von ihren Kollegen, weder bei ihrer eigenen noch bei einer anderen Einheit, je auf die Idee gekommen, sich mal ein paar Gedanken über diesen Sil Maier zu machen und Ermittlungen gegen ihn aufzunehmen. Das sagte etwas über ihre Kollegen, aber vor allem sagte es etwas über Maiers Kapazitäten. Sehr viel sogar.

Wäre sie nicht vorübergehend zur CIE beordert worden, zur Rechercheabteilung, hätte sie das Foto von Susan Staal nie zu Gesicht bekommen. Dann könnte sie sich jetzt noch immer in der Gewissheit wiegen, dass Maier von ihr nichts wusste und ihr folglich auch nichts antun konnte oder wollte.

Aber sie *hatte* das Foto nun einmal gesehen. Hinzu kam, dass sie von Männern wie Maxim Kalojew und dem, wofür sie standen, die Nase voll hatte, gestrichen voll. Sie war inzwischen bereit, Risiken einzugehen und es mit den Regeln nicht mehr so genau zu nehmen.

Alles passte zusammen. Dass es sich so nahtlos und mit solch einer gnadenlosen Präzision aneinanderfügte, war kein Zufall.

Es war ein Zeichen.

Sie schaute erneut auf ihre Armbanduhr. Viertel nach acht.

»Musst du noch irgendwohin?«

Joyce sah erschrocken auf. »Wie bitte?«

»Es scheint dir ziemlich wichtig zu sein, wie spät es ist.« Er warf einen Blick auf die gläserne Schiebewand. Draußen war es dunkel, die Scheibe wirkte nun wie ein Spiegel.

Joyce sah sich selbst dasitzen: gerader Rücken, die Beine unter dem Stuhl verschränkt. Ihr einer Fuß flitzte unablässig vor und zurück – ein Nerventick.

»Ich bin alleine hier«, sagte sie.

»Um mir diese Fotos zu zeigen? Ich verstehe eigentlich nichts davon, aber ich glaube nicht, dass du damit irgendwelche Preise gewinnst. Die sind ja nicht mal scharf.«

»Das Motorrad war auf deinen Namen registriert. Auf deine Adresse.« Sie umfasste ihren Becher mit beiden Händen. »Die meisten Leichen haben die Halunken selbst weggeräumt. Die übrigen, über die wir dann gestolpert sind, hatten zufällig Schusswunden, die den Kollegen von der Wundballistik zufolge alle von derselben Waffe herrührten. So gut wie sicher eine .45er. Schönes Kaliber.«

Maier nahm einen Schluck Kaffee. Unter dem Eintagesbart bewegte sich sein Adamsapfel auf und ab. »Kann sein.«

»Die schlechte Neuigkeit dürfte dann ja wohl klar sein: Wir sind über deine Aktivitäten im Bilde. Wir haben dich seit etwa anderthalb Jahren im Visier und wissen im Großen und Ganzen, womit du beschäftigt bist. Bei einigen Einzelfällen kennen wir auch die Details.«

Er legte beim Zuhören ein gewisses Desinteresse an den Tag. Als langweile ihn ihre Geschichte, als hätte sie sich auf einer Geburtstagsfeier neben ihn gesetzt und würde jetzt lang und breit über irgendwelche Leute palavern, die er nicht kannte.

Joyce ließ sich nicht entmutigen. »Bevor ich mit der Arbeit in Eindhoven angefangen habe«, fuhr sie fort, »gehörte ich zu einem Team, das mit Frauenhandel zu tun hatte. Du bist unübersehbar auf der Bildfläche erschienen, als du dich beim Club 44 eingemischt hast. Du hast den Laden lange observiert, vor allem von der Kneipe schräg gegenüber vom Vordereingang aus. Ich und ein paar Kollegen waren auch öfter dort. Du warst immer allein, grundsätzlich. Mit Schnurrbart und Brille, kaum wiederzuerkennen. Nicht schlecht. Wenn du mir nicht schon vorher aufgefallen wärest, hättest du mich mit der Verkleidung tatsächlich an der Nase herumgeführt.« Sie ließ eine Pause entstehen. Sie suchte seinen Blick. Er sah sie noch immer ungerührt an. »Soll ich weitererzählen, Maier? Was willst du noch hören? Ich weiß nämlich verdammt viel über dich.«

»Quatsch.«

Sie grinste freudlos. »Das würde ich an deiner Stelle auch sagen.«

»Und was ist die gute Neuigkeit?«

»Ich bin als Privatperson hier. Dein Geheimnis ist bei mir gut aufgehoben. Es ist nie eine offizielle Akte angelegt worden.«

»Und warum nicht?«

Joyce nahm die Fotos, steckte sie wieder in den Umschlag und in ihre Tasche. »Weil ich es nicht wollte. Ich hatte die Vermutung, dass diese Kenntnisse und Beweise mir irgendwann von Nutzen sein würden.«

Er nahm einen Schluck Kaffee und sah sie prüfend an. »Erzähl.«

»Zunächst dies: Offiziell bin ich gar nicht mehr im Einsatzdienst tätig. Die Leitung hat mich vor ein paar Monaten wegen einer Lappalie auf einen Verwaltungsposten versetzt. Möglicherweise kann ich irgendwann zu meinem alten Team zurück, aber vorläufig steht das noch nicht zur Debatte. Folglich darf ich keine Waffe mehr tragen und mich in laufende Ermittlungen nicht mehr aktiv einmischen. Ich spreche mit keinen Verdächtigen, ich mache keine Festnahmen.« Der Bericht kostete Joyce einige Mühe. Und er kostete Zeit, die Uhr tickte unaufhörlich weiter. Es gab noch so viel anderes zu tun, wenn sie ihn erst auf ihre Seite gezogen hätte. Aber es war von größter Wichtigkeit, dass sie ihr Anliegen so deutlich wie möglich zum Ausdruck brachte. Nur dann würde Maier nicht zu viele Fragen stellen.

Sie wollte, dass er ihr vertraute. Im Wesentlichen konnte er das auch. Sie erzählte ihm größtenteils die Wahrheit. Aus purem Selbstschutz musste sie einen Teil für sich behalten.

»Was hast du denn getan?«

»Ich habe vor zwei Monaten bei einem Verhör jemandem meine Pistole an den Kopf gehalten. Es war ein berüchtigter Krimineller. Hatte immer eine Knarre dabei. Hundertzwanzig Kilo purer Verdorbenheit.« Ein Schatten legte sich über ihr Gesicht. »Den Kerl einen Hund zu nennen, wäre eine Beleidigung für die Spezies. Zweimal wegen Vergewaltigung verurteilt, zum letzten Mal vor etwa acht Jahren. Damit hatte er bestimmt nicht einfach aufgehört, so was weiß man ja, dafür hat man ein Gespür. Solche Typen bleiben nicht von einem Tag auf den anderen brav bei ihrem Frauchen zu Hause sitzen. Er war nur schlauer geworden, ausgefuchster. Gefährlicher. Wir hatten seine zurückgelegten Wege nachvollzogen und festgestellt, dass er allein im vergangenen Jahr dreimal auf Urlaubsreise in Thailand gewesen war. Aber das allein sagt ja leider noch nicht besonders viel aus, jedenfalls nicht vor Gericht. Urlaub in Thailand zu machen ist schließlich nicht verboten.« Sie gab ein frustriertes Knurren von sich. »Am liebsten hätte ich diesem Stück Scheiße eine 9-mm in den Schädel gejagt, damit er zu tot gewesen wäre, um mir zu widersprechen, mich anzuspucken und mir dreckige Kommentare an den Kopf zu werfen ... Aber ein Kollege hat eingegriffen.«

Es waren nur minimale Veränderungen in der Körperhaltung und in den Zügen um seine Mundwinkel, seine Augen. Aber sie entgingen ihr nicht. Darauf war sie trainiert.

Er hing an ihren Lippen.

»Warum erzählst du mir das?«, fragte er.

Joyce riss ein Tütchen auf und ließ den Zucker in ihren Kaffee rieseln. In Ermangelung eines Löffels schwenkte sie den Becher in der Hand. »Ich glaube, es ist wichtig.«

»Wichtig?«

»Dass du den Kontext kennst.«

»Ach, das gehört alles noch zur Einleitung?«, fragte er sarkastisch.

Sie legte die Unterarme auf den Tisch und ging über seine Bemerkung hinweg. »Es gibt da so einen Laden in Eindhoven, beim Bahnhof. Ein Bordell ohne Namen, wo man unangemeldet gar nicht reinkommt. Das Haus und die Frauen, die da arbeiten, sind in den Händen von Maxim Kalojew. Geboren und aufgewachsen in Odessa, Ukraine. Im Frühling haben wir dort mit einer Spezialeinheit eine Razzia durchgeführt, weil wir Hinweise auf Zwangsprostitution hatten. Sechs Frauen waren da drin, fünf von ihnen unter zwanzig. Aber wir konnten nichts beweisen, und Kalojew hat uns glatt ausgelacht.«

Joyce versuchte, so ruhig wie möglich zu bleiben, aber das Gefühl drohte sie zu überwältigen. Zu tief hatte die Geschichte sie berührt. Ein Blinder mit Krückstock konnte erkennen, was sich zwischen diesen vier Wänden abspielte, aber vor Gericht hätte man nichts beweisen können. Die Frauen selbst wollten keine Anzeige erstatten. Sie hatten zwar überall blaue Flecken, undefinierbare Brandwunden in der Leistengegend, Brandmale an den Fußsohlen, Schwellungen und oberflächliche Schnittverletzungen, aber all das hatte nichts zu bedeuten. Was sie taten, taten sie freiwillig.

Behaupteten sie.

Also kam jedes einzelne dieser Arschlöcher ohne Strafe davon.

Die Frauen, deren Papiere nicht in Ordnung waren, wurden als illegale Prostituierte angesehen und abgeschoben. Wenn sie Pech hatten, wurden sie in ihren Heimatländern – Rumänien, Bulgarien, Litauen, Russland – gleich am Flughafen von einem bestochenen Zollbeamten abgefangen und von ihren »Eigentümern« wieder abgeholt. Dann wurden sie entweder gleich zur Arbeit zurückgeschickt oder weiterverkauft, diesmal aber nach Italien, Belgien oder Skandinavien. Bedarf an Sexsklavinnen gab es überall.

Jim hatte ihr so oft gesagt, dass sie sich dagegen abschotten musste. Dass sie irgendwann durchdrehen würde, wenn sie das nicht bald lernte. Er arbeitete im Krankenhaus in der Ersten Hilfe, und er hatte es so oft erlebt, dass Menschen ihm unter den Händen wegstarben, dass es fast schon zur Routine geworden war. Nähme er sich jeden Toten so zu Herzen, könnte er kein normales Leben mehr führen.

Joyce lag diese Art zu denken nicht. Sie war anders gestrickt. Wie sollte sie ihren Spaß haben, wenn sie wusste, dass gleichzeitig so viele Frauen – und oft waren es noch junge Mädchen – Todesängste auszustehen hatten?

Sie hatte sie zu schützen, das war ihr Job. Die Kerle zu fassen und dafür zu sorgen, dass sie eingebuchtet wurden. Doch stattdessen lachten die ihr ins Gesicht.

»Es sind Arschlöcher, Maier. Sie kennen das Gesetz, und sie wissen genau, was sie sich erlauben können und was nicht.

In den meisten Fällen haben sie für ihr ›Personal‹ Arbeitsgenehmigungen und Visa besorgt, die sie vorlegen können. Und die Mädchen selbst haben zu viel Angst, um mit uns zu reden. Die passen gut auf. Du kannst sie verhören, wie du willst, sie blicken starr auf ihre Zehenspitzen und streiten alles ab.« Sie gab ein Schnauben von sich. »Einmal hab ich ein junges Mädchen vernommen, das eindeutig schwanger war. Sie behauptete, es wäre von ihrem Freund, aber als wir genauer nachfragten, fiel die Geschichte wie ein Kartenhaus in sich zusammen. Sie hatte gar keinen Freund und war außerdem schon seit sieben Monaten in den Niederlanden, also musste es von einem Kunden sein. Und weißt du, wie alt sie war? Vierzehn! Ein Kind! Und mir blieb nichts übrig als sie ausweisen zu lassen, hopp, zurück nach Rumänien. Obwohl ich genau wusste, dass sie dort auch nicht sicher war. Diese Frauen sind nicht Menschen, sondern Handelsware. Sie haben keine Rechte.« Streitlustig hob sie das Kinn, und ihre Augen funkelten. »Ich bin es leid. Ich bin dieses Pack so dermaßen leid, das kannst du dir gar nicht vorstellen. Die Welt wäre um einiges besser, wenn darin keine Monster wie Kalojew mehr herumlaufen würden.«

»Die Welt ist groß und böse«, bemerkte Maier. »Aber was habe ich mit alldem zu tun?«

Joyce wandte den Kopf ab und schaute zu dem Bett hinüber, das auf einen Felsvorsprung montiert war und von zahllosen Spots mit niedriger Wattzahl indirekt erleuchtet wurde. Erst vor zwei Monaten hatte sie selbst noch darin geschlafen, bei ihrem letzten Besuch in Puyloubier.

»Ich habe aus verschiedenen Gründen bei der Polizei angefangen«, sagte sie leise. »Vielleicht war es naiv von mir, aber einer der Gründe war, dass ich zu einer sichereren Welt beitragen wollte. In Wirklichkeit tun wir verdammt wenig dafür. Wir halten Sitzungen ab, ersticken in Papierkram, schlagen uns mit hinterwäldlerischen Vorschriften, politischer Willkür und externen Zielvorgaben herum. Wir müssen über alle Schritte, die wir unternehmen, Rechenschaft ablegen, und wir dürfen noch nicht mal mit denselben Waffen kämpfen wie unsere Gegner. Und wenn wir es doch mal geschafft haben, die Typen an den Eiern zu packen, kriegen sie eine Strafe auferlegt, die in keinem Verhältnis steht zu dem Leid, das sie anderen zugefügt haben. Zu den Leben, die sie kaputt gemacht haben. Ich rede hier von Typen, die ...« Sie atmete tief durch. Ihr Herzschlag hatte sich beschleunigt. *Ganz ruhig, Joyce, ruhig, ruhig.* Sie atmete noch einmal tief durch, und als sie fortfuhr, klang ihre Stimme eine Oktave tiefer. »Lass mal, vergiss es. Es geht nur darum, dass ich es satt habe, mich an die Regeln zu halten, denn die bringen gar nichts. Ich will handeln. Ich will meine Ausbildung, meine Kenntnisse und Fähigkeiten verdammt noch mal endlich für etwas Nützliches einsetzen, zum ersten Mal in meinem Leben.«

»Du willst deinen Frust abreagieren.«

Sie hob die Hände. »Nenn es, wie du willst.«

Er nahm einen Schluck von seinem Kaffee. »Na dann. Also. Was hab ich jetzt mit dieser Geschichte zu tun? Kommen Sie zum Punkt, Frau Kriminalbeamtin. Ich hab einen schweren Tag hinter mir und würde gern was essen und dann ins Bett gehen.«

»Ich bin noch nicht fertig.« Ihre Augen sprühten Funken. »Ich habe dich anderthalb Jahre lang observiert. An Tatorten, deren Spuren deine Handschrift trugen, war immer auch eine stattliche Summe Geld verschwunden. Viel Geld. Brauchtest du das? Nein, du hattest genug. Fast dreizehn Millionen Euro bei der Rabobank, verteilt über drei verschiedene Konten. Dreihunderttausend bei der ABN AMRO. Eine halbe Million bei Van Lanschot.«

Maier verzog keine Miene. Rührte sich nicht. Lediglich seine Augen blitzten suchend hin und her, als würde er rasend schnell nachdenken.

»Ich weiß noch viel mehr. Ich weiß, wie viel du an Hypothek bezahlst in Zeist und welche Festkosten du im Monat hast. Ansonsten hast du so gut wie keine Belastungen, du gibst quasi nichts aus. Und trotzdem beraubst du Kriminelle und lässt ihre Leichen am Tatort zurück. Ein paar von diesen Schuften habe ich selbst noch verhört, bevor du sie mit ein paar Kugeln durchlöchert oder ihnen den Hals umgedreht hast.« Ihre Augen strahlten puren Fanatismus aus. »Weißt du, wenn man jemanden so lang beobachtet, ist es irgendwann fast so, als würde man ihn persönlich kennen, als wäre er das eigene Fleisch und Blut.« Sie trommelte mit den Fingern auf der Tischplatte. Konnte sich nicht mehr beherrschen, es ging nicht mehr. Die Worte strömten wie von selbst aus ihrem Mund. »Du, Maier, du bist genau so, wie ich selbst gern wäre. Keine Sorge, hier sitzt ein Fan. Ich werde dich nicht bei meinen Kollegen anzeigen, niemals. Du warst von Anfang an mein Geheimnis, und das wirst du bleiben. Denn du bist genau wie ich. Du hasst diese Kerle genau wie ich, und du räumst weit effektiver mit ihnen auf. Du wirst mir helfen, dem Treiben von Maxim Kalojew und seinen Genossen ein Ende zu bereiten. Ein *definitives* Ende.«

Maier gab kein Wort mehr von sich.

Draußen fuhr ein Auto vorbei. Der Motorlärm hallte zwischen den Felsen und der gläsernen Schiebewand nach. Das Glas zitterte in seinen Metallschienen.

Nach langem Schweigen sagte er: »Du bist gestört.«

»Das sagt der Richtige.«

»Und wenn du nicht gestört bist«, fuhr er fort, wobei seine Stimme einen bedrohlichen Unterton bekam, der sie alarmierte, »dann spielst du ein äußerst gefährliches Spiel. Du bist alleine hier, sagst du. Nicht im Dienst. Richtig?«

Sie nickte zögerlich. In ihrer Jackentasche befand sich eine Dose Pfefferspray, die sie in Marseille in einem Laden für Jagdartikel gekauft hatte. Langsam tastete sie sich mit der Hand dorthin vor, Stück für Stück und so unauffällig wie möglich, während sie Maier regungslos anblickte.

»Mal angenommen, ich hätte all die Dinge, die du mir da andichtest, tatsächlich getan«, sagte er, indem er aufstand und auf die Schiebetür zuging. »Dann wäre ich doch wohl jemand, dem es leicht fällt, Leute zu eliminieren. Der gern Geschichten zu Ende bringt. Ich arbeite allein, hast du gesagt. Hast du schon mal darüber nachgedacht, was das wohl für Leute sind, die sich entschließen, alleine zu arbeiten? Es ist ja wahrscheinlich gar nicht so leicht, mit nur einem Paar Augen, Armen und Beinen ein Gebäude zu betreten, in dem man von vier bis fünf schweren Jungs mit ihren Schusswaffen erwartet wird …« Maier drückte auf einen Knopf, woraufhin sich der Rollladen mit einem leisen Rasseln automatisch zu schließen anfing. »Ich würde meinen, dass Leute, die allein operieren, vermutlich extrem großen Wert auf ihre Privatsphäre legen. Glaubst du nicht?«

Ihre Stimme bebte leicht, sie konnte es nicht unterdrücken. »Mir wär lieber, du lässt den Rollladen offen.«

Er hielt den Knopf weiter gedrückt. Rasselnd glitten die Stahlglieder ineinander. »Na, was glaubst du?«

Sie reagierte nicht mehr. Sah, wie seine Blicke zwischen ihrem Gesicht und ihrer Hand hin und her flitzten.

Er hatte sie durchschaut.

»Niemand weiß etwas über mich, sagst du, mein sogenanntes Geheimnis ist bei dir sicher.« Er trat hinter sie und legte die Hände auf die Rückenlehne ihres Stuhls. »Aber stimmt das auch?«

Joyce blieb sitzen. Sie musste versuchen, Ruhe zu bewahren, sich im Griff zu behalten. Panik brachte nichts. Ruhiges Durchatmen und Konzentration schon.

»In meinen Augen bist du, Joyce Landveld, eine tickende Zeitbombe. Jemand, der so viel über mich weiß, heimlich Akten über mich anlegt und meine Bankkonten kontrolliert … das fühlt sich nicht gut an. Gar nicht gut, kann ich dir sagen. Es hat was von Stalking, nicht wahr? Wirkt ein bisschen zwanghaft.« Er beugte sich vor und brachte sein Gesicht an ihr Ohr.

Er kam ihr jetzt sehr nahe. Sie konnte seinen Körpergeruch wahrnehmen, seinen Herzschlag hören, sein Atem strich über ihr Ohr und die Wange.

»Du bist ein bisschen neben der Spur, Kleine. Du tickst nicht ganz richtig, wenn du glaubst, dass ich mit dir zusammen in die Niederlande fahre, damit wir uns da ein paar Russen vorknöpfen. Warum sollte ich? Ich hab noch was anderes vor.«

Im Bruchteil einer Sekunde hatte er ihren Arm gegriffen, bog ihn auf ihrem Rücken nach oben und verdrehte ihn so, dass ihr Oberkörper auf die Tischplatte knallte. Mit der anderen Hand zog er das Pfefferspray aus ihrer Jackentasche. »Zum Beispiel mit dir kurzen Prozess zu machen«, sagte er bissig.

Sie wehrte sich nicht. Lag still, auf dem linken Ohr, den Blick starr auf das weiße Bett gerichtet.

»Was sollte mich davon abhalten?«

»Susan Staal.« Es klang wie ein Schluchzen.

»Was?«

»Sie wird dort festgehalten, in diesem Haus in Eindhoven, in diesem Bordell.«

Er ließ sie urplötzlich los, als ob sie unter Strom stünde, und war mit ein paar Schritten wieder auf seiner Seite des Tisches, das bearbeitete Eichenholz wie ein Puffer zwischen ihnen. Das Spray verschwand beiläufig in seiner Tasche.

Forschend flitzten seine Blicke über ihr Gesicht, wie Laserstrahlen. »Das quatschst du nur so daher.«

»Das tu ich nicht, verdammt!« Sie zog die aus der CIE-Akte stammende Farbkopie aus ihrer hinteren Hosentasche, faltete sie auseinander und legte sie in die Mitte des Tisches. »Das habe ich letzte Woche von einem Informanten bekommen, der vor Ort gewesen ist. Seiner Auskunft nach ist das eine der Frauen, die dort festgehalten werden.«

Maier starrte auf das Bild. Er reagierte nicht.

Die Fotos, die Wadim geschickt hatte, steckten in der Sporttasche neben ihr auf dem Boden. Sie schienen zu brennen, riefen nach ihr, zogen an ihren Beinen wie quengelnde Kinder, aber sie wollte sie erst dann hervorholen, wenn es ihr anders nicht gelänge, Maier zu überzeugen. Sie waren derart schockierend, dass er, wenn er diese Frau wirklich liebte, leicht von Emotionen überwältigt werden konnte und dann womöglich völlig außer Kontrolle geriet.

Es erwies sich als nicht nötig.

Zum ersten Mal huschte etwas über sein Gesicht, das auf Betroffenheit hindeutete, auf Beunruhigung. Nur ganz kurz, dann war es wieder verschwunden.

»Wo befindet sich dieses Gebäude?«, fragte er bloß und zeigte damit, dass er bereits drei Schritte weiter war als ein anderer an seiner Stelle gewesen wäre.

Es gab nicht viele Menschen, die wie Sil Maier eine scharfe Intelligenz mit Härte und Intuition zu verbinden wussten. Sie beneidete ihn darum. Seit sie angefangen hatte, ihn zu beobachten, beneidete sie ihn. Um sein Geld, sein Flair, seine Gewinnermentalität. Um alles, was er tat und was sie nicht wagte oder nicht konnte. Und zugleich machte es ihr Angst.

Mit ein paar Schritten war er wieder bei ihr und umklammerte ihr Gesicht mit den Händen. Seine Augen schienen Funken zu sprühen. »*Wo*, hab ich gefragt!«

Joyce versuchte, ihren Kopf wegzuziehen. »Lass mich los, verdammt! Wir machen das zusammen. Die Waffen liegen bereit, das Gebäude ist vorbereitet, ich habe *alles* vorbereitet. Ich weiß, wie, wo und wann wir da reinkommen und wer drinnen sein wird, alles.«

Sein Griff erschlaffte. »Zusammen? Du spinnst ja wohl.«

Sie sah ihn mit fiebrigem Blick an. »Wenn du das alleine machen willst, brauchst du mehrere Wochen, um dir diese Infos zu verschaffen, und so viel Zeit hast du nicht.«

Er ließ sie los, drehte sich um und begann, hastig seine Sachen zusammenzusuchen. »Pack deine Tasche und deinen sonstigen Krempel«, hörte sie ihn sagen. »Wir fahren los.«

Joyce sah auf die kleine Uhr neben dem Bett.

Es war halb neun.

47

Die Tür wurde zögerlich geöffnet. Susan blinzelte, helles Licht fiel in den dunklen Raum. Mit dem Licht kam auch frische Luft. Luft, die nicht nach Urin und altem Schweiß stank.

Im Türrahmen erschien eine Frau. Sie schaltete das Neonlicht ein und gab sich wenig Mühe, ihre Reaktion auf Susan zu verbergen: Abscheu, der rasch in Mitleid umschlug.

Susan schlug die Augen nieder. In der letzten Zeit kamen öfter Mädchen zu ihr, um einen Blick auf sie zu werfen. Sie sprachen sie nicht an, grüßten sie nicht einmal, sondern musterten sie aus einem gewissen Abstand heraus wie ein Tier im Zoo – ein Tier, dem irgendetwas fehlt. Dann murmelten und tuschelten sie untereinander, und beim kleinsten Laut, der von unten kam, schlossen sie schnell und leise die Tür und stoben in alle Richtungen auseinander.

Hyäne Robby hatte sich schon seit ein paar Tagen nicht mehr blicken lassen. Ein leicht dunkelhäutiger Kerl mit Eintagesbart hatte seine Aufgabe übernommen. Er hatte dieselbe Statur wie Robby – breitschultrig und imponierend –, doch im Gegensatz zu seinem Vorgänger konnte er ihrer Situation offensichtlich wenig Vergnügen abgewinnen. Er ging nicht vor ihr in die Hocke, wenn sie pinkelte. Er schaute ihr nicht mal dabei zu. Ihr Brot bekam sie einfach in den Mund geschoben, dann wartete er, bis sie ihn wieder öffnete, um ihr den nächsten Bissen zwischen die Lippen zu stecken. Auch dabei wandte er den Blick ab, als wäre er eigentlich lieber woanders und in Gedanken schon mal dorthin abgezogen.

Das ließ Susan wieder durchatmen. Sie konnte nur hoffen, dass Robby gar nicht mehr wiederkam, dass er samt seinen Hyänenaugen unter einen Zug geraten und sein Schädel in tausend Stücke zertrümmert worden war.

Die junge Frau im Türrahmen hatte knallrotes Haar und trug einen kurzen schwarzen Rock. Sie schloss die Tür hinter sich und kam mit nervösen kleinen Schritten näher. Susan konnte ihr Parfüm riechen, vielleicht war es auch Talkumpuder oder Shampoo.

Sie kniete sich hin und strich Susan die Haare aus dem Gesicht. Einzelne Strähnen, die an Stirn und Schläfen klebten, löste sie geduldig. »*I am so sorry they did this to you.* Manchmal können sie wirklich richtige Arschlöcher sein.« Sie warf einen kurzen Blick zur Tür, als hätte sie Angst, gehört zu werden.

»*Untie me* – du musst meine Fesseln lösen, bitte«, flüsterte Susan. »Ich muss hier weg. Sie wollen mich umbringen.«

»Ganz ruhig. Du wirst weggebracht. Woandershin. Vielleicht ist es da besser.«

Susan blickte alarmiert auf. »Woandershin?«

»Du sollst morgen abgeholt und irgendwo anders hingebracht werden.«

Vor Schreck setzte Susans Herz einen Schlag aus. »Sie werden mich umbringen«, stieß sie hervor.

Die junge Frau schüttelte den Kopf. Ihre hellbraunen Augen waren mit Lidschatten in allerlei Grautönen theatralisch verziert. Das ließ sie ein bisschen älter aussehen, als sie wohl in Wirklichkeit war – höchstens achtzehn.

»Es geht um meinen Freund«, fügte Susan hinzu. »Meinen Exfreund. Sil Maier. Sie wollen über mich an ihn herankommen.« Sie zerrte an den Kabelbindern und dem Heizungsrohr. Die Wunden an ihren Handgelenken fingen wieder zu bluten an.

»Nicht!« Die Frau griff nach Susans Unterarmen und versuchte sie festzuhalten. »Hör auf, du verletzt dich selbst.«

Susan hörte nicht auf sie, kämpfte sich ab, wand sich auf der Matratze und rief: »Bitte! Befrei mich. Du siehst doch, was sie mit mir machen! Du siehst es doch!«

Die junge Frau drückte Susans Unterarme ganz fest zusammen. »Hör auf damit, sonst hören dich die Männer! Hör auf!« In ihrer Stimme klang Angst durch. Panisch blickte sie zur Tür.

Susan bemerkte es und verstummte abrupt. Das Letzte, was sie wollte, war, dass dieser Wadim wiederkam und ihr eine weitere Abreibung verpasste. Atemlos und zitternd versuchte sie sich zu beruhigen. Es gelang ihr nur halb.

»Gut so. Ganz ruhig.« Die junge Frau strich ihr über die Wangen und Schläfen. Die Berührungen ihrer kühlen, glatten Hände hatten eine beruhigende Wirkung.

»Dies ist ein Bordell, oder?«, fragte Susan schließlich.

Die Antwort war ein kurzes Nicken.

»Findest du es nicht sonderbar, dass zu mir nie irgendwelche Männer kommen? Einfach nie?«

»Sprich bitte etwas leiser«, flüsterte sie. »Es steht jemand auf dem Flur.«

Susan flüsterte so leise sie konnte: »Sie kommen hier nur rein, um mir Essen zu bringen und Fragen zu stellen. Und um mich zu verprügeln. Du musst mir helfen, bitte. Ich weiß genau, dass sie mich umbringen wollen.«

Auf dem Flur wurde etwas gerufen. Es klang wie ein unwirscher Befehl.

Die Frau ließ Susan los und sprang auf. »Ich kann nichts für dich tun, sorry. Nicht so was. Ich soll dich waschen, so kannst du nicht reisen.«

»Geh nicht weg!«

»Ich bin gleich wieder da.«

Sie kam mit einem Eimer wieder, halb voll mit dampfendem Wasser, und einem rosa Handtuch sowie ein paar Waschlappen, die sie sich unter den linken Arm geklemmt hatte. Sie ließ die Sachen neben Susans Matratze und trippelte wieder auf den Flur hinaus, um kurz darauf mit einem Stapel Kleidung zurückzukommen. Sorgfältig schloss sie die Tür und kniete sich hin.

»Ich heiße Olga«, sagte sie. »Du brauchst mir deinen Namen nicht zu sagen, wenn du nicht willst. Ich muss dich gleich ausziehen. Deine Sachen sind dreckig.«

Susan schüttelte den Kopf. »Das möchte ich nicht.«

»Doch, doch. Lass mich mal machen. Vertrau mir.«

»Weißt du, wohin sie mich bringen?«

»Nein, tut mir leid.«

Auf dem Flur hörte Susan Füße scharren. Angespannt blickte sie zur Tür.

»Das ist Ilja.«

»Ilja?«

»Der Mann, der dir dein Essen bringt.«

»Der heißt doch Robby.«

»Nein, der dir jetzt dein Essen bringt, heißt Ilja. Robby ist tot.«

Susan machte große Augen. »Tot?«

»Ermordet. Erschossen.«

Susans Herz machte hinter ihren Rippen einen Sprung. Unwillkürlich musste sie sofort an Maier denken.

Ob er …? Allein schon der Gedanke gab ihr einen Teil ihrer Energie zurück – aber vielleicht, so dachte sie im selben Augenblick, war es auch einfach Hoffnung. Laborrattenhoffnung.

»Ich muss deine Arme losmachen, sonst kann ich dir die Jacke und so weiter nicht ausziehen. Versuch bitte nicht, mir irgendwas anzutun, Ilja wartet auf dem Flur, bis wir hier fertig sind. In Ordnung?« Leise flüsternd fügte sie hinzu: »Ich habe mein Bestes getan, damit er draußen vor der Tür bleibt, also benimm dich jetzt, bitte. Zu deinem eigenen Besten.«

Susan hatte Olga kaum zugehört. »Wer hat Robby ermordet? Weiß man das?«

Olga zog Susan die Socken aus und stopfte sie in eine Mülltüte. »Nein, das weiß niemand. Sie fürchten sogar, die Polizei könnte kommen, um uns darüber auszufragen. Aber sie haben keine Ahnung, wer es gewesen ist.«

»Ist das der Grund, weshalb ich weg soll?«

»Das weiß ich nicht.« Olga zog ein Küchenmesser zwischen den Klamotten hervor, beugte sich über Susan, stützte das eine Knie auf der Matratze ab und begann, die Plastikfesseln durchzuschneiden. Einige Sekunden später konnte Susan zum ersten Mal seit Langem wieder ihre Arme bewegen. Sie holte sie hinter dem Rücken hervor, betrachtete ihre Hände und Gelenke, hielt sie sich nahe vor das Gesicht, streckte und dehnte die Finger. Die Handgelenke wiesen tiefe Abdrücke auf, violettfarbene Striemen. An manchen Stellen war Schorf abgeplatzt, und frisches, hellrotes Blut quoll hervor.

Die veränderte Körperhaltung linderte die Schmerzen nicht, im Gegenteil, die Muskeln und Sehnen in ihren Armen taten höllisch weh. Tränen traten ihr in die Augen. Sie ließ die Arme neben sich auf die Matratze sinken.

»Der Schmerz lässt mit der Zeit nach«, sagte Olga, während sie den Reißverschluss von Susans Jacke aufmachte und ihr erst den einen, dann den anderen Ärmel vom Arm streifte. »Ich war auch schon an dem Punkt, wo ich dachte, ich müsste sterben oder würde zumindest dauerhaft verkrüppelt sein nach all den Tritten und Schlägen. Oder dass sie in mir drin alles kaputt gemacht hätten. Das dachten wir übrigens alle schon mal. Aber man hält viel mehr aus, als man glaubt. Man erweitert nach und nach die eigenen Grenzen. Notgedrungen.«

»In dir drin ...«, wiederholte Susan schaudernd.

Die Frau setzte eine düstere Miene auf und schwieg. Versuchte vorsichtig, Susans Jeans aufzuknöpfen, die feucht und steif war. »Meine Nägel ...«, sagte sie. Dann etwas, was Susan nicht verstand.

»Bist du Russin?«

»Ja, ich komme aus Naro-Fominsk. Das ist nicht weit von Moskau.« Ein angestrengtes Knurren. »Ha! Jetzt hab ich's.« Sie zog Susan die Hose herunter und verzog das Gesicht. »Ich mache das erst mal sauber, in Ordnung?«

Beschämt schlug Susan die Augen nieder. Sie hatte keine Gelegenheit bekommen zu duschen. In den ersten Tagen hatte man sie nicht mal auf die Toilette gelassen, und sie trug noch immer dieselben Klamotten, in denen sie bei sich zu Hause im Flur überwältigt worden war. Vor Jahren war sie mal in Paris gewesen, und in der Metro hatte sich ein Penner neben sie gesetzt. Ein Typ mit grauem, verfilztem Haar, der verschiedene Pullover und Jacken übereinandergetragen hatte. Ihr war von dem penetranten Gestank, den dieser Clochard verströmt hatte, ganz übel geworden, und sie war bei der nächsten Haltestelle ausgestiegen. Vermutlich war ihr eigener Körpergeruch derzeit nicht weit davon entfernt.

Sie schaute zu dem Mädchen auf, das einen Waschlappen in den Eimer tauchte, ihn auswrang und mit sanfter Hand begann, ihr die Oberschenkel und die Scham zu säubern. Olga war so sauber und so schön geschminkt, sie sah so rein aus. Einen größeren Kontrast konnte man sich kaum vorstellen.

»Danke«, flüsterte Susan.

Olga schüttelte den Kopf. »Du kannst ja nichts dafür.«

Kurz sagten sie beide kein Wort. Olga drückte vorsichtig gegen Susans Hüften, worauf diese sich mit Mühe auf die Seite drehte. Dann fuhr sie mit der Waschprozedur fort, wobei sie die Haut immer gleich abtupfte.

»Ich hole gleich mal eine Decke zum Drunterlegen«, hörte Susan sie murmeln. »Diese Matratze ist schon ziemlich dreckig.«

Susan wandte ihr den Kopf zu. »Ich kann euch hören.«

Olga verzog den Mund zu einem Lächeln, das ihre Augen nicht erreichte. Die blieben ausdruckslos. Sie spülte den Waschlappen aus.

»Ihr werdet geschlagen.«

»Nur wenn wir nicht gehorchen.«

Auf dem Flur war wieder ein Rumoren zu hören. Susan sah, wie Olga scheu zur Tür schaute. Sie rief etwas auf Russisch und bekam Antwort von einer Männerstimme. Verärgert schloss sie kurz die Augen und stieß zwischen zusammengebissenen Zähnen etwas hervor, was wie ein Fluch klang, aber so leise, dass der Mann auf dem Flur es nicht hören konnte.

Susan fiel auf, dass Olgas Bewegungen jetzt weniger koordiniert waren.

»Du hast Angst vor ihm«, bemerkte sie.

»Vor Ilja? Er schlägt und tritt uns. Mehr Phantasie hat er nicht. Es tut weh, aber das ist alles, und an die Art von Schmerz gewöhnt man sich.« Sie hob den Blick. »Bist du Maxim mal begegnet?«

Susan schüttelte den Kopf. Sie hatte keine Ahnung, wer Maxim war.

»Kurzes blondes Haar, blaue Augen, gedrungen, stämmig … naja, ist auch egal.«

»Was ist denn mit Maxim?«

»Er ist der Boss. Er macht es anders als die anderen, er schlägt einen nicht.«

»Sondern?«

Olga schwieg einen Moment und schüttelte dann den Kopf. »Lass gut sein. Anscheinend brauchst du ja nicht zu arbeiten, also ist der Kerl nicht dein Problem. Du bist ja ohnehin bald weg.«

»Nein, ich möchte es gern wissen. Was macht er denn?«

»Sorry, ich weiß gar nicht, warum ich überhaupt davon angefangen habe.«

»Was *tut* er?«, fragte Susan eindringlich. »Ist er gefährlich? Irre?«

Olga hielt inne. Ihre Hände hingen wie gelähmt über Susans Bauch, und sie starrte stumpf vor sich hin. »Er nimmt die Mädchen von hinten«, flüsterte sie. »Dort, weißt du. Bis es blutet. Erst dann hört er auf.«

Susan wagte nichts mehr zu sagen. Es war offensichtlich, dass Olga aus persönlicher Erfahrung sprach. Und es war ebenso offensichtlich, dass das, was sie selbst hier hatte ertragen müssen, noch nichts war im Vergleich zu den Misshandlungen, die diesen Mädchen zugemutet wurden.

Olga wandte sich wieder ihrer Aufgabe zu. Sie strich mit dem Waschlappen über Susans Schulter und wusch ihr die Arme, wobei sie mit den Handgelenken so vorsichtig wie möglich verfuhr. Hob erst ihren einen Arm an, dann den anderen und nahm für die Achseln extra viel Wasser. Tupfte schließlich ihren Oberkörper trocken. »Drehst du dich um? Dann mache ich noch den Rücken, und wir sind fertig.«

Susan drehte sich auf die linke Seite und starrte den Radiator an. Olga war so fürsorglich und lieb, sie strahlte so viel Güte aus. Es fiel Susan schwer zu glauben, dass der Körper dieser Frau Tag für Tag jedem zur Verfügung gestellt wurde, der dafür zu bezahlen bereit war. Dass sie misshandelt wurde, sich Tausende Kilometer fern ihrer Heimat befand, in ständiger Angst lebte und mehr oder weniger das Eigentum einer Bande von Kerlen ohne jede Moral, ohne jedes Mitgefühl war.

Mittlerweile war das Wasser abgekühlt, und Susan bekam am ganzen Körper Gänsehaut. Sie fing an zu zittern.

»Noch kurz durchhalten«, hörte sie Olga sagen. »Gleich bekommst du Kleider.«

»Wo sind wir hier eigentlich? Wo befindet sich dieses Haus?«

»Weiß ich nicht.«

»Das weißt du nicht? Weißt du denn, in welchem Land?«

»Ja, das schon, in den Niederlanden. Eine Stadt im Süden der Niederlande. Aber wo genau, weiß ich nicht.«

»Und wenn ich ein paar Ortsnamen aufzähle? Vielleicht kommen dir ja welche bekannt vor?« Ohne die Reaktion abzuwarten, fing Susan sofort mit unsicherer Stimme an aufzuzählen: »Maastricht, Heerlen, Geleen, Venlo, Eindhoven, Breda ...«

Olga trocknete ihr den Rücken ab und ließ sie wieder zurück auf die Matratze sinken. »Lass mal gut sein. Ich weiß es wirklich nicht. Wir kommen hier doch nicht raus, was soll's.« Sie strich ihr dickes rotes Haar – vermutlich war es gefärbt – hinters Ohr, stand auf, hob den Eimer hoch und ging damit zur Tür. »Ich hole eine Decke, in Ordnung?«

Als sie den Raum verlassen hatte, drehte Susan sich zur Tür um, die einen Spaltbreit offen stand. Draußen hörte sie Leute Russisch reden. Wahrscheinlich sagte Ilja irgendetwas zu Olga.

Ilja und Olga, dachte sie. Maxim und Wadim. Robby. Namen, die sie bis vor Kurzem noch nie gehört hatte und die jetzt das Allerwichtigste in ihrem Leben waren.

Olga kam mit einer dicken, violettfarbenen Decke zurück. »Kannst du stehen?«

»Ich weiß nicht.«

»Probier's mal.«

Susans Fußgelenke waren ans Heizungsrohr gebunden. Hilflos sah sie Olga an. »Wie denn?«

Olga schüttelte den Kopf. »Ich darf dich nicht losmachen, tut mir leid. Versuch es doch trotzdem.«

Susan stemmte die Hände neben sich auf die Matratze und

drückte sich so weit hoch, dass sie sitzen konnte. Es war zum Lachen, wie viel Mühe es sie kostete. Dann drehte sie sich um, sodass die Knie nach unten kamen, und suchte Halt an der Wand, um sich aufzurichten. Robby und Ilja hatten sie immer hochgehoben oder gestützt. Es war das erste Mal seit Langem, dass sie buchstäblich auf eigenen Beinen stehen musste. Es ging. Zittrig und unbeholfen, aber es ging.

Olga breitete die zusammengelegte Decke über die Matratze. »*Spassibo*. Jetzt kannst du dich wieder hinlegen.«

Susan ließ sich zu Boden sinken. Die Heizung war ziemlich weit aufgedreht, aber unter ihrer nackten, feuchten Haut fühlte sich die Decke trotzdem kalt an, sodass sie noch stärker zitterte.

Olga begann sie anzukleiden. Ein elastisches schwarzes Pailletten-T-Shirt, so kurz, dass ihr Bauch frei blieb, und eine grobmaschige, himmelblaue Strickjacke, die ganz schlabberig war und ihr wiederum bis über die Hüften reichte. Den Reißverschluss zog Olga bis über Susans Brüste zu. »Das ist doch schön warm«, sagte sie.

»Bist du schon lange hier?«

»Zwei Monate. Davor habe ich in Belgien gearbeitet und in Italien. Und davor in Antalya, in der Türkei. Wir bleiben nie lange am selben Ort. Aber hier habe ich auch angefangen. Vor langer Zeit.« Sie brachte einen milchweißen Plastikstreifen zum Vorschein, einen halben Zentimeter breit. »Ich muss deine Handgelenke wieder festmachen.«

»Das geht nicht.« Mit erhobenen Händen zeigte Susan ihre Gelenke vor. »Sieh doch.«

Olga hielt ihre Hände fest und sah sie eindringlich an. »Ich weiß. Aber es muss sein. Wenn ich es nicht tue, werde ich bestraft. Ich binde sie vorne zusammen, in Ordnung? Dann kannst du dich auf den Rücken legen. Und für das Gleichgewicht beim Gehen ist es auch besser.«

Susan schlug die Augen nieder. Verbiss sich den Schmerz, als Olga ihre Handgelenke aneinanderdrückte und den Kabelbinder zuzog.

Danach schnitt sie die Streifen an Susans Knöcheln durch und konnte ihr nun die bis zu den Waden heruntergekrempelte, nasse Jeans abstreifen.

»Ist denn noch nie die Polizei hier gewesen?«, fragte Susan.

»Die Polizei? Die tut doch nichts.« Sie zog Susan eine dicke Stretchhose an, eine Art Jogginghose.

Susan hob das Becken, damit Olga ihr den Gummi über die Hüften ziehen konnte, auch an der breitesten Stelle. »Wieso das denn? Wer hat dir das weisgemacht? Wenn die Polizei wüsste, was hier vorgeht, würde sie ...«

»... nichts tun, wirklich nicht«, unterbrach Olga sie flüsternd. »In Italien bin ich einmal abgehauen, und die Polizei hat mich zu dem Arschloch sogar zurückgebracht. Er hat mich grün und blau geprügelt, mich getreten und mir den Arm gebrochen. Sechs Wochen lang konnte ich nicht arbeiten.« Sie sah Susan eindringlich an. »Und wenn eine ganze Armee von Polizisten vor mir stünde, ich würde schwören, dass ich diese Arbeit freiwillig mache. Ich kann nicht anders. Maxim würde mich umbringen. Oder jemanden dafür bezahlen. Er findet einen überall.«

»Aber wenn ...«

Olga legte Susan einen Finger auf den Mund. Sie biss sich kurz auf die Unterlippe, als zweifelte sie, ob sie Susan wirklich in ihr Geheimnis einweihen wollte. Ganz leise sagte sie dann: »Wir sparen hier alle Geld. Wir haben Geheimverstecke dafür. Unter dem Fußboden, in unseren Matratzen, hinter den Scheuerleisten. Irgendwann werde ich genügend Geld zusammenhaben, und dann bleibe ich hier keine Minute länger. Dann flüchte ich zurück nach Russland und mache mein Studium zu Ende.«

»Und wie kommt ihr an das Geld?«

Olga lächelte verschwörerisch. »Wenn wir mit einem Kunden alleine sind, fragen wir, ob er noch irgendwelche Extrawünsche hat. Man muss genau wissen, worauf man sich da einlässt und bei wem. Manche sind nämlich mit Maxim befreundet, und der darf auf gar keinen Fall dahinterkommen. Aber oft klappt es. Und manchmal nehmen wir ein bisschen von Maxims Geld. Er hat oben in seinem großen Zimmer einen Tresor, den er fast nie abschließt. Immer nur ein paar Scheine, das merkt er nicht. So sparen wir mit der Zeit etwas zusammen. Alle machen das so.«

Geld.

Natürlich.

Warum hatte sie daran nicht früher gedacht?

»Ich kann an Geld kommen«, drängte Susan im Flüsterton. »Viel Geld. Wenn du mir hilfst ...«

Vom Flur kam ein ungeduldiges Rufen, eine Männerstimme. Olga sah erschrocken auf, gab Antwort.

Schnell wandte sie sich wieder Susan zu. Streckte die Hände aus, wobei sie ihr die Handflächen zuwandte, als ob sie sie wegdrücken wollte. »Nein, stopp. *Pozhalujsta*, jetzt nicht mehr reden.« Sie sprang auf und fing hastig an, ihre Sachen zusammenzuraffen. »Ich kann dir nicht helfen. Verstehst du? Ich kann es nicht. Ich kann mir nicht einmal selbst helfen.«

48

Zwei Uhr nachts. Auf der A6 standen endlos viele Autos reihenweise so gut wie still. Die Rücklichter tauchten das Wageninnere des Porsches in eine rote Glut.

Maier starrte düster vor sich hin.

Sie hätten mittlerweile die halbe Strecke hinter sich haben und irgendwo in der Nähe von Dijon sein können, vielleicht sogar darüber hinaus, stattdessen steckten sie etwa hundert Kilometer südlich der Stadt fest.

Die Wischer arbeiteten auf höchster Stufe, um die Windschutzscheibe vom Regenwasser freizuhalten. Heftige Windstöße zerrten an dem Carrera und ließen Blätter und Zweige auf der Autoroute du Soleil und auf den Wagendächern landen.

Mit Fug und Recht konnte man dies ein Sauwetter nennen.

Joyce schlief, und zwar schon eine ganze Weile, oder sie wusste es hervorragend vorzutäuschen. Zusammengerollt wie eine Katze, den einen Arm schützend um ihre Sporttasche gelegt, das Gesicht abgewandt. Als sie losgefahren waren, hatte er sie gebeten, still zu sein, ihn bis auf Weiteres mit seinen Gedanken allein zu lassen. Er wollte den Kopf frei haben, um sich mit dem wirklich Wichtigen beschäftigen zu können, der Essenz von allem. Mit Susan.

Er hatte sich kaum je erlaubt, auch nur an sie zu denken, und doch war sie immer präsent gewesen. Susan steckte tief in ihm, und sie würde dort bleiben, bis sein Fleisch verfault, verrottet oder zu Asche verbrannt war.

Ihr durfte nichts zustoßen. Es ging hier nicht um Susan, es ging um ihn. Es war seine Schuld, dass diese Typen sie geschnappt hatten. Also musste er sie da rausholen.

Zusammen mit dieser komischen Polizistin oder ohne sie.

Sie schlief noch immer. Schön war sie durchaus, dachte er, mit ihrem dicken, leicht welligen Haar, ihrer hellbraunen Haut ohne jede Spur von Akne oder Narben, mit ihren vollen Lippen und diesen aparten Augen mit goldenen Einsprengseln. Schön, aber korrupt. Er musste damit rechnen, dass sie sich möglicherweise ein kleines Zubrot verdiente, indem sie für diese Russen arbeitete.

Das machte alles noch komplizierter.

So von seinen Gedanken in Beschlag genommen, fiel ihm gar nicht auf, dass er keine Musik angestellt hatte, dass seine Reise ausschließlich vom Geräusch des aufspritzenden Wassers an den Radkästen und vom unzufriedenen, tiefen Brummen des 3,8-Liter-Motors in seinem Rücken begleitet wurde.

Seit er in den Stau geraten war und es so aussah, als würde die Reise wohl länger dauern, waren ihm allerlei wilde Ideen in den Sinn gekommen. Lediglich eine davon war – unter Umständen – realisierbar. Wie in allen anderen großen französischen Städten musste es auch in Lyon und Dijon verschiedene Flughäfen geben. Allerdings hatte er keine Ahnung, wo sie genau lagen und welcher der richtige wäre, um einen sofortigen Privatflug nach Eindhoven zu organisieren. Dass es schon weit nach Mitternacht war, machte die Sache auch nicht gerade einfacher; vermutlich liefe da bloß noch Wachpersonal herum. Er konnte mit einem Geldbündel wedeln, aber selbst dann musste er damit rechnen, dass es Stunden dauerte, bis man ihn nach Eindhoven flog – falls er denn Glück hatte.

Er hatte die Idee aufgegeben.

Mit dem Auto konnte er jedenfalls voraussichtlich bis zum

nächsten Morgen sein Ziel erreichen. Der Stau würde sich schon irgendwann auflösen.

Bloß die Müdigkeit machte ihm allmählich zu schaffen. »Seit wann weißt du eigentlich schon von der Sache?«, fragte er.

Joyce stöhnte und versuchte, sich zu recken, was in dem engen Innenraum des Wagens kaum möglich war. Schlaftrunken zog sie ihre Tasche weiter zu sich auf den Schoß und setzte sich aufrecht hin. »Sie ist da jetzt seit einer guten Woche«, antwortete sie heiser. »Aber ich weiß es erst seit ein paar Tagen.«

»Und das erzählst du mir erst heute?«

»Ich brauchte Zeit, um Informationen zu sammeln. Und um dich aufzuspüren.«

»Wie hast du das hingekriegt?«

»Über deine Visa-Karte.«

»Wird wohl Zeit, dass ich mir eine andere Kreditkartengesellschaft suche«, brummte Maier.

»Spar dir die Mühe. Wir können bei allen die Daten abfragen.«

»Wie erfreulich.«

»Ich hätte auch dein Handy orten lassen können. Es gibt so viele Methoden, jemanden aufzuspüren, und wenn er nicht weiß, dass er gesucht wird, ist es umso einfacher.«

Es kam Bewegung in die Autoschlange. Maier gab Gas und schaltete in den zweiten Gang. Für längere Stop-and-go-Fahrten war sein Wagen nicht gemacht, er reagierte nervös auf die kleinsten Impulse. Der Tacho blieb irgendwo zwischen zwanzig und dreißig Stundenkilometern hängen.

»Ich glaube, es geht um mich«, sagte er, den Blick starr auf die Straße gerichtet. »Susan wird meinetwegen dort festgehalten.«

»Da bin ich sogar ganz sicher.«

»Warum?«

»Hattest du irgendwann mal ein Problem mit Russen? Ein ernstes Problem?«

»Kann sein. Erzähl.«

Vor ihm leuchteten Dutzende von roten Rücklichtern auf. Er trat auf die Bremse. Störrisch schlitterte der Carrera durch die Wasserlache auf dem Asphalt ein Stück weiter und kam gerade noch rechtzeitig zum Stillstand.

»Verdammt«, murmelte Maier. »Scheißwetter.«

»Kennst du einen Russen, der Wadim heißt?«

»Nein.«

»Das ist der, der Susan entführt hat.«

Er wandte ihr das Gesicht zu. »Woher weißt du das?«

»Von diesem Informanten. Ich habe keinen Grund anzunehmen, dass der mir etwas vorgelogen hat.«

»Wadim, sagtest du?«

Sie nickte. »Das war der Name, den er mir genannt hat. Den Nachnamen weiß ich nicht.«

»Wadim, Wadim ...«, flüsterte Maier vor sich hin. »Nein. Nie gehört.« Er hob die Stimme. »Aber das will nichts heißen. Ich bin öfter mal Russen begegnet, die sich nicht vorgestellt haben.« *Und die sind tot, Joyce Landveld. Alle. Keine offene Geschichte, keine einzige.*

»Mein Informant sagt, dieser Wadim ist ein Auftragsmörder. Er hatte früher einen Zwillingsbruder, einen eineiigen.«

Maiers Herz schlug schneller. Er spürte das Blut durch seinen Körper strömen, immer dicker, immer träger, immer kälter.

Joyce musterte ihn von der Seite. Es war schwer zu sagen, ob sie seine Unruhe bemerkte. »Angeblich ist dieser Bruder bei einer Sache in Frankreich ermordet worden. Seitdem arbeitet Wadim alleine. Er hat Susan entführt und sie bei Maxim Kalojew in Verwahrung gegeben. Sagt dir das was? Der Name müsste dir doch bekannt vorkommen.«

Maier reagierte immer noch nicht.

Das kann nicht sein. Ich habe ihren Wagen über den Rand gestoßen, in diese absurd tiefe Schlucht. Es kann nichts mehr von ihnen übrig sein. Das können sie nicht überlebt haben.

Nach menschlichem Ermessen ist das unmöglich.

»Unmöglich«, stieß er hervor.

»Was meinst du?«

»Ich habe ...« So schnell er den Satz begonnen hatte, so schnell brach er ihn wieder ab.

»Nun?«

Er schüttelte den Kopf. »Ich habe wirklich keine Ahnung. Ich kenne keinen Wadim, der Name sagt mir nichts.«

Aber wenn ich ihn zwischen die Finger kriege, schneid ich ihm den Sack vom Leib.

Sie blickte vor sich hin. »Wie du willst ... Wo sind wir jetzt ungefähr?«

»Achtzig bis neunzig Kilometer vor Dijon.«

»Hast du vielleicht irgendwas zu essen dabei?«

»Im Handschuhfach liegt ein Snickers.« Er schaltete in den dritten Gang. »Sag mal, du willst also mit mir zusammen in dieses Gebäude eindringen. Aber warum? Es kann dir passieren, dass du erschossen oder von deinen eigenen Leuten festgenommen wirst.«

Joyce riss die Verpackung auf und knickte den Schokoriegel in der Mitte durch.

»Das wär halt Pech.«

Aus dem Augenwinkel sah er blaue und gelbe Blinklichter auf dem Standstreifen auf sich zukriechen. Was immer auch weiter vorn passiert war und diesen Stau verursacht hatte – das Problem war anscheinend noch nicht gelöst.

Er nahm den halben Schokoriegel von ihr entgegen. »Warum gehst du solche Risiken für jemanden ein, den du gar nicht kennst?«

»Ich tu das nicht für Susan.«

»Für mich? Noch idiotischer.« Er steckte sich das halbe Snickers in den Mund und kaute.

Sie blickte starr geradeaus. »Auch nicht für dich.«

»Für wen dann?«

»Du machst dir keine Vorstellung davon, wie viel Frust sich aufbaut, wenn man versucht, solche Arschlöcher auf legalem Weg hinter Schloss und Riegel zu kriegen.« Joyce holte tief Luft, hielt kurz den Atem an und atmete dann langsam wieder aus. »Der einzig richtige Ansatz bestünde darin, dafür zu sorgen, dass diese Kerle gar nicht erst die Gelegenheit zu ihrem Handel bekommen. Wir müssten in all diese Gebäude eindringen, ausnahmslos, und zwar bis an die Zähne bewaffnet, mit Tränengas, schusssicheren Westen und Kalaschnikows. In jedes einzelne dieser verfickten Gebäude, in denen Frauen festgehalten und missbraucht werden, wie wir ganz genau wissen. Jeden Tag wieder, bis die Typen mürbe sind, bis keiner von diesen kranken, geldgierigen Arschlöchern mehr auf die Idee kommt, die Niederlande als Ausgangspunkt für seine Geschäfte benutzen zu wollen. Nicht nur wir sollten das machen, sondern auch die Kollegen in Belgien, Deutschland und Italien. Überall. Jeden Tag, jede Nacht. Nicht warten, Telefone abhören, nicht ab und zu mal ein paar Frauen abgreifen und außer Landes schaffen, sondern rigoros gegen diese Zustände vorgehen. Und an die Kunden müssten wir uns auch dranheften, denn wo keine Nachfrage, da auch kein Geschäft.«

»Dranheften?«

Sie hustete. »Wir müssten mal ein paar Uniformierte von Parkplätzen und Autobahnen abziehen und sie genau gegenüber von solchen verdächtigen Läden in eine Baracke setzen. Da ließe sich kein Bordellkunde mehr blicken. Aber das tun wir nicht.«

»Denn?«

»Die blöden Regeln. Und es hat keine Priorität.«

»Und glaubst du wirklich, dass es irgendetwas bewirkt, wenn du da eingreifst?«

»Zumindest passiert dann mal was«, sagte sie leise. »Etwas Wesentliches. Das gibt mir ein besseres Gefühl in Bezug auf mich selbst.« Sie sah ihn abwartend an.

Er schüttelte den Kopf. »Lass es. Heute heißen sie Kalojew, morgen Gonzalez, übermorgen Jansen. Menschenhandel, Drogen, Diebstahl ... das hört nicht einfach auf. Nie. Wenn du drastisch eingreifst, machst du bloß den Weg frei für den nächsten, der intelligenter ist als sein Vorgänger und neue Wege sucht. Und sie findet.« Er schaute kurz zur Seite. »Du machst dir die Hände dabei schmutzig, Landveld. Wenn du lang genug in der Scheiße rührst, bleibt der Gestank an dir hängen. Und überträgt sich auf alles und jeden in deiner Umgebung. Willst du das?«

»Du scheinst dich da ja gut auszukennen.«

»Quatsch nicht rum.«

Sie schwieg.

»Warum ich?«, fragte er.

»Weil ich Susan wiedererkannt habe und wusste, dass sie deine Freundin ist.«

»Ist sie nicht mehr.«

»Nicht?«

Er zuckte mit den Schultern.

»Wadim glaubt das anscheinend doch.«

»Sieht so aus.«

Die Straße verengte sich zu einer einfachen Spur. Auf den beiden rechten Fahrstreifen standen hinter roten Warnkegeln und hektisch blinkenden Lichtern ein paar ziemlich demolierte Autos. Der vorderste wurde gerade auf einen Abschleppwagen geladen. Männer in reflektierenden Westen, die Köpfe wegen Regen und Wind gesenkt, fegten mit Besen die verstreuten Glas- und Plastikreste von der Fahrbahn.

»Warum ich?«, fragte Maier noch einmal. Diszipliniert fuhr er an dem Unfall vorbei, während sich vor ihm der Stau allmählich auflöste. Er schaltete hoch, brachte den Motor aber noch nicht wieder auf Touren.

»Wie meinst du?«

»Warum hast du eine Akte über mich angelegt? Was ist wirklich der Grund? An Zufall glaube ich nämlich nicht.«

»Und glaubst du dran, dass man bei der Kripo irgendwann eine Art Gespür dafür entwickelt, was einen Menschen antreibt?«

»Vielleicht. Aber du kennst mich nicht.«

»Ich habe gesehen, wozu du fähig bist.«

»Das sind Hypothesen. Gesehen hast du gar nichts.«

»Wenn ich mit einem Kochlöffel in einem Topf mit angebranntem Reis rühre, spüre ich das Angebrannte auf dem Boden des Topfes. Das brauche ich nicht mit eigenen Augen gesehen zu haben, um mir sicher zu sein. So was weiß man einfach.«

Er schaltete in den höchsten Gang. Die Straße war jetzt so gut wie frei. Trotzdem konnte er nicht einfach durchstarten. Die Fahrbahn war zu nass und der Wind tückisch.

»Du hast alles geregelt, meintest du?«

Sie nickte.

»Hast du an Waffen gedacht? Denn bei allem Respekt, mit einer Dose Pfefferspray …«

»Hab ich. Ist geklärt. Das Spray will ich übrigens wiederhaben.«

»Später. Was hast du sonst noch zu bieten?«

»Genug. Das wirst du morgen früh schon sehen.«

Er runzelte die Stirn.

»Sagen wir mal, was lohnsteuerfreie Zuwendungen angeht, ist die Polizei ein guter Arbeitgeber.«

»Hast du einen Grundriss?«
»Ja. Alles. Ich bin kein Grünschnabel.«
»Schon über einen Zeitpunkt nachgedacht?«
»So um die Essenszeit herum würde es sich anbieten. Gegen sechs.«
»Warum?«
»Dann ist es dunkel, und es sind keine Kunden da.«
»Weißt du das mit Sicherheit?«
»Im Prinzip läuft der Laden rund um die Ohr. Kalojew hat sich da quasi häuslich eingerichtet, unterm Dach. Wir haben uns letztes Jahr einen guten Überblick über den Laden verschafft. Zwischen fünf und halb sieben ist da so gut wie nichts los.«

Maier sah auf die Uhr. Halb drei. Der Stau hatte sich aufgelöst, aber es war nach wie vor windig. Wenn er ohne weitere Behinderungen durchkam, konnte er gegen neun oder vielleicht zehn in Eindhoven sein. Aber was hatte das für einen Sinn?

Schon jetzt hatte sich eine schwere Trägheit in seinen Knochen und Muskeln eingenistet, und er wusste, dass dies bloß ein Vorgeschmack darauf war, wie er sich morgen Nachmittag fühlen würde, nach noch ein paar hundert Kilometern Fahrt durch dieses Scheißwetter. Wenn er tausend Kleinigkeiten bedacht, den Grundriss auswendig gelernt, die Waffen und das sonstige Material ausgesucht und getestet hätte. Natürlich, das Adrenalin würde ihn wachrütteln, aber Schlafmangel und Müdigkeit würden sich unwiderruflich rächen in Form einer weniger sicheren Schießhand und einem verminderten Reaktionsvermögen.

Das würde zu Unfällen führen. Und es stand schon jetzt mehr auf dem Spiel als bloß sein eigenes Leben.

Sie täten besser daran, vorher ein bisschen zu schlafen, wenigstens ein paar Stunden. Sie konnten das entweder später tun, wenn sie wieder in den Niederlanden waren, oder jetzt, da sein Körper es einforderte und das Wetter sowieso nicht mitspielte.

»Hör mal«, sagte er. »Bei Dijon nehmen wir eine Ausfahrt und suchen uns ein Hotel. Ein B&B oder ein *Formule 1*, irgendwo werden schon noch ein paar Schlafkojen frei sein.«

49

Wadim hatte sein Auto in der Nähe des Bahnhofs geparkt und war unterwegs zu dem Bordell, wobei er einen anderen Weg einschlug als letztes Mal. Das hatte er bei der Armee gelernt und sich seither zur Gewohnheit gemacht: nie zweimal dieselbe Strecke zurücklegen. Vorhersagbarkeit kostete einen sonst irgendwann das Leben. Auch wenn es keinen Grund gab zu glauben, jemand könnte es auf ihn abgesehen haben, hielt er diese Sicherheitsregel ein.

Maier hatte es nicht eilig. Allmählich dauerte es wirklich zu lange. Noch immer hatte Wadim kein Lebenszeichen von ihm. Dass seine Zielperson offenbar gar nichts mitbekam, ärgerte ihn. Vielleicht machte er gerade Urlaub in der Karibik und ließ sich dort von einer Schar einheimischer Schönheiten den Schwanz lutschen, während seine Freundin auf ihrer Stinkematratze langsam verrottete.

So was kam ironischerweise tatsächlich vor.

Es wurde höchste Zeit, dass Wadim den nächsten Schritt unternahm. Er musste ein bisschen Öl ins Feuer gießen, ein bisschen Tamtam veranstalten. Etwas unternehmen, was in die Nachrichten kam, am besten international. Das würde die Chance verbessern, dass Maier davon erfuhr.

Unruhe zu stiften war weniger schwierig, als man meinte. Im Grunde das reinste Kinderspiel. Es kam nur darauf an, den Leuten einen Schrecken einzujagen. Viel Blut und Verstümmelungen waren immer ein gutes Mittel, erst recht im Zusammenspiel mit einer gewissen Zahl von Zuschauern. Dann bekamen die Behörden die Nachrichten nämlich nicht mehr in den Griff.

Vergangene Nacht war er kurz davor gewesen, seinen Plan in die Tat umzusetzen. Sie waren wieder in Susans Wohnung gewesen, der lange Typ mit den furchtbaren gelben Haaren und die Tussi, die äußerlich überhaupt nicht zu ihm passte. Er hatte die beiden in Ruhe gelassen. Aber wenn er sie das nächste Mal antraf, würde er diese Turteltäubchen wohl aufschlitzen müssen und dabei so kreativ wie möglich vorgehen, um einen möglichst starken Eindruck zu hinterlassen.

Eine schmutzige Arbeit.

Und gar nicht sein Ding.

Aber eines war sicher: Die Nachricht würde einschlagen wie eine Bombe. Und weil der Tatort Susans Wohnung wäre, würde auch ihr Verschwinden bemerkt. Womöglich geriete sie sogar selbst in Verdacht, den Doppelmord begangen zu haben, zum Beispiel im Zuge eines missglückten Experiments mit Drogenpilzen, woraufhin sie geflohen sein konnte. Schließlich war es ihre Wohnung, aber sie selbst war nicht dort und würde mit Sicherheit auch im Nachhinein nicht auftauchen.

Dass das Junkie-Pärchen noch am Leben war, hatte mit rein praktischen Erwägungen zu tun. Wenn der Medienzirkus anfing, sollte Susan besser schon im Ausland sein. Also musste er sie erst nach Düsseldorf verfrachten.

Als er um die Ecke bog, hörte er die Kirchturmuhr: ein einziger Schlag. Es war ein Uhr mittags. Er war auf die Minute pünktlich.

Gewohnheitsgemäß scannte er die am Straßenrand geparkten Wagen. Im selben Augenblick zog ein im Schneckentempo an ihm vorbeifahrender neuer Ford seine Blicke auf sich. Wadim ging langsamer.

Der Polizeiwagen hielt genau vor Maxims Tür. Glänzend weiß in der blassen Novembersonne, mit leuchtenden Streifen in Orange und Blau. Genau dort, wo auch Wadim parken hatte wollen, nachdem er sich vergewissert hätte, dass Susan transportfertig war.

Zwei Mann stiegen aus. Der eine zündete sich eine Zigarette an. Sie schienen es nicht besonders eilig zu haben.

Die Polizei schaute bei Maxim auf eine Tasse Kaffee vorbei.

Hätten die Arschlöcher nicht einen Tag warten können? Etwa eine Stunde später wäre er hier weg gewesen, und dann hätte von ihm aus der ganze Häuserblock einstürzen können.

Leise fluchend drehte er sich um und ging ruhigen Schrittes zurück zum Bahnhof.

50

»Wo hast du dir eigentlich dieses Auge geholt?«, fragte Maier.
»Bin damit schon zur Welt gekommen. Eins links, eins rechts.«
»Sehr witzig.«
»Gab's im Sonderangebot.«
»Jetzt sag schon.«
Joyce lächelte rätselhaft. »Ich bin Polizistin.«
»Ja, und?«
»Da stößt man schon mal auf Widerstand.«
»Eins aufs Maul gekriegt beim Strafzettel-Verteilen?«
»Ich hab seit Jahren nicht mehr als Verkehrspolizistin gearbeitet, du Schlaumeier. Hier rechts, auf den Parkplatz. Wir sind da. Stell ihn mal neben dem Golf da ab.«
Maier fuhr den Carrera in eine Parklücke, die man wegen der mannshohen Sträucher von der Straße aus nicht einsehen konnte. Er schaute zu dem Hochhaus auf. Lange, überdachte Außenflure, überall die gleichen rechteckigen Fenster mit weißen Lüftungsgittern. Knallblaue Wohnungstüren mit runden Gucklöchern wie Bullaugen. Hier und dort ein Korb mit verblühten einjährigen Pflanzen. Manche der Bewohner hatten einen etwas ausgefallenen Geschmack, was Gardinen anging, aber ansonsten wirkten die Wohnungen allesamt – es mochten an die achtzig sein – vollkommen auswechselbar.
Joyce las ihm die Geringschätzung an den Augen ab. »Nicht jeder hat so viel auf dem Konto wie du.«
»Fängst du jetzt auch schon an, meine Gedanken zu lesen?«

Sie grinste und stieg aus.

Er folgte ihr, schloss den Wagen ab und legte den Kopf in den Nacken, um das Hochhaus als Ganzes zu betrachten. »Wo wohnst du?«

»Sechster Stock, sechste Tür von links.« Sie ging auf den Haupteingang zu. Er befand sich in einem sieben Stockwerke hohen, glänzenden gelben Backsteinblock, der wie eine riesige Säule aus dem rechten Gebäudeflügel emporragte und anscheinend einen Fahrstuhl sowie das Treppenhaus beherbergte. Auch in diesem Koloss saßen Bullaugen. Im Modell hatte dieses Gebäude wahrscheinlich spektakulär ausgesehen, aber jetzt, in der grauen Realität wirkte es eher heruntergekommen, mit seinen Feuchtigkeitsflecken an den Wänden und den dunklen Roströndern unter den Geländern.

Maier musste kräftig ausschreiten, um mit seiner Begleiterin Schritt zu halten. An Joyce Landvelds Kondition war wahrlich nichts auszusetzen.

In dem grau gefliesten Flur schaute er auf seine Armbanduhr. Fünf nach eins. Um Viertel nach fünf wollten sie zu dem Bordell fahren. Ihnen blieben noch gut vier Stunden für das, wofür er sich normalerweise monatelang Zeit nahm: den Grundriss auswendig zu lernen, die Gegenspieler zu durchleuchten, die Bewaffnung und das sonstige Material zu regeln und zu kontrollieren, die Herangehensweise festzulegen. Hinzu kam zweierlei, was für ihn neu war: Sie mussten die Aufgaben untereinander verteilen und sich innerhalb von kürzester Zeit möglichst gut aufeinander einspielen.

Es war Wahnsinn. Maier war ein Einzelgänger, gewohnt, alles alleine zu erledigen. Dabei war er immer am besten klargekommen, und bisher war es auch immer gut gegangen. Fehler zu machen hätte bei einer Aktion wie dieser leicht tödliche Folgen, dessen war er sich bewusst. Es konnte Schlag auf Schlag gehen: Eine einzige falsche Bewegung, eine einzige

Fehleinschätzung, und es war aus und vorbei. Genau das hatte ihm bisher immer einen Kick verschafft. Aber auch wenn er sich schon dutzendfach und sehenden Auges selbst in Schwierigkeiten gebracht hatte, war es in Wirklichkeit doch nie um etwas gegangen. Ein Spiel war es gewesen, bei dem er sein eigenes Leben genauso als Einsatz betrachtet hatte wie das seiner Gegner: Menschen, die einander ebenbürtig waren. Die es gewohnt waren, am Rand des Abgrunds zu leben.

Jetzt war Susan der Einsatz. Und darum war alles anders.

Darum war diesmal ein ganz anderes Vorgehen erforderlich.

Maier war bewusst, dass er im Begriff stand, etwas zu tun, was er bislang nicht einmal erwogen hätte: zusammen mit jemand anderem in ein fremdes Gebäude einzufallen. Eine Aktion, bei der scharf geschossen würde. Mit einem einzigen Ziel vor Augen: zu töten. Und das zusammen mit einer Kriminalpolizistin. Die frustriert war, hasserfüllt, die Nase gestrichen voll hatte.

Mehr oder weniger permanent fragte er sich, ob das überhaupt alles stimmte und ob er ihr vertrauen konnte. Er achtete auf kleinste Anzeichen, auf Körpersprache, Mimik, Wortwahl, sogar auf die vielsagenden Gesprächspausen. Zweifellos war sie leicht gestört, was an sich ja nichts Verkehrtes war. Bis zu einem gewissen Grad musste man sogar gestört sein, um freiwillig in ein Gebäude einzudringen, in dem man es mit lauter bewaffneten Arschlöchern zu tun bekäme. Außerdem hatte sie für ihr Handeln einen starken Antrieb: Sie war eine Frau, die kein Unrecht ertragen konnte und gewissenlose Schufte lieber abknallte als einbuchtete. Insofern eine Frau wie für ihn geschaffen.

Und doch war in einem Punkt etwas faul an Joyce Landveld. Diese Geschichte, wie sie ihm auf die Spur gekommen sein wollte – konnte die wahr sein? Dass sie ihn zufällig beim

Observieren in Venlo ins Visier bekommen hatte, von seiner Vorgehensweise fasziniert gewesen war und an Ort und Stelle beschlossen hatte, ihre Kollegen nicht auf ihn aufmerksam zu machen – zumindest nicht gleich –, weil sie geglaubt hatte, dass er ihr später noch mal nützlich sein könnte? Woraufhin sie dann anscheinend nach und nach im Geheimen eine dicke Akte über ihn angelegt hatte? Das war, gelinde gesagt, merkwürdig.

Sexueller Art war ihre Obsession jedenfalls nicht. Vergangene Nacht im Hotel hatte sie sich von ihm ferngehalten, hatte sich zum Schlafen nicht mal ausgezogen. Heute Morgen im Auto hatte sie ihm dann erklärt, dass sie einen festen Freund hatte. Sie hatte den jungen Mann etwas forciert zur Sprache gebracht und seine körperlichen und geistigen Vorzüge betont, auf ziemlich durchsichtige Art und Weise, wie um klarzustellen, dass sie keine verliebte Stalkerin war. Das war plausibel. Joyce war ausgesprochen charmant, sie lächelte und lachte gern und näherte sich ihm manchmal in einer fast schon flirthaften Weise, aber er musste zugeben, dass sie tatsächlich nicht verliebt auf ihn wirkte. Eher konzentriert.

In ihren dunklen Augen schwelte ein Feuer, das nicht viel brauchen würde, um aufzulodern. Und was er dort gelegentlich brennen sah, war purer Hass, Zerstörungsdrang, das destruktive Ergebnis einer seit Jahren angestauten Frustration. Sie schien diesen Maxim wirklich bis aufs Blut zu hassen und die Entführung Susans als ein Zeichen dafür aufzufassen, dass sie ihr geheimes Projekt nun endlich offenbar werden lassen konnte. Es könne kein Zufall sein, hatte sie gesagt, dass ausgerechnet Susan bei diesen Typen gefangen gehalten werde. Sie müssten diese Sache zusammen in Angriff nehmen. Sie brauchten einander, hatte sie gesagt, sie ergänzten einander. Sie seien ein großartiges Team.

Dies und noch vieles mehr hatte sie heute Morgen auf der

Fahrt hierher erzählt. Er hatte es sich angehört und ab und zu genickt oder zustimmend gebrummt. Mit dem ganzen Zeug von wegen Zufall oder kein Zufall konnte er nichts anfangen. Aber Joyce verfügte über Waffen, einen Gebäudegrundriss, gewisse wichtige Daten sowie das brennende Verlangen, die Sache erfolgreich über die Bühne zu bringen. Das war alles, was er brauchte, um Susan schnell und sicher da herauszuholen. Und nur aus diesem Grund war er bereit, mit Joyce zu kooperieren.

Ansonsten wollte er nicht mehr darüber nachdenken. Vorläufig würde er ihre Geschichte hinnehmen, zumindest bis Viertel nach fünf am Nachmittag, und bis dahin noch so viele Infos und Materialien zusammensuchen wie möglich. Dann würde er weitersehen.

Tatsächlich hatte er bei diesem ganzen Szenario nur eine einzige Sicherheit: Wenn Joyce für die Russen arbeitete, dann ging er seinem sicheren Tod entgegen.

51

Olga strich Susan mit einer Bürste durchs Haar. Anfangs war es schmerzhaft gewesen, weil die Haare durch das viele Liegen auf der feuchten Matratze ganz zerzaust und verfilzt waren. Im Nacken und bei den Ohren, sagte Olga, hingen dicke, fast schon verfilzte Büschel. Jetzt aber glitt die Bürste mühelos hindurch, sodass die Behandlung einfach nur angenehm war.

Susan hielt die Augen geschlossen. Sie hatte Olgas Gesellschaft zu schätzen begonnen. »Hast du Familie?«

»Meine Eltern, einen kleineren Bruder und eine ältere Schwester. Und meine *Babuschka* wohnt auch bei uns.«

»Wenn du genügend Geld gespart hast, hast du also einen Ort, wo du hinkannst? Du kannst nach Hause?«

»Ja. Dafür bin ich auch dankbar, denn das ist nicht bei allen Mädchen so. Es gibt auch welche, die nicht mehr zurückkönnen. Oder die es nicht mehr wollen, weil sie schief angeguckt würden.«

»Warum das?«

»Weil sie doch Huren gewesen sind. In manchen Dörfern und Familien ist man da nicht sonderlich verständnisvoll ... Und du, Susan, hast du ein Zuhause, wo du hinkannst?«

Sie benutzte das Wort *home*, nicht *place*. »Ein Zuhause?« Susan dachte gründlich nach.

Der Begriff Zuhause war jahrelang abstrakt geblieben. Das alte, freistehende herrschaftliche Haus, in dem sie geboren und aufgewachsen war, bei ihrem bildhauernden Vater, ihrer fünf Jahre älteren Schwester und einer meist abwesenden Mutter, war eher ein topographisches Faktum gewesen, als dass sie etwas dabei empfunden hätte. Es hatte dort keine Wärme gegeben, kein Gefühl von Nachhausekommen. Es war bloß ein Ort gewesen, wo man mit dem Fahrrad hinfuhr, wenn die Schule vorbei war, wo man sein Bett stehen hatte und wo man mit etwas Glück im Kühlschrank etwas zu essen fand. Ihre Eltern waren hauptsächlich mit ihren Freunden aus dem Ausland beschäftigt gewesen, besonders ihr Vater. Susan und Sabine waren sich in deren Gesellschaft immer etwas verloren vorgekommen.

Ihre Mutter Jeanny, die vor Kurzem bei ihr eingezogen war, tat, was sie konnte, um die verlorenen Jahre wiedergutzumachen. Dass es ihr nicht sonderlich gut gelang, daran konnte sie wenig ändern. Die Familie Staal hatte beim Verteilen von Nestwärme nun mal nicht in der ersten Reihe gestanden.

Zum ersten Mal hatte Susan ein Gefühl empfunden, das so ähnlich war wie ein Heimkommen, Jahre nachdem sie zu Hause ausgezogen war. Um genau zu sein, erst letztes Jahr. Ihre kleine Wohnung in der Innenstadt wurde zu einem Zuhause, als Sil bei ihr eingezogen war. Als in ihrem Wohnzimmer noch seine Asics auf dem Boden herumgelegen hatten, in ihrem Bad sein Rasierapparat, in ihrem Wäschekorb seine Klamotten zwischen ihren. Als ihre Stereoanlage die Wohnung mit seiner Musik beschallt und sie nachts seinen Körper neben ihrem gespürt hatte.

Dann war er fortgegangen, und mit ihm, mit seiner Musik und seinen Sachen, war auch das Gefühl von Verbundenheit, von Liebe verschwunden, das Gefühl, ein Zuhause zu haben.

Was sollte sie sagen? Würde Olga sie verstehen? Und wenn ja, was hatte es für einen Sinn, sie damit zu behelligen? Angesichts der Wirklichkeit kam ihre Klage ihr so banal, so entsetzlich verwöhnt und unwichtig vor.

»Ich wohne alleine«, sagte sie schließlich. »Und meine Mutter ist zu mir gezogen.«

»Das ist gut.« Olga nahm ein rosafarbenes Gummiband zur Hand und fing an, Susans Haare zusammenzuraffen. Sie sah plötzlich ganz ernst aus. »Du hast wirklich Angst, was? Du zitterst ja von Kopf bis Fuß.«

»Ich will dich nicht in Schwierigkeiten bringen. Aber es geht hier nicht um mich, sondern um meinen Freund. Er muss irgendjemandem von diesen Leuten etwas angetan haben. Sie wollen über mich an ihn herankommen. Da bin ich ganz sicher.«

»Aber dann hätten sie doch ...«

Unten klingelte es an der Tür. Ein elektronischer Summton, zweimal nacheinander, als ob es dringend wäre.

Susan erstarrte. »Das wird er sein.«

»Nein, das ist er nicht.« Olga blickte über die Schulter zur Tür und rührte sich nicht vom Fleck. »Das ist nicht Wadim. Kunden und Bekannte klingeln in einem bestimmten Rhythmus: dreimal kurz, dreimal lang. Grundsätzlich. Damit die Männer Bescheid wissen, wenn Schwierigkeiten auf sie zukommen.«

Susan reagierte nicht. Sie spitzte die Ohren.

Auf der Treppe waren Schritte zu hören. Sie kamen die Stufen hinaufgepoltert: schwere, stampfende Schritte. Die Tür wurde fast schon eingetreten.

Ilja kam in den Raum gestürmt, erfasste blitzschnell die Lage und bellte Olga auf Russisch etwas zu. Die sprang sofort auf.

»*What's the matter?*«, fragte Susan.

»Polizei. Vor der Tür steht die Polizei«, sagte Olga schnell und lief aus dem Raum.

Ilja holte eine dicke Rolle Klebeband aus der Tasche seiner Trainingshose, biss ein Stück davon ab, bückte sich und klebte

Susan den schwarzen Streifen über den Mund. Er wiederholte die Prozedur zweimal.

Unten klingelte es erneut, diesmal anhaltend.

Die Tür wurde geöffnet. Susan hörte Männer miteinander sprechen. Niederländisch. Es schien Ewigkeiten zurückzuliegen, dass sie jemanden Niederländisch hatte sprechen hören.

Ilja sah sie eindringlich an. Legte den Zeigefinger an die Lippen und hob drohend die Faust, als wollte er sie schlagen.

Sie kniff die Augen zu und wandte das Gesicht ab, wappnete sich für den Schlag. Der blieb aus, stattdessen zog er an ihrem Pferdeschwanz, zwang sie, ihn anzusehen. »*You quiet.*« Sein Blick war wüst, er strahlte blanke Aggressivität aus.

Sie nickte und schluckte sichtbar. Schlug die Augen nieder, um ihm zu signalisieren, dass sie gehorchen würde. Das Herz zuckte ihr im Brustkorb auf und ab, und sie hatte Mühe, durch die Nase genügend Luft zu bekommen. Sie zitterte unkontrolliert am ganzen Leib.

Ilja ließ ihren Pferdeschwanz los, ging wieder auf den Flur hinaus und schloss die Tür hinter sich.

Erst als sie seine Schritte auf der Treppe hörte, wurde ihr vollends bewusst, was los war. Polizei.

Sie musste etwas tun.

52

Maier begutachtete die Stadtpläne, Fotos und Computerausdrucke. Joyce hatte nicht zu viel versprochen, sie hatte über die Computer der CIE eine Goldmine an Informationen zusammengesammelt. Es gab sogar Skizzen der einzelnen Stockwerke. Wenn die Angaben stimmten, wurde Susan links im ersten Stock gefangen gehalten, in einem Zimmer zwischen der Treppe und einem der Separees.

Joyce hatte alles hervorragend vorbereitet, er selbst hätte es nicht besser gekonnt. Sogar wie sie hineingelangen würden, war in groben Zügen schon schriftlich fixiert.

Innerlich verspürte er ein Prickeln wie schon lange nicht mehr. Genau so hätte er es auch gemacht: in Erfahrung bringen, wie viele Leute sich wann wo aufhielten und welcher Zeitpunkt folglich am besten geeignet war, um in das Gebäude einzudringen. Wo man hineinkam, welchen Fluchtweg man sich möglichst freihalten musste. So viele Daten wie möglich sammeln und auf der inneren Festplatte abspeichern. Den Ablauf immer wieder vor dem geistigen Auge durchspielen, in allen denkbaren Varianten, um dann, wenn der Moment gekommen war, dass man tatsächlich die Tür eintrat, den Rest der eigenen Schnelligkeit und dem eigenen Instinkt zu überlassen.

Er betrachtete die Skizzen, strich mit den Fingern über die gezeichneten Linien und stellte sich die Flure vor, die Türen, die Zimmer, die Gerüche, Geräusche. Spürte wie von selbst wieder diesen unwiderstehlichen Drang aufkommen, in der

Dämmerung in ein unbekanntes Gebäude einzudringen, eine verlässliche Pistole mit Schalldämpfer fest im Griff. Wie das Adrenalin ihm durch den Körper schoss, seinen Geist auswusch und säuberte, bis nur noch dieser pure, fast schon zenartige Zustand übrig blieb, in dem nur eines zählte: zu überleben. Zu gewinnen, so stark der Widerstand, so prekär die Lage auch sein mochte.

Aber diesmal war es anders. Diesmal war da mehr als nur diese Erregung, nach der man süchtig werden konnte. Maier kochte vor Wut. Und er war extrem unruhig. Nicht gerade die besten Voraussetzungen. Er musste sich am Riemen reißen, konzentriert bei der Sache bleiben. Es durfte auf keinen Fall schiefgehen, verdammt. Diesmal nicht.

»Hier wäre es ideal gewesen.« Joyce tippte mit einem Stift auf die Raumskizze. »Erster Stock hinten. Ein Separee, und die Wahrscheinlichkeit, mittags jemanden dort anzutreffen, ist eher gering, wir könnten also ungesehen hineingelangen. Von dort sind es nur ein paar Schritte bis zum Flur.«

»Aber?« Maier gab sich keine Mühe, seine Ungeduld zu kaschieren.

»Verrammelt, wie fast überall in dem Gebäude. Alle Fenster vorn und hinten, sowohl im Erdgeschoss als auch im ersten Stock. Ich wüsste zwar genug Methoden, um zwei Zentimeter dicke Multiplexplatten aus solchen Rahmen herauszukriegen, aber keine dieser Methoden ist geräuschlos. Kurz, erster Stock geht nicht.«

»Und von hinten, über die Küchentür?«

»Gepanzert, genau wie die Eingangstür. Von innen Stahlblech, die Schlösser sind auch keine Billigware.«

»Verdammt, das ist ja eine richtige Festung.«

»Allerdings. Funktioniert in beide Richtungen: Die Mädchen bleiben drinnen, und unerwünschter Besuch bleibt draußen.« Ihre Augen glänzten im Schein der Lampe. »Dieser Wadim hat sich schon gut überlegt, was für ein Gebäude er sich aussucht.«

Maier streckte den Arm aus, zeigte auf eine Stelle auf der dritten Skizze. ZWEITER STOCK, stand daneben, und umkringelt: MAXIM. »Eine Dachluke?«, fragte er.

»Genau, und zwar auf Kipp, eigentlich immer.«

»Das weißt du vom Observieren?«

»Wir sind in dem Gebäude drin gewesen, das macht was aus. Wir haben relativ viele Infos.«

Er starrte auf die Zeichnung. Zweiter Stock, drittes Geschoss. Das musste ziemlich hoch liegen. Schrecklich hoch, mindestens neun Meter über der Straße. Die Luke befand sich in dem Ziegeldach, sprich, man musste die Fassade hoch, über die Dachrinne – wahrscheinlich aus Holz und mit Zink verkleidet – und dann über die Ziegel die Schräge hinauf. Er hob den Blick. »Diese Kletterpartie, ist die zu schaffen? Realistischerweise?«

»Für mich schon.«

Verärgert hob er die Brauen.

»Wenn man fünfundfünfzig Kilo wiegt und im Klettern geübt ist, dann würde ich sagen: Ja, das ist zu schaffen. Sogar leicht. Aber ein Langstreckenläufer von neunzig Kilo? Vom Lärmpegel her könnten wir da auch gleich mit einem Hubschrauber auf dem Dach landen.« Abrupt hob sie den Stift und ließ dessen Spitze mit einem hörbaren Ticken auf der ersten Skizze landen. »Du kommst ganz normal hier rein. Durch die Eingangstür.«

»Wie das?«

»Ich mache dir auf. Zur Essenszeit sitzen sie alle unten in dem großen Raum bei der Küche, da bin ich die zwei Treppen in null Komma nichts runtergelaufen.« Sie sah ihn begeistert an. »Das geht. Glaub's mir. Ich hab gut drüber nachgedacht.«

»Und wenn du jemandem begegnest?«

»Die Wahrscheinlichkeit ist gering, aber wenn doch, dann schieße ich. Wir müssen mit drei Mann rechnen. Nicht mehr.«

»Weißt du das mit Sicherheit?«

»Mit Sicherheit weiß man es nie, oder? Es kann jemand krank sein, sie können neues Personal eingestellt haben, darauf hat man keinen Einfluss. Montags um die Essenszeit herum sind sie bislang jedenfalls immer zu dritt gewesen. Seit Monaten. Also müssen wir mal davon ausgehen.«

»Nummer eins ist dieser Russe, dieser Wadim?«

»Nein, der ist quasi nie vor Ort. Maxim Kalojew, dann dessen rechte Hand, ein gewisser Ilja Makarow, und Nummer drei ist Pawel Radostin.« Sie zog ein Foto aus dem Stapel hervor. »Der hier.«

Ein blasser Typ Ende zwanzig, der mit wütendem Blick in die Polizeikamera schaute. Links und rechts am Schädel kahlrasiert.

»Er trägt einen Pferdeschwanz und hat auf der Innenseite des linken Arms ein Schlangentattoo«, sagte Joyce in sachlichem Tonfall. »Er ist da Mädchen für alles, erledigt Einkäufe, Fahrdienste und so weiter. Wahrscheinlich ist er nicht richtig gefährlich.«

»Man sollte die nie unterschätzen.«

»Tu ich auch nicht.«

»Wie kommt es, dass ihr die Abläufe da drin so gut kennt? Dass ihr sogar wisst, wann und wo sie essen?«

»Wir hatten einen Informanten da drin.«

Maier blickte auf. Ihre Stimme hatte leicht gezittert, kaum merklich, aber seine hypersensibilisierten Antennen waren sofort alarmiert. »Was ist mit dem, mit diesem Informanten?«

»Er ist tot. Ermordet.«

»Wann?«

»Vor ein paar Tagen.«

Maier richtete sich auf. »Sind sie dahintergekommen, dass er sie verzinkt hat?«

Sie wich seinem Blick aus. »So was in der Art.«

»Nix da, von wegen ›so was in der Art‹! Erzähl!«

Sie schüttelte den Kopf. »Wir haben nicht viel Zeit. Es ist nicht wichtig. Es hat keinen Sinn …«

Er sprang auf und presste die Fingerspitzen auf die Tischplatte. »Landveld, ich bin kurz davor, mit dir zusammen in dieses Gebäude einzudringen. Es kommt auf *alles* an. Auf jede Scheißkleinigkeit, und der Mord an einem Informanten ist alles andere als eine Kleinigkeit. Jetzt werde bitte mal konkret, verdammt.«

»Ich habe ihn …« Sie starrte auf den Tisch. Schwieg.

»Verpfiffen?«

»Ermordet.« Sie rieb sich mit Daumen und Fingern unruhig über die Brauen. Sah Maier dann direkt an. »In den Bauch und den Kopf geschossen mit sechs Kleinkalibern, in seinem eigenen Wagen.«

Langsam sank Maier auf seinen Stuhl zurück. Die plötzliche Härte in ihrer Stimme und ihrem Blick überraschten ihn nicht, sondern beruhigten ihn sonderbarerweise vielmehr. Er hatte sie richtig eingeschätzt. »Wer weiß davon?«

»Niemand.«

»Warum bist du dir da so sicher?«

»Weil ich es gründlich gemacht habe.«

Er nickte stumm. Fragte dann: »Und warum knallst du Informanten über den Haufen? Erwartet dein Chef nicht von dir, dass du die ein bisschen pfleglich behandelst?«

»Ich brauchte Informationen. Über die Sache mit Susan, wer sie dort hingebracht hat, was sie mit ihr vorhaben … Robby wusste Bescheid, weil er für Kalojew gearbeitet hat. Aber eigentlich war ein Kollege von mir für ihn zuständig, den ich kaum kenne. Also war es ein bisschen sonderbar, dass plötzlich ich bei ihm vor der Tür stand. Er hat ungünstig darauf reagiert. Wollte meinen Kollegen anrufen und ein paar Dinge verifizieren. Ich hatte keine Wahl.«

»Das hättest du dir vorher denken können.«

»Was?«

»Dass ein Informant misstrauisch wird, wenn jemand anders als seine Kontaktperson Informationen von ihm haben will.«

Sie zuckte mit den Schultern. »Kann sein.«

Unvermittelt umklammerte Maier ihre Handgelenke und suchte ihren Blick. »Gibt es eigentlich noch mehr ›unwichtige‹ Dinge, die ich wissen sollte?«

Sie schaute auf ihre Handgelenke und wieder zu Maier. »Nicht wirklich. Du weißt jetzt alles, was du wissen musst. Ich denke, wir können allmählich die Bewaffnung durchgehen.«

Er verstärkte seinen Griff. Sah ihr genau ins Gesicht.

Sie zwinkerte nicht einmal.

»Ich habe keine Lust auf Überraschungen«, sagte er, ohne den Blick abzuwenden.

»Ich genauso wenig.«

»Woher soll ich wissen, dass du nicht gekauft bist? Dass du mich nicht an der Nase herumführst?«

»Das kannst du nicht wissen. Du musst mir vertrauen.«

»Vertrauen ist nicht gerade meine Stärke.«

»Das hab ich schon gemerkt.«

»Also, warum sollte ich dir diese Geschichte abnehmen?«

Sie hob das Kinn. »Weil du diesen Einbruch ohne mich heute nicht mehr machen kannst. Das weißt du selbst sehr gut.«

»Aber die Frage, Joyce Landveld, ist doch: Braucht es diesen Einbruch überhaupt? Steckt Susan wirklich da drin?« Absichtlich ließ er eine kleine Pause entstehen. »Na?«

Falls sie gekauft war, dachte Maier, dann war sie eine begnadete Schauspielerin.

Ihre Reaktion war beleidigt, wütend. Sie ballte die Hände zu Fäusten. »Allmählich habe ich die Nase voll von deiner Paranoia, Maier«, fuhr sie ihn an. »Vielleicht musst du mal öfter deine Mails lesen. Wann hast du das zum letzten Mal gemacht, verdammt?«

Maier ließ ihre Handgelenke los, als ob sie unter Strom stünden.

Grimmig klappte Joyce ihren Laptop auf und drehte ihn um, sodass Sil den Bildschirm und die Tastatur vor sich hatte. Versetzte dem Gerät einen wütenden kleinen Stoß. »Hier. Viel Erfolg.«

Er zog das Ding zu sich heran, wartete ungeduldig, bis die drahtlose Internetverbindung aufgebaut war, und ließ dann die Finger klappernd über die Tastatur huschen.

Er hatte seine Mails wochenlang, vielleicht schon monatelang nicht mehr gecheckt. An das letzte Mal konnte er sich gar nicht erinnern.

Nachdem er sich in sein Hotmail-Account eingeloggt hatte, klickte er zum Posteingang weiter. Es gab nicht viel Neues. Eine einzige Mail stammte von Susan. Sie enthielt keinen Text, nicht einmal ein »Küsschen« oder einen sonstigen Gruß, und das war sonderbar. Eine leere Mail mit zwei angehängten Fotos.

Ungeduldig klickte er auf das erste, das sich kurz darauf allmählich auf dem Bildschirm aufbaute. Dann auf das zweite.

Joyce behielt ihn von ihrer Seite des Tisches aus im Blick, mit verschränkten Armen. »Heute vor einer Woche verschickt«, sagte sie leise. Ihrer Stimme war keinerlei Wut mehr anzuhören. »Ich hätte sie dir lieber nicht gezeigt. Ich hätte sie dir lieber erspart. Es ist nicht der richtige Moment dafür.«

»Im Gegenteil, der Moment ist genau richtig«, sagte er mit rauer Stimme. Er klappte den Laptop zu. »Wo hast du die verdammten Waffen?«

»Im Souterrain. Aber erst machen wir noch ein kleines Feuerchen.«
»Feuerchen?«
»Diese Papiere müssen weg. Und deine Akte.«

53

Sie setzten sich nicht. Das taten sie nie. Es ärgerte ihn maßlos, dieses absichtliche Herumgestreune in seinem Laden. Er wollte sie gern auf seinem Sofa haben, auf den lachsrosa Polstern, wo er sie im Auge behalten konnte, schön brav und übersichtlich nebeneinander. Aber die beiden Kripobeamten taten das genaue Gegenteil, und zwar absichtlich, um ihn zu ärgern.

Die Kommission, die den Mord an Robby aufklären sollte, hatte ihm zwei Typen auf den Hals gehetzt. Sie repräsentierten die entgegengesetzten Extreme ein und derselben Laufbahn, das Vorher und das Nachher. Der eine war ein frischer, entschlossener junger Kerl von etwa siebenundzwanzig, der andere ein müde wirkender, grauhaariger Mann mit auffälligen dunklen Ringen unter den Augen. Sie schlurften durch die Räumlichkeiten, als ob sie während einer Versteigerung ein Gebot auf den Hausrat abgeben wollten – ein zu niedriges Gebot wohlgemerkt. Sie hoben allerlei Gegenstände hoch, drehten sie in den Händen und begutachteten sie – als würden sie sich ernsthaft für Champagnergläser von IKEA oder Gipsengel mit einer Schicht Goldlack interessieren –, um sie dann grundsätzlich an den falschen Ort zurückzustellen.

Maxim konnte es schlecht haben, wenn sich jemand an seinem Kram zu schaffen machte. Wenn die beiden wieder weg waren, wäre er eine halbe Stunde lang damit beschäftigt, alles wieder dorthin zurückzustellen, wo es hingehörte.

Er wurde von einem leisen Rumsen abgelenkt, das aus dem

ersten Stock zu kommen schien. Angestrengt lauschte er, hörte aber nichts mehr. Vielleicht hatte er sich getäuscht.

Mit verschränkten Armen und säuerlicher Miene sah er den beiden Beamten zu. Er hasste die niederländische Polizei. Das waren unglaubliche Arschlöcher. In allen Ländern, wo er bislang gearbeitet hatte, war mit Banknoten problemlos dafür zu sorgen gewesen, dass man ungestört sein Ding drehen konnte. Manchmal musste wöchentlich bezahlt werden, manchmal monatlich, und gelegentlich noch zusätzlich zwischendurch, wenn irgendetwas außer Kontrolle zu geraten drohte. Hier wohnte und arbeitete er nun schon jahrelang und hatte die Polizei immer noch nicht richtig in den Griff bekommen.

Vor zwei Jahren hatte er einen der Ermittler mal eine Weile in der Tasche gehabt, einen geilen alten Bock, der bereit gewesen war, ein Auge zuzudrücken, wenn er dafür ab und zu ein Stündchen mit den Mädchen herumtoben durfte. Das war eine gute Zeit gewesen, die leider nur kurz gewährt hatte. Der Nachfolger hatte sich geweigert, das Spiel mitzuspielen. Und er befand sich in der Gesellschaft von Kollegen, die darüber ganz genauso dachten.

Sie hassten ihn. Deshalb fuhren sie auch mit diesen bescheuerten, auffälligen Polizeischlitten vor, die die Kunden abschreckten und seinen Ruf schädigten. Solche mit unübersehbarem Schriftzug versehenen Geschäftswagen benutzten die Kripoleute normalerweise ums Verrecken nicht, lieber stiegen sie noch aufs Fahrrad, aber wenn sie ihn damit ärgern konnten, dann setzten sie sich mit dem größten Vergnügen hinters Lenkrad so einer Kiste.

Maxim spitzte die Ohren. Er hatte sich nicht getäuscht. Das Wummern kam sehr wohl aus dem ersten Stock. Und es wurde immer heftiger.

Er merkte, dass er leicht zu schwitzen anfing. Die Ermittler hatten beim Betreten des Hauses deutlich gesagt, dass ihr

Besuch mit Robby zu tun hatte. Eigentlich gab es also keinen Grund zur Beunruhigung. Beim besten Wissen und Gewissen: Er wusste nichts von diesem Mord, und das könnte er auch jederzeit glaubhaft machen.

Nur lag oben eben diese Tussi. Wenn die entdeckt würde, hätte es unabsehbare, katastrophale Folgen. Und dieses Gewummer kam eindeutig von ihr und niemand anderem. Sie war die Einzige, die Grund dazu hatte, einen solchen Lärm zu veranstalten, außerdem lag ihr Zimmer genau über der früheren Hinterstube, direkt über seinem Kopf. Scheu beäugte er die beiden Besucher auf der anderen Seite des Raums.

Der Ältere schaute kurz hoch. Strich dann mit der Hand über ein Stück Tapete, das sich von der Wand gelöst hatte. »Du könntest hier mal wieder renovieren, Kalojew.«

»Kommt zur Sache«, sagte Maxim. »Ich hab heute noch was anderes vor.«

Sie gingen darüber hinweg und setzten ihre Inspektion fort, die offenkundig darauf abzielte, ihn auf die Palme zu bringen, sodass er die Geduld verlieren und sich verplappern würde. Letzteres war Wunschdenken – er war schließlich nicht blöd –, aber auf die Palme gebracht hatten sie ihn mittlerweile.

Im Grunde, dachte Maxim, konnte er froh sein, dass die beiden jetzt schon hier waren. Wären sie eine halbe Stunde später aufgekreuzt, hätten sie gleich dabei helfen können, die Tussi zu verladen.

Er hörte jetzt ganz deutlich ein Rumsen. Unverkennbar. Dass die beiden Brummbären nichts davon mitbekamen oder zumindest nichts dazu sagten, war ein verficktes Weltwunder.

Hinter dem Rücken der beiden Beamten winkte er Ilja, der mit ein paar Schritten bei ihm war.

»Geh mal nach oben«, murmelte Maxim auf Russisch, »und sorg dafür, dass die *suka* sich einkriegt.«

Ilja verließ den Raum.

»Das gehört sich aber nicht, Kalojew, in unserem Beisein eine Sprache zu sprechen, die wir nicht verstehen.« Der ältere der beiden kam auf ihn zu. »Gibt es denn irgendetwas, was wir erfahren sollten?«

»Nein, eher nicht. Also, stellt eure Fragen und dann verschwindet. Wir führen hier ein Geschäft, und mit einem Polizeiauto vor der Tür kriegen wir keine Kundschaft. Sondern nur Getratsche.«

»Vielleicht bist du in der falschen Branche tätig«, bemerkte der Ältere.

Hinter ihm betrat Swetlana den Raum. Ilja musste sie nach unten geschickt haben. Sie trug ein schwarzes Top und einen glänzenden Hüftrock mit Panthermotiv, dessen Seitenschlitze bis zu den Hüften reichten. Ein Top-Mädel. Mit siebzehn hatte sie diese Arbeit angefangen, zunächst gezwungenermaßen, war dann aber auf den Geschmack gekommen, wegen des Geldes. Mittlerweile war sie dreiundzwanzig. Maxim mochte sie. Darum war sie auch nie weiterverkauft worden. Swetlana übernahm immer nur ein paar Kunden pro Woche und hielt nachts ihm das Bett warm. Sie war so etwas wie eine Freundin. Eine, die ihm nie die Ohren volljammerte. Sie kochte sogar für die ganze Mannschaft.

Und momentan fungierte sie auf vorbildliche Weise als Blitzableiter.

Swetlana lächelte die beiden Männer an, schlug ihre glattrasierten Beine hübsch übereinander und rückte ihr Top so zurecht, dass zwischen ihren prallen Brüsten ein deutlich sichtbarer Spalt entstand. Dann steckte sie sich eine Zigarette an und atmete langsam den Rauch aus.

Der Jüngere ließ sich ablenken. Schon mal ein Polizist weniger, der seine grauen Zellen in Anspruch nehmen konnte.

»Was war das gerade für ein Lärm da oben?«, fragte der Grauhaarige.

»Lärm?« Maxim hob die Brauen.

»Dieses Gerumse.«

»Das hier ist ein Bordell, meine Herren, da wird den ganzen Tag gerumst und gebumst.« Maxim lachte schallend über seinen eigenen Witz, fischte eine Packung Kaugummipastillen aus der Tasche und ließ sich zwei in den Mund klackern. Die Ermittler bekamen keine angeboten. »Ich weiß nicht, wie viel Zeit ihr habt, aber ich muss gleich noch weg. Also raus mit der Sprache, ran an die Kroketten!«

»An die Buletten«, korrigierte der Grauhaarige, der ihn jetzt amüsiert ansah. »Es heißt ›Ran an die *Buletten*‹. Du solltest mal einen Integrationskurs in Betracht ziehen.«

Maxim gab ein lautes Schnaufen von sich und zählte im Stillen bis zehn. Nur wenn er Ruhe bewahrte, bestand die Chance, dass diese Typen innerhalb der nächsten halben Stunde wieder draußen vor der Tür standen.

Und wenn die verdammte Tussi da oben sich im Zaum hielt.

»Robby Faro. Der Name wird dir bekannt vorkommen, oder, Kalojew?«

Maxim richtete den Blick auf den Alten. »Robby hat hier ab und zu gearbeitet, wie ihr wisst.«

Das Gerumse hatte aufgehört. Endlich.

»Soll Swetlana den Herren vielleicht etwas zu trinken einschenken?«

»Für mich einen Saft.«

»Und du?«, fragte er den jungen Kerl.

Der blickte zerstreut auf. Er hatte Mühe, die Blicke von Swetlanas Verkaufsargumenten abzuwenden. »Irgendwas. Ein Wasser.«

Ilja kam zurück in den Raum, suchte Maxims Blick und zwinkerte ihm beruhigend zu.

Alles unter Kontrolle. Gut so.

Aber für wie lange? Maxim konnte nur hoffen, dass Wadim

ihn wegen des unerwarteten Besuchs nicht noch länger mit dieser Tussi sitzenließe. Er würde ihn sofort anrufen, wenn die beiden Bullen sich verpisst hätten.

Tatsächlich konnte er es gar nicht erwarten, endlich von der ganzen Chose erlöst zu werden. Er hing ihm alles zum Hals heraus. Die Polizei, die schon zum zweiten Mal in diesem Jahr bei ihm herumschnüffelte. Anton, der ihn ständig daran erinnerte, dass er ohne ihn immer noch ein Art Laufjunge wäre. Wadim, der ihm in seinem eigenen Laden die Leviten las. Dieser beschissene Robby, der sich unbedingt totschießen lassen musste, von wem auch immer. Und nicht zuletzt diese verfickte holländische Scheißtussi, die schon viel zu lang eines seiner Zimmer in Beschlag nahm.

Verbissen kaute Maxim auf seinem Kaugummi. Hörte er jetzt etwa schon wieder Gerumse, verdammt noch mal, oder hatte er was an den Ohren?

»Swetlana«, schnauzte er unwirsch.

Die Blondine sprang unverzüglich auf.

»Was starrst du da Löcher in die Luft?«, herrschte er sie auf Russisch an. »Schenk den beiden Herren endlich was ein.«

Ja. Er täuschte sich nicht. Dasselbe Gerumse wie eben.

Wo zum Teufel war Ilja abgeblieben?

54

Ihre Schritte hallten von den Betonwänden wider, und die Schlüssel rasselten laut, während sie nach dem richtigen suchte.

Das Souterrain erinnerte Joyce immer an ein Gefängnis. Nicht an so eines, wie sie sie von der Arbeit kannte, die waren meist weiß, hell und effizient – eher an eins aus einem dieser düsteren Filme, die in irgendeiner trostlosen Zukunft spielten und den Zuschauer mit einem flauen Gefühl im Magen zurückließen.

Es war angenehm, zusammen mit Sil Maier hier zu sein. Er ging hinter ihr, gab ihr im wortwörtlichen Sinne Rückendeckung. Mit ihm im Gefolge fühlte sie sich gleich ein wenig sicherer und schlagfertiger.

Ihre Angst, er könnte womöglich gefährlich sein, gefühlskalt und gewissenlos, hatte sich fast ganz verflüchtigt. Er war vorsichtig, ein wenig introvertiert. Er wusste nicht genau, was er an ihr hatte, und blieb deshalb reserviert. Das war in Anbetracht der Situation normal.

Sie war sich sicher, dass der Angriff auf das Gebäude erfolgreich verlaufen würde. Zusammen waren sie unbesiegbar. Ein besseres Team war nicht vorstellbar.

»Hier ist es.« Joyce drehte das Schloss herum und öffnete die Tür. Mit der Rechten tastete sie nach dem Lichtschalter. »Komm rein.«

Niemand außer ihr selbst war je in diesem Raum gewesen. Es war sonderbar und zugleich aufregend, dass jetzt Sil

Maier hier stand, leicht breitbeinig, mit seinen Asic-Turnschuhen.

Er blickte sich um, sah sich den Raum gründlich an. Groß war er nicht, knapp drei Meter breit und vier Meter tief. Es gab keine Fenster, und niemand hatte sich die Mühe gemacht, den Raum herzurichten: Der Boden bestand aus Beton mit einer durchsichtigen Beschichtung, die Wände waren aus großen grauen Blöcken, zwischen ihnen Zement. An der Wand hing ein eingestaubtes Fahrrad mit abgesprungener Kette, in einem Regal waren Kartons gestapelt, und daneben balancierte eine alte Schirmlampe auf einem schiefen Ständer. Auf den ersten Blick ein normaler Abstellraum.

Bis auf die beiden Waffentresore, die rechts an der Wand standen. Sie waren beinahe mannshoch und einen guten halben Meter breit.

Joyce tippte bei dem linken einen vierstelligen Code ein. Auf die mechanischen Pieplaute folgte das gedämpfte, metallische Klicken des Schlosses in der faustdicken Tür. Sie legte den Hebel um und zog die Tür auf.

Maier pfiff leise durch die Zähne. Das Innere des Tresors bestand aus fünf mit einer dünnen Schaumgummischicht ausgekleideten Fächern. Darauf lagen Faustfeuerwaffen und Zubehör wie Holster, Pflegesets, Taschenlampen, Funkgeräte und Munitionsschachteln.

Joyce nahm eine schwere, dunkle Pistole aus dem dritten Fach. »Schau mal, was sagst du zu der hier? Für mich ist sie zu groß, aber als ich sie sah, musste ich sie unbedingt haben.«

Ich musste sofort an dich denken, fügte sie in Gedanken hinzu. *Sie passt zu dir, Sil Maier.*

Er nahm die Waffe in die Hand. Eine Sig Sauer P226, eine Armeepistole schweizer Bauart mit einem Gewinde auf dem Lauf. Ohne Dämpfer war das Ding etwa zwanzig Zentimeter lang und wog gut ein Kilo.

Noch ehe er fragen konnte, ob es auch einen Schalldämpfer dafür gebe, hielt sie ihm einen hin. Er schraubte ihn auf den Lauf und löste mit einem Klicken das Magazin aus dem Griff. Es war voll geladen: fünfzehn leicht glänzende Patronen, schön ordentlich nebeneinander, die nur darauf warteten, dass jemand den Abzug betätigte.

»9-Millimeter-Patronen«, sagte Joyce und ging in die Hocke. Auf dem Boden des Tresors stapelten sich Munitionsschachteln. Sie schaute sie durch, legte ein paar beiseite und steckte eine davon Maier zu. »Ein zusätzliches Magazin habe ich nicht, du wirst sie lose mitnehmen müssen. Was meinst du, ist das was für dich?«

»Hast du keine .45er?«

Sie grinste. »Das ist hier kein Waffenladen, tut mir leid. Ich habe zwei Kaliber .9 und drei .22er. Die andere .9er nehme ich lieber selbst. Also wirst du wohl damit auskommen müssen.«

Er warf einen Blick auf das Brett in dem Tresor. »Und diese Walther P5?«

»Ein Scheißteil, aber ich bin dran gewöhnt.«

»Was ist dran auszusetzen?«

»Auf dem Schießstand kriege ich davon Blasen an den Händen, und ich finde sie unpraktisch groß.« Sie schnallte sich ein Schulterholster um und steckte die Walther hinein. »Aber gut. Es ist die Standard-Handfeuerwaffe bei der Polizei, man kann sich's nicht aussuchen. Und sie ist zumindest ein bisschen leichter als die Sig.«

»Wo hast du sie her? Von einem Kollegen?«

»Nein. Ein Beutestück von einer Razzia, aus einem illegalen Waffendepot. Die Sig übrigens auch. Und diese hier.« Sie zeigte ihm die Walther TPH. »Superpraktisch, das Teil.« Sie setzte sich auf den Boden und krempelte das eine Hosenbein hoch. Legte sich ein schwarzes Holster mit Klettverschluss um die Wade, steckte die TPH hinein, zog den Klettstreifen darüber fest und stand wieder auf. »Du auch noch eine kleine, für den Notfall?«

»Kann nicht schaden.«

»Such dir eine aus.«

Während Maier die beiden Kleinkaliber in Augenschein nahm, tippte Joyce auch bei dem zweiten Tresor einen Zahlencode ein und entriegelte die Tür.

»Ich kann mir vorstellen, dass du das nicht besonders gern machst, dir Waffen leihen«, murmelte sie. »Dass du lieber dein eigenes Material benutzt.«

»Ich besitze keine Waffen«, sagte er matt. »Nicht mehr«, fügte er hinzu. »Ich hätte nicht gedacht, dass ich sie noch mal brauchen würde.«

Allmählich taute er auf. Das Verbrennen seines Dossiers hatte ihm Vertrauen eingeflößt. Joyce konnte ein Lächeln nicht unterdrücken.

Seine Wahl fiel schnell auf eine kleine Pistole eckigen Formats, silbern mit schwarzem Griff. Er hielt sie in der Rechten und testete, wie viel Spiel der Schlitten hatte.

»Eine AMT Backup«, sagte sie. »Ich hatte noch nie davon gehört, aber ein Hersteller, der eine kleine .22er als ›Backup‹ bezeichnet, ist mir sympathisch. Dafür, dass sie so klein und leicht ist, ist sie übrigens ziemlich gut zu handhaben, finde ich. Auch für dich, nehme ich an.«

Maier gab ein unverständliches Brummen von sich.

Auf dem zweiten Brett lagen ein Waden- und ein Schulterholster. Er nahm sie beide und zog das Letztere über sein T-Shirt. »Hast du auch an Messer gedacht?«, fragte er.

»Unter anderem, ja.«

Maier blickte über die Schulter in den Schrank, den sie gerade geöffnet hatte. »Mein Gott«, murmelte er. »Was hast du denn noch alles vor?«

55

Ihr war schwindlig vor Schmerzen, von den Schlägen, die sie bezogen hatte. Sie spürte das beißende Salz der getrockneten Tränen auf ihren Wangen. Sie konnte nicht mehr. Körperlich war sie völlig erledigt.

Angespannt lauschte sie. Waren die Polizisten noch da? Sie konnte es nicht sagen. Sie hatte bloß noch ein Pfeifen im Ohr.

Sie war ein schreckliches Risiko eingegangen. Hatte sich Iljas Wut zugezogen, indem sie mit dem Kopf auf den Boden gehämmert hatte, immer wieder, so heftig, dass sie fast bewusstlos geworden wäre.

Und es war alles umsonst gewesen.

Sie hatte sich selbst zum Narren gehalten. Gekämpft und verloren.

Die Laborrattenhoffnung.

Durch ihre geschwollenen Lider starrte sie vor sich hin, auf das Erbrochene, das sich keine Handbreit von ihrem Gesicht entfernt auf dem glatten Linoleum ausgebreitet hatte. Den säuerlichen Gestank, der davon ausging, nahm sie schon nicht mehr wahr. Dass sie sich übergeben hatte, hatte sie schon so gut wie vergessen.

Sie hatte immer mit der Seite ihres Schädels auf den Boden geschlagen, denn nur so hatte sie genügend Lärm machen können, um gehört zu werden. Sie hatte gewütet wie eine Besessene, doch nicht das hatte ihr das Bewusstsein geraubt.

Sondern der Tritt, den Ilja ihr versetzt hatte, als er zum zweiten Mal nach oben gekommen war.

Als sie wieder zu sich gekommen war, war sie allein gewesen, mit dieser Lache von Erbrochenem vor sich. Ihre Hände waren wieder auf dem Rücken zusammengebunden statt vorne. Und sie hatte jedes Zeitgefühl verloren.

Eines aber wusste sie: Wadim würde sie holen und irgendwo hinschaffen, um sie umzubringen. Das wusste sie einfach. Sil hatte es ihr so oft gesagt: dass man sich nie woanders hinbringen lassen sollte, dass es woanders niemals besser wurde – man solle das nie glauben, wenn sie es behaupteten –, sondern nur schlimmer. Dass man kämpfen sollte, solange man noch konnte, mit allem, was man in sich hatte: kämpfen um sein Leben.

Er hatte es ihr so oft eingeschärft.

Wieder spürte sie, wie ihr die Tränen kamen.

Es gab nichts mehr zu kämpfen. Es war vorbei.

56

Ilja schloss die Tür hinter den Kripoermittlern und wandte sich Maxim zu. »Gut, dass die abgezwitschert sind. Als hätten wir verdammt noch mal den ganzen Tag nichts anderes zu tun.«

Swetlana seufzte, zog ihre hochhackigen Schuhe aus und ging in die Küche, um in einem kleinen, in blaues Plastik eingefassten Spiegel an der Innenseite des Küchenschranks ihr Make-up zu begutachten. Benetzte ihren Daumen und strich sich damit vorsichtig unter den Augen entlang.

»Was für ein Schlappschwanz, der Alte, oder?«, rief Ilja.

»Schwul«, urteilte sie. »Der hat ständig zu dir rübergeguckt. Du hättest ein bisschen netter zu ihm sein können.« Sie zog eine Schublade auf, nahm einen Kamm heraus und fing wild entschlossen an, ein paar blonde Locken hochzutoupieren. »Ich habe Hunger. Soll ich gleich mal Fritten holen gehen? Oder was Chinesisches?«

Ilja hob die Brauen. »Meinst du wirklich?«

»Was?«

»Dass der schwul war?«

»Hundert pro.«

Maxim hörte die beiden reden, aber die Bedeutung der Worte drang nicht zu ihm durch. Ohne dass seine Leute etwas davon mitbekommen hatten, war er in eine andere Sphäre abgedriftet.

Den ganzen Nachmittag hatten die verdammten Ermittler sein Wohn- und Empfangszimmer durchstreunt und dabei alles angegrabbelt, ganz so, als ob sie bei sich in der Kantine wären. Stundenlang hatten sie ihm nervige Fragen gestellt – eigentlich immer dieselbe, in immer neuen Formulierungen, sodass er gezwungen gewesen war, auch immer dieselbe Antwort neu zu formulieren und den beiden klarzumachen, dass sie bei ihm absolut an der falschen Adresse waren. Er wusste einfach nichts über Robbys Tod.

Die ganze Zeit über hatte Maxim alles und jeden verflucht, wobei ihm ein säuerliches Lächeln wie eingemeißelt im Gesicht gestanden hatte. Innerlich hatte er getobt und gerast und mit jeder Faser seines eins achtzig langen Körpers nach einem Ventil gesucht: für den Hass, den Frust. Wochenlang hatte der sich aufgestaut. Er hatte ihn gerade noch im Zaum halten können. Aber die beiden Ermittler hatten das Fass zum Überlaufen gebracht.

In seinem Innern war etwas zersprungen.

Swetlana und Ilja hatten es nicht mitbekommen.

»Willst du nicht diesen Wadim mal anrufen, dass er seine Mieze jetzt abholen kann?«, fragte Ilja.

Maxim reagierte nicht. Er stampfte auf den Flur hinaus und blieb am Fuß der Treppe stehen. Schaute hinauf.

Diese Scheißkripo.

Dieser Scheiß-Robby, der sich unbedingt totschießen lassen musste.

Dieser widerliche, fette Anton mit seinem stinkenden Geld, das er, Maxim, so dringend brauchte.

Dieser verfickte Wadim, diese Qualle, dieser selbstgefällige, arrogante Emporkömmling.

Diese dreckige *Schlampe* da oben. Die gefälligst hätte spuren müssen.

»Hast du gehört?«

Maxim sah auf. Runzelte verärgert die Stirn.

»Was denn?«

»Ob du nicht diesen Wadim mal anrufen musst?«

»Wadim kann zur Hölle fahren.«

Maxim ging die Treppe hinauf, wobei er mit jedem Schritt zwei Stufen nahm, mühelos, als wäre er an die Gesetze der Schwerkraft nicht mehr gebunden.

»Was hast du vor?«, hörte er Swetlana am Fuß der Treppe rufen.

»Ich habe Wadim oft genug gewarnt«, rief er wütend. »Der kann verrecken und seine Scheißschlampe auch!«

»Maxim? Nein!«

Er hörte sie nicht. Stiefelte über den Flur, stieß die Tür auf.

Sie lag auf der Matratze auf dem Bauch, mit geschlossenen Augen. Die Füße ans Heizungsrohr gefesselt, die Handgelenke stramm auf den Rücken gebunden – das musste Ilja gerade getan haben. Wie eine braune Fontäne hing ein bescheuerter Pferdeschwanz an ihrem Hinterkopf. Sie hatte Swetlanas alte Stretchhose an. Und ein schwarzes, verschlissenes Glitzerteil, das ihr zu klein war. Das Weib hatte einen phantastischen Arsch. Das war ihm schon früher aufgefallen. Holländische Frauen wurden von russischen normalerweise weit in den Schatten gestellt, aber diese konnte noch halbwegs mithalten für ihr Alter.

»Maxim!« Swetlana kreischte.

Die Panik in ihrer Stimme versetzte das Bündel Frau auf der Matratze in Alarmbereitschaft. Es kam Bewegung hinein, als hätte sie geschlafen und wäre jetzt plötzlich aufgeschreckt. Sie wand sich, hob den Kopf und versuchte zu schreien, woran das schwarze Klebeband sie hinderte, sodass ihr Schrei in undeutlichen Kehllauten erstickt wurde.

Er öffnete seine Gürtelschnalle.

»Tu's nicht, bitte!«

Swetlana zerrte an seinen Schultern, doch er merkte es kaum. Maxims Körper war nur noch eine pulsierende, rasende

Maschine, durch die mit Hochdruck Blut hindurchgepumpt wurde, literweise und randvoll mit Adrenalin, welches sein Herz immer weiter anstachelte, es immer schneller, immer heftiger schlagen ließ. Ein überhitzter Kessel, der jeden Augenblick in die Luft gehen konnte.

Wadim konnte ihm gestohlen bleiben.

Anton konnte ihm gestohlen bleiben.

Alle konnten ihm gestohlen bleiben.

Das hier war *sein* Laden. *Sein* Territorium.

Er hatte hier zu bestimmen.

Nicht diese beiden Russenärsche. Nicht die Polizei. Und schon gar nicht so eine dumme holländische Schnepfe.

Er musste Dampf ablassen. Und das ging nur auf eine ganz bestimmte Art und Weise. Schon viel früher hätte er das tun müssen.

Er ignorierte Swetlanas Gejammer, bückte sich und griff nach dem Hosenbund der schwarzen Leggings, um ihn ihr herunterzureißen. Der Stoff riss wie Papier. Darunter trug Susan einen roten String, den er ihr ebenfalls mit einem Ruck vom Leib zerrte.

Dieser Hintern hatte noch nie eine Sonnenbank gesehen. Weißes, zitterndes Fleisch mit durchscheinenden blauen Adern und rosa Druckstellen.

»Tu's nicht!«, hörte er Swetlana in seinem Rücken heulen. »Bitte, du bringst uns nur in Schwierigkeiten!«

Er hörte sie kaum. Ließ den Blick über das weiße Fleisch wandern, das sich auf der Matratze wand, sog in sich auf, wie die Tussi ihren gefesselten Körper von ihm abzuwenden versuchte, sah ihre Angst, ihr Ringen. Hörte die erstickten Laute, die sie von sich gab und die ihn nur noch mehr anstachelten. Das laute, beengte Schnaufen durch die Nase. Sah die Augen, die sich wild in ihren Höhlen verdrehten, wie bei einem Kalb, das zur Schlachtbank geführt wurde.

Er zog den Reißverschluss seines Hosenstalls auf. Griff in seine Boxershorts.

»Maxim!«

Verärgert wandte er seiner Freundin den Kopf zu. »Swetlana, es reicht jetzt. Hau ab!«

»Sonst lass doch Ilja bei ihm anrufen oder jemanden anders! Bitte, Mann, das bringt nur Unglück!«

Er spürte Swetlanas Hand auf der Schulter, wehrte sie jedoch mit einer ruckartigen Bewegung ab und versetzte ihr einen gehörigen Stoß, sodass sie rücklings an die Wand knallte. Sie konnte ihren Sturz gerade noch abfangen.

»Und jetzt will ich dich nicht mehr sehen!«, brüllte er. »Dumme Kuh! Hol lieber was zu essen.«

Schniefend lief sie hinaus.

Für den Bruchteil einer Sekunde sah er Olga im Flur stehen. Mit offenem Mund stand sie da und schaute bestürzt zu. Die Hände flatterten ihr an den Gelenken wie panische Vögel. Sie griff sich in das rote Haar.

»Und das gilt auch für dich, du Schnalle«, polterte er. »Abhauen sollt ihr, verdammt, ihr blöden Weiber, alle, raus hier, weg mit euch!«

Ilja zwängte sich hastig zwischen den Frauen hindurch in den Raum, knallte ihnen die Tür vor der Nase zu und schloss sie gründlich ab. Kam dann auf Maxim zu.

Er zog sein Jackett aus, warf es aufs Bett, krempelte die Ärmel hoch. Sah Maxim fragend an. Schaute dann zu Susan, die sich verzweifelt zusammenzukrümmen versuchte.

Sein Mund kräuselte sich zu einem Lächeln. »Soll ich sie festhalten?«

»Ja«, brummte Maxim, »tu das.«

57

»Die Chemie stimmt nicht, es fühlt sich hier irgendwie nicht gut an. In manchen Vierteln ist das so ... Du kannst machen, was du willst, das krebst so vor sich hin. Die Verdorbenheit wird hier quasi mit der Muttermilch eingesogen.«

Sil reagierte nicht. Er hatte Joyce kaum zugehört. Die Geschichte dieses Viertels war ihm scheißegal. Er lehnte an der feuchten Innenwand und spähte durch die Holzverrammelung zu dem Haus auf der anderen Straßenseite hinüber.

Irgendwo da drinnen war Susan. Nicht mehr lange, dann würde er diese Tür eintreten und sie da herausholen.

Er spürte, wie es ihm kalt den Rücken herunterlief. Es war die Anspannung, die ihm zu schaffen machte, er fühlte sich so unruhig und gehetzt, dass er am ganzen Körper zitterte. Bisher war er stets darauf vorbereitet gewesen, dass der jeweilige Einsatz sein letzter sein konnte, und er war damit einverstanden gewesen. Dieses Mal durfte es nicht schiefgehen.

Sie waren vorher nicht an dem Gebäude vorbeigefahren. Joyce hatte das zu riskant gefunden. Über dem Eingang hing eine Kamera, die Besucher und Passanten registrierte, und ihr Auto konnte verdächtig sein. So wie die Kripo Daten von Kriminellen sammelte, sammelten Kriminelle Daten von der Kripo. Der Privatwagen einer Kripobeamtin fiel womöglich zu sehr auf – ihr strahlend blauer Subaru Impreza und Maiers Porsche waren sowieso schon auffällig genug.

Joyce hatte ihren Wagen in einem Wohngebiet abgestellt,

auf einem kleinen Parkplatz hinter einem Einkaufszentrum, wo zwischen den Pflastersteinen Gras und Unkraut wuchsen. Von dort aus waren sie zu Fuß weitergegangen. Maier hatte den Arm um ihre Schultern gelegt, und wie ein verliebtes Paar waren sie durch den verregneten, dunklen Abend spaziert, mit Kapuzen über den Köpfen. Sie hatten sich in dicke Skijacken gehüllt, welche die schwarze Kleidung, die Waffen und die sonstige Ausrüstung, die sie am Körper trugen, effektiv den Blicken entzogen. Das restliche Material befand sich in den Rucksäcken.

An der Straße, die nun in ihrem Rücken lag, waren sie über eine Mauer geklettert und durch einen verwilderten Garten gepirscht. Mit einer Eisenstange hatte Maier einen Teil der Holzverrammelung vor dem Fenster weggebrochen, und sie waren eingestiegen.

Es roch stark nach Schimmel in dem leerstehenden Haus, und die Holzdielen knarrten beängstigend. Aber es eignete sich hervorragend dazu, das Gebäude von Maxim zu observieren.

»Was machen wir mit den Frauen, die wir da drinnen eventuell antreffen?«, flüsterte Maier.

»Von eventuell kann keine Rede sein. Du kannst davon ausgehen, dass vier, fünf, vielleicht auch sechs Mädchen da drin sind. Für die werden wir nichts tun können.«

»Was passiert dann mit ihnen?«

»Ich könnte hinterher die Nummer für die anonyme Verbrechensmeldung anrufen, dann würden meine Kollegen sie auffangen. Aber das werde ich nicht tun. Davon haben sie nämlich gar nichts. Eine Nacht in der Zelle, eine Woche in einem Asylbewerberheim oder so, und dann werden sie ausgewiesen. Das bringt's nicht. Ich gehe davon aus, dass sie diejenigen, denen sie bislang gehorchen mussten, demnächst los sein werden, und zwar endgültig. Wenn sie ein bisschen clever sind, dann plündern sie den Laden und machen sich aus dem Staub, bevor es jemand mitbekommt und der nächste prügelnde Zuhälter auftaucht.«

»Plündern?«

»In solchen Läden ist immer Geld zu finden. Bargeld, und zwar viel. Das kann dir ja wohl nicht neu sein. Sobald wir da weg sind, können die Mädchen sich bedienen. Jedes Los gewinnt.«

»Mal davon abgesehen, dass sie dann zwischen den Leichen herumturnen müssen. Ist das nicht …?«

»Roh? Die Frauen hassen diese Kerle. Die haben ihnen schon tausendfach den Tod gewünscht.« Joyce schüttelte ihre Jacke ab, rollte sie fest zusammen und stopfte sie in den Rucksack. »Es ist dunkel, und nichts regt sich. Ich glaube, ich leg's mal drauf an.«

Maier lehnte die Stirn an das Holz. Starrte durch das Loch zu dem Gebäude auf der gegenüberliegenden Straßenseite. Zuvor, im Keller, hatte er sich noch Sorgen gemacht wegen des Lärms. Lediglich seine Sig war mit einem Dämpfer ausgestattet. Joyce' Walther würde ziemlich viele Dezibel produzieren. Unakzeptabel viele sogar, in Anbetracht der Tatsache, dass ringsum Leute wohnten. Aber sie hatte sich darüber keine Gedanken gemacht, und jetzt begriff er auch, warum. Rechts von dem Bordell befand sich eine Mauer mit einem Tor, sprich, das Haus grenzte rechts nicht an ein anderes. Lediglich Garagen und Lagerräume schlossen an das Bordell an. Das Gebäude, in dem sie selbst sich gerade befanden, war auch schon lange nicht mehr bewohnt. Die zivilisierte Welt fing erst wieder an, wenn man die Straße ein Stück weiter hinunterging.

Trotzdem war es hier alles andere als still. Der unablässig rauschende Verkehr und ununterbrochen prasselnde Regen waren auf ihrer Seite.

»Bist du bereit?«, hörte er sie fragen. Die Anspannung hatte von ihrer Stimme Besitz ergriffen.

Er schaute zu der dunkel und bedrohlich aufragenden Gebäudefront hinüber, die im Regen sanft glitzerte. Sein Herz schlug schneller. »Und ob ich bereit bin.«

58

Susan konnte sich nicht vorstellen, dass sie sich vor Kurzem noch Gedanken über ihre Schwester gemacht hatte. Über Banalitäten wie die Tatsache, dass sie sich auseinanderentwickelt hatten und erst in Illinois merkten, dass sie sich trotz ihrer engen Familienbande nie richtig nahe gewesen waren und es wohl auch in Zukunft nicht sein würden.

Dass sie sich Gedanken über unbezahlte Rechnungen gemacht hatte.

Darüber, dass Reno ihre Wohnung als Liebesnest benutzte.

Über neue Fotografie-Aufträge.

Das Wetter.

Sil Maier.

Es waren keine wichtigen Dinge.

Nicht im Entferntesten waren es wichtige Dinge.

Auf diesen zwanzig Quadratmetern war alles auf die kahle, raue Essenz reduziert. Wirklich wichtig war, dass man ab und zu seinen Magen füllen konnte, dass man keine Schmerzen hatte und nicht krank war, dass der eigene Körper funktionierte. Das, und in Sicherheit zu sein.

Der Rest war Nebensache. Auch Liebe.

Sie wusste nicht wie, nur dass dieser Zustand ein Ende nehmen musste. Es musste aufhören. Wie auch immer.

Sie hatte alles versucht, was ihr in ihrer Lage möglich war. Mehr konnte sie nicht tun. Der Kampf war vorbei, sie war leer, verbraucht, kaputt.

Gestern noch war ihr diese Vorstellung durch den Kopf gegangen: Sil, der als Racheengel hier einfallen und alle niedermetzeln würde, um am Ende sie, Susan, von ihrer Matratze hochzuheben und mitzunehmen. Kurz hatte sie Angst gehabt, dass er dabei sein Leben lassen könnte. Dass der Versuch, sie zu befreien, womöglich seinen Tod bedeuten würde.

Aber jetzt, heute zum ersten Mal, war diese Angst verflogen.

Wenn Sil sterben sollte, wenn sie ihn erschießen, ihn abstechen oder wie auch immer umbringen sollten, dann würde sie sich damit abfinden.

Denn das bedeutete zumindest, dass es endete.

Die Typen hätten dann erreicht, was sie wollten, und als Lockvogel wäre sie nur noch überflüssiger Ballast. Zum Arbeiten zu alt, das hatten die beiden Kerle ihr gerade überaus deutlich zu verstehen gegeben. Also würden sie sie umbringen.

Zu sterben war eigentlich gar nicht so schlimm, dachte sie, und sie erschrak nicht einmal mehr über diesen Gedanken.

59

»Steht dein Handy auf Vibrationsalarm?«

Er nickte.

Joyce konnte Maier im Dunkeln kaum sehen. »Lass es uns noch mal kontrollieren«, flüsterte sie, »zur Sicherheit. Okay?« Sie holte ihr Mobiltelefon aus der Tasche, rief die zuletzt gewählte Nummer auf und drückte die Wähltaste. Nach ein paar Sekunden ertönte aus Maiers Hosentasche ein leises Summen.

»Beruhigt?«, murmelte er.

»Jetzt du mich.«

Sein Display leuchtete in der Dunkelheit blau auf, und das Nokia, das Joyce in der Hand hielt, fing zu surren an. Sie steckte es in ihre taktische Weste.

»Wie spät hast du's?«, flüsterte er.

»Zehn vor sechs.«

Er warf einen Blick auf seine Armbanduhr und gab ein bestätigendes Brummen von sich.

»Innerhalb der nächsten halben Stunde schicke ich dir eine SMS. Halt dich bereit.« Einem Impuls folgend, beugte sie sich vor und strich ihm über die Wange. Seine Bartstoppeln waren kratzig. »Drück mir die Daumen.«

Damit wandte sie sich ab und ging zur Rückwand des Raums, schob die Holzplatte zur Seite und landete mit einem Sprung im Garten, zwischen Unkraut und Abfällen.

Maier brachte die Holzplatte wieder in ihre ursprüngliche Position.

Wie eine Katze kletterte Joyce über die Mauer, ließ sich vorsichtig aufs Pflaster hinabsinken und lief nach vorne. Auf der Straße war keinerlei Bewegung zu erkennen. Die Eingangstür von Maxims Bordell befand sich jetzt schräg rechts von ihr.

Von nun an musste sie sich im Schatten halten und sich beim geringsten Anlass sofort ducken. Geräuschlos bleiben. Wenn ein Passant sie bemerkte, würde dieser bestimmt die Polizei rufen. Sie trug eine schwarze Biwakmütze, die lediglich die Augen frei ließ, schwarze Kleidung und hohe, sorgfältig gewählte Turnschuhe, aus einem Material, das nicht knarrte, raschelte oder quietschte, selbst auf glattem Untergrund waren die Sohlen so gut wie unhörbar. Über ihrer schwarzen Kleidung trug sie die einzige schwarze Weste, die sie besaß – Maier musste ohne auskommen. Neben der Walther P5 fanden darin eine Dose Tränengas Platz – für den Einsatz in geschlossenen Räumen –, eine kleine Maglite, deren Glas zum größten Teil mit schwarzem Tape abgeklebt war, sodass der Lichtstrahl nicht zerfaserte, zusätzliche Munition sowie ein Messer. In ihrem Wadenholster steckte die TPH, und sie trug ein Paar dünne Neoprenhandschuhe.

Vorgebeugt lief sie im Schutz geparkter Wagen über das Trottoir. Gerade wollte sie die Straße überqueren, als bei Maxim die Tür aufging.

Eine hellblonde Frau kam nach draußen. Joyce schätzte sie auf Anfang zwanzig. Sie hatte toupiertes, hochgestecktes Haar, trug einen glänzenden Trenchcoat, und ihre Absätze klapperten laut auf den Gehsteigplatten. Sie ging zu einem kleinen japanischen Wagen, stieg ein, ließ den Motor an und fuhr davon, eine Wolke von Auspuffgasen in der Luft hinterlassend.

Joyce wartete noch kurz, um sicherzugehen, dass alles ruhig blieb. Dann kroch sie zwischen zwei Autos hindurch an den Straßenrand. Schaute nach links und rechts. Niemand.

Sie überquerte die Straße, wobei sie darauf achtete, dass sie nicht in Reichweite der Überwachungskamera geriet. Die war so gut wie unsichtbar genau über der Eingangstür angebracht.

Dass drinnen permanent jemand auf einen Monitor mit den Kamerabildern starrte, war unwahrscheinlich – dazu hatten sie zu wenig Personal, und die Bedrohung war wohl auch zu gering, aber Joyce wollte lieber auf Nummer sicher gehen.

Klopfenden Herzens erreichte sie die rechte Seite des Gebäudes und drückte sich in einer Mauernische an ein Tor. Sie blieb still stehen, atmete durch den Mund ein und langsam wieder aus. Sie zitterte vor Anspannung. Es konnte so viel schiefgehen. So unglaublich viel.

Nicht dran denken.

Das Tor und die Mauer waren eine Art Puffer vor dem dahintergelegenen Garten des Bordells und verbanden das Gebäude mit dem benachbarten zur rechten Seite. Wider besseres Wissen probierte sie die Klinke. Sie ließ sich zwar problemlos runterdrücken, aber das Tor selbst gab keinen Zentimeter nach.

Sie benutzte den Ansatz der Klinke als Trittstufe, stemmte sich davon ab, klammerte sich an den oberen Rand und zog sich hoch. Oben schwang sie die Beine über die Mauer und ließ sich auf der anderen Seite langsam hinuntersinken.

Ihre hohen Turnschuhe berührten den Boden. Ein weicher, federnder Untergrund – Gras.

Sie kauerte sich zusammen und suchte Halt an der rechten Außenmauer des Gebäudes. Ihr Mund war wie ausgetrocknet, das Schlucken fiel ihr schwer. Nervös blickte sie auf die Uhr. Die Zeiger leuchteten hellgrün auf. Zehn nach sechs.

Sie lief zur Hinterseite des Bordells und schaute nach oben. Um den weißen Dachrand sehen zu können, der sich gegen den dunkelgrauen Himmel abzeichnete, musste sie den Kopf in den Nacken legen. Es sah aus, als würde der Giebel wanken, sich langsam neigen und gleich zu ihr hinüberkippen. Der Rand schien kilometerweit vom Boden entfernt. Dahinter, über der Rinne, befand sich das ausgebaute Dachgeschoss.

Dort lagen die Wohnräume von Maxim. Jetzt gleich, wenn alle beim Essen saßen, war dort vermutlich kein Mensch.

Sie sprang auf eine Fensterbank und begann ihre Kletterpartie.

Es ging verdammt schwer. Sie gab sich größte Mühe, nicht nach unten zu schauen. Jedes Mal, wenn sie ausatmete, kristallisierte sich die in ihren Lungen erwärmte Luft als weißer Kondensdampf im kalten Novemberabend. Ihre Muskeln waren bis zum Zerreißen angespannt, und ihr unter der Biwakmütze verborgenes Gesicht war vor Konzentration wie zu einer Maske erstarrt.

Als ihre Füße den knarrenden Dachrand erreichten und sie das gekippte Dachfenster in den Blick bekam, war bereits über eine halbe Stunde verstrichen. Länger als sie geplant hatte. Es war zehn nach halb sieben. Der Dachrand war schmal, aber als sie in der Rinne zu stehen versuchte, versank sie bis zu den Knöcheln in einer nassen Pampe voller Herbstblätter. Sie stellte den anderen Fuß aufs Dach und ließ ihren Körper dann langsam nach vorne sinken, bis sie mit dem ganzen Körper flach auf der geziegelten Schräge lag. Kriechend und so leise wie möglich versuchte sie, sich mit Füßen, Knien und Ellbogen in Richtung des Dachfensters vorzuarbeiten. Es stand einen Spaltbreit offen. Die Information stimmte schon mal.

Mit der behandschuhten Hand am Fenster verharrte sie regungslos und lauschte, ob sie drinnen jemanden hörte.

Es blieb nach wie vor alles still.

Die Anspannung in ihren Zügen wich einem zittrigen Lächeln. Jetzt musste sie hinein.

Sie hakte die Finger hinter das Velux-Fenster, zog sich hoch und drückte es ein Stück weiter auf. Es knarrte leicht, gab aber nach. Die etwa einen halben Meter lange Öffnung war nun so breit, dass man hindurchkriechen konnte. Sie stützte die Arme auf den Rand und schaute unter sich ins Zimmer.

Es war ein Schlafzimmer, ein luxuriöser Raum, spärlich erleuchtet von einer Bettlampe. Hellbeiger Fußboden. Schräge Wände, die sie stark an Origami erinnerten, und weiß gestrichene Balken. Unter dem Fenster, direkt unter ihr, stand ein großes Doppelbett mit dicken roten Kissen, am Fußende ein zusammengeknüllter, auberginefarben glänzender Überzug.

Von seinem komfortablen Nest aus konnte Maxim also direkt in den Sternenhimmel schauen. Die Matratze lag höchstens anderthalb Meter unter dem Dachfenster. Sie würde sanft landen.

Eine taktische Weste war praktisch, weil man alles, was man unter Umständen brauchte, darin verstauen konnte, aber sie war eine Katastrophe, wenn man damit klettern musste. Auf dem Weg nach oben war das Ding ständig irgendwo hängen geblieben, und auch jetzt musste Joyce sich, um genügend Freiraum zu bekommen, ein Stück vom Fensterrahmen wegdrücken. Sie balancierte auf dem Rand und ließ erst das eine, dann das andere Bein nach unten.

Dann verlor sie das Gleichgewicht. Sie taumelte durch die Öffnung und landete mit einem harten Knall auf dem Bett. Es federte gar nicht, wie eine Matratze es eigentlich tat.

Joyce hatte noch gar nicht recht begriffen, dass es sich um ein Wasserbett handelte, als sie bei den Schultern gepackt und vom Bett gezerrt wurde. Sie wollte ihren Bedränger abwehren, reagierte jedoch vor Schreck nicht schnell genug und wurde kräftig gegen die Wand geschleudert. Rücken und Hinterknopf knallten mit voller Wucht dagegen. Es presste ihr allen Sauerstoff aus der Lunge. Sie kam nicht dazu, sich zu erholen. Ein Schlag in den Magen, ihr wurde schlecht, sie klappte zusammen.

Eine kräftige Hand umschloss ihren Hals, zog sie hoch und drückte sie gegen die Wand. Eine andere Hand durchsuchte blitzschnell ihre Weste. Tränengas, P5 und Messer landeten auf dem Boden in einer Ecke, weit außerhalb ihrer Reichweite.

60

Der Abend brachte eine klamme Kälte mit sich, die ihm unter die Kleidung kroch und sich nach und nach in seinen Muskeln einnistete. Maier spürte sie kaum. Wie eine Statue stand er da und spähte durch das Loch in der Holzplatte, während seine Sorgen mit jeder Sekunde größer wurden.

Es war fast zehn nach halb sieben, und er hatte noch immer keine SMS von Joyce erhalten. Kein Lebenszeichen. Nichts.

Gerade war ein junges Ding nach draußen gekommen, blond und in Arbeitskleidung, was in ihrem Fall hochhackige Schuhe und kurzer Rock bedeutete. Darüber ein dünner, im Wind flatternder, glänzender Trenchcoat. Sie war in einen japanischen Kleinwagen gestiegen, vermutlich ein Cuore, und davongefahren.

Danach hatte sich nichts mehr ereignet. Von einzelnen Fahrradfahrern abgesehen, lag die Straße komplett verlassen da. Aber möglicherweise war das bloßer Schein.

Sollte er hier stehen bleiben und auf eine SMS warten, die vielleicht nicht kam? Wenn Joyce nun abgerutscht war, sich gerade noch mit den Fingerspitzen an der Dachrinne festkrallte und inbrünstig hoffte, dass er entgegen der Abmachung doch nach dem Rechten sehen und ihr zu Hilfe kommen würde? Oder noch schlimmer: Wenn sie aufgegriffen worden war und jetzt da drinnen von diesen Ganoven in die Mangel genommen wurde?

Es gab noch eine Möglichkeit, und die durfte er nicht ausschließen: Was, wenn sie ihn aller Wahrscheinlichkeit zum

Trotz auf ganz ordinäre Weise in die Falle locken wollte? Dann war es erst recht keine gute Idee, hier wie der erstbeste Idiot weiter herumzuhängen.

Viertel vor sieben. Unruhig kaute er auf seiner Wange. Nein, verdammt. Er hatte genug von diesem Getue.

Maier zog seine Jacke aus, rollte sie fest zusammen und stopfte sie ins Hauptfach seines Rucksacks. Holte dann die Biwakmütze aus der Seitentasche seiner Hose, zog sie über und zupfte daran herum, bis er freie Sicht hatte. Prüfte, ob seine P226 noch im Schulterholster steckte. Das war der Fall. Zum Schluss schnallte er sich den Rucksack auf.

Wenige Minuten später war er draußen auf der Straße, ging zwischen zwei geparkten Autos in die Hocke und spähte zum Bordell hinüber. Er konnte nichts erkennen. Nicht einmal, ob drinnen Licht brannte, konnte er ausmachen, wegen der schwarz gestrichenen Holzplatten vor den Fenstern.

Vorsichtig kam er zwischen den Autos hervor und überquerte die Straße. Rechts von dem Gebäude, ein Stück zurückversetzt, befand sich eine Mauer mit einem Tor. Dem Unkraut nach zu urteilen, das davor wuchs, wurde es kaum benutzt. Den Rücken an das Tor gedrückt, hielt Maier die Luft an. Versuchte, aus dem Bordell irgendein Lebenszeichen aufzufangen.

Was er hörte, kam aber nicht aus dem Haus, sondern aus einiger Entfernung. Er spitzte die Ohren und hielt die Luft an. Das leise Brummen eines Dreizylinder-Benzinmotors näherte sich schnell. Er erkannte es auf Anhieb. Es war die Blondine, die er vor einer guten halben Stunde hatte wegfahren sehen.

Kurz bevor das Auto in die Straße einbog, legte er einen Sprint hin und tauchte zwischen der Schnauze eines Opel Astra und der Anhängerkupplung eines Audi Kombis ab. Er verharrte in der Hocke, beugte den Kopf vor und atmete durch die Nase, um sich nicht durch die Kondenswolken seines Atems zu verraten.

Der Cuore hielt etwa zwölf Meter von ihm entfernt an. Nachdem der Motor verstummt war, ging prompt eine Autotür auf und wieder zu. Er hörte das Klackern von Absätzen auf dem Pflaster. Sie war nicht in Begleitung.

Als sie näher kam, hielt er den Atem an. Die Mantelschöße flatterten ihr um die langen, schlanken Beine. In jeder Hand trug sie zwei weiße Plastiktüten, aus denen ein intensiver Geruch aufstieg. Chinesisches Take-away.

Er fasste seinen Entschluss gerade noch im letzten Augenblick, bevor sie die Tür erreicht hatte. Zog seine P226 aus dem Holster und war mit wenigen Schritten bei ihr. Erschrocken drehte sie sich um. Er hielt ihr mit der Hand den Mund zu und zeigte ihr die Pistole. Die Augen der Blondine wurden größer und flitzten zwischen der Waffe und seinem Gesicht hin und her.

Er wollte ihr keine Angst einjagen, doch ihm blieb keine Wahl. Sie musste mitspielen, und er hatte keine Zeit, Rücksicht auf ihre Befindlichkeit zu nehmen.

»Sprichst du Niederländisch?«

Sie reagierte nicht. Stand bloß da wie erstarrt, die dünnen weißen Plastiktüten in den Händen.

»*Do you speak English?*«

Sie nickte, es war kaum zu sehen, aber er spürte es an der Bewegung unter seiner Hand.

»*You keep quiet, okay?* Ich will dir nicht wehtun. Ich suche Susan Staal.«

Sie reagierte nicht.

»Es wird eine Frau bei euch festgehalten. Eine Niederländerin. Braune Haare. Sie heißt Susan. Sagt dir das etwas?« Er gab ihren Mund frei.

Ihre Augen flitzten in alle Richtungen. Sie sagte kein Wort.

»Na?«, ermahnte er sie.

»*She is here.*«

»Wo?«
»Oben.«
»Wo oben?«
»Erste Tür rechts.«
»Ich hole sie da raus. Und du wirst mir dabei helfen.«
Sie schüttelte nahezu unmerklich den Kopf. »Das geht nicht. Das traue ich mich nicht, ich ...«
»Ich weiß. Du brauchst keine Angst zu haben. Wie viele Männer sind da drinnen?«
»Einer.«
Joyce hatte von dreien gesprochen. Sie war so gut wie sicher gewesen: Maxim Kalojew selbst, ein gewisser Ilja – ein Typ mit schwarzen Haaren – und ein Typ mit Irokesenschnitt und einem Schlangentattoo, der Pawel hieß.
Drei, nicht einer.
»Bist du sicher?«
Sie nickte ängstlich.
»Wie heißt du?«
»Lana.«
»Okay, Lana. Hast du einen Schlüssel?«
»Nein.«
»Wie kommst du rein?«
»Ich klingele.«
»Wer macht die Tür auf?«
Er sah, wie sie nachdachte. Sie hatte ein feines Gesicht mit dünner, dezent gepuderter Haut. Ihre hellen Augen waren kunstvoll geschminkt, mit schmalen schwarzen Linien darüber und darunter. Sie wirkte wie eine Porzellanpuppe.
»Du brauchst keine Angst zu haben«, flüsterte er. »Hinterher bist du frei. Ich weiß, dass du mir jetzt nicht glaubst, aber du wirst schon sehen. Du kannst mir vertrauen, Lana ... Jetzt sag, wer macht die Tür auf?«
»Pawel«, sagte sie leise.

»Der Typ mit dem Tattoo auf dem Arm, mit der Schlange?«
Sie nickte.

»Wo sind Maxim und Ilja?«

Zwischen ihren Brauen bildeten sich tiefe Falten. Sie starrte an ihm vorbei ins Leere. Schluckte hörbar.

»Ich hab dich was gefragt.«

Nach langem Schweigen senkte sie den Blick. »Ich kann nichts sagen.«

Sie war zu Tode verängstigt, das war mehr als deutlich. Sie brachte ihm nichts. Allenfalls konnte er über sie in das Haus gelangen.

»Wie viele Frauen sind da drin?«

»Fünf.«

»Mit dir und Susan?«

»Ja.«

»Hunde? Habt ihr Hunde?«

Sie schüttelte dezidiert den Kopf.

»Okay, Lana. Du gehst jetzt zur Tür. Ich bleibe bei dir. Mach keine Dummheiten.«

Sie drehte sich um und ging langsam auf die Haustür zu. Währenddessen holte Maier den Schalldämpfer aus der Tasche und schraubte ihn auf den Lauf. Das Herz schlug ihm bis zum Hals.

Susan war da drinnen. Im ersten Stock, erste Tür rechts.

Er musste zusehen, dass er so schnell wie möglich dort hinkam. Dass er Susan in Sicherheit brachte. Dass er bei ihr war.

Das war das Einzige, was zählte.

Er presste den Rücken an die Mauer und nickte der Blondine zu. »Klingeln«, flüsterte er.

Sie hob den Arm und drückte mit einem zittrigen Finger auf den Klingelknopf. Sie hatte lange Nägel, fiel Maier auf. Lang und dunkel lackiert. Drinnen erklang ein Summton.

Die Tür wurde quasi augenblicklich geöffnet. Die Blondine blieb zweifelnd draußen stehen, die Plastiktüten in den Händen.

Maier machte einen Sprung nach vorn, umfasste ihre Taille und benutzte die Frau als Schutzschild. Streckte den rechten Arm mit der Sig vor, zielte und drückte ab.

Mit einer Geschwindigkeit von dreihundert Metern pro Sekunde bohrte sich ein 9-mm-Geschoss zwischen die Schulterblätter von Pawel Radostin, der augenblicklich in sich zusammensackte. Aus seinem Rücken spritzte das Blut an der Holzverkleidung hoch.

Trotz Schalldämpfer war der Schuss nicht ganz lautlos gewesen. Anwohner konnten ihn durchaus gehört haben.

Maier trat die Tür hinter sich zu, schleifte die Frau wie eine Lumpenpuppe mit, zielte noch einmal und gab einen zweiten Schuss ab.

Die Kugel zerrte wie eine unsichtbare, messerscharfe Klaue an Pawels Gesicht. Es eröffnete sich der Blick auf seinen Wangenknochen und verschiedene weiße Knochensplitter mit Fetzen rohen Fleisches. Durch den Einschuss wurde sein Körper ruckartig hochgerissen, um dann wie in Zeitlupe seitlich an die blutverschmierte Holzverkleidung zu sinken.

61

Es war Maxim Kalojew. Er trug einen schwarzseidenen Bademantel, sein kurzes, blondes Haar war feucht, und er duftete stark nach Shampoo und Aftershave, als käme er gerade aus der Dusche.

Sie hätte ihn aus Tausenden erkannt. Sie hatte ihn zwar im April letzten Jahres nicht selbst verhört, ihn jedoch mehrmals auf den Fluren ihrer Dienststelle vorbeigehen sehen – grundsätzlich mit ein oder zwei bewaffneten Kollegen im Schlepptau.

Sein Gesicht würde sie nicht vergessen. In seinen Zügen lag eine Härte, wie sie sie nur selten gesehen hatte, und in seinen Augen ein düsterer Glanz, der vermuten ließ, dass er weit gefährlicher war, als alle glaubten.

Diese kalten Augen sahen sie nun an. »Was soll das, verdammt?« Er sprach Niederländisch mit slawischem Akzent. Atmete ihr schnaufend ins Gesicht. Versetzte ihr dann einen so heftigen Schlag in den Magen, dass sie erneut zusammenklappte. Galle schlackerte ihr aus dem Mund.

Er zerrte ihr die Biwakmütze vom Kopf, wobei er ihr ein Büschel Haare ausriss, holte noch einmal aus und schlug ihr mit der flachen Hand ins Gesicht. »Also, du Schlampe? Was hast du hier zu suchen?«

Blut. Es blutete. *Etwas* blutete.

Diese Art von Situationen hatten sie so oft durchgespielt. Bei der Ausbildung, bei zahllosen Auffrischungskursen. Sie war gut darin gewesen: Verhalten im Konfrontationsfall. Sehr gut sogar. *Klassenbeste.* Warum also konnte sie jetzt nicht klar denken? Sich an die richtigen Handgriffe erinnern und sie anwenden?

Vielleicht weil damals, beim Unterricht in den klinischen Trainingsräumen, keine Rede von nackter Todesangst gewesen war, weil es zu keinen Gewaltexzessen gekommen war. Die rohe Wucht von Maxims Schlägen und die Schnelligkeit, mit der sie aufeinander folgten, wirkten betäubend. Ihre Nervenenden surrten, und sie schnappte nach Luft.

»*Rede* endlich, du blöde Schlampe!«

Sie hörte nur noch ein gellendes Pfeifen. Ächzend holte sie Luft durch den Mund. Blutspritzer landeten auf dem hellen Fußboden.

»Wer bist du, verdammt? Wer hat dich geschickt?«

Er ließ sie los, und sie stürzte zu Boden. Rollte von ihm weg. Versuchte, zum Flur zu kriechen.

Er stellte einen Fuß auf ihren Rücken.

Dann fiel der Schuss.

62

»*No! Don't!*« Mit verbissener Miene entrang sich die Blondine seinem Griff. Sie holte mit den vollen Plastiktüten kräftig aus, versuchte sein Gesicht zu treffen.

Ihre Reaktion kam völlig unerwartet. Maier wehrte sie ab, indem er sich den linken Arm vors Gesicht hielt. Hielt die Waffe, die er mit der Rechten fest umklammerte, absichtlich tief, um die Frau nicht in einem Reflex niederzuschießen.

Er durfte sie nicht treffen, ihr nicht wehtun, die Blondine reichte ihm kaum bis zu den Schultern, und ihre Taille konnte er sozusagen mit den Händen umfassen. Die Schläge, die sie ihm verpasste, spürte er nicht einmal. Das Mädchen war nur verdammt hinderlich.

Eine der Plastiktüten riss auf, und der Inhalt – Schaumstoffbehälter mit lauwarmer Erdnusssoße und kleinen, klebrigen Fleischspießen – verteilte sich über den Terrazzo-Boden.

»*Calm down*, ruhig!«, schrie er.

Mitten in seiner ratlosen Bestürzung sah er einen kräftig gebauten, dunkelhaarigen Kerl auf sich zukommen. Sein Blick wirkte fanatisch, und er hielt einen Baseballknüppel in den Händen.

Maier hob die Pistole. Die Blondine zwängte sich fluchend und tobend zwischen die beiden, hieb wie eine tollwütige Katze nach seinem zum Schießen ausgestreckten Arm und biss ihn genau in dem Augenblick, als er abdrückte, kräftig ins Handgelenk.

Der plötzliche Schmerz ließ ihn aufbrüllen. Die 9-mm-

Patrone verließ den schallgedämpften Lauf, streifte die Zwischentür und bohrte sich einen Sekundenbruchteil später wenige Meter entfernt in die Wand, neben dem lachsfarbenen Sofa. Die Kugel war auf ihrem Zerstörungskurs mit keinerlei menschlichem Gewebe in Berührung gekommen.

Reflexartig zog Maier seinen Arm zurück. Er versetzte der Frau einen Stoß, trat ein paar Schritte zurück und stolperte über Pawels Füße. Knallte mit seinem vollen Gewicht rückwärts auf den Terrazzoboden, während sein Hinterkopf mit voller Wucht gegen die Holzverkleidung schlug.

Schwarze Flecken und Lichtblitze tanzten vor seinen Augen. Ein Pfeifen erfüllte seine Ohren. Er versuchte, sich zu fangen, sein Koordinationsvermögen wiederzugewinnen. Instinktiv schloss er seine Faust fester um die Sig.

Nicht loslassen. Was immer auch geschieht.

Die Blondine hatte sich nicht abschrecken lassen. Sie stürzte sich auf ihn, wobei sie etwas Unverständliches kreischte und ihn wie besessen in Arm und Hand kratzte, bis sie bluteten. Ihre kleinen weißen Zähne bohrten sich in seinen Unterarm.

Maier fluchte und versetzte ihr mit dem linken Ellbogen einen heftigen Kinnhaken. Ihr graziler Körper erschlaffte augenblicklich. Stöhnend sank sie auf dem Fußboden in sich zusammen.

In den zwei Sekunden, die er gebraucht hatte, um sich der Frau zu entledigen, war sein Gegner ihm beängstigend nahe gekommen. Breitbeinig stand er vor ihm, wutschnaubend und entschlossen. Er holte aus, mit dem Baseballknüppel.

Maier täuschte eine Bewegung an, tauchte zur Seite ab, versuchte hastig, sich wieder aufzurichten, war aber nicht schnell genug. Das harte Eschenholz traf seine Schulter.

Er konnte seine Waffe nicht mehr halten. Die Sig wurde ihm aus der Hand geschleudert.

Der Knüppel traf ihn ein weiteres Mal, diesmal auf den Rücken, wo der Rucksack mit den beiden Jacken, seiner eigenen und der von Joyce, den Schlag zum größten Teil abfederte.

Aus dem Augenwinkel sah er, wie Ilja mit verbissener Miene sein Bein ausstreckte, um nach ihm zu treten. Blitzschnell drehte Maier sich um und trat ihm seinerseits gegen das Standbein.

Ilja stieß einen Schrei aus und stürzte seitlich gegen die Holzverkleidung.

Wie im Fieber kroch Maier über Pawels Leiche hinweg, streckte die Finger aus, langte nach dem Ende des Schalldämpfers und zog die Waffe näher zu sich heran. Bekam die Sig mit der Linken zu fassen, rollte sich zur Seite und spannte den Abzug.

Schoss. Schoss nochmals.

Der Kerl ließ den Knüppel fallen und blieb erschrocken stehen, mit großen Augen und vorgestreckten Händen. Sein Gesicht verzog sich zu einer ängstlichen Grimasse, er war eindeutig getroffen, an Schulter und Bauch, aber er ging nicht zu Boden. Wankend stützte er sich an der Wand ab.

Der dritte Schuss war lauter. Sehr viel lauter. Maier bekam Ohrensausen davon, die Türen vibrierten in ihren Rahmen.

Der Schuss war nicht aus seiner eigenen Waffe gekommen.

Ilja torkelte wie ein Betrunkener an der Wand entlang und kippte schließlich vornüber, sein Kopf landete auf Pawels Brust.

Die Stille, die darauf folgte, wurde lediglich durch das Dröhnen und Pfeifen in seinem eigenen Kopf übertönt.

Ungläubig schaute er auf seine Waffe. Er hatte nicht geschossen.

Noch ganz benommen rappelte er sich auf. Mit der Sohle seines Turnschuhs glitt er in der Erdnuss- oder Bamigoreng-Soße aus, was immer es war. Im Flur hing ein Geruch, von dem einem übel wurde, eine schreckliche Mischung aus warmem Fett, billigem Parfüm, Pulverdampf und Blut.

»Maier! Hier oben! Alles in Ordnung?«

Auf halber Treppe stand Joyce, die Walther P5 fest in der behandschuhten Faust. Die Biwakmütze hing schief auf ihrem Kopf. »Schnell, hier rauf!«, rief sie.

Sil strauchelte zwischen menschlichen Körpern und Behältnissen mit Take-away-Essen hindurch auf die Treppe zu und warf im Vorbeigehen einen Blick durch die offene Tür in das große Zimmer.

Drei junge Frauen saßen zu Tode verängstigt nebeneinander auf einem Sofa. Sie hielten sich an den Händen und sahen ihn schüchtern und respektvoll an. Rührten sich nicht vom Fleck.

Mit vorgehaltener Sig betrat er den Raum, schaute nach links, nach rechts, trat dann so kräftig gegen die Tür, dass sie mit einem Knall von der Wand zurückprallte. Es stand niemand dahinter. Mit schnellen Schritten ging er wieder in den Flur und glitt mit dem Rücken an der Wand entlang, an den Leichen vorbei in die Küche. Er knipste das Licht an. Niemand.

»Der Dritte«, rief er nach oben, »wo ist der Dritte?«

»Tot.«

Er zog sich am Geländer die Treppe hinauf. Oben sah er Joyce an der Wand lehnen. Sie hatte Prügel bezogen, das war nicht zu übersehen. Ihre Nase war blutverklebt.

Forschend sah er sie an. »Geht's?«

Joyce nickte und stieß sich von der Wand ab. »Geht schon.«

»Drei Mann?«

Sie nickte noch einmal. »Ja. Kalojew liegt oben. Hast du die Schüsse nicht gehört?«

»Schüsse?«

»Fünf Schuss. Er war schon beim ersten tot, vermute ich.« Flach atmend deutete sie auf die Tür. »Wir müssen uns beeilen. Es dauert keine Viertelstunde mehr, bis hier eine Polizeieinheit vor der Tür steht.«

»Ist sie da drinnen?«

Joyce nickte. Senkte den Blick. »Tut mir leid.«

Mit wenigen Schritten war Maier bei der Tür. Er drückte die Klinke herunter und stemmte die Schulter dagegen. Den Schmerz, den dieser leichte Druck verursachte, spürte er nicht, als sein Blick auf Susan fiel.

63

Maxim Kalojew hätte längst anrufen sollen. Es war sieben Uhr, und die Polizei musste schon vor Stunden wieder abgezogen sein. Dass Maxim noch nichts von sich hatte hören lassen, war ein schlechtes Zeichen.

Wadim fragte sich, ob es überhaupt mit der Polizeivisite vom Nachmittag zu tun hatte. Es war nur ein einziger Wagen gewesen, mit zwei Mann. Genug für ein Gespräch über Robby Faro, aber zu wenig, um den Laden gründlich auf den Kopf zu stellen.

Also kein Hausdurchsuchungsbefehl.

Trotzdem war irgendetwas faul. Lag es an Maxim? Hatte der die Sache versaut? Er war ziemlich gestresst gewesen, als er ihn zuletzt gesprochen hatte. Eine fast schon paranoide Angst hatte Kalojew gehabt. Hatte er jetzt irgendwelche Dummheiten gemacht? Waren ihm die Sicherungen durchgebrannt?

Das Telefon klingelte. Das musste er sein. Wadim drückte eine Taste und hielt sich das Handy ans Ohr. »*Da?*«

»*Zdraste.*«

Es war nicht Maxim. Es war der Düsseldorfer. Mit der Begrüßung entfuhr ihm ein tiefer Seufzer. »Wo bist du?«

»Niederlande«, antwortete Wadim.

»Unterwegs hierher?«

»Noch nicht.«

Ein Fluchen am anderen Ende. »Wir hatten sieben Uhr abgemacht, also genau jetzt.«

»Höhere Gewalt«, erklärte Wadim. »Ich melde mich, wenn ich losgefahren bin.« Er drückte den anderen weg und wählte sofort die Nummer von Maxim.

Er ließ es dreimal klingeln. Viermal, sechsmal, achtmal. Dann sprang die Mailbox an.

64

Der Subaru rumpelte über eine Bodenschwelle. Susan stöhnte. Sie lag auf der Rückbank, den Kopf auf Maiers Schoß. Er strich ihr unablässig übers Haar, zwanghaft, als ob sie eine Katze wäre. Sie hatte seine Hand schon zweimal weggeschoben.

Er war ihr unerträglich. Seine Berührungen, sein Geruch, seine Stimme, sein Atem, sogar seine Bewegungen und sein Herzschlag riefen lediglich Aversionen in ihr wach. Wenn sie dennoch liegen blieb, so nur, weil sie keine Kraft mehr hatte.

Hinter dem Lenkrad saß eine dunkelhäutige Frau, Ende zwanzig oder Anfang dreißig. Hübsch, schlank und genau wie Maier ganz in Schwarz gekleidet. Sie sprach mit leicht surinamischem Akzent.

Sil schien sie gut zu kennen. Zumindest ging er vertraulich mit ihr um.

»Wir müssen in ein Krankenhaus«, hörte Susan ihn sagen, mit mehr Gefühl in der Stimme, als er in ihrer Gegenwart je gezeigt hatte. »Ich glaube nie im Leben, dass es ... dass es gut wird, wenn du es ...«

»Solche Fälle werden registriert. Wenn eine Frau mit derart typischen Verletzungen in der Notaufnahme auftaucht, nachdem es am selben Abend ein Gemetzel bei Maxim gegeben hat, halten meine Kollegen das schon für einen ziemlich sonderbaren Zufall.«

»Kannst du das nicht irgendwie abfangen? Indem du im Krankenhaus mit deiner Dienstmarke wedelst und sagst, dass die Sache diskret behandelt werden muss?«

»Du guckst zu viele Filme.«

Er strich Susan übers Haar. »Du siehst doch, wie sie ...«

»Sorry, du hast recht.« Das Auto bog nach rechts ab. »Ich lass mir was einfallen.«

Susan nahm Maiers Hand – warm und kräftig, von der Anspannung leicht feucht – und schob sie weg.

Sie hatte kein Wort gesprochen, seit die beiden sie gefunden und aus diesem Haus des Schreckens weggeholt hatten. Nicht, dass sie nicht mehr hätte sprechen *können*, sie *wollte* nicht mehr sprechen. Nein, es war noch schlimmer, es ging noch viel tiefer: Sie wollte nicht mehr *sein*.

Nichts mehr hören. Nichts mehr sehen. Nichts mehr spüren, sich nicht mehr erinnern. Nicht mehr reagieren auf Reize um sie herum. Sich nur noch eine dunkle Leere vorstellen, darin schweben wie ein gekrümmter Fötus, schwerelos, ziellos, völlig autonom.

Aber jetzt musste sie ebendoch reagieren. Eine Untersuchung im Krankenhaus würde bedeuten, dass andere Leute sich an ihrem Körper zu schaffen machten. Dass sie sich ausziehen lassen musste. Sich hinknien, vorbeugen, fremde Hände auf sich spüren, kalte Blicke, sterile Instrumente. Nadeln ...

Nicht da. Sie wollte sie da nicht haben.

Das hielt sie nicht aus.

»Ich will es nicht«, flüsterte sie. Ihre Stimme klang rau und gepresst.

Maier reagierte sofort. »Ich fürchte, du brauchst einen Arzt ...«

»Ich-will-es-nicht!«

»Dann fahren wir nach Hause, Schatz. Kein Problem.«

»Nein.« Sie hustete. Zuhause, das war ihre Wohnung in der Innenstadt von Den Bosch, jener pechschwarze Ort in Zeit und Raum, wo dieser Russe sie überwältigt hatte, als sie noch sorglos und ihr Elend bloß gedanklich gewesen war.

Ein verseuchter Ort. Ein unsicherer Ort. Feindliches Gebiet.

»Ich will nicht nach Hause«, murmelte sie.

»Hast du irgendwo noch ein anderes Quartier?«, wandte die dunkelhäutige Frau sich an Maier.

So gut kennen sie einander also nicht.

»Nein. Können wir nicht zu dir?«

»Lieber nicht. Sie muss aus dem Auto raus, über den Parkplatz getragen werden, in den Fahrstuhl und den ganzen Außenflur entlang. Die Wahrscheinlichkeit, dass wir dabei gesehen werden, ist ziemlich groß.«

»Was dann?«

»Ich kenne ein Motel, so eins wie in Amerika. Man bezahlt drinnen an der Rezeption, aber die Zimmer liegen rund um einen Platz an der Rückseite des Gebäudes. Perfekt geeignet. Wenn ich mich nicht täusche, gibt es sogar komplette Appartements mit mehreren Betten.«

»Du weißt ja gut Bescheid.«

»Das muss ich auch. Solche Zimmer werden manchmal von genau solchen Arschlöchern benutzt, wie wir sie heute Abend besucht haben, als Dependance ihres Bordells sozusagen. Wenn ihnen der Boden unter den Füßen zu heiß wird oder sie mehr Frauen als Betten haben, mieten sie für einen Tag so ein Zimmer und setzen da ein oder zwei Mädchen rein, mit einem Zuhälter, der auf sie aufpasst. Und die Angestellten stellen keine Fragen. Wissen ja auch offiziell von nichts, denn an der Rezeption lassen sich die Kunden gar nicht erst blicken. Die parken ihr Auto direkt vor der betreffenden Tür.«

»Ist es weit?«

»Zehn Minuten. Ich bin schon auf dem Weg.«

65

Wadim stellte fest, dass die einst so ruhige Straße zum Schauplatz eines regelrechten Alptraums mutiert war.

Absperrband aus Plastik flatterte im Wind. Polizisten in knallgelben Westen hielten die herbeigeströmten Schaulustigen auf Abstand. Beamte sprachen mit ernsten Mienen in ihre Funkgeräte. Blaue und orange Warnlichter flitzten über die düstere Fassade.

Nach seinem ersten Versuch hatte er den Ukrainer im Halbstundentakt auf dem Handy angerufen. Maxim war nicht drangegangen. Als er um elf Uhr noch immer keinen Mucks von sich gegeben hatte, war Wadim ins Auto gestiegen und hatte sich auf den Weg gemacht.

Er zählte drei normale Polizeiwagen, drei unauffällige Vito-Transporter und einen Krankenwagen. In der schmalen Straße war für so viele Fahrzeuge kaum Platz. Zwischen den Parkschlangen kamen zwei in entgegengesetzte Richtungen fahrende Autos sowieso schon kaum aneinander vorbei, aber jetzt war das Chaos komplett. Fehlten bloß noch kreisende Hubschrauber mit Suchscheinwerfern und bellende Schäferhunde.

Wadim zog sich die Kapuze seiner Jacke so tief wie möglich ins Gesicht, beugte den Kopf, zog die Schultern hoch und mischte sich unauffällig zwischen ein paar Anwohner. Hinter ihm wurde Polnisch gesprochen. Neben ihm war ein Typ mit zerfurchtem Gesicht, Rastazöpfen und einem Joint zwischen den Lippen. Ein paar Rentner in Regenjacken standen eingehakt. Schräg vor ihm sah er ein paar etwa sechzehnjährige

Mädchen mit Fahrrädern, sie trugen lange Wollschals, redeten laut und kicherten nervös.

Dann verstummten die Gespräche, und alle sahen gebannt zu, wie ein Leichensack nach draußen gebracht wurde, um in einem der bereitstehenden Vitos zu verschwinden. Der Fahrer schloss die Türen und wollte wegfahren. Das ging erst, nachdem man eines der Polizeiautos zur Seite gefahren hatte.

Ein zweiter Sack wurde aus dem Gebäude herausgetragen. Die Zuschauer reckten die Hälse, um bloß nichts von dem Spektakel zu verpassen.

»Ich habe Schüsse gehört«, sagte eine Frauenstimme hinter ihm. Sie klang geradezu entzückt. »Vier oder fünf Schüsse.«

»Das roch schon immer irgendwie illegal hier«, sagte ein anderer.

Wadim lächelte. Früher hatte er vielleicht sechzig Prozent von dem verstanden, was in seiner Umgebung auf Niederländisch gesagt wurde, aber mittlerweile konnte er sich fast jedes Wort übersetzen. Er verdankte es dem Lingo-Sprachkurs sowie der Tatsache, dass er oft in Kneipen den Gesprächen der Gäste zugehört hatte.

Das war ungefähr das einzig Positive.

Leichensack Nummer drei kam zum Vorschein.

Drei Säcke, drei Mann, dachte er: Maxim, Pawel und Ilja. Aber hundertprozentig sicher konnte er nicht sein. Am liebsten wäre er über die Absperrung gesprungen und hätte die Säcke aufgeschlitzt.

Noch wichtiger war: Wer hatte die auf dem Gewissen? Der Erste, der ihm da in den Sinn kam, war Sil Maier, aber das lag wahrscheinlich daran, dass er sowieso ständig an Maier denken musste. Logisch war es nämlich gar nicht. Maier kannte Maxim Kalojew nicht, und er konnte auch nicht wissen, dass seine Freundin ausgerechnet hier festgehalten wurde. Das war schlichtweg nicht möglich.

Also musste irgendetwas anderes dahinterstecken. Was er bei der ganzen Aufregung übersah.

Vielleicht war Maxim ausgerastet und hatte die beiden Polizisten abgeknallt. Oder ein paar Mädchen. Vielleicht auch seine Angestellten. Oder sie *ihn* ... Vielleicht hatte früher am Abend, nachdem die Polizei wieder abgezogen war, ein Überfall stattgefunden, bei dem Maxim umgebracht und seiner Mädchen beraubt worden war. Das junge Fleisch brachte auf dem freien Markt sicher zwischen sieben- und fünfzehntausend pro Stück ein. Es gab Leute, die für weniger gelyncht wurden.

Es störte ihn sehr, dass er nicht wusste, was sich hinter der Fassade dieses Hauses abgespielt hatte, ja, dass er vielleicht niemals dahinterkommen würde.

Maxims Laden konnte er sich jetzt zumindest abschminken. Und damit wohl auch Susan Staal als Köder. Vielleicht war sie tot, vielleicht hatte man sie weggebracht, vielleicht war sie geflüchtet.

War alles möglich.

Ihm blieb jetzt nichts als abzuwarten, ob der Vogel irgendwann brav zu seinem Nest zurückgeflogen käme.

66

Das Motelzimmer war absurd groß und wirkte mit der einfach eingerichteten Küche und dem Badezimmer tatsächlich mehr wie ein Appartement. In der Mitte des rechteckigen Raums gab es eine freistehende Wand, zu deren beiden Seiten zwei Doppelbetten aufgestellt waren. Auf einem Couchtisch in der Ecke stand ein großer Fernseher, um einen ovalen Esstisch waren vier mit einem Blumenmuster bezogene Holzstühle gruppiert. Glänzende braune Vorhänge und auf dem Boden ein verschlissener beigefarbener Bouclé-Teppich.

Joyce hatte die nackten Füße auf die Tischplatte gelegt und trank einen Schluck Tee. Maier hatte auch einen Becher in der Hand, aber noch nicht davon getrunken. Nachdem er stundenlang auf und ab gegangen war, hatte er sich endlich am Fußende eines der beiden Betten niedergelassen. Er drehte den Becher in den Händen und hing seinen Gedanken nach.

»Ist schwieriger, als es aussieht, was?«, hörte er Joyce fragen. »Mit Stäbchen essen.«

Er folgte ihrem Blick und brauchte etwas länger, bis er begriff, was sie meinte. Seine Hose und sein Hemd waren mit angetrockneter Erdnusssoße verschmiert. Auch ein paar Bamigoreng-Reste hingen an seiner Kleidung. Und klebriges Rührei. Erst jetzt, da es bereits Nacht war und sie endlich Zeit fanden, die Ereignisse zu rekonstruieren, merkte er auch, wie er roch. »Scheiße. Ich hab meine Klamotten noch in dem Carrera liegen. Und der steht bei dir zu Hause vor der Tür.«

»Fahr doch schnell los und hol deine Tasche, so weit ist es nicht.«

»Ich will lieber nicht riskieren, von deinen Kollegen herausgewunken zu werden, solange meine Klamotten noch voller Blutspritzer sind.«

»Sie werden schon nicht ganz Eindhoven abgesperrt haben. Wenn du dich ganz normal an die Verkehrsregeln hältst und um das Viertel einen Bogen machst, brauchst du dir nicht den Kopf zu zerbrechen.«

Maier schielte zu Susan hinüber, die in dem hinteren Bett lag, auf der anderen Seite der Wand. Sie hatte sich schön zudecken lassen, sich ganz klein zusammengerollt und sich unter die Decke gekuschelt, um dann mehr oder weniger sofort einzuschlafen. Bei dem gedämpften Licht war von ihr lediglich eine Erhebung unter der dünnen Überdecke zu erkennen.

»Ich möchte bei Susan bleiben.«

»Wie du willst. Aber unternimm was gegen den Gestank. Ich werde mein Leben lang kein chinesisches Essen mehr riechen können, ohne an diese Nacht zurückzudenken, verdammt. Geschweige denn es essen.«

So geht es mir mit Grillen, dachte Maier, behielt das aber lieber für sich. Joyce war eine korrupte Kripobeamtin, keine Beichtmutter. Außerdem lag die Aktion, an die er eben hatte denken müssen, geraume Zeit zurück. Den Geruch von verbranntem Menschenfleisch, von dem ihm noch heute übel wurde, wenn er ihn sich wieder in Erinnerung rief, hatte er kennengelernt, bevor er bei Susan eingezogen war. In den letzten Wochen hatte er oft daran zurückgedacht, auch weil diese ekelhafte Aktion in dieselbe Zeit gefallen war wie die Konfrontation mit den russischen Brüdern. Er hätte gern mit Joyce darüber gesprochen, aber das war unvernünftig.

Er musste sich immer wieder ermahnen, nicht allzu vertraulich mit ihr umzugehen. Schließlich kannte er diese

Frau kaum, und ihre Beweggründe waren ihm noch nicht ganz klar. Es war schwer, von sich selbst nicht mehr preiszugeben. Sie kam ihm nämlich mit der Zeit immer vertrauter vor.

»Würdest du etwas für mich tun?«, fragte er.

Joyce sah auf. »Deine Tasche für dich holen, meinst du?«

Er nickte. »Diese Klamotten muss ich sowieso waschen. Die sind bis morgen nicht trocken, und ich kann sie ja schlecht bei der Wäscherei abgeben.«

Sie sprang auf. »Hast du den Schlüssel?«

Maier fischte ihn aus der Hosentasche und warf ihn Joyce zu. »Du bist ein Engel.«

Sie wollte etwas sagen, schien sich aber zu besinnen und ging ohne ein weiteres Wort hinaus. Schloss sorgfältig die Tür.

Er wartete, bis er das Auto wegfahren hörte, dann drehte er den Warmwasserhahn auf, zog seine stinkenden Klamotten aus und warf sie in die Badewanne. Drückte über dem tosenden Wasser eine Flasche Shampoo aus und drehte nach einer Weile den Hahn wieder zu.

Allmählich wich der Essensgeruch einem synthetischen Jasminduft.

In Boxershorts und auf Socken ging er zum Bett zurück. Susan lag noch immer da und schlief, die Knie an die Brust gezogen wie ein ungeborenes Kind.

Mit verschränkten Armen blieb er reglos stehen, sah sie an. Ihre Haare. Ihre geschlossenen Augen. Ihre tiefen Atemzüge. Die leichten Zuckungen um ihren Mund. Der rechte Mundwinkel war aufgerissen, geronnenes Blut klebte ihr am Kinn und auf der Wange.

Er verspürte einen starken Drang, dieses Blut vorsichtig wegzuwischen, zu Susan ins Bett zu kriechen und sie an sich zu drücken. Mit seinem Körper einen Puffer zu bilden, der sie vor allen Arschlöchern der Welt beschützte. Aber er wagte sie nicht einmal zu berühren, aus Angst, dass sie womöglich heftig darauf reagierte.

Er begriff einfach nicht, dass es so weit hatte kommen können. Wie hatte er so naiv und kurzsichtig sein können, sich einzubilden, er könnte ein derart destruktives Leben führen, ohne die Menschen, die er liebte, mit hineinzuziehen. Als hätte er hartnäckig an ein Märchen geglaubt, in dem zwei Welten strikt voneinander getrennt gewesen waren. Eine, die er hatte aufsuchen können, wann immer er wollte, wie einen düsteren, aber klar abgegrenzten Abenteuerpark, und eine andere, die der täglichen Realität entsprach, in der er mit Susan gelebt hatte. Zwei parallele Welten ohne Berührungspunkte – nur er selbst konnte ungestraft von der einen in die andere hinüberwechseln.

Allein schon dieser Gedankengang war doch empörend infantil.

Für seine kindliche Sehnsucht nach Abenteuern hatte Susan den Preis für Erwachsene bezahlt. Er hasste sich selbst dafür.

Kräftig drückte er sich seine Nägel in die Haut, spürte es jedoch nicht einmal. Regungslos blieb er im Raum stehen und quälte sich, indem er Susan unablässig ansah. Das herzzerreißende Ergebnis seiner Taten.

Zum ersten Mal in seinem Leben wusste er genau, dass diese Frau das Wertvollste in seinem Leben war. Zugleich wurde ihm mit eisiger Klarheit bewusst, dass er das zu spät erkannte.

67

»Können Sie nicht lesen? Da hängt nicht umsonst ein Schild ›Bitte nicht stören‹.«

»Das habe ich gesehen, aber es ist nun schon das dritte Mal, dass ich nicht hineinkann. Ich muss es doch auch mal saubermachen.«

»Das kann warten, bis wir weg sind.«

»Lassen Sie sich dann zumindest die frischen Handtücher geben.« Ohne die Reaktion abzuwarten, nahm das Zimmermädchen einen ordentlichen Stapel blütenweißer Handtücher von ihrem Wägelchen. Sie versuchte gar nicht erst, ihre Neugier zu verbergen. Gierig streckte sie den Hals vor, um an Joyce vorbei in den Raum zu spähen.

Das Motelzimmer bot ihr keinen spektakulären Anblick. Im Fernsehen lief mit leise gestelltem Ton das Vormittagsprogramm. Maier fuhrwerkte im Trainingsanzug in der Küche herum, und Susan lag immer noch im Bett, verborgen hinter der Wand. Sehr wohl konnte das Zimmermädchen sehen, dass die Boxspring-Betten im vorderen Teil des Raums auseinandergerückt worden waren und nun etwa eine Armlänge voneinander entfernt standen.

Joyce grapschte nach dem Stapel, den das Zimmermädchen in den Armen hielt, und machte ihr die Tür vor der Nase zu.

»Das arme Ding«, bemerkte Maier, »wir machen sie ganz nervös.«

»Pech gehabt. Die sind hier zwanghaft auf diese blöden Handtücher fixiert.« Sie ging ins Bad und legte den Stapel zu den beiden anderen, die ebenfalls noch unbenutzt waren, auf den Boden. Rund um die Welt mussten Hotelgäste quengeln, wenn sie frische Textilien bekommen wollten. In diesem Motel war es genau andersherum.

Ihr Handy klingelte. Joyce hielt sich das Ding ans Ohr. »Ja?«

»Hier ist Nancy. Wie geht's?«

Zum ersten Mal, seit sie sich krankgemeldet hatte, rief eine Kollegin sie an. Sie ging in die Küche und wandte Sil den Rücken zu. »Geht so«, antwortete sie. »Was gibt's denn?«

»Eigentlich hat Thieu gesagt, ich soll dir nicht auf die Nerven fallen, aber wir brauchen wirklich dringend mehr Leute hier. Ich bin total vollgepumpt mit Koffein. Wir kriechen alle auf dem Zahnfleisch.«

»Warum denn?«

»Hast du das etwa nicht mitbekommen?«

»Was? Ich habe keine Ahnung, wovon du sprichst«, log sie. Erst am Vormittag hatte sie im Fernsehen eine Pressekonferenz gesehen, bei der ihre Vorgesetzten den Journalisten auseinandergesetzt hatten, wie sich die Schießerei vermutlich abgespielt hatte. Jeden Morgen hatte sie die Zeitung von A bis Z gelesen und sich ziemlich zurückhalten müssen, um nicht unter irgendeinem blöden Vorwand eine Kollegin anzurufen und sie über die Ermittlungen auszufragen.

»Maxim Kalojew«, sagte Nancy entzückt. »Mausetot. Löcherkäse, genau wie die beiden Typen, die bei ihm gearbeitet haben.«

»Eine Abrechnung?«

»Eher unwahrscheinlich.«

»Was denn dann?«

»Darüber zerbrechen wir uns nun schon seit Tagen den Kopf. Aber äh ... du willst mir doch nicht erzählen, dass du das nicht schon wusstest, oder?«

Joyce erschrak, fing sich aber rasch wieder, und als sie antwortete, hatte sie jede Silbe unter Kontrolle. »Woher hätte ich das denn wissen sollen?«

»Weil es vielleicht in allen Zeitungen gestanden hat und außerdem in den landesweiten Nachrichten war? Meine Güte, Joyce, bist du in einer Grotte untergetaucht oder so?«

»Ich hab den Fernseher nicht angehabt, Nancy. Ich sitze ja nicht wegen eines verstauchten Knöchels zu Hause.«

»Äh ja. Entschuldige.«

»Drei Männer, hast du gesagt?«

»Hm-hm.«

»Kalojew, und wer noch?«

»Pawel Radostin und Ilja Makarow. Zwei feine Kerle.«

»Die kenn ich. Mit denen habe ich im Frühjahr noch geredet. Und was ist mit den Frauen?«

»Keine Ahnung. Als wir kamen, war da kein lebendes Wesen mehr drin.«

»Puh«, sagte Joyce rasch, »was für ein Mist. Keine Zeugen?«

»Kein einziger. Nicht mal ein Anwohner. Aber das ist noch nicht alles. Der Mord an Robby Faro erscheint dadurch jetzt auch in einem anderen Licht. Vielleicht hat das eine mit dem anderen zu tun.«

Joyce schluckte. Der Mord fiel in die Zeit nach ihrer Krankmeldung.

»Ist der denn auch tot?«, fragte sie schließlich zögerlich.

»Ziemlich, ja …« Kurz blieb es still. »Es ist mir echt unangenehm«, fuhr Nancy dann fort, »weil ich ja weiß, dass es dir beschissen geht, aber ich frage dich jetzt trotzdem: Kannst du nicht doch noch mit einspringen? Vielleicht bloß für die Vormittage oder so? Thieu wäre einverstanden, vorausgesetzt …«

»Nein, Nancy, hör auf, bitte. Tut mir echt leid. Geht nicht. So gern ich auch wollte. Ich schaff das noch nicht. Gib mir noch ein paar Wochen. Ich muss wirklich ein bisschen auftanken.«

»Okay«, kam die Antwort, der die Enttäuschung anzuhören war. »Dann wünsch ich dir was.«

»Ich euch auch.« Joyce drückte das Gespräch weg.

»Meine Kollegen sind an der Sache dran«, erklärte sie Sil, der während des Gesprächs mucksmäuschenstill geblieben war und gelauscht hatte.

»Und?«

»Die schlechte Nachricht ist, dass sie nicht unbedingt von einer Abrechnung ausgehen. Dafür sind wir vermutlich nicht sorgfältig genug vorgegangen. Und sie wollen den Mord an Robby Faro noch mal aufrollen. Wovon ich nicht sonderlich begeistert bin.«

»Robby Faro?«

»Der Informant, den ich erschossen habe.«

»Meintest du nicht, da wärest du gründlich gewesen?«

»War ich auch. Trotzdem.«

»Gibt's auch gute Neuigkeiten?«

Joyce hob das Kinn. Ihre Augen glänzten. »Die Frauen waren schon weg, als meine Kollegen da ankamen. Hoffentlich sind sie unterwegs nach Hause, und zwar möglichst mit einem fetten Batzen Geld.«

Joyce ging zu dem hinteren Fenster und schob die eine Hälfte des Vorhangs zurück. Graues Licht strömte durch die dicken Gardinen in den Raum und über Susans Bett.

Susan lag auf der Seite, fest in die Decke gekuschelt, und starrte auf den Fernseher. Falls sie von dem Telefongespräch etwas mitbekommen hatte, ließ sie es sich nicht anmerken.

Oberflächlich betrachtet sah die Sache hoffnungslos aus, dachte Joyce, und doch vermutete sie, dass Susan seit ihrer Befreiung bereits enorme Fortschritte gemacht hatte. Sie ließ es sich bloß nicht anmerken, sondern schottete sich ab und machte den Mund nicht auf, als ob sie Maier bestrafen wollte. Sie wehrte sich dagegen, gepflegt zu werden – man durfte sie nicht anrühren, weder ihren Körper noch das Gesicht –, aber zumindest trank sie den frisch gepressten Fruchtsaft, den Joyce für sie zubereitete, und nahm auch die Bouillon zu sich. Den Rest der Zeit schlief sie.

Heute Morgen jedoch war Joyce von einem unbekannten Geräusch aufgewacht. Von ihrem Bett aus hatte sie dann beobachtet, wie Susan mit vorsichtigen Schritten ins Badezimmer geschlurft war, sich vorgebeugt und Wasser aus dem Hahn getrunken hatte. Wie sie das Licht beim Spiegel angeknipst, einen Waschlappen angefeuchtet und vorsichtig die angetrockneten Blutflecken von Gesicht und Armen abgetupft hatte. Wie sie schließlich das Licht wieder ausgemacht und sich auf die Toilette gesetzt hatte.

Mindestens eine Dreiviertelstunde hatte sie gebraucht. Joyce hatte die ganze Zeit über angespannt gelauscht, um jederzeit eingreifen zu können, wenn Susan zum Beispiel hinfiele. Es waren lediglich ein paar Darmgeräusche aus dem Badezimmer gekommen, ab und zu auch ein unterdrücktes Stöhnen oder Schluchzen. Sanfte, kaum hörbare Laute, die in der Dunkelheit durch Mark und Bein gingen.

Als Susan zum Bett zurückgeschlurft war – zittrig, schwach und sich bei jeder Gelegenheit irgendwo abstützend –, hatte Joyce die Augen geschlossen und getan, als schliefe sie.

Sie war noch nicht dazu gekommen, es Maier zu erzählen. Das wollte sie gleich nachholen, draußen, wenn die Zimmermädchen mit ihrem Putztrieb und ihren sauberen Handtüchern über einen anderen Block herfielen.

Maier stellte ihr einen Becher Kaffee hin und setzte sich auf einen der Esstischstühle. »Kann ich gerade mal deinen Laptop benutzen? Vielleicht hat dieser Russe noch mal gemailt.«

Joyce kam zu ihm herüber und stellte den Laptop, der auf

dem Boden gelegen hatte, auf den Tisch. Nachdem sie die Verbindung zum Internet hergestellt hatte, drehte sie das Ding zu Maier um. Er tippte seine Login-Daten ein.

Nach ein paar Minuten schüttelte er den Kopf. »Es scheint bei dieser einen Mail zu bleiben.«

»Ich weiß, wir hatten das schon, aber hast du irgendeine Ahnung, was für einen Grund dieser Wadim dafür haben könnte?«

Maier loggte sich aus und schob Joyce den Laptop wieder zu. »Er scheint irgendwie wütend zu sein«, sagte er mit gespieltem Desinteresse.

»Erklär zumindest mal, warum.«

Demonstrativ langsam trank er einen Schluck von seinem Kaffee. Sah Joyce dann genau ins Gesicht. »Wenn es stimmt, dass er ein Auftragsmörder ist und einen Zwillingsbruder hatte, der in Frankreich umgekommen ist ... dann müsste er eigentlich selbst auch tot sein. Dass er es anscheinend nicht ist, kann zweierlei bedeuten, allerdings läuft es auf dasselbe hinaus: Entweder ist er stinkig wegen seinem Bruder und will sich Genugtuung verschaffen, oder er mag keine halben Sachen und will zu Ende bringen, was er angefangen hat.«

»Die beiden Brüder hätten dich ermorden sollen«, folgerte Joyce, »aber stattdessen hast du einen von ihnen um die Ecke gebracht.«

Er sah sie schweigend an.

Sie erschrak über die Intensität dieses Blicks. Die sagte ihr mehr, als er mit Worten je ausdrücken könnte.

Er wandte den Kopf ab und nahm noch einen Schluck Kaffee. »Die Frage ist jetzt: Wie komme ich dahinter, wo dieser Typ steckt? Und wie lange wird er brauchen, um herauszufinden, dass ich hier bin?«

»Sil?«

Maier schob abrupt den Becher von sich weg, sprang auf

und eilte zu Susans Bett. Ging in die Hocke und sah sie eindringlich an. »Hast du mich gerufen?«

Sie flüsterte: »Mir fehlt so viel.«

»Was denn?«

»Meine eigenen Sachen.«

Joyce war Maier gefolgt und blieb nun schräg hinter ihm stehen.

»Glaubst du, du kannst schon wieder nach Hause?«

Susan schüttelte verärgert den Kopf. »Da geh ich nicht mehr hin. Ich will nur meine eigenen Anziehsachen.«

»Dann hole ich die schnell.« Er richtete sich auf. »Deinen Bademantel, nehme ich an? Und deinen Jogginganzug? Unterwäsche?«

»Ja, das wär gut. Und mein Parfüm und die Nachtcreme, die stehen unten in dem kleinen Badezimmerschrank.« Leise fügte sie hinzu: »Ich will wieder nach mir selbst riechen.«

68

Die Wohnung war kalt, und nachdem sie in den vergangenen kalten und nassen Wochen nicht geheizt worden war, roch sie leicht muffig und feucht. Susans Fotosachen standen im Flur. Die Metallkoffer mit den zusätzlichen Gehäusen, Linsen und der Fototasche waren übereinandergestapelt, die Stative und Schirme lehnten daneben an der Wand. Auf einen Fremden hätten die Sachen wahrscheinlich ganz gewöhnlich, ja sogar ordentlich gewirkt, aber Maier sah sofort, dass etwas nicht stimmte. Susan ließ ihre Sachen normalerweise nie im Flur herumliegen und schon gar nicht so.

Hier musste Wadim sie überfallen haben, in ihrer eigenen Wohnung oder direkt vor der Haustür, als sie heimgekommen war. Er selbst oder ein Handlanger hatte ihre Sachen hier abgestellt. Hier hatte ihr Alptraum angefangen. Das war die logischste Erklärung, deshalb wollte Susan wohl auch nicht zurück nach Hause.

Er konnte nur hoffen, dass es ihr bald wieder besser ging und sie ihm dann mehr darüber erzählen konnte – und wollte –, was mit ihr passiert war. Vielleicht konnte er daraus erschließen, wo er den Drahtzieher dieses Alptraums zu suchen hatte. Denn solange dieser Russe noch frei herumlief, war der Fall noch nicht erledigt.

Darüber war er sich völlig im Klaren. Er würde nie mehr ruhig durchatmen, sich keine Sekunde der Unaufmerksamkeit erlauben können.

Es lag ungefähr ein Jahr zurück, dass er mit den beiden

russischen Brüdern in Berührung gekommen war, er konnte sich gut an sie erinnern. Ultrakurzes, aschblondes oder graues Haar. Äußerlich unauffällig, aber sehnig und muskulös, beeindruckend wendig und schnell, ambitioniert, routiniert, hervorragend aufeinander eingespielt.

Dass er noch lebte, war eher Glück als Verstand.

Er machte die Haustür hinter sich zu, schob die Kette vor und ging ins Wohnzimmer. Die Flügeltüren zur Dachterrasse waren zum Teil beschlagen. Als Erstes kontrollierte er das Schloss. Das schien unangerührt zu sein, genau wie das der Wohnungstür. Er ließ den Blick über die Möbel wandern. So schnell konnte das also gehen, dachte er. Diese Wohnung in der Innenstadt hatte er als sein Zuhause betrachtet, er hatte gern hier gewohnt, und es war immer schön wohlig und warm gewesen. Jetzt waren diese vier Wände nur noch eine nichtssagende Ansammlung von Holz, Glas und Steinen, die Atmosphäre war ihm geradezu unangenehm. Sie hatte fast schon etwas Feindseliges an sich.

Vielleicht war der Eindruck deshalb besonders stark, weil in diesem Teil des Häuserblocks beinahe niemand mehr lebte. Die Wohnung nebenan stand auch leer. Dabei fiel ihm wieder ein, dass er auch dort noch nach dem Rechten sehen wollte, bevor er zu Susan und Joyce zurückkehrte.

Unwillkürlich glitt seine Hand unter sein T-Shirt und ertastete die beruhigend harte Stahl-Titan-Kontur der AMT Backup. Die .22er saß fest hinten im Hosenbund. In der linken Tasche trug er zudem ein kleines, aber extrem scharfes Schmetterlingsmesser – ein Geschenk von Joyce.

Er fragte sich, wo Jeanny, Susans Mutter, wohl derzeit war, vermutlich noch in den USA, und Maier lehnte es resolut ab, eine andere Möglichkeit – die allerfinsterste, die ihm in den Sinn kam – länger in Betracht zu ziehen: dass womöglich nicht nur Susan, sondern auch Jeanny entführt worden war.

Er war sich über so viele Dinge noch nicht im Klaren. Der Spielstand war derzeit eindeutig eins zu eins, und noch schien eher der Russe die Zügel in der Hand zu halten.

Am vernünftigsten war es wohl, noch heute Nachmittag in ein anderes Hotel umzuziehen. Joyce, Susan und er blieben besser nicht zu lange am selben Ort: Bewegliche Zielscheiben waren weniger leicht zu treffen. Sie würden von einem Hotel zum nächsten ziehen, immer weiter, und sich an die goldene Regel halten, sich nirgends länger als zwei oder drei Tage aufzuhalten. Und zwar so lange, bis er Wadim aufgespürt und ausgeschaltet hätte. Oder umgekehrt.

Das konnte einen Tag dauern. Eine Woche. Einen Monat. Jahrelang ... er wurde ganz mutlos, wenn er nur daran dachte.

Maier wollte sich am liebsten gar nicht damit befassen. Noch nicht.

First things first.

Er ging ins Badezimmer, suchte Susans Kulturbeutel heraus und sah nach, ob sich Parfüm und Nachtcreme darin befanden. Dann ging er ins Schlafzimmer und machte ihren Kleiderschrank auf. Hob den Koffer vom Boden, legte ihn aufs Bett und öffnete den Reißverschluss. Suchte etwas Unterwäsche zusammen, die er in kleinen Stapeln darin verstaute.

Während er damit beschäftigt war, klingelte das Telefon. Ein gellender, altmodischer Klingelton. Erst wollte er den Anruf ignorieren, bis ihm einfiel, dass es möglicherweise Wadim war.

Dieser Gedanke ließ Maier noch wachsamer werden als er ohnehin schon war. Er war durchaus nicht gedankenlos an die Sache herangegangen. Zunächst einmal hatte er das Auto von Joyce genommen und dieses ein Stück entfernt in der Innenstadt abgestellt. Dann war er viermal die Straße auf- und abgegangen und hatte dabei alles und jeden scharf ins Visier genommen, ehe er es für sicher befunden hatte, die Wohnung zu betreten.

Er ging in das Zimmer mit dem Telefon und nahm ab.

»Hallo?«, sagte er in nicht besonders freundlichem Tonfall.

Eine Frauenstimme fragte spitz: »Wer ist da?«

»Sie rufen hier an, nicht ich«, entgegnete er unwirsch.

»Sil? Sil Maier? Meine Güte, endlich bekomme ich mal jemanden an die Strippe. Was ist denn bloß los? Ich habe schon tausendmal angerufen. Auch auf Susans Handy, ich war schon kurz davor ...«

Jeanny.

Sie lebte.

Und wusste von nichts.

»Schön, dich zu hören«, sagte er wahrheitsgemäß.

»Hattest du sie nicht verlassen? Ein für alle Mal?«

»Ich bin wiedergekommen.«

»Wie erfreulich.« Kurz blieb es still, dann fragte sie: »Ist Susan auch da?«

»Nein.«

»Wo ist sie denn?«

Maier schwieg. Er wusste nicht recht, was er sagen sollte.

»Hallo? Bist du noch da?«

»Ja.«

»Kann ich sie irgendwo erreichen?«

Seine grauen Zellen arbeiteten auf vollen Touren. Wie er es auch drehte und wendete: Mit der liebevollen Fürsorge ihrer Mutter wäre Susan sicher sehr geholfen. Seine eigene Anwesenheit wirkte offensichtlich eher kontraproduktiv. Er merkte es an der Art und Weise, wie Susan ihn ansah, an ihrem vielsagenden Schweigen. Die körperlichen und seelischen Verletzungen, der ganze Wahnsinn – alles, was sie erlitten hatte, machte sie ihm zum Vorwurf.

Und zu Recht.

»Wo bist du?«, fragte er.

»In Illinois, wo du jetzt auch wärest, wenn du Wort gehalten hättest ... warum fragst du?« Plötzlich brach Panik in ihrer Stimme durch. »Irgendwas stimmt nicht, hab ich recht? Irgendwas ist mit Susan.«

»Meinst du, du kannst kurzfristig einen Flug bekommen?«

»Natürlich. Was ist denn in Gottes Namen los?«

»Du wirst hier gebraucht. Susan braucht dich. Es ... es geht ihr nicht gut.«

Jeanny schrie jetzt beinahe. »Was ist mit ihr?«

»Nicht am Telefon.«

»Du kannst mir doch wohl sagen, wie es ihr geht?«

»Ihr Zustand ist stabil«, sagte er, und als ihm bewusst wurde, dass das für eine beunruhigte Mutter klingen musste, als läge ihre Tochter im Sterben, fügte er hinzu: »Sie kann laufen und reden, sie wird sich erholen. Aber ... sie hat eine Menge mitgemacht. Sie braucht Unterstützung.«

Keine sechs Meter von Sil Maier entfernt saß Wadim, die Hände an einem altmodischen Kopfhörer, und hörte dem Telefongespräch gespannt zu. Sein Blick war glasig, er hatte alle anderen Sinnesorgane ausgeschaltet, um sich ganz auf das nervige Niederländisch zu konzentrieren.

An der Wand hatte er seine Empfangsgeräte aufgebaut, ordentlich nebeneinander; wenn es zu Schwierigkeiten kam, konnte er das Zeug schnell einladen. Alte, krachende Apparatur, mit der ein moderner Soldat wohl nicht gern losgeschickt würde. Wadim aber arbeitete seit Jahren damit, und auch jetzt hatte der Kram sich wieder als nützlich erwiesen.

Er benutzte diese Wohnung, seit Susan verschwunden war. Eine bessere Operationsbasis hätte er sich kaum wünschen können. Von hier aus war wunderbar im Blick zu behalten, was nebenan vor sich ging, er konnte hören, was dort gesprochen wurde und von wem. Das Appartement stand leer und war sehr spärlich möbliert – wahrscheinlich mit Sachen, die der letzte Besitzer nicht hatte mitnehmen wollen. Ein Schlafsofa mit violettem Bezug stand an einer psychedelisch grün tapezierten Wand neben einer altmodischen Lampe mit Stoffschirm. Vor dem Wohnzimmerfenster hing ein schiefes Rollo, und auf dem Boden lag ein schmutziger Teppich.

Hinter ihm, in der offenen Küche, starrten zwei Augenpaare leblos an die Decke. Das eine gehörte einem pickligen, eins neunzig großen Jungen mit gelb gefärbten Haaren. Die anderen Augen, heller in der Farbe, aber ebenso gebrochen und tot, umrandet von schwarzer Wimperntusche und Eyeliner, waren versunken in einem totenblassen Mädchengesicht.

Die beiden lagen schön ordentlich nebeneinander auf dem Rücken. Ein aufgeschnittener Müllsack unter ihren Köpfen fing zum größten Teil das Blut auf, das aus ihren durchtrennten Kehlen triefte.

Wadim hatte die beiden schon wieder vergessen. Susans Hausjunkie und dessen Freundin waren nicht wichtig. Bevor ihre Körper zu stinken anfingen und die Nachbarn sich bei der Gemeindeverwaltung beschwerten, wäre er längst über alle Berge.

Wadim hatte Maier sofort registriert, als dieser zum ersten Mal unten auf der Straße aufgetaucht war, halb unter seiner Kapuze abgetaucht, mit Augen, die ständig hin und her flitzten, um die kleinste Bewegung ja nicht zu verpassen.

Er wusste auf Anhieb, dass es Maier war, spürte das Wiedererkennen geradezu körperlich: Sämtliche Muskeln in Bauch und Brust zogen sich zusammen, als er in seinem Blickfeld auftauchte. Wadim musste sich beherrschen, um nicht sofort nach seinem Scharfschützengewehr zu greifen und das Arschloch aus der Entfernung abzuknallen. Ein oder zwei Schüsse, und Maier würde nie wieder aufstehen.

Aber das hatte Wadim nicht getan. Es wäre zu einfach gewesen, hätte ihm zu wenig Genugtuung verschafft.

Eine knappe Viertelstunde später war Maier zurückgekommen, aber nun von der anderen Seite, und hatte noch einmal in ruhigem Tempo die Straße sondiert. Wadim hatte sich auf eine Konfrontation vorbereitet. Maier konnte nun jederzeit hochkommen. Doch die Zielperson hatte noch nicht einmal Anstalten dazu gemacht, als diese beiden Junkies die Treppe erklommen und vor Susans Wohnungstür angefangen hatten, albern kichernd aneinander herumzufummeln.

Ein typischer Fall von zur falschen Zeit am falschen Ort.

Wadim schloss die Augen. Angespannt lauschte er, sog jedes einzelne Wort in sich auf, jeden Seufzer, jeden Atemzug, den seine Apparatur registrierte.

Susan braucht dich.
Es geht ihr nicht gut.

Es war Maier gewesen, der dieses Blutbad angerichtet hatte. Letztlich war es doch wieder Maier gewesen. In den drei Leichensäcken, die aus dem Haus getragen worden waren, hatten folglich die Körper von Maxim Kalojew, Ilja und Pawel gesteckt.

Wahrscheinlich gehörte auch Robby Faro zu Maiers Opfern. Was bedeutete, dass er ihnen schon länger auf der Spur war. Schon viel länger. Nicht schlecht. Würde Wadim seinen Gegner nicht von ganzem Herzen hassen, er müsste ihm Respekt zollen.

Aber wie auch immer – er würde noch früh genug Antworten auf seine Fragen bekommen.

Das Telefongespräch war zu Ende.

Maier legte den Hörer auf und pfiff tonlos durch die Zähne. Jeanny würde versuchen, für heute oder morgen einen Flug nach Amsterdam zu bekommen. Er hatte ihr seine Handynummer gegeben. Sobald sie Genaueres wusste, würde sie ihn anrufen, um durchzugeben, wann er sie vom Flughafen Schiphol abholen konnte.

Dass Susans Mutter in die Niederlande zurückkehrte, war eine positive Nachricht. Es würde Susan bestimmt guttun.

Außerdem bekam er dann bald die Hände und den Kopf frei. Er hatte tagelang in diesem Motelzimmer herumgehangen, unfähig, konstruktiv nachzudenken. Wenn er Susan nicht mehr unmittelbar vor Augen hatte, konnte er sich bestimmt besser konzentrieren. Dann würde das Schuldgefühl weniger an ihm nagen.

Während er zum Schlafzimmer zurückging, fiel ihm ein, dass er vergessen hatte zu fragen, ob Sabine ihr Baby schon zur Welt gebracht hatte. Das musste er dann später nachholen.

Er suchte Susans Jacke, ein paar Hosen und Pullover, eine Strickjacke und verschiedene T-Shirts zusammen. Die Socken vergaß er in der Eile, erinnerte sich aber noch daran, dass sie ihren Bademantel haben wollte. Er faltete ihn und presste den ganzen Stapel fest zusammen.

Der Delsey ging nur mit Mühe zu.

In der einen Hand den Koffer, in der anderen – einen Finger in den Trageriemen gehakt – Susans Kulturbeutel, ging er in den Flur und zog die Wohnungstür auf.

69

»Woher kennst du Sil eigentlich? Vielleicht täusche ich mich, aber ich kann mich nicht erinnern, dass er je von dir gesprochen hätte.«

»Ich kenne ihn eigentlich kaum.« Joyce hatte einen der gepolsterten Stühle vom Esstisch neben das Bett gestellt. Mit angezogenen Knien saß sie da, nahm einen Bissen von ihrem Brot mit Schokoaufstrich und spülte mit einem Schluck starken Kaffee nach.

»Kaum? Ihr macht aber den Eindruck, als würdet ihr euch schon ganz lange kennen.«

Das Interesse, das Susan ihr entgegenbrachte, war aufrichtig, wie Joyce konstatierte. Sie stellte ihr die vielen Fragen nicht aus Eifersucht oder Argwohn, sondern weil sie klar denken konnte und ihre Intelligenz, gepaart mit einem starken Willen, dazu einsetzte, die Situation unter Kontrolle zu bekommen. Das sprach für sie. Wenn sie schon jetzt so aufmerksam und hellsichtig war, ging es ihr nach einer Weile bestimmt wieder besser.

Susan lag immer noch auf der Seite – aufrechtes Sitzen schmerzte zu sehr, meinte sie – und nahm gerade zum ersten Mal ein wenig feste Nahrung zu sich: ein Stück jungen Gouda auf einer Scheibe Vollkornbrot mit viel Butter. Sie kaute bedächtig, als müsste sie später den Geschmack auf das Genaueste beschreiben. Ihr Blick war unablässig auf Joyce gerichtet. »Und so eine Akte legt man doch auch nicht aus heiterem Himmel an, oder?«, fragte sie.

»Nein. Da hast du recht. Aber ich fürchte, es ist eine etwas sonderbare Geschichte.«

»Noch mehr sonderbare Geschichten?«

Joyce zuckte entschuldigend mit den Schultern. Im Lauf der letzten halben Stunde hatte sie Susan zu erklären versucht, wer sie war und warum sie bei der Kripo angefangen hatte, hatte ihren Frust über Sexsklaverei im Allgemeinen und Maxims Bordell im Besonderen zur Sprache gebracht und die geheime Akte erwähnt, die sie über Sil angelegt hatte. Hatte von den auf der Arbeit unterschlagenen Fotos erzählt, auf denen sie Susan erkannt hatte, woraufhin die Ereignisse sich überstürzt hatten und sie Dinge getan hatte, die sie nicht nur den Job kosten, sondern sie jahrelang ins Gefängnis bringen würden, wenn ihre Vorgesetzten davon erführen.

Sie hatte Susan eine Blöße geboten, aber Offenheit war hier angebracht, fand sie. Wenn in dieser ganzen irrsinnigen Geschichte überhaupt jemand ein Recht auf ehrliche, ungeschminkte Berichte hatte, dann Susan Staal.

»Bist du eine Freundin von ihm?«

Joyce schüttelte den Kopf.

»Wann habt ihr euch denn kennengelernt?«

»Kennenlernen ist ein großes Wort ... Letzte Woche habe ich ihn zum ersten Mal getroffen. Ich habe ihn aufgespürt, nachdem ich dahintergekommen war, dass du gefangen gehalten wurdest. Er war gerade in Südfrankreich. Dort habe ich ihn zum ersten Mal im Leben gesprochen.«

»In Frankreich?«

Joyce nickte geistesabwesend. Sollte sie Susan jetzt schon von Flint erzählen? Musste nicht erst Maier davon erfahren?

Susan biss einen Happen von ihrem Brot ab und kaute energisch darauf herum. »Dafür, dass du ihn erst vor einer Woche kennengelernt hast, nimmst du aber ziemliche Risiken auf dich. Und mich kennst du überhaupt nicht. Trotzdem führst du eine Akte über ihn und mich.« Sie blickte auf. »Sonderbar, oder?«

Joyce ballte eine Faust und presste sie gegen ihren Mund, wobei sie die Lippen so fest zusammendrückte, dass sie ganz weiß wurden. Sie hatte es so lange verschwiegen, dass es ihr zur zweiten Natur geworden war zu lügen, ohne mit der Wimper zu zucken. Ihre Kollegen, Jim, sogar Maier hatte sie angelogen. Ihn vielleicht sogar in erster Linie.

Aus purem Selbsterhaltungsinstinkt war sie nicht damit herausgerückt, aus Angst, dass er in Wirklichkeit vielleicht ein ganz schlechter Mensch war. Sie hatte zu viel mit kaputten, finsteren Typen zu tun gehabt, als dass sie ohne Weiteres vom bestmöglichen Szenario auszugehen gewagt hätte. Und Flint hatte sie in ihrem Misstrauen noch bestärkt.

Nachdem sie Maier gefunden hatte, vor nunmehr zwei Jahren, hatte sie sofort Flint aufgesucht, in der naiven Annahme, dass dieser über die Nachricht erfreut wäre. Seine Reaktion war jedoch unterkühlt und zurückhaltend gewesen: »Sei vorsichtig, du kennst ihn nicht. Er ist ein erwachsener Mensch, Joyce. Du weißt nicht, welche Entscheidungen er im Leben für sich getroffen hat.«

Da war was dran. In Maiers Akte reihte sich ein Straftatbestand an den nächsten. Auch schwere Delikte fehlten nicht. Gut möglich, dass er ein gefährlicher Irrer war. Ein mordlustiger Psychopath. In dem Fall brachte sie sich selbst und Flint in Gefahr, wenn sie sich ihm zu erkennen gab. Dass Maier eine Freundin hatte, die ihm anscheinend etwas bedeutete, hatte nämlich nicht das Geringste zu sagen. Es gab eine Menge Rohlinge, Serienmörder und Vergewaltiger, die auf den ersten Blick ein normales Leben zu führen schienen, die zum Beispiel ordentlich verheiratet waren und sogar Kinder hatten.

Je länger man diesen Job machte, desto schwerer wurde es, in anderen Menschen das Gute zu sehen. Dass es dergleichen überhaupt gab, wurde mit der Zeit eher eine Art Glauben, so wie man an Wiedergeburt glauben konnte oder daran, dass es angeblich eine heilsame Wirkung hatte, Bäume zu umarmen.

Inzwischen aber wusste sie, dass ihre Sorge überflüssig gewesen war. Dass Sil Maier durchaus in der Lage war, etwas für andere Menschen zu empfinden. Sie hatte das Grauen, die Angst und den Schmerz in seinen Augen gesehen, als sie Susan auf dieser dreckigen Matratze gefunden hatten, festgebunden, zusammengekrümmt und mit frischen Blutspuren auf der nackten Haut. Die Liebe und Zärtlichkeit, die er ihr entgegengebracht hatte, konnten nicht gespielt sein. Die waren echt.

Und er war nicht verrückt. Sil Maiers Grenzen waren weniger schnell überschritten als die des Durchschnittsbürgers, aber er taugte was. Tief in seinem Innern und auf eine vielleicht etwas verzerrte Art und Weise war er ein guter Mensch. Das genügte Joyce.

Es war an der Zeit, mit offenen Karten zu spielen.

»Sil Maier ist mein Bruder«, sagte sie schließlich. Als Susan nicht reagierte, sondern sie bloß atemlos anstarrte, fügte sie hinzu: »Aber das weiß er noch nicht. Ich habe es ihm noch nicht erzählt.«

»Unglaublich«, flüsterte Susan. Sie sah Joyce stirnrunzelnd an. »Du siehst ihm nicht einmal ... ich meine, du bist ...«

»Schwarz. Ja. Ist mir auch schon aufgefallen.« Unwillkürlich trat ein Lächeln auf Joyce' Lippen. »Meine Mutter ist aus Surinam.«

»Sil hat eine Schwester«, flüsterte Susan, als käme die Tragweite dieser Eröffnung ihr erst allmählich zu Bewusstsein.

»Streng genommen sind wir Halbgeschwister. Wir haben denselben Vater. Maier sieht ihm übrigens ziemlich ähnlich.«

»Und er weiß nichts davon?«

»Wer?«

»Sil.«

»Nein. Ich habe es ihm noch nicht erzählt.«

»Warum nicht?«

»Weil ...« Joyce strich sich mit der Hand über den Mund, suchte nach der richtigen Formulierung. »Weil ich am Anfang nicht wusste, woran ich mit ihm war. Sein Lebenslauf ist, gelinde gesagt, nicht gerade eine Empfehlung.«

»Und jetzt weißt du, woran du mit ihm bist?«

»Ich denke schon, ja.«

»Was weißt du über Sil? Was steht in dieser Akte eigentlich drin?«

»Bestimmt nicht alles. Aber genug, um daraus schließen zu können, wie er an sein Geld kommt. Nämlich auf eine Weise, die verstehen lässt, warum ein paar sehr gefährliche Leute sehr wütend auf ihn sind.«

Susan schüttelte den Kopf. Die Missbilligung stand ihr deutlich ins Gesicht geschrieben. »Da täuschst du dich. Er hat seine Firma verkauft, schon vor Jahren. Da hat er einen fetten Gewinn gemacht. Das kannst du leicht überprüfen.«

»*Das* Geld meinte ich nicht.«

Susan wandte den Blick von Joyce ab. Sagte nichts.

Joyce hatte jahrelange Erfahrung mit Verhören von Kriminellen jeglicher Couleur und von deren Partnern. Sonst hätte sie vielleicht gedacht, dass Susan von nichts wusste, über Sil Maiers Aktivitäten nicht informiert war.

Susans Loyalität war fast schon ergreifend. Sie nahm Maier in Schutz. Trotz allem.

»Du musst ihn sehr lieben«, sagte Joyce leise.

»Ihn lieben?« Susan reagierte gereizt. »Ich habe ihm den Tod gewünscht, da, in diesem Bordell.«

»Und jetzt?«

»Jetzt? Nichts. Du tust so, als ob wir ein Paar wären, aber das waren wir schon nicht mehr, bevor dieses ganze Elend angefangen hat. Er ist gegangen und hat nichts mehr von sich hören lassen.«

»Er hat dich da herausgeholt.«

»Ja, und?«

»Du hättest ihn sehen sollen, als er hörte, dass du in Gefahr bist. Du bist sein Ein und Alles, er liebt dich. Ich werde richtig neidisch, wenn ich sehe, wie er dich anschaut. Einen Mann emotional so stark an mich zu binden, das habe ich nie geschafft.«

»Joyce, du kennst ihn seit einer Woche. Ich kenne ihn etwas länger. Zu lieben reicht nicht. Nicht so, wie Sil jemanden liebt.« Ein bitterer Zug spielte um ihre Mundwinkel, die jetzt leicht zitterten. »Da ist immer jemand anders, den er noch mehr liebt. Nämlich der Typ, den er täglich im Spiegel sieht. Glaub mir. Ich kenne ihn zu gut. Ich kenne ihn besser, als er sich selbst kennt, verdammt. Für ihn ist die Hauptsache nicht ein normales Liebesleben, ja nicht einmal ein normales Leben überhaupt, sondern für Sil Maier ist die Hauptsache Sil Maier. Jetzt will er mir vielleicht gerade das Gegenteil beweisen, aber sobald ich kann, bin ich hier weg. Denn wenn er bleibt, dann aus Mitleid oder Schuldgefühl. Das lässt irgendwann nach, und dann zieht er doch wieder ab, wenn er sich bis dahin nicht von irgendeinem rachsüchtigen Gruseltypen hat abknallen lassen. So ein Leben will ich nicht. Daran gehe ich irgendwann kaputt.« Ihre Augen funkelten. »Siehst du, was ich schon für einen Unsinn von mir gebe? Irgendwann? Ich *bin* längst kaputt, verdammt! Wie kaputt muss eine blöde Schnepfe wie ich eigentlich sein, damit sie das mal rafft?« Frustriert schlug sie die Augen nieder und brummte: »Und ich fing gerade an, gut mit allem zurechtzukommen.«

Joyce' Hände zerdrückten das letzte labberige Stück Brot.

»Ich hasse ihn«, sagte Susan im Flüsterton vor sich hin. »Ich hasse ihn wirklich.«

Joyce sah sie stumm an.

»Sobald ich kann, gehe ich weg, zurück nach Amerika. Zu meiner Schwester und meiner Mutter. Ich will ihn wirklich nie mehr sehen.«

Es fiel Joyce schwer, sie anzuhören. Es war so unglaublich traurig, zumal wenn man wusste, wie sehr Maier an ihr hing und umgekehrt. »Es braucht Zeit«, legte sie Susan nahe. »Vielleicht denkst du später anders darüber, in ein paar Monaten oder in einem Jahr.«

»Nein«, entgegnete Susan resolut. »Vergiss es.«

Eine Weile sagten sie beide kein Wort. Joyce wollte Susan Raum geben, ihre Enttäuschung herauszulassen, aber sie machte von der Gelegenheit keinen Gebrauch. Die Zeit verstrich.

Joyce stand auf, um ihren leeren Becher in die kleine Küche zu bringen. Holte ihr Handy aus der Tasche und warf einen Blick aufs Display. Voller Empfang. Keine unbeantworteten Nachrichten oder Anrufe.

Wie lange war Maier jetzt weg? Doch mindestens eine Stunde.

Vielleicht dauerte es länger, weil er tanken musste, oder er stand im Stau, oder er fand in der Stadt keinen Parkplatz. Es waren jede Menge plausible und völlig harmlose Gründe dafür denkbar, dass er sich verspätete.

Um sich selbst zu beruhigen, schrieb sie eine SMS.

WO BIST DU? J.

Sie schickte den Text ab und ging zurück in den Raum mit dem Esstisch und den Betten. Sie hatte erwartet, dass Susan eingeschlafen war, aber sie lag da und starrte vor sich hin, mit leerem Blick aus rot umränderten Augen.

Joyce hätte sie gern aufgemuntert, wusste aber nicht, wie

sie das anstellen sollten. Die ganze Situation war nun einmal nicht besonders ermutigend. Das einzig Positive war, dass Susan lebendig aus Maxims Bordell herausgekommen war und gute Chancen hatte, wieder in ihr altes Leben zurückzufinden, zumindest wenn es Maier und ihr selbst gelang, die Gefahr namens Wadim zu eliminieren.

Susan drehte sich zu Joyce um. Geschmeidig ging es nicht, eher mit bedächtigen, ruckartigen Bewegungen. Sie hatte deutlich immer noch Schmerzen.

»Soll ich dir noch ein Schmerzmittel holen?«

Susan schüttelte den Kopf. »Wenn ich mich nicht zu viel bewege, geht es schon.«

Joyce setzte sich zu Susan ans Bett und ergriff ihre Hand, die sich klamm und kraftlos anfühlte. »Möchtest du darüber sprechen?«

»Worüber?«

»Was sie getan haben.«

Susan erstarrte. »Ich will es lieber vergessen.«

»Wer war es, Susan?«

Susan starrte an Joyce vorbei auf einen Punkt in der Ferne. »Maxim«, sagte sie tonlos, »der Boss. Und einer, der Ilja heißt ... beide zusammen.« Ihre Lippen fingen wieder zu zittern an, und das Zittern setzte sich fort über ihr Gesicht, über den Hals und den ganzen Körper, bis auch die Hand, die Joyce hielt, leicht bebte.

»Sie sind tot, Liebes, mausetot«, flüsterte Joyce. »Du lebst. Mach dir das klar. Du hast es überlebt. Und die beiden können dir nichts mehr antun. Dir nicht und auch sonst niemandem. Nie mehr.«

»Er war schon da, als ich nach Hause kam«, flüsterte sie. »Ich hatte es echt nicht auf dem Schirm ... Plötzlich stand er da. Drinnen, im Flur. Hinter mir.«

»Wer?« Joyce ging davon aus, dass Robby diesbezüglich

nicht gelogen hatte, aber sie wollte es trotzdem auch von Susan hören. Es war wichtig.

»Er hat sich als Wadim vorgestellt.«

Joyce nickte fast unmerklich. »Das stimmt. Er sucht Sil.«

»Er sucht ihn?«

Joyce nickte noch einmal, diesmal etwas deutlicher.

»Er ist also nicht tot?«

»Wir haben keine Ahnung, wo er ist.« Weil sie nicht wollte, dass Susan sich noch mehr Sorgen machte, fügte sie schnell hinzu: »Aber Maxim Kalojew und Ilja Makarow sind tot.«

»Ich habe die Schüsse gehört«, sagte Susan mit zittriger Stimme. »Keinen Augenblick hätte ich an Sil gedacht. Ich hatte keine Hoffnung mehr. Ich war total ... leer. Fertig.«

Joyce drückte sanft ihre Hand. Sie dachte an den heiklen Augenblick zurück, als sie auf dem Boden gelegen und, Maxims Fuß im Rücken, den ersten Schuss gehört hatte. Sie war überzeugt gewesen, dass sie auf der Stelle erschossen werden würde. Dass Maxim eine Pistole hervorgezogen hatte und ihr ohne Zögern eine Kugel in den Hinterkopf jagen würde. Eine volle Sekunde später begriff sie, dass sie unversehrt war, dass der Schuss von unten gekommen war. Dann ein enormer Aufruhr, der wie eine Schallwelle die Treppe herauftoste: kreischende Frauen, wütendes Gebrüll, Gepolter. Maxim nahm den Fuß von ihrem Rücken, und plötzlich kapierte sie, dass Maier das Zeichen nicht abgewartet hatte. Sie langte nach der kleinen Walther in ihrem Wadenholster und umklammerte die Waffe. Maxim kam nicht mehr dazu, sich umzudrehen. Mit letzter Kraft hatte sie fünf Kugeln auf ihn abgefeuert, wild drauflos.

»Mit Ilja hat Sil abgerechnet«, sagte sie so ruhig wie möglich. »Ich habe Maxim übernommen. Vier Schüsse in den Körper, einen in den Kopf. Der wird niemandem mehr was antun.«

»Da war so eine Frau. Olga. Mit roten Haaren. Sie hat sich um mich gekümmert. Hast du sie gesehen?«

Joyce dachte nach. Sie hatte insgesamt vier Frauen gezählt. Eine blonde, zwei dunkelhaarige und in der Tat auch eine mit ziemlich kurzen, rot gefärbten Haaren.

»Kurze Haare?«

»Ja.«

»Die war unten, bei den anderen Frauen.«

»Was wird jetzt aus ihnen?«

»Das entscheiden sie wahrscheinlich selbst. Als später am Abend meine Kollegen dort aufgekreuzt sind, waren sie alle weg. Sie sind geflüchtet.«

Zum ersten Mal sah Joyce ein Lächeln auf Susans Gesicht.

Sie kramte ihr Handy aus der Tasche und warf einen Blick drauf. Nichts. Sie steckte das Ding zurück.

»Möchtest du noch etwas trinken, Susan?«

»Nein, danke.«

»Etwas essen?«

Sie schüttelte den Kopf. »Ich hab genug gegessen.«

»Soll ich dich schlafen lassen? Die Vorhänge zumachen?«

»Nicht nötig, ich tu jetzt doch kein Auge zu.« Sie ließ eine kurze Pause entstehen. »Lebt euer Vater eigentlich noch?«, fragte sie dann.

»Ja.«

»Wo denn?«

»In Südfrankreich, in der Provence. Maier war bei ihm, als ich ihn letzte Woche aufgespürt habe.«

Die Information musste Susan erst mal verdauen. Einige Minuten war sie still. Im Flüsterton sagte sie dann: »Er hat also seinen Vater gefunden.«

Es war ein laut ausgesprochener Gedanke, ein Einblick in das, was in ihr vorging. Ein Teil von Susan freute sich aufrichtig für ihn, wusste Joyce. Ein anderer Teil war bemüht, die Nachricht bloß als trockenes Faktum aufzufassen.

»Was ist das für ein Mann?«

»Er heißt Silvester Flint. Maier ist sein erstes Kind, ich bin das zweite. Und ich darf hoffen, dass er es dabei belassen hat.«

»Ist er Franzose?«

»Nein, von Geburt ist er Amerikaner, aber er lebt seit den sechziger Jahren in Europa. Er hat als amerikanischer Soldat seinen Wehrdienst hier geleistet und Europa nie mehr den Rücken gekehrt.«

»Was macht er denn in der Provence? Ist er reich?«

»Nicht direkt. Er wohnt im *retraite* der Fremdenlegion. Dort hat er zwanzig Jahre lang gedient.«

Susan schüttelte erstaunt den Kopf. »*Wow*«, war ihre erste Reaktion, »die Fremdenlegion …« Sie suchte Joyce' Blick. »Gehen da nicht Leute hin, die in ihrem eigenen Land gesucht werden, weil sie dann eine neue Identität bekommen?«

Joyce grinste. »Nicht alle kriegen eine neue Identität. Und nicht alle haben eine solche Vergangenheit. Wahrscheinlich brauchte er eine Struktur. Das Leben bot ihm zu viele Möglichkeiten, und er war ausgesprochen talentiert darin, sich von zahllosen Möglichkeiten immer die erbärmlichste auszusuchen. Also hat er sich schließlich für eine Umgebung entschieden, in der ihm keine Wahl gelassen wurde. Wo man ihm das Denken abnahm.«

»Habt ihr einen guten Draht zueinander?«

»Wir rufen uns manchmal an, und ein paar Mal im Jahr fahre ich hin. Wir tragen einander nichts nach, ich ihm jedenfalls nicht. Bei mir ist es nun mal anders gelaufen als bei Maier. Meine Mutter lebt noch, und meine Eltern hassen sich nicht.«

»Wo haben sie sich denn kennengelernt?«

»In Amsterdam, in den Siebzigern.«

»War er damals auch schon Soldat?«

Joyce lächelte breit. »Nicht direkt, obwohl er ein paar Kniffe aus der Armee bestimmt auch in anderen Zusammenhängen praktisch angewandt hat. Er hat mit Haschisch gehandelt, das war damals der totale Boom. Meine Mutter war frisch aus Paramaribo gekommen und arbeitete in einem Krankenhaus in Amsterdam. Flint wurde dort eines Tages mit Verletzungen eingeliefert, nach einer aus dem Ruder gelaufenen Schlägerei. Er hatte keine Wohnung und zog bei meiner Mutter und meinen beiden Tanten ein. Er zeugte mich, blieb drei Jahre bei uns, und dann waren wir ihn erst mal eine Weile los.«

»Denn …?«

»Er wanderte in den Knast. Als er wieder rauskam, holte er sein Zeug ab, und danach hörten wir lange nichts mehr von ihm. Wir gingen davon aus, dass er tot ist. Als er irgendwann wieder auftauchte, weil er wissen wollte, wie es mir so ging, war er in der Fremdenlegion. Für ein gesetteltes Leben taugt er einfach nicht.«

Joyce holte noch einmal ihr Telefon aus der Hosentasche. Noch immer keine Reaktion. Maier war jetzt fast zwei Stunden weg.

»Weißt du eigentlich, warum er nie Kontakt zu Sil aufgenommen hat?«, hörte sie Susan fragen. »Sil wusste nicht mal, wer sein Vater war.«

»Was ich von Flint weiß, ist, dass er nach dem Tod von Maiers Mutter des Öfteren versucht hat, zu ihm in Kontakt zu treten. Anscheinend hatte Maiers Großmutter etwas dagegen, vermutlich hat sie Flints Briefe einfach verschwinden lassen … Aber da wir gerade über ihn sprechen: Er ist jetzt schon zwei Stunden weg, das gefällt mir nicht.«

Sie wählte seine Nummer. Das Telefon klingelte fünfmal, dann sagte eine Automatenstimme die gewählte Nummer an, gefolgt von der Mitteilung, dass der Teilnehmer momentan nicht erreichbar sei.

Sie drückte das Gespräch weg. »Ich traue der Sache nicht, Susan.«

»Ist er wirklich schon zwei Stunden weg?«

»Ja, fast.«

»Und wohin?«

»Er wollte bloß zu dir in die Wohnung, um deine Sachen zu holen ... sonst nichts. Das gefällt mir nicht. Das gefällt mir überhaupt nicht.« Joyce stand auf und griff nach ihrer Jacke. »Sorry, wenn ich dich jetzt allein lasse. Soll ich den Fernseher anmachen? Ich kann nicht einfach hier herumsitzen und abwarten, ich muss da hin.«

70

Glänzende Flüssigkeit sickerte in transparenten, unregelmäßigen Linien von Maiers Kopfhaut, lief über seine Schläfen, seinen Hals und seine Wangen und tropfte der Schwerkraft folgend mit leisem, kaum hörbarem Ticken auf den Holzboden. Sein blaues Hemd hatte dunkle Flecken auf der Brust, war klitschnass unter den Achseln und klebte ihm am Rücken wie ein großes, dunkles T.

Seine Muskeln waren aufs Äußerste angespannt. Sichtlich bebend wölbten sie sich unter der verschwitzten Kleidung. Seine Stirn und Unterarme waren von einem wirren Adernetzwerk überzogen: geschwollene Linien, die an verschiedenen Stellen durch die Schläge aufgeplatzt waren und deren hellroter Inhalt langsam, aber gleichmäßig herausströmte.

Er starrte geradeaus vor sich hin, den Blick unverwandt auf einen Punkt in der Ferne gerichtet, auf einen Ort, den es dort nicht gab – nicht geben konnte –, den er sich vielmehr in Gedanken selbst erschaffen hatte, einen Ort, wo nur er allein herrschte und an den er zu glauben begonnen hatte.

Sein Kopf knallte zur Seite. Ein Faustschlag.

Und noch einer. Diesmal von rechts.

Der Russe stand schräg über ihm und benutzte Maiers Kopf als Boxsack, drosch mit den Fäusten auf ihn ein. Links. *Eins, zwei, drei ...* Rechts. *Eins, zwei, drei ...* Links.

Die Schläge kamen wohldosiert, mechanisch, wie Hammerschläge, alle gleich stark, so schien es ihm. Die Wucht ließ ihn unwillkürlich die Augen verdrehen, sein Kopf wurde zur Seite geschleudert – *links, rechts* –, und aus seinen Lungen entwich ein hohles Stöhnen.

Dann hörte es auf.

Seine Ohren rauschten wie eine unruhig vor sich hin brummende Stereoanlage. Maier holte den Kopf wieder nach vorn, kniff die Augenlider zusammen und versuchte, in der kleinen Welt, in dem schönen Traum zu versinken, der sich an der Wand von Susans Wohnung abspielte, irgendwo zwischen ihrer Schlafzimmertür und dem Bild mit den Koikarpfen.

Dort war es schön und warm.

Susan lebte. Sie war in Sicherheit.

Ihr glockenhelles Lachen wirkte ansteckend.

Der Schmerz war erträglich.

Der Schmerz erreichte ihn nicht.

In dieser Welt wollte er bleiben, sich von der Wirklichkeit abschotten, nicht hören, was der Russe ihm in gebrochenem Englisch zuflüsterte, mit viel Entschlossenheit und Fanatismus in der Stimme, die ihm deutlich machten: Er würde dies nicht überleben.

»Wir sollten dafür sorgen, dass du nicht mehr weglaufen kannst«, hörte er Wadim sagen. »Dass du schön hierbleibst.«

Aus dem Augenwinkel sah er den Russen zu einer Reisetasche gehen und den Reißverschluss öffnen.

Schweiß strömte Maier übers Gesicht, lief zwischen den Schulterblättern hinunter, er roch seinen eigenen Angstschweiß. Er wollte nicht sehen, was Wadim da zum Vorschein brachte, nicht wissen, was er damit anstellen würde, doch etwas in ihm, das stärker war als er selbst, registrierte es trotzdem.

Wadim hielt den Baseballschläger in beiden Händen, war mit ein paar Schritten bei ihm und holte wie ein echter Profi mit dem Ding aus, indem er sein Körpergewicht ganz auf das eine Bein verlagerte, um dann mit dem anderen vorzutreten und dabei den Oberkörper mitzuschwingen. Das harte Aluminium traf Maiers Unterschenkel mit übelkeiterregender Wucht.

»*Homerun*«, lautete die leise Feststellung.

Erst war kein Schmerz zu spüren. Eher ein Taubheitsgefühl, als hätte der Schlag seine Nervenbahnen ausgeschaltet.

Dann erreichte ein leises Knacken seine Gehörgänge.

Der brennende Schmerz kam zusammen mit der Erkenntnis, dass die langen dünnen Knochen seines Schienbeins nun aus scharfen Hälften mit gezähnten Rändern bestanden, die aneinanderscheuerten und über seine Nervenenden schabten.

Er wollte dem Russen den Triumph seiner Todesangst und seines Schmerzes nicht gönnen, er *wollte* es nicht, aber er konnte nichts dagegen tun, dass sein ganzer Körper bebte und zitterte, dass sein Gesicht leichenblass wurde und sich verzerrte und dass seiner Kehle ein animalischer Schrei entfuhr, effektiv gedämpft von mehreren Schichten Klebeband, die über Mund und Wangen gezogen waren. Hinter dem Rücken gruben sich seine Fingernägel tief in seine Handballen.

»Schön«, hörte er den Russen sagen, ohne eine Spur von Gefühl. »Nachdem du allmählich kapiert haben dürftest, warum du hier sitzt, hätte ich gern noch eine Antwort auf die folgende Frage.« Wadim ging vor ihm in die Hocke. »Wer hat dir geholfen?«

Maier hob den Kopf. Orientierte sich an der Wand gegenüber, suchte mit dem Blick das Bild, schwenkte nach links und zoomte heran. Sie war noch da.

Sie war in Sicherheit. Sie lächelte ihm sogar zu.

Wenn er hier und jetzt seinen letzten Atemzug tun sollte, in dieser Wohnung, in der er die besten Augenblicke seines Lebens verbracht hatte, zu blöd dazu, das zu begreifen und zu bewahren, dann geschah es ihm recht. Dann war dies sogar die einzig mögliche Auflösung, die Summe seiner zahllosen

Aktionen, die Endstation, auf die all seine entgleisten Züge unbewusst zugerast waren, in immer schnellerer Fahrt.

Es erschien ihm folgerichtig. Wadim konnte mit ihm machen, was er wollte. Er *musste* es sogar tun: dem Ganzen ein Ende bereiten. Es passte. So schloss sich der Kreis.

»Hör zu, Freundchen, sterben wirst du sowieso, aber vielleicht wird es eine weniger schmerzhafte und langwierige Angelegenheit, wenn du mir erzählst, wie du dahintergekommen bist, wo Susans Versteck war. Wer hat dir das verraten?«

Susan war bei Joyce, in Sicherheit.

Ihre Mutter war auf dem Weg.

Sie würden sich um sie kümmern.

Beide.

Alles würde gut werden, wenn er nicht mehr da war.

Nach der Begegnung mit seinem Vater hatten sich viele Puzzlestücke zu einem Ganzen zusammengefügt. Als er zu dem Parkplatz zurückgegangen war, wo Joyce ihn abgefangen hatte, war er entschlossen gewesen, sein Leben komplett über den Haufen zu werfen, seine unbändigenden Energien künftig einzusetzen, um das böse Blut in seinen Adern zu bekämpfen und sich bewusst für ein positives Leben zu entscheiden.

Zusammen mit Susan.

Jetzt wurde ihm klar, dass es niemals so bestimmt gewesen war. Nicht ihm. Die Einsicht kam zu spät.

»Wer?«, hörte er den Russen schreien. Wadims Atem strich ihm über das Gesicht.

Maier grinste. Er bekam Zuckungen, seine Schultern bebten, mit dem Blick folgte er einem Schleimfaden, der ihm aus der Nase lief – Blut, vermischt mit Rotz –, und fing laut zu lachen an, wobei das silberne Tape seine Stimme erstickte. Tränen traten ihm in die Augen.

Plötzlich sprang der Russe auf, so abrupt, dass auch Maier unvermittelt innehielt. Wadim stand regungslos da und lauschte, dann ging er zu dem Fenster beim Esstisch und kehrte wieder zurück. »Wie interessant«, schmeichelte er Maier ins Ohr. »Wir bekommen Besuch.«

Wadim hatte diese Frau noch nie gesehen, aber ihr unruhiger Blick erlaubte es ihm, sie sofort richtig einzuordnen. Dies war keine Einbrecherin.

Sie gehörte zu Maier.

Schwarze Haut, schwarze Kleidung, ein kleiner Rucksack. Die Art und Weise, wie sie sich über das Balkongeländer schwang, sorgfältig und beherrscht die Füße aufsetzte und sich geschmeidig duckte, die Flügeltüren im Blick behaltend, ließ keinen Raum für Zweifel: Die Hilfstruppen waren angekommen.

Während sie anfing, ihre Sachen zu kontrollieren, spurtete Wadim zur Wohnungstür, warf einen Blick durch den Spion und lief direkt weiter in die Küche, um nach draußen zu schauen, auf die Straße vor dem Haus. Nichts regte sich. Alles war ruhig, die meisten Parkplätze waren frei, die restlichen von Anwohnern belegt.

War sie allein?

Er lief zurück zu den Terrassentüren, presste den Rücken an die Wand und dachte nach. Wenn sie hineinspähte, konnte sie ihn dort, wo er jetzt stand, nicht entdecken. Maier hingegen war durch den Spalt zwischen den zugezogenen Vorhängen wahrscheinlich sichtbar.

Der saß mit gefesselten Füßen und Knien auf einem hölzernen Küchenstuhl. Seine Beine waren angeschwollen und violett verfärbt; an den Stellen, wo der Baseballschläger aufgekommen war, glitzerten dunkelrote Schürfwunden. Seine Handgelenke waren festgezurrt und hinten an die Stuhllehne und -beine gebunden. Maiers nackte Füße standen genau wie die Stuhlbeine in dem Blut, das aus seinem Körper lief. Flecken, Striemen, Tropfen, Schlieren, Lachen in allen Nuancen von Rot.

Ein erwachsener Mann mit dem Körpergewicht von Sil Maier hatte fünf Liter Blut in seinem Körper, ging es Wadim durch den Kopf, und obschon es vielleicht aussah, als hätte Maier schon die Hälfte davon verloren, war es in Wirklichkeit noch nicht einmal ein Zehntel. An Stellen, wo er ihn mit besonderer Wucht getroffen hatte, war die Haut aufgeplatzt. Maier blutete aus der Nase und aus zahllosen kleinen Wunden, aber das hatte nicht viel zu bedeuten. Wundes, geschwollenes Fleisch. Wadim wusste genau, was er tat. Zu viel Blutverlust, und Maier würde in einen komatösen Rausch wegdämmern, den er ihm nicht gönnte.

Noch mehr Anatomiekunde: Der menschliche Körper enthielt über zweihundert Knochen. Bei Maier waren erst vier davon gebrochen. Zwei Schienbeine und zwei Rippen.

Eigentlich hatte Wadim gerade erst angefangen.

Aber jetzt war Besuch gekommen, eine schwarze Frau. Etwa einen Meter fünfundsechzig groß und ziemlich schlank hockte sie auf der anderen Seite der Glasscheibe und lugte in den Raum.

Im nächsten Augenblick schlug Wadim ihr die Terrassentür ins Gesicht, zugleich griff er ihr ins Haar. Ein einziger, fast achtloser Stoß gegen die Schläfe, und sie sackte schlaff in sich zusammen.

Er schleifte ihren Körper über die Schwelle, schloss sorgfältig die Tür hinter sich und zog den Vorhang wieder zu. Fesselte die Frau, wie er es gelernt und jahrelang praktiziert hatte, und lief dann bestimmt eine halbe Stunde rastlos zwischen der Wohnungstür und den Terrassentüren hin und her, von einem Fenster zum anderen, in stetiger Erwartung weiterer Ankömmlinge, mit gespitzten Ohren, doch er fing keinen Laut mehr auf. Es kam niemand.

Keine Einsatzgruppe. Kein Rettungstrupp. Bloß eine Rettungsboje.

Das konnte interessant werden.

Als das schwarze Bündel Frau wieder zu Bewusstsein kam, fand sie sich an einen Küchenstuhl gefesselt, Maier gegenüber, in etwa einem halben Meter Abstand. Sie hatte anscheinend Schwierigkeiten, scharf zu sehen, fiel Wadim auf. Sie starrte vor sich hin, als ob sie extrem kurzsichtig wäre. Schien kaum zu begreifen, was ihr widerfahren war, womöglich war sie sich noch nicht sicher, ob sie träumte oder nicht.

Er würde sie schon noch aufwecken.

Wadim nahm einen dritten Stuhl und stellte ihn mit der Lehne nach vorn zu Maier und der Frau. Breitbeinig setzte er sich drauf, stützte die Ellbogen auf und faltete locker die Hände.

Er schaute vom einen zur anderen. Von Maiers Gesicht war im Lauf der letzten dreißig Minuten alles, was zwischen purem Entsetzen und gespielter Gleichgültigkeit lag, in sämtlichen Nuancen abzulesen gewesen, immer wieder. Es war über alle Maßen deutlich, dass diese Frau ihn nicht kalt ließ.

Der Inhalt ihres Rucksacks war bemerkenswert: unter anderem eine Walther P5 mit voll geladenem Magazin, eine Dose Tränengas, Scheinwerfer, diverse kleine Gerätschaften, Klebeband und Handschellen. Am Körper hatte sie ein Messer und eine kleine Pistole mit .22er Munition getragen. Ein Kaliber, das er selbst auch gern benutzte, wenn absehbar war, dass er nahe an sein Ziel herankommen konnte.

Wer war diese Frau?

Er streckte den Arm aus und tippte ihr sanft ans Gesicht. Stupste mit seinen knochigen Fingern ihre Wange an.

Sie reagierte verzögert, hob den Kopf und schaute verwirrt um sich. Wadim registrierte, wie ihr Körper sich sofort straffte, als ihr Blick auf Maier fiel. Sie schaute auf seine Wunden, auf das Blut an seinem Körper und unter ihm auf dem Boden, auf sein schweißdurchtränktes T-Shirt. Ihre Augen flitzten über ihn hinweg, als würde sie rasend schnell ein Inventar erstellen. Mit einem Ruck wandte sie den Kopf dann Wadim zu.

Ihre Augen sprühten Funken. »*You make a big mistake.*«

»*Of course.* Natürlich.«

»Ich bin von der Polizei, Kripo. Damit kommst du nicht davon.«

»Ah, Polizei«, entgegnete Wadim nicht sonderlich beeindruckt.

»Du machst einen großen Fehler«, wiederholte sie, »wenn du mich jetzt nicht sofort losbindest und ihn auch.« Sie gab sich größte Mühe, möglichst wenig Gefühl durchklingen zu lassen, doch es gelang ihr nur halb.

»Eine Polizistin hilft Sil Maier«, schlussfolgerte Wadim leise. »Interessant.«

»Meine Kollegen können jeden Augenblick hier einfallen.«

Wadim tat, als hörte er gar nicht zu. Er fischte Joyce' Messer vom Boden und spielte damit herum. Das Ding war kein Spielzeug, mit seiner etwa fünfzehn Zentimeter langen Klinge und dem schweren Metallgriff. Damit konnte man eine Menge Schaden anrichten. Er drehte es in den Händen, ließ es von der einen Hand in die andere wandern wie ein Straßengaukler seine Münzen und dachte nach.

Hatte er die ganze Zeit über die Falsche eingesperrt? Hatte es darum so lang gedauert, bis Maier endlich in Aktion getreten war? Susan Staal hatte ihm gesagt, dass es zwischen ihr und Maier aus war. Vielleicht war diese schwarze Tussi ja seine neue Freundin. Oder Geliebte.

Er blickte auf. »Hat eine Freundin dir nicht gereicht?«

Maier reagierte nicht. Er konzentrierte sich auf die gegenüberliegende Wand, im Rücken der Frau, mit einer seltsam friedlichen Miene. Er hatte sich wieder abgeschottet, sich in seine Luftblase zurückgezogen, wo es nicht mehr viel zu lachen gab.

»Ich hab dich was gefragt, Rambo.« Wadim ließ den Arm über die Stuhllehne nach unten hängen, hielt das Messer zwischen Daumen und Zeigefinger an seiner Spitze und fing an, es wie das Pendel einer Uhr hin und her zu schwingen.

Unvermutet holte er aus. Der massive Metallgriff schlug gegen eine der Wunden an Maiers Unterschenkeln. Es war nur ein kleiner Klaps, kurz und strafend, doch er erzielte eine maximale Wirkung.

Maier warf den Kopf zurück und stieß ein ersticktes Brüllen aus. An Hals und Brust zogen sich Sehnen zusammen. Unter dem Klebeband schnaufte er geräuschvoll. Atmete ein und aus. Ein und aus. Verdrehte die Augen, bekam einen Schweißausbruch.

»Da du ja nicht sprechen kannst«, sagte Wadim teilnahmslos, »reicht es, wenn du nickst. Ist das hier deine Freundin?«

Maiers Augen verengten sich. Langsam liefen ihm Schweißtropfen über die Stirn und die Schläfen, hörbar holte er Luft durch die Nase. Er suchte wieder Blickkontakt zu Joyce und schlug dann die Augen nieder, schaute zu Boden. Er hatte offenbar begriffen, dass es zwecklos war. Es gab kein Entkommen mehr, und Maier wusste es.

»Also?« Wadim täuschte eine Bewegung mit dem Messer an.

Maier schüttelte kurz und wütend den Kopf.

»Also nicht.«

Er wiederholte die Geste.

»Okay«, sagte Wadim und wandte sich wieder Joyce zu, »du bist also nicht seine Freundin.« Er grinste. »Sondern? Sein verfickter Schutzengel?«

Sie warf ihm einen verächtlichen Blick zu.

Er sprang auf, versetzte seinem Stuhl einen Tritt und holte

aus. Mit dem Handrücken traf er sie voll auf die Wange. Fast im selben Augenblick hatte er ihr ins Haar gegriffen, riss ihren Kopf brutal zurück und zeigte ihr das Messer. Wendete es in der Hand, bewegte die Spitze langsam vor ihren Augen hin und her.

Ihm fiel auf, wie schnell sie sich fasste und ihn wieder mit festem Blick ansah. Weder ängstlich noch provozierend, sondern kühl. Ausgesprochen professionell.

»Mein Name ist Joyce Landveld.« Ihre Worte klangen leicht verzerrt, weil er ihre Kehle in eine unbequeme Position zwängte. »Ich arbeite für die Kripo, Einheit Brabant Zuid-Ost. Du machst einen großen Fehler.«

Wadim ließ sie nicht los. »Ach ja?«

»Hör zu«, fuhr sie fort. Sie versuchte zu schlucken, konnte aber nicht. Ihre Stimme hörte sich rau an. »Wir konnten Susan Staal aus einem Bordell in Eindhoven befreien, nachdem wir ein paar Infos von einem Informanten bekommen hatten ... Robby. Robby Faro.«

»Robby«, wiederholte Wadim.

»Ja, Robby ... er hat uns ein Foto geschickt. Und uns später erzählt, dass ein gewisser Wadim sie da untergebracht hat. Ein Auftragsmörder. Hör mal, Wadim, gib's auf, wir wissen zu viel. Das hier bringt nichts. Meine Kollegen können jeden Augenblick hier sein. Noch hat es keine Toten gegeben. Noch ist es nicht zu spät. Mach's nicht noch schlimmer als es schon ist.«

Er ließ ihre Haare los und fing an, im Raum auf und ab zu tigern. Eine Polizistin, sogar eine von der Kripo – auszuschließen war es nicht. Es erklärte zumindest ihre Vorliebe für Walther-Pistolen. Fakt war, dass die Leute ihre Lügen immer aus Bruchstücken der Wahrheit zusammensetzten, und zwar erst recht, wenn sie diese Lügen jemandem schnell und unter großem Druck auftischen mussten. Sie komponierten aus Wahrheitsbruchstücken eine Lüge, die genügend Berührungspunkte mit der Wirklichkeit hatte, um glaubwürdig zu erscheinen. Provisorisch, ausreichend, um weniger gut geschulte Leute in die Irre zu führen.

War sie Polizistin? Ja, das glaubte er.

Hatte sie Robby gesprochen? Ja.

War Robby ein Verräter gewiesen, ein dreckiger Informant?

Klar, warum nicht.

Hatten sie Susan befreit? Ja.

Waren ihre Kollegen bereits unterwegs ...? *Nein.*

Es war fast eine Stunde verstrichen, seit er Joyce Landveld von der Dachterrasse aufgelesen hatte. Es würde niemand kommen.

Verdammt, allmählich wurde ihm die Sache klar. Robby hatte Susans Identität der Polizei durchgegeben. Dieser Scheißrobby war der Einzige in dem ganzen beschissenen Bordell, der ihren Namen gekannt hatte, er hatte mit ihrem Handy geholfen. Robby musste mit Joyce gesprochen haben.

Aber irgendwie hatte sie dann anscheinend beschlossen, Sil Maier zu informieren und Susan Staal zusammen mit *ihm* zu befreien – statt mit ihren Kollegen. Für eine Polizistin war das ein geradezu widernatürliches Verhalten. Also lief nun alles auf eine Frage hinaus, mit deren Beantwortung er alles wüsste, was er brauchte, bevor er einlöste, was er seinem Bruder geschworen hatte: *Warum?*

Er musste es wissen.

»Gib's auf, Wadim«, hörte er sie sagen, wobei sie ein Schluchzen unterdrückte. »Lass mich frei, steck das Messer weg. Meine Kollegen werden ...«

Ihr Kopf schnellte nur ein kleines bisschen weiter zurück als beim ersten Mal. Er hatte sie an genau derselben Stelle getroffen, aber diesmal nicht mit dem Handrücken, sondern mit der geballten Faust. »Beleidige mich nicht mit deinem Geschwätz«, sagte er und drehte sich von ihr weg. »Du bist alleine hier.«

Er nahm Joyce' kleine Walther vom Esstisch und war mit ein paar Schritten bei Maier.

Der saß regungslos da. Die Ausläufer des nassen Ts auf seinem Rücken waren aufeinander zugekrochen und bildeten nun einen dunklen Fleck, der fast seinen ganzen Rücken bedeckte.

Wadim trat hinter ihn und kontrollierte mechanisch Maiers provisorische Fesseln. Anscheinend hatte er probiert, sich zu befreien. Die Fesseln hatten ihm in die Handgelenke geschnitten, sie bluteten. Es hatte nicht geholfen.

Wadim wartete, bis Joyce ihren Kopf wieder aufgerichtet hatte, und ging dann langsam auf sie zu. »Vor einem Jahr, zwei Wochen und drei Tagen habe ich geschworen, dass dieser Tag kommen würde. Dieser Augenblick. Ich habe davon geträumt, ich habe knallhart dafür gearbeitet, ich habe Kosten dafür auf mich genommen. Heute bringe ich Sil Maier um. Fragt sich nur noch: wie?«

Er trat an ihre Seite. »Erzähl mir, was du hier zu suchen hast und …« Er zielte mit der Pistole auf Maiers Kopf und knickte die Hand nach oben ab. »*Peng …*« Brachte sein Gesicht nahe an ihres, roch die Angst in ihrem Atem, sah die Panik aus ihren Poren tropfen. »Aber noch eine Lüge aus deinem Maul«, sagte er, »und ich schneide ihm den Bauch auf und lege ihm seine Gedärme auf die Knie. Und dann dauert es lange, Schätzchen. Sehr, sehr lang. Das ist kein schöner Anblick. Du hast die Wahl.«

Wadim steckte sich die Pistole in den Hosenbund und ging wieder zu Maier. Er nahm das Messer in die Linke, drückte die Spitze an Maiers Bauch – links vom Nabel, unter der letzten Rippe – und ging dann, ohne es wieder abzusetzen, um

Maier herum, bis er hinter ihm stand. Legte ihm auf unpassend freundschaftliche Weise den anderen Arm über die Brust und strich ihm mit der Hand über den Bauch, die Finger gespreizt.

Über Maiers Schultern hinweg sah er Joyce genau in die Augen. »Also, Schätzchen, sag's mir.« Er stocherte mit der Messerspitze auf Maiers Haut herum. »Wir wissen jetzt, warum *ich* hier bin und warum *er* hier ist. Aber ... warum bist *du* hier?«

Joyce' Augen fixierten das Messer auf Maiers Bauch. »Er ist mein Bruder«, stieß sie hervor. »Ich bin seine Schwester, du dreckiges Arschloch. *Seine Schwester!*«

Maiers Körper zuckte. Wadim hörte ihn schnaufen und sah, wie er sich bewegte, den Kopf schüttelte.

Er brauchte keine zwei Sekunden, um diese Information zu verarbeiten. Alles wurde ihm jetzt klar. Wie in einer Vision sah er wieder vor sich, wie er und Juri vor einem Jahr von der Organisation losgeschickt worden waren, um Maier zu eliminieren. Alle waren davon ausgegangen, dass Sil Maier alleine agierte.

Aber Maier war nie allein gewesen. Die ganze Zeit über hatte er mit seiner Schwester zusammengearbeitet, der Polizistin.

Das wurde Wadim nun klar, während er vom einen zur anderen schaute. Andere Hautfarbe, selber Charakter.

Bruder und Schwester.

In Juris gequältes Gesicht, das Wadim ständig auf seiner Netzhaut mit sich herumtrug, schien Ruhe einzukehren. Ein Zeichen seines Einverständnisses mit der Entscheidung, die Wadim nun traf.

Er würde es anders machen.

»Letztes Jahr hättest du mich kriegen müssen«, sagte Wadim zu Maier, seine Worte gründlich abwägend. »Aber das hast du nicht geschafft, weil du schlampig warst, weil du dich selbst überschätzt hast ... Mein Bruder ist an jenem Tag in meinen Armen gestorben, mein einziger Verwandter, der einzige Mensch, der mir etwas bedeutete. Er hieß Juri. Und ich werde für immer mit diesem Bild von ihm weiterleben müssen, von Juri, meinem Ein und Alles, meinem Bruder, wie er im Sterben lag, Blut hustete, zu mir aufsah wie ein krepierender Hund, während ich hilflos war. Ich konnte nichts für ihn tun.«

Mit ein paar kräftigen Schnitten durchtrennte er die Fesseln, mit denen Maier an den Stuhl gebunden war. Stieß den Stuhl um und versetzte Maier einen Tritt in den Rücken, sodass dieser, die Hände noch immer zusammengebunden, vornüberstürzte und vor Joyce' Füße zu Boden fiel.

»Es gibt etwas, was noch schlimmer ist als sterben«, flüsterte Wadim leise, mit erstickter Stimme. »Wenn man nämlich mit Erinnerungen weiterleben muss, die so weh tun, dass man sie nicht erträgt.«

Er hielt Joyce' Kopf fest, setzte das Messer genau unter ihrem Ohr an, drückte die Klinge hinein, bis der lederartige Gegendruck überwunden war, und schlitzte ihr, ohne nennenswerten Widerstand zu spüren oder in der Bewegung abzusetzen, die Kehle auf. Trat ihren Stuhl nach vorne weg, sodass sie blutend und am ganzen Körper zuckend neben Maier zu Boden fiel.

»Das ist für Juri, du arrogantes Arschloch. Nachträglich.«

Maier versuchte sich umzudrehen, zu ihr zu gelangen. Seine Unterschenkel gaben widerliche leise Knackgeräusche von sich, und er schnaufte noch heftiger durch die Nase als zuvor, während er sich mühsam auf die Seite drehte, den Rumpf hin und her ruckte und voller Entsetzen Joyce ansah, aus der nach und nach alles Leben herausströmte.

Wadim sah, dass Maier etwas zu sagen versuchte. Aber das Klebeband hinderte ihn daran, und er gab nur zusammenhanglose Bauch- und Kehllaute von sich.

Er blieb noch stehen, den Blick auf die sich am Boden abkämpfenden Körper gerichtet, dann wandte er sich ab, um die Sender zu entfernen und seine Sachen einzupacken. Er zog die Reißverschlüsse seiner Taschen zu, nahm seine Koffer und öffnete die Tür zum Flur.

Ein letzter Blick auf den verzweifelten Sil Maier, der sein blutüberströmtes Gesicht nahe an das seiner Schwester gebracht hatte, sie zu stützen, ihr vergeblich Schutz zu bieten versuchte, ließ ihn unwillkürlich lächeln.

Zwei Monate später

Die ganze Woche über war es trocken geblieben. Frische, prickelnde Bergluft war aus den Alpen über die Münchner Altstadt und die Außenbezirke hinweggeströmt, hatte die letzten welken Blätter von den Bäumen gerissen und den Winter eingeläutet. Ein hellblauer Himmel, von wenigen, in luftigen Höhen eingezogenen, dünnen Nebelschleiern abgesehen, die von den Strahlen der blassen Wintersonne mühelos durchdrungen wurden.

Seit heute Morgen jedoch hatte die Sonne sich nicht mehr blicken lassen. Schneeflocken rieselten nun herab wie federleichte Baumwollfetzen, wirbelten lautlos und anmutig umeinander, bis sie den Boden berührten und sich vereinigten, zu einem weißen Teppich verschmolzen, der alles Grau unter sich bedeckte.

Maier starrte regungslos vor sich hin. Er umklammerte die Krücken, auf die er sich stützte.

Der eine Unterschenkel steckte noch im Gips. Auf Knöchel- und Kniehöhe ragten Metallstifte heraus. Eigentlich sollte er noch wöchentlich zur Reha gehen, aber in den vergangenen Wochen hatte er sich in dem Brabanter Krankenhaus nicht mehr blicken lassen.

Es hatte wichtigere Dinge gegeben als ein heilendes Bein.

Mit der Gummispitze seine Krücke kratzte er an der Schneeschicht, die sich auf dem länglichen Stein zu seinen Füßen gebildet hatte, zog vorsichtig kleine Furchen und schob das watteartige Nass ein wenig zur Seite. Allmählich wurde der Text, der mit äußerster Präzision in den kostbaren Granit eingraviert war, wieder lesbar.

Maria Maier
München 1948 – München 1977
&
Silvester Harold Flint
Phoenix 1948 – Puyloubier 2004

Seit dem Begräbnis in der vergangenen Woche kam er täglich hierher, vor allem, weil ihm sonst kein Ort geblieben war. Kein Ort, wo er Ruhe finden konnte, sich zu Hause fühlen durfte, wo er willkommen war oder zumindest gern gesehen. Der Flecken Erde, der sich hier zu seinen Füßen erstreckte, auf dem Nordfriedhof, einen Steinwurf vom Hasenbergl entfernt, dem hässlichsten Wohnviertel von ganz Europa, kam dem noch am nächsten. Das war *sein* Viertel. Hier war er zur Welt gekommen, und hier lagen nun seine Eltern – jene beiden Menschen, die am Anfang seines Lebens gestanden hatten.

Zwei ganz normale Menschen, die Fehler gemacht hatten. Fehler und ein Kind.

Der glatte Stein wurde langsam wieder zugeschneit. Er schloss die Hände fester um seine Krücken, legte den Kopf in den Nacken und schaute den Schneeflocken zu. Es waren Millionen, Milliarden, und sie wirbelten und tanzten in Unmengen hernieder, still und friedlich. Sie wussten genau, wo sie hinmussten, dachte Maier, denn sie hatten keine Wahl, sie fielen einfach, immer weiter und tiefer, schwebend, taumelnd, bis sie ihr Ziel erreicht hatten und schmolzen, aufhörten zu existieren.

Vielleicht hatten sie darum keine Eile. Nach ihnen kamen wieder neue Flocken und danach wieder, immer wieder neue, mit jedem neuen Winter, die die alten vergessen ließen.

Er versetzte die Krücken, drehte sich um, schob sein heiles Bein vor und machte sich wieder auf den Weg, zurück zum Eingang.

In der Ferne sah er jemanden am Tor stehen. Eine Silhouette, leicht vorgebeugt, die sich von der weißen Welt dunkel abhob. Wahrscheinlich jemand, der auf ein Taxi wartete, so sah es zumindest aus, eine Gestalt, die still vor sich hin schaute, den Kopf unter einer großen, mit Pelz besetzten Kapuze. Er bemerkte sie und machte sich keine weiteren Gedanken.

Er konzentrierte sich darauf, die Krücken so auf dem Boden aufzusetzen, dass sie nicht unter ihm wegglitten, wenn er sich mit seinem Gewicht auf sie stützte. Bei jedem Schritt drückten seine Wanderschuhe den frischen Schnee knirschend zusammen und hinterließen deutliche, tiefe Abdrücke.

Er hatte den Eingang nun fast erreicht. Zum Taxistand war es von dort aus nicht mehr weit.

Die Gestalt löste sich von der Mauer am Tor und kam auf ihn zu. Sie versperrte ihm den Weg, blieb genau vor ihm stehen, die Füße fest im Schnee, die dunklen Augen warm und hell im blassen, von der Kälte geröteten Gesicht.

Er hielt inne. Presste die Lippen aufeinander und konnte kaum glauben, was seine Sinne ihm signalisierten. Er blickte um sich, schaute dann wieder auf die Gestalt.

Sie war noch da, und sie sah ihn forschend an. »Man hat mir gesagt, hier würde ich dich schon finden.«

»Es ist kein anderer Ort mehr übrig, Susan.«

»Das weiß ich.« Sie trat neben ihn und schob ihren Arm unter den seinen. »Komm.«

Dank

Folgenden Menschen schulden die Autoren Dank für ihre Hilfe. Ohne sie wäre *Verschleppt* weniger lebendig geworden.

Den Legionären, mit denen wir in Puyloubier sprachen und denen unser Respekt gilt; dem Taxifahrer, den Gemeindebeamten und zahllosen anderen Münchnern, die wir auf der Straße angesprochen und befragt haben; Simon de Waal, Kriminalkommissar in Mordangelegenheiten und Autor diverser Topthriller, darunter *Cop vs. Killer* und *Pentito*; Kripo-Ermittler und Waffenexperte Ton Hartink, zugleich Autor zahlreicher (Schuss-)Waffenenzyklopädien; Leon, Jeanine, José und Annelies; allen Mitarbeitern vom Verlag Anthos.

Dank gilt auch Stone Sour, Alter Bridge, 3 Doors Down, Bush/Institute (Gavin Rossdale) und System of a Down für die Musikbegleitung beim Schreiben.

Internetquellen und Bücher, die wir zu Rate gezogen, sowie Fotos, die wir vor Ort gemacht haben, sind auf unserer Webseite www.escober.nl zu finden.

Ein Gespräch
mit Esther Verhoef und Berry Escober

Esther Verhoef, Sie gehören zu den erfolgreichsten Autorinnen der Niederlande und wurden für Ihre Bücher vielfach mit Preisen geehrt. Weniger bekannt ist in Deutschland allerdings, dass Sie auch gemeinsam mit Ihrem Ehemann Berry Escober eine Thrillerreihe, die Sil-Maier-Trilogie, geschrieben haben. Wie ist die Idee zu diesem Buchprojekt entstanden?

Esther: Berry und ich arbeiten schon lange von zu Hause aus, jeder an seinen eigenen Projekten. Wenn man so viel zusammen ist, vermischt sich manches wie von selbst. Er hat mir zum Beispiel aus der Klemme geholfen, wenn ich eine Figur in eine unmögliche Position geschrieben hatte. Dieses »Aus-der-Klemme-Helfen« hat sich dann irgendwann zu einer Co-Autorenschaft entwickelt.

Dass Autoren gemeinsam Bücher schreiben, kommt selten vor. Was sind Ihrer Meinung nach die Voraussetzungen dafür, dass eine solche Zusammenarbeit gelingt?

Esther: Keinen Geltungsdrang zu haben, den anderen nicht übertrumpfen zu wollen. Seine eigene Persönlichkeit hintanstellen und die gemeinsamen Kräfte bündeln zu können, um ein so gutes Buch wie möglich zu schreiben. Wir wissen beide, wo unsere Stärken liegen. Wir haben Respekt vor der Meinung des anderen und sind beide nicht leicht eingeschnappt.

Berry: Unsere Biorhythmen sind unterschiedlich. Esther schreibt vor allem abends und nachts, ich tagsüber. Wir schreiben nie gleichzeitig, also sind wir uns auch konkret nie im Weg.

Wie sieht Ihre Zusammenarbeit in der Praxis aus? Gibt es zum Beispiel eine klar definierte Aufgabenverteilung?

Esther: Wir haben keine feste Aufgabenverteilung oder eine bestimmte Reihenfolge. Unsere Bücher entstehen allmählich, fast organisch. Normalerweise besuchen wir die Handlungsorte eines Buches, das brauchen wir, um uns auf das Buch und aufeinander einzustimmen. Zum Beispiel wollten wir in *Verschleppt*, dem Schlussteil der Trilogie, Maier auf die Suche nach seinen Wurzeln gehen lassen. Die liegen in München. Weil wir die Gegend noch nicht kannten, sind wir nach Bayern gereist. Indem er sich mit Münchnern unterhielt, kam Berry auf die Idee für die Handlung. Schon allein dadurch, dass ich mich an einem Ort aufhalte, dort esse und meine Beobachtungen mache, erfasse ich die Atmosphäre und finde das Lokalkolorit für das Buch. Später, wenn ich daran schreibe, kann ich die Szenen an den jeweiligen Orten wie einen Film vor mir ablaufen lassen.

Berry: Esther schreibt intuitiv, szenenhaft, sie versetzt sich intensiv in eine Situation hinein, was die Handlung sehr unmittelbar macht. Ich beschäftige mich hauptsächlich mit den Charakteren und den Handlungssträngen. Auf diese Art und Weise ergänzen wir uns gegenseitig.

Gibt es aus Ihrer Sicht markante Unterschiede zwischen den Büchern, die Sie als Autorenduo verfasst, und den Büchern, die Sie, Esther Verhoef, allein geschrieben haben, wie »Hingabe« und »Der Geliebte«?

Esther: Die Escobers sind um einiges härter als meine Solothriller. Es gibt mehr Action, wenn auch nie auf Kosten der Charakterdarstellungen und des Tiefgangs. In einem Solothriller vermeide ich die Beschreibung von Gewalt so weit es geht und betone eher den psychologischen Aspekt.

Berry: Es gibt aber auch Übereinstimmungen. Immer wieder hören wir von Lesern und Rezensenten, dass sich sowohl Esthers Solothriller als auch die Bücher, die wir gemeinsam schreiben, »echt« anfühlen. Den Lesern fällt es leicht, sich in die Atmosphäre, die Figuren und Situationen hineinzuversetzen. Als erlebe man es selbst oder verliere sich in einem guten Film, wobei dieser Film bei einem Escober düsterer, extremer und roher ist. Die Ereignisse folgen schneller aufeinander.

Man erfährt in der Sil-Maier-Trilogie viele kenntnisreiche Details, von der Funktionsweise des organisierten Verbrechens über das Eindringen in unbekannte Gebäude bis hin zum optimalen Einsatz diverser Waffentypen und der Behandlung von Wunden. Wie gehen Sie bei der Recherche vor und wie wichtig ist dabei für Sie der persönliche Kontakt zu Experten?

Esther: Wir recherchieren uns dumm und dämlich! Alles, was in einem Escober geschieht, muss auch tatsächlich möglich sein. Das macht das Schreiben eines Escobers manchmal schrecklich mühselig. Aber auch interessant: Für *Verraten* habe ich gemeinsam mit einem Waffenexperten einen Nachmittag auf einem Schießstand verbracht. Meine persönlichen Erfahrungen fließen praktisch eins zu eins in *Verraten* ein, wenn Susan Staal Schießunterricht erhält. Einmal habe ich eine Zeit lang in einer Tierarztpraxis hospitiert und ein andermal jemanden befragt, der internationale Ziele mit Cessnas anfliegt.

Berry: Im Laufe der Zeit haben wir Kontakte zu einer Gruppe von Experten aufgebaut, die wir bei Fragen über ihr Fachgebiet anmailen oder anrufen können: unser A-Team. Manches probiere ich selbst aus. In *Verraten* wird Sil Maier in einem ausgeschlachteten Badezimmer gefangen gehalten. Da habe ich mich selbst in so ein Bad gesetzt, um herauszufinden, ob und wie man da herauskommen kann. Man hält immer Augen und Ohren offen.

Jeder der drei Thriller ist abgeschlossen und kann für sich gelesen werden. Als roter Faden zieht sich jedoch durch alle Romane die Beziehung der Protagonisten Sil und Susan. Können Sie uns etwas mehr über Ihre Hauptfiguren erzählen und darüber, was beide aneinander fasziniert?

Berry: Sie sind Seelenverwandte, füreinander bestimmt oder zueinander verdammt, je nach Blickwinkel des Betrachters.

Esther: Ich glaube, dass sie beide auf ihre Art sehr einsam sind und diese Einsamkeit im anderen wiedererkennen.

Sil hat eine außergewöhnliche Beschäftigung, von der er geradezu besessen ist: Er beobachtet kriminelle Organisationen, dringt unter Lebensgefahr in ihre Schaltzentralen ein und raubt deren Beute. Was hat Sie auf diese Idee gebracht?

Esther: Sie ist aus meiner eigenen Rastlosigkeit heraus entstanden. Damals war ich in einem Schema gefangen, habe hundert Stunden pro Woche gearbeitet. Verdient habe ich genug, aber mir fehlte die Inspiration.

Maier tut, wovon viele Leute träumen: Er lebt seine Verliebtheit tatsächlich aus und setzt dadurch seine Ehe aufs Spiel, er rächt sich tatsächlich an dem arroganten Chef seiner Frau. Er ist die Personifizierung der dunklen Phantasien, die wir alle manchmal haben. Sein Charakter ist im Laufe des Schreibprozesses entstanden, intuitiv, nicht geplant. Im Nachhinein wirkt alles stimmig: Was Maier tut, ist für ihn die ultimative Form der Suche nach dem Kick. Der Mann ist intelligent, schnell gelangweilt, durchtrainiert. Bungeejumping ist ihm zu passiv, und für einen Job als Ermittler oder Soldat ist er zu sehr Einzelgänger.

Berry: Und jeder Autorität abhold. Zwar ist Maier gesellschaftlich in jeder Hinsicht erfolgreich, aber erfüllt von extremer existenzieller Unruhe. Die Leser reagieren ziemlich unterschiedlich auf ihn, das ist ein Aspekt, der seine Figur so attraktiv macht. Der eine sieht einen Serienmörder oder egoistischen Gefahrensucher in ihm, ein anderer wird beim Lesen von spontaner Sympathie erfasst.

Der gefährlichste Gegner von Sil ist Wadim, ehemals Angehöriger einer militärischen Spezialeinheit und heute als Auftragsmörder tätig. Er arbeitet hochprofessionell, ist mitleidslos und äußerst brutal. Doch trotz seiner Härte und Grausamkeit ist er unter allen Verbrechern Ihrer Trilogie die zwiespältigste Figur. Können Sie uns etwas mehr über ihn erzählen?

Esther: Die Idee zu den russischen Zwillingsbrüdern Yuri und Wadim wurde geboren, nachdem ich eine Dokumentation über die schreckliche Armut und hoffnungslose Situation der russischen Bauern gesehen hatte, eine große Bevölkerungsgruppe, die von ihrer eigenen Regierung ganz einfach negiert wird.

Das hat mich stark beeindruckt. Ich hatte außerdem gelesen, dass junge Männer einen Ausweg suchten, indem sie zur russischen Armee gingen, obwohl das beinahe bankrotte Land ihnen monatelang keinen Sold auszahlen konnte. In diesem Fall ist es nur eine Frage der Zeit, wann solche jungen Männer von kapitalkräftigen Kriminellen rekrutiert werden. Diese Informationen habe ich kombiniert. Indem ich Yuri und Wadim eine persönliche Geschichte gebe und diese in eine historische Perspektive rücke, wirken sie lebensechter. Werden menschlich.

Häufig werden Menschen in Extremsituationen geschildert: Sie stehen unter größtem Stress, müssen starke Schmerzen und Folter ertragen, um ihr Leben kämpfen und dem Tod ins Auge sehen. Wie versetzen Sie sich in die Lage dieser Menschen, um ihre physischen und psychischen Reaktionen glaubwürdig schildern zu können?

Esther: Ich lese viel über solche Themen, wahre Geschichten, Bücher über Traumata und Psychologie. Wir reisen viel und begegnen dabei natürlich auch Leuten, die viel mitgemacht haben. Einem amerikanischen Soldaten, der eine Explosion in Bagdad überlebt hat, einem Ermittler, der eine Kugel in die Schulter abbekommen hat. Diese Erfahrungen absorbiert und speichert man. Danach muss man sich sehr intensiv in die jeweilige Person hineinversetzen, ihr ganz nahe rücken und sehen, was sie sieht, riechen, was sie riecht, fühlen, was sie fühlt. Ich schreibe oft nachts, weil ich dann müde bin und mich dadurch besser in einen Zustand der Übermüdung und Erschöpfung hineinversetzen kann. Auch bestimmte Musik hilft dabei, in die richtige Stimmung zu kommen.

An keiner Stelle tritt die Polizei als ernstzunehmende ermittelnde Behörde in Erscheinung. (Die einzige Polizistin, die Sil auf die Spur kommt, wurde strafversetzt und ermittelt auf eigene Faust.) Die Lösung in Ihren Romanen beruht daher auch nicht auf einer offiziellen Klärung von Fällen, sondern auf einem anderen Prinzip. Glauben Sie an Gerechtigkeit?

Esther: Die Polizei spielt in unseren Büchern keine Rolle, weil wir beide uns nicht mit dem Ermittlerkrimi identifizieren können.

Unsere Bücher handeln ja auch nicht von der Aufklärung eines Mordfalls, sondern von sehr unterschiedlichen Menschen, die in extreme Situationen geraten – oder sich bewusst in solche hineinbegeben. Gerechtigkeit ist ein schönes Wort, aber wie viele Verbrechen bleiben ungestraft? Und wie viele liebe, nette Erwachsene und Kinder müssen schlimmste Qualen erdulden? Nein, ich glaube nicht an Gerechtigkeit.

Berry: Das Schöne am Schreiben ist für mich, dass man jemanden moralisch verwerflich handeln lassen, aber trotzdem so porträtieren kann, dass er Sympathien weckt. Im wahren Leben sind die Menschen auch nicht nur schlecht oder nur gut.

Welche Rolle spielt für Sie die Musik als Inspirationsquelle?

Berry: Musik ist für Esther essenziell. Ohne Musik kein Buch. Die Musik versetzt sie in die nötige Stimmung. Jede Szene, aber auch jede Figur hat ihre eigene Stimmung und daher auch ihre eigenen Stücke.

Esther: Mit Sil Maier sind ganz stark mehrere Bands verknüpft. Wenn ich die höre, werde ich sofort in den »Maier-Modus« versetzt. Bother von Stone Sour zum Beispiel und Chop Suey von System of a Down, oder Zen von Bush. Ich habe auch ganze Kapitel zur Musik von Alter Bridge und Talk Talk geschrieben. Jedes Stück hat seine eigene Atmosphäre. Wenn ich mir Monate später eine solche Szene noch einmal vornehme, lege ich die dazu passende Musik auf und versetze mich sofort hinein.

Könnten Sie sich vorstellen, auch in Zukunft gemeinsam Bücher zu schreiben?

Berry: Ja, natürlich. Gemeinsam haben wir vier Bücher geschrieben, die Sil-Maier-Trilogie und *Chaos,* über einen traumatisierten Exsoldaten. Es gibt schon Pläne für ein fünftes Buch.

© Esther Verhoef, Berry Escober und Goldmann Verlag
Übersetzt von Stefanie Schäfer

Um die ganze Welt des
GOLDMANN Verlages
kennenzulernen, besuchen Sie uns doch im Internet unter:

www.goldmann-verlag.de

Dort können Sie
nach weiteren interessanten Büchern *stöbern*,
Näheres über unsere *Autoren* erfahren,
in *Leseproben* blättern, alle *Termine* zu Lesungen und
Events finden und den *Newsletter* mit interessanten
Neuigkeiten, Gewinnspielen etc. abonnieren.

Ein *Gesamtverzeichnis* aller Goldmann Bücher finden
Sie dort ebenfalls.

Sehen Sie sich auch unsere *Videos* auf YouTube an und
werden Sie ein *Facebook*-Fan des Goldmann Verlags!

www.goldmann-verlag.de
www.facebook.com/goldmannverlag